KJB

© Viktoria van Evert

Anna Benning wurde 1988 als jüngstes von drei Kindern geboren. Die Leidenschaft für Geschichten bestimmt seit vielen Jahren ihren Weg: Nach einem Studium der Literaturwissenschaft und Stationen als Buchrezensentin und Aushilfsbuchhändlerin arbeitete sie als Lektorin in einem Verlag. Eines Tages fasste sie sich ein Herz und brachte ihre eigenen Geschichten zu Papier. Mit »Dark Sigils« veröffentlicht sie nach »Vortex« bereits ihre zweite Trilogie.

Weitere Informationen zur Autorin unter
www.annabenning.de und auf Instagram und TikTok
unter *annabenning.books*

Weitere Informationen zum Kinder- und Jugendbuchprogramm der S. Fischer Verlage finden Sie unter
www.fischerverlage.de

ANNA BENNING

DARK SIGILS

WEN DAS SCHICKSAL BETRÜGT

Band 3

KJB

Alle Bücher von Anna Benning bei FISCHER KJB:

Die *Dark Sigils*-Trilogie:
Band 1: *Was die Magie verlangt*
Band 2: *Wie die Dunkelheit befiehlt*
Band 3: *Wen das Schicksal betrügt*

Die *Vortex*-Trilogie:
Band 1: *Der Tag, an dem die Welt zerriss*
Band 2: *Das Mädchen, das die Zeit durchbrach*
Band 3: *Die Liebe, die den Anfang brachte*

FSC www.fsc.org
MIX
Papier | Fördert gute Waldnutzung
FSC® C014496

Erschienen bei FISCHER KJB

Umschlagillustration: Max Meinzold
Design *Umbra*: Renée Sophie Boost unter Mitarbeit von Max Meinzold
Satz: Dörlemann Satz, Lemförde
Druck und Bindung: GGP Media GmbH, Pößneck
ISBN 978-3-7373-6202-3

Für Jana

Das Schicksal sendet nie Boten aus.
Dazu ist es zu klug. Oder zu grausam.

Oscar Wilde

Rückblick

»Ein Tremblett mit fehlgeleitetem Herzen wird das Ende des Mirrors herbeiführen. Mit dem Sigil, das verlorenging, werden beide Welten in Dunkelheit getaucht. Nur die erste Magie kann entscheiden, in welche Richtung sich die Waage neigt. Heilung oder Verderben. Die Wahl liegt in ihren Händen.«

In Nova – der Stadt außerhalb der Zeit – erfuhr Rayne Harwood erstmals von der Prädiktion über die Familie Tremblett. Adam Tremblett hat lange geglaubt, die Prophezeiung über den Untergang des Mirrors würde sich auf ihn beziehen, doch nachdem seine totgeglaubte Mutter wieder aufgetaucht ist, ist die Lage unklarer denn je. Denn Leanore Tremblett gelang es, mit einer Nachbildung des Ignis-Sigils wichtige Politiker der echten Welt – Prime – mittels Chaosmagie zu ihren Marionetten zu machen. Während sie die Welt immer weiter unter ihre Kontrolle bringt, müssen Rayne, Adam und die anderen Sigil-Träger mit den Verlusten umgehen, die sie erlitten haben. Sie haben zwar das achte Dark Sigil, die Schattenathame, geborgen und vor Leanore in Sicherheit bringen können. Doch der Preis dafür war hoch. Celine ist tot, Nikki und Adam haben ihre Magie verloren, und ausgerechnet Rayne soll nun als Mirrorlady neue Hoffnung bringen …

PROLOG

27. Mai 2037
Mirror-London, Septem

Am Tag von Adam Trembletts fünfzehntem Geburtstag verloren Tausende Menschen ihr Leben.

Er selbst trug die Schuld an ihrem Tod. Zwar hatte er ihn weder herbeigewünscht noch mit eigenen Händen verursacht, aber das änderte nichts an der Tatsache, dass er ihn hätte verhindern können. Wäre er damals nur etwas reifer gewesen, hätte er gewusst, was er heute wusste – über seine eigene Mutter, über die Natur der Chaosmagie –, vielleicht wären all diese Menschen dann noch hier.

Ein Diener war spätabends in Adams Zimmer gekommen, hatte sich tief vor ihm verbeugt und erklärt, dass die Mirrorlady ihn sprechen wolle. Also folgte er dem Diener durch den Tremblett-Flügel, vorbei an dem Klavier, an dem er manchmal heimlich saß, wenn sonst niemand hier war, und vorbei an der Sofagruppe, die nie jemand benutzte. Schließlich bog Adam in das Arbeitszimmer seiner Mutter ab, in dem an diesem Abend nur gedimmtes Licht auf die Bücherregale, die Gemälde und den großen Schreibtisch hinabfiel.

Seine Mutter stand vor der großflächigen Fensterreihe. Sie hatte den Kopf in den Nacken gelegt, den Blick offenbar auf Prime gerichtet.

Es war etwas, das die Bewohner des Mirrors nur selten taten. *Nach oben sehen.* Prime schwebte zwar an jedem Tag und zu jeder Stunde direkt über ihnen, doch die wenigsten interessierten sich für die alte, rückständige Welt. Aus der Sicht derer, die im Mirror lebten, war Prime schließlich nur ein fahles Abbild all dessen, was ihre eigene Welt schon vor langer Zeit hinter sich gelassen hatte.

Adam sammelte sich für einen Moment, so, wie er es vor einem Gespräch mit seiner Mutter immer tat. Er wusste nie, was ihn erwarten würde, also versuchte er, sich innerlich auf alle Möglichkeiten vorzubereiten.

»Komm zu mir«, sagte da Leanore unvermittelt, und Adam folgte ihrer Anweisung. Er kam neben ihr zum Stehen und bemerkte erst dann, dass sie ihn wohl schon die ganze Zeit in der Spiegelung des Fensterglases beobachtet hatte. Im fahlen Licht des Mirrors standen sie nebeneinander, dieselben silbrigen Haare, dieselben hellgrauen Augen … und denselben eisernen, unnachgiebigen Zug um den Mund, auch wenn Adam oft wünschte, es wäre nicht so.

»Hat dir das Feuerwerk gefallen?«, fragte sie, und Adam stockte innerlich. Darüber wollte sie mit ihm sprechen? Über das Feuerwerk?

Jedes Jahr an Adams Geburtstag stiegen im Mirror Raketen empor. Überall versammelten sich die Menschen in ihren Bezirken, vor ihren Häusern oder den Geschäften, während die Welt in die buntesten Farben getaucht wurde. Das ganze Spektakel dauerte oft mehr als eine Stunde, und es sollte allen in Erinnerung rufen, dass die Trembletts den Mirror fest in der Hand hatten. Der nächste Herrscher auf dem Thron würde selbstredend wieder ein Tremblett sein und der danach ebenfalls. Eine starke Blutlinie. *Eure Anführer für alle Ewigkeit.*

»Es war ... beeindruckend«, erwiderte er wahrheitsgemäß. »Pris hat es geliebt.«

Bei der Erwähnung ihrer Tochter legte sich für den Bruchteil einer Sekunde ein weicher Ausdruck auf Leanores Gesicht. Es war diese eine Sache, in der Adam und seine Mutter einander wirklich verstanden: die gemeinsame Liebe für Priscilla. Und das gemeinsame Leid, weil sie ihre Krankheit nicht heilen und ihr Leben nicht retten konnten.

Schon verhärtete sich der Blick seiner Mutter wieder – wurde kalkulierend. Und obwohl Adam erst fünfzehn Jahre alt gewesen war, hatte er sofort verstanden: Nein, es ging bei diesem Gespräch nicht um das Feuerwerk.

»Es wurden besorgniserregende Neuigkeiten an mich herangetragen«, sagte Leanore schließlich. »Wie es aussieht, hat es heute Abend einen Ausbruch von Chaosmagie hier in der Stadt gegeben.«

Adam nickte ernst. Solche Vorfälle waren im Mirror nicht selten. Seit Ignis keinen Träger mehr hatte, wurde mehr und mehr Chaosmagie freigesetzt. Ab und an stiegen auch Abbys daraus hervor, die dann auf die Leute losgingen. Es war eine Katastrophe, aber mit genügend Magiehäschern konnte man dem Ganzen zumindest schnell Einhalt gebieten. *Eigentlich.* Denn etwas an dem Tonfall seiner Mutter verriet Adam, dass heute irgendetwas anders war.

»Kann es nicht eingedämmt werden?«

»Nein, noch nicht. Ich fürchte, die Lage ist kompliziert.«

Kompliziert. Seine Mutter klang nicht besorgt, nur nachdenklich. Adam verstand immer weniger, wieso sie ihn herbeordert hatte. Noch nie hatte sie ihre Amtsgeschäfte mit ihm besprochen. Damit würden sie erst im Jahr vor seiner Krönung beginnen, zur Vorbereitung für die Machtübernahme. Wieso bezog sie ihn ausgerechnet jetzt mit ein?

»Willst du gar nicht wissen, warum es kompliziert ist?«

Adam hielt inne, dann nickte er. »Doch, natürlich.«

»Wie es scheint, ist der Ausbruch außergewöhnlich kraftvoll. Die Chaosmagie zieht sich in der Atmosphäre zwischen Mirror und Prime zusammen und … bündelt sich dort.«

Sie *bündelt* sich? Das Wort hatte er im Zusammenhang mit Chaosmagie noch nie gehört.

»Was bedeutet das?«

Leanore schaute Adam in der Spiegelung der Scheibe ernst an. »Es bedeutet, dass die Chaosmagie sich nicht wie sonst auflösen wird. Sie wächst immer weiter an. Die Magiehäscher gehen davon aus, dass diese *Bündelung* schon bald in Richtung Mirror stürzen könnte. Und womöglich ist sie so stark, dass sie alles in dem Bezirk vernichten wird.«

Vernichten?

Hatte sie das gerade wirklich gesagt?

Adam erinnerte sich noch gut daran, wie heftig sein Herz in diesem Moment gegen seinen Brustkorb gepocht hatte. Denn mit einem Mal war die Frage nicht mehr, warum sie ihn über die Situation informierte, die Frage war vielmehr: Warum tat sie nicht *alles andere*, statt hier mit ihm zu stehen? Wieso war sie nicht in voller Alarmbereitschaft? Wieso verzweifelte sie nicht?

»Können die Häscher das nicht verhindern?«, fragte Adam atemlos.

»Vielleicht.«

»Vielleicht?«

»Das Problem ist …«, fuhr seine Mutter mit einer Seelenruhe fort, die Adam nicht begreifen konnte, »… wenn die Häscher versuchen, sich gegen die Bündelung zu stellen, könnten sie dabei sterben. Und dann ist niemand mehr da, um die Chaosmagie aufzuhalten. Sie wird sich womöglich über ganz Mirror-London ausbreiten.« Leanore wandte sich vom Fenster ab und schaute Adam zum ersten Mal direkt ins Gesicht. »Der Oberste Magistrat hat daher vorgeschlagen, die Bündelung nicht anzugreifen, sondern lediglich die inneren Grenzen des Viertels abzuschirmen. Er will Barrieren errichten lassen und warten, bis die Chaosmagie sich über die Stadtgrenzen in die Weite bewegt und dort verschwindet.«

»Aber …« Ungläubig starrte Adam seine Mutter an. »Was würde das für die Menschen in dem Viertel bedeuten?«

»Sie würden sterben.« Die Worte kamen ohne Zögern über ihre Lippen. »Ich stehe vor einer Wahl, Adam. Einer sehr schwierigen Wahl, mit furchtbaren Konsequenzen. Lasse ich meine Häscher versuchen, dieses Viertel zu retten, und riskiere dabei, dass die Chaosmagie erst meine Armee tötet und sich dann über die gesamte Stadt ausbreitet? Oder opfere ich das Viertel, in dem Wissen, dass der Rest der Stadt in Sicherheit ist?« Sie hielt inne, und ihr erwartungsvoller Blick ließ einen kalten Schauer seine Wirbelsäule entlangkriechen. »Was würdest du tun?«

Adam ballte seine Hände zu Fäusten. »Ich?«

»Ja. Du.« Die Stimme seiner Mutter war nun eisenhart. »Du bist heute fünfzehn Jahre alt geworden, Adam. Du wirst in wenigen Jahren Mirrorlord sein. Es gibt nur wenige Menschen auf der Welt, die fähig sind, Entscheidungen wie diese hier zu treffen. Aber du musst einer davon sein. Also: Was würdest du tun? Würdest du versuchen, ein paar wenige Menschen zu retten, und riskierst dabei womöglich das Leben vieler? Oder opferst du das Viertel ... zum Wohle der gesamten Stadt?«

Adam schaute zum Fenster. London lag tief unter ihm – und natürlich über ihm, das alte London. Das *echte*. Er konnte es von hier aus nicht sehen, aber er stellte sich vor, wie irgendwo über der Stadt unzählige schwarze Schwaden von Chaosmagie in alle Richtungen zogen.

Es war eine moralische Zerreißprobe. Die wohl schwierigste und grausamste Entscheidung, die es geben konnte. Adam war hin- und hergerissen, während er versuchte, in Windeseile die Konsequenzen abzuwägen. Doch jede Entscheidung, die er treffen würde, war ein Sprung ins Ungewisse, begleitet von der nagenden Frage: Was, wenn die andere Möglichkeit die bessere war?

»Nun?«, hakte seine Mutter nach, nicht drängend, eher neugierig.

Es ist reine Theorie, beruhigte Adam sich. Er musste diese Entscheidung nicht wirklich treffen. Dafür hatte er ohnehin nicht alle Informationen, die nötig wären. Er hatte schließlich nicht selbst gesehen, was gerade in der Stadt vor sich ging. Er wusste nicht, wie viele Magiehäscher bereitstanden oder wie weit die Chaosmagie sich schon ausgebreitet hatte. Seine Mutter prüfte ihn bloß und wollte wissen, ob er Entscheidungen wie diese überhaupt treffen konnte.

Und das konnte er. Das *musste* er.

»Ich würde das Viertel opfern«, brachte er heiser hervor. Es war die einzig vernünftige Antwort. Diejenige, die sein Kopf getroffen hatte und nicht sein Herz. In Mirror-London lebten weit über eine Million Menschen, in den Randbezirken nur ein Bruchteil davon. »Wenn die Magiehäscher Zweifel äußern, den Rest der Stadt schützen zu können, würde ich ihnen vertrauen.«

Leanore legte eine Hand auf seine Schulter. »Dann soll es so sein.«

Damit ging sie und ließ Adam zur Salzsäule erstarrt vor dem Fenster zurück.

Dann soll es so sein?

Was bedeutete das?

Er erfuhr es am nächsten Morgen. In der Nacht war die Chaosmagie in einem enormen Schwall auf den Randbezirk niedergegangen ... und hatte dort alles verschlungen. Die Häuser, die Geschäfte und jedes Leben darin.

Während sein Diener Adam von den Geschehnissen erzählte, schienen die Schatten aus den Ecken seines Zimmers langsam auf ihn zuzukriechen. Das Einzige, was er noch hörte, war das Rauschen in seinen Ohren, und er spürte förmlich, wie das Gefühl von Sicherheit, das er hier im Palast stets gehabt hatte, wie ein Kartenhaus in sich zusammenfiel.

In den Wochen, Monaten und Jahren danach war die Schuld sein ständiger Begleiter. In seinen dunkelsten Stunden drohte sie ihn in einen tiefen Abgrund zu ziehen. Doch Adam lernte, die zerrissenen Teile seines Inneren zusammenzuhalten. Wenn er sich der Verzweiflung hingab, würde es die Menschen nicht wieder lebendig machen. Also schwor er sich, dass ihr Tod wenigstens einen Sinn haben würde.

Er war fünfzehn Jahre alt, als er sich dem Grund seiner Existenz mit aller Klarheit bewusstgeworden war.

Es war egal, ob oder wie lange er Mirrorlord wäre – jeden Funken Macht, den er besaß, würde er nur einer Sache widmen.

Er würde die Chaosmagie vom Planeten tilgen. Ein für alle Mal.

TEIL 1
DAS ERBE

1

Lang lebe die Mirrorlady!«

Während die Worte im Thronsaal von Hunderten Stimmen inbrünstig wiederholt wurden, starrte ich entschlossen in die Ferne. Mit aller Macht zwang ich mich dazu, ruhig weiterzuatmen und mich dabei so wenig wie möglich zu bewegen.

Das hier ist ein Kampf, sagte ich mir im Stillen. Eine andere Art, als ich es vielleicht gewohnt war, aber ein Kampf war es trotzdem.

Und ich durfte ihn auf keinen Fall verlieren.

Kaum waren die salbungsvollen Worte im Saal verklungen, kam Agrona Soverall auf mich zugelaufen. Die zartrosafarbenen Haare der Obersten Magistratin ergänzten perfekt ihre purpurne Robe – keine Ahnung, warum mir der Gedanke ausgerechnet jetzt kam. Wahrscheinlich konzentrierte ich mich auf die nebensächlichen Dinge, um bloß nicht daran zu denken, was gleich geschehen würde.

Agrona blieb direkt vor mir stehen, den Rücken zur Menge gewandt, wofür ich sie beneidete. Sie ließ einige Sekunden verstreichen und schaute mich dabei so ernst an, wie ich es nur selten an ihr gesehen hatte. Dann beugte sie sich zur Seite. Im Augenwinkel nahm ich ein Funkeln wahr und wusste sofort, was es bedeutete.

Nicht hinschauen, dachte ich eisern. *Nacken gerade, Schultern zurück, neutraler Gesichtsausdruck.*

Agronas Hände näherten sich, und in der nächsten Sekunde spürte ich, wie sich ein kreisförmiges Gewicht von oben auf meinen Kopf legte. Es war nicht das erste Mal, dass die alte Magistratin mir die Krone des Mirrors aufsetzte. Vor diesem Tag hatte es bereits mehrere Proben der Krönungszeremonie gegeben. Wir waren die Abläufe wieder und wieder durchgegangen, in allen noch so winzigen Details, und ich wusste inzwischen schmerzlich genau, wie wenig ich mich bewegen durfte, damit das juwelenbesetzte Monstrum nicht vor den Augen aller wichtigen Oberen auf den polierten Marmorboden krachte.

Nacken gerade, Schultern zurück, neutraler Gesichtsausdruck. Nacken gerade, Schultern zurück, neutraler Gesichtsausdruck.

Wie ein Mantra wiederholte ich die Worte immer und immer wieder. Doch als Agrona schließlich zur Seite trat, um die Sicht auf mich freizugeben, bekam meine stoische Fassade erste Risse.

Nicht weil mich alle Anwesenden im Saal anstarrten, als wäre ich das achte Weltwunder höchstpersönlich. Sondern weil sie völlig synchron auf die Knie fielen.

Vor *mir.*

Ein Kampf, wiederholte ich wie benommen. *Es ist nur ein Kampf. So wie du in deinem Leben schon Tausende Kämpfe geführt hast. Das hier ist nichts anderes. Und um schreiend davonzulaufen, ist es definitiv zu spät.*

Ich hatte mir vorgenommen, während der gesamten Zeremonie nicht zu Matt, Dina und Cedric zu schauen, obwohl sie kaum vier Meter von mir entfernt positioniert waren. Der

Gedanke, dass meine Freunde sich ebenfalls vor mir verbeugen würden, hatte Übelkeit in mir aufsteigen lassen. Doch nun konnte ich nicht anders. Wie ferngesteuert wanderte mein Blick zur Seite und …

Ja, sie knieten. Und der Anblick war genauso irrsinnig, wie ich ihn mir vorgestellt hatte. Ich hasste es, die drei so zu sehen, aber es gehörte zum Protokoll, dass alle anwesenden Sigil-Träger mir die Treue schworen.

Und das Protokoll musste gewahrt werden.

Zumindest vorerst.

Die drei trugen knielange Brokatmäntel mit silbern oder golden schimmernden Ornamenten, jeweils in ihren Familienfarben – Dina Grün, Matt Lila, Cedric Blau. Dazu passende Hosen und Hemden, deren Stoff sanft mit jeder Bewegung changierte. Auch ihre Dark Sigils waren perfekt in Szene gesetzt: Cedric trug den Saphirschlüssel über dem Mantel, Dina hatte das Schlangenband als eine Art Gürtel um die Taille gewickelt, und Matt …

Als ich zu ihm sah, stockte ich. Nicht wegen des Seelenrings an seiner Hand, sondern wegen des kleinen Lächelns auf seinen Lippen.

Während Dina und Cedric ihre Köpfe, wie alle anderen auch, diszipliniert nach unten geneigt hielten, schielte Matt zu mir hoch. *Atme,* formte er stumm mit den Lippen, und tatsächlich merkte ich in der Sekunde, dass meine Lungen längst krampften, so sehr hatte mein Körper sich angespannt.

Ein kaum hörbares Räuspern ließ meinen Blick zurück zu Agrona zucken. Auch sie hatte sich vor mir verneigt, und das so tief, dass ich glaubte, in der ehrfürchtigen Stille des Thronsaals ihren Rücken knacken zu hören, als sie sich schließlich wieder aufrichtete.

Sofort taten es die Oberen ihr gleich. Einer nach dem anderen erhoben sie sich in einem endlosen Meer aus glitzernden Brokatgewändern, die teilweise so exzentrisch und überladen wirkten, dass die alte Rayne sich nur zu gerne darüber lustig gemacht hätte. Doch die *alte Rayne* war nicht hier. Ich hatte sie am Morgen tief in meinem Inneren eingesperrt. Denn ab heute … da musste ich eine vollkommen neue Version von mir selbst sein: Rayne Harwood, die Trägerin von Ignis und die Tochter von Melvin Harwood. Ein Mädchen, das aufgrund tragischer Umstände in Prime geboren und aufgewachsen war, das aber in seinem Herzen stets eine Obere hatte sein wollen. Diese neue Version hatte nur wenig mit mir selbst zu tun, aber sie war eine vollwertige, überzeugte Bewohnerin des Mirrors – und nun auch dessen Herrscherin.

Die reichsten und mächtigsten Oberen waren zur Krönung aus allen Mirrorstädten angereist: Rom, Tokio, New York, Peking, Mumbai – aus jeder Ecke der Welt waren sie nach London gekommen. Die meisten von ihnen wirkten begeistert, geradezu ekstatisch. Das waren die *Septemtreuen,* wie Agrona sie nannte. Einflussreiche Obere, vor allem Unternehmer und vermögende Familien, denen es letztlich egal war, wer auf dem Thron saß – ihre Ehrfurcht gegenüber den Sieben kannte keine Grenzen. Ihnen würde ich nichts beweisen müssen, sie vergötterten mich schon jetzt.

Doch aus der Menge begegneten mir auch vereinzelt argwöhnische, skandalsüchtige Blicke. Die meisten davon kamen von den Magistraten, die – von den Sieben abgesehen – die ranghöchsten politischen Machthaber des Mirrors waren.

Jeder einzelne von ihnen unterstand zwar ab sofort meinem Befehl, und sie würden diesem auch folgen … aber ihren Respekt? Den musste ich mir erst verdienen. Schließlich waren die Magistrate sehr alt, sehr erfahren und schon sehr, *sehr* lange in ihrem Amt. Sie hatten viele Mirrorlords und Mirrorladys kommen … und auch wieder gehen sehen.

Mein Atem begann erneut zu stocken. Wieso hatte ich dem Ganzen nur zugestimmt?

Wie konnte Adam glauben, es wäre eine gute Idee, ausgerechnet *mich* zum Oberhaupt des Mirrors zu machen?

Denn die Wahrheit war: Ich hatte nie eine Obere sein wollen, hatte mich nie nach dem Leben im Mirror gesehnt. Ich war eine Untere, durch und durch. Selbst in Prime hatte ich zu denjenigen gezählt, die innerhalb der Gesellschaft keinerlei Bedeutung hatten. Ich war in einem heruntergekommenen Waisenhaus aufgewachsen, war Teil einer kriminellen Bande gewesen. Um irgendwie an Geld zu kommen, hatte ich Duelle in Schaukampfarenen ausgetragen. Mein Leben war bisher eine Abfolge an Ereignissen gewesen, die mich wie in einem Sog mit sich gerissen hatten.

Und nun sollte ausgerechnet *ich* über den Mirror herrschen?

Wir brauchen jemanden, der die beiden Welten, so unterschiedlich sie sind, vereinen kann. Jemanden, der eine Einheit schafft.

Bevor meine Mutter alles in Trümmer legt.

Adams Worte hatten sich fest in meiner Erinnerung verankert. Wir hatten hier im Thronsaal gestanden, nur er und ich, ganz allein. Das war bereits einige Wochen her, aber ich sah seinen Blick noch immer ganz deutlich vor mir. Eisgraue Augen hatten mich zu Tode erschöpft, aber voller Entschlossenheit angesehen. Was hinter uns lag, war grausam und furchtbar gewesen. Wir hatten so viel verloren – *Adam* hatte so viel verloren – und dann …

Dann hatte er mir eröffnet, dass er mich zur Mirrorlady ernennen wollte.

Damals hatte ich keine Worte gefunden. Während Adam mein Gesicht mit beiden Händen sanft umrahmte, hatte ich ihn nur angestarrt, und jede Zelle meines Körpers war wie betäubt gewesen.

»Was sagst du dazu?«, hatte er mich leise gefragt.

»Ich überlege, ob du den Verstand verloren hast.«

»Nein, den nicht.« Ein schmales Lächeln, dem der Schmerz und die Trauer der letzten Tage deutlich anzumerken gewesen waren. »Ich meine es völlig ernst, Rayne. Ohne die Schicksalswürfel kann ich nicht länger Mirrorlord bleiben. Ich *muss* abdanken. Und ich möchte, dass du meine Nachfolgerin wirst.«

»Aber …« Langsam war ich aus meiner Starre erwacht, und der pure Irrsinn von Adams Worten sickerte in mich hinein. »Wieso ich? Wieso nicht Dina, Matt, Cedric – *irgendjemand*, der hier aufgewachsen ist und den Mirror kennt!«

»Du musst den Mirror nicht kennen. Du wirst Agrona an deiner Seite haben und auch Tynan Coldwell als deinen Berater. Cedric, Dina, Matt – sie alle kennen den Mirror gut genug, das reicht. Du musst nur sein, wer du bist.«

Mir war nicht entgangen, dass Adam sich selbst in der Liste an Unterstützern nicht aufgezählt hatte. Doch in diesem Moment war mein Kopf zu voll mit *allem* gewesen, um die Tragweite seiner Worte wirklich zu verstehen. Ich hatte rein instinktiv reagiert. »Ich *kann* das nicht.«

Adam hatte mich eingehend gemustert, bevor er einen Schritt auf mich zugemacht, sich zu mir hinabgebeugt und seine Stirn auf meine gelegt hatte.

»Hör zu, Rayne. Ich will dir nichts vormachen. Du wirst

es hassen, wahrscheinlich sogar noch mehr, als ich es getan habe. Ich weiß, dass dieser Thron dir nichts bedeutet, und mir ist bewusst, dass du dich schrecklich verloren fühlen wirst. Du hast keine Ahnung, welcher Magistrat zu welcher Familie eine gute Beziehung führt, wer sich untereinander fördert oder gegeneinander intrigiert. Dir ist das alles fremd. Aber genau deshalb *musst* du es sein. Weil du ein unbeschriebenes Blatt bist. Die Magistrate kennen weder deine Schwachstellen noch deine Stärken. Verstehst du? Diese Schlangengrube, die sich in den letzten Jahrzehnten gebildet hat ... Sie ist ein schwarzes Loch, das meiner Mutter in die Hände spielt und das den Mirror langsam in sich verschlingt und –«

»Und was?«, hatte ich ihn zittrig unterbrochen, meine Stimme belegt von einer abgrundtiefen Angst, die ich vor niemandem preisgeben würde – außer vor Adam. »Deswegen willst du mich in diese Schlangengrube werfen? Ich bin dem nicht gewachsen, Adam. Sie werden mich *auffressen*.«

Adams Daumen waren zärtlich über meine Wangenknochen gewandert, dann hatte er den Kopf geschüttelt. »Im Gegenteil«, hatte er an meinen Lippen geflüstert. »Alle Schlangen werden sich die Zähne an dir ausbeißen.«

Danach hatte er mich geküsst, und dieser Kuss ... Er war so voller konkurrierender Gefühle gewesen. Trauer und Entschlossenheit, Sehnsucht und Schmerz, Liebe und Verzweiflung. Adam hatte mich so geküsst, wie nur jemand küsste, der nicht wusste, wie lange er noch die Chance dazu hatte. Seine Finger hatten sich dabei fest an meinen Nacken und meinen Hinterkopf gelegt, und er hatte mich bei sich gehalten, bis die Luft in meinen Lungen knapp wurde. Und als sich unsere Blicke schließlich wieder trafen, verstummte schlagartig jeder Protest auf meinen Lippen.

Denn in diesem Moment hatte ich es ihm angesehen. Adam glaubte an das, was er sagte. Er glaubte daran, dass dieser Weg der richtige war.

Also hatte ich zugestimmt, mich zur Mirrorlady krönen zu lassen. Der Moment war schon Wochen her, aber trotzdem trieb mir die Erinnerung daran einen unwirklichen Schauer über den Rücken.

»Wir schwören, der Ersten Trägerin zu gehorchen.« Agronas Stimme erhob sich neben mir und riss mich aus meinen Gedanken. »Wir schwören, in ihrem Namen dem Mirror zu dienen.« Sie breitete die Arme aus. »Bis zum Ende.«

Ohne zu zögern, wiederholten es alle Anwesenden im Saal. Hunderte Stimmen von Hunderten Menschen, die mich nicht kannten und die mir trotzdem im Einklang die Treue schworen.

»Bis zum Ende!«

»Bis zum Ende!«

»Bis zum Ende!«

Das war mein Zeichen. Langsam und mit zittrigen Beinen stand ich von dem Hocker auf, auf dem ich bislang gesessen hatte. Das rotgoldene Kleid, das ich trug, fiel dabei in unzähligen Schichten zu Boden. Ich gab mir einen Augenblick, um tief einzuatmen, aber die Luft kam nicht in meinen Lungen an. Mein ganzer Körper schien wie betäubt. Nur Ignis, mein Sigil, das fest an meinem rechten Unterarm saß, sandte warme Impulse, die mir schließlich die nötige Kraft gaben, die ich brauchte.

Ich setzte einen Fuß vor den anderen. Dann ließ ich mich auf den Thron Septems sinken.

Der Stein war kühl, die Lehne mit dem großen Siebeneck noch viel härter, als ich es vermutet hatte. Es war nicht bequem, hier zu sitzen, aber das sollte es vermutlich auch nicht sein.

Mein Blick glitt über die Menge, doch er verweilte nirgends. Ich wusste schließlich, dass ich denjenigen, den ich so unbedingt sehen wollte, nicht unter ihnen finden würde. Adam war nicht hier. Weder im Thronsaal noch in Septem, er war nicht einmal im Mirror.

Am Ende des Tages musste ich darauf vertrauen, dass er recht behielt. Dass ich diese Rolle tatsächlich spielen konnte. Dass ich bereit sein würde, das zu tun, was der Mirror von mir brauchte. Dass ich wirklich eine Anführerin sein konnte – oder, wie Agrona es gerne sagte: ein Leuchtfeuer der Hoffnung in der düsteren Zeit, die uns allen bevorstand.

Bis zum Ende.

Später am Abend, als es bereits dämmerte und das Zwielicht vom Horizont des Mirrors über die Stadt strömte, stand ich zusammen mit Agrona auf dem höchsten Balkon des Plateaus. Es schwebte seit einigen Wochen genau dort, wo früher der Palastturm gewesen war. Mit dem Thronsaal und den Privaträumen der Sieben war das Plateau schnell zum *neuen Septem* erklärt worden. Darunter erstreckte sich eine Reihe ausladender Gärten, an die die verbliebenen Regierungsgebäude des Mirrors angrenzten.

Man sah diesem Ort nicht mehr an, dass er vor wenigen Monaten einem Angriff der Rebellen zum Opfer gefallen war. Wo die Trümmer des ehemaligen Palasts gelegen haben mussten, gab es nun fein getrimmte Wiesen, aufwendig gestutzte Buchsbäume und ein Meer aus Blumenbeeten, deren pudriger Duft den Abend erfüllte. In einem Marmorpavillon spielte ein Orchester, daneben stürzte ein künstlicher Wasserfall über die Fassade des Plateaus in die Tiefe, hinab in ein Becken.

Die Gäste standen in kleinen Grüppchen. Zusätzlich zu den Teilnehmern an der Krönung waren nun auch prominente Gelehrte und Künstler anwesend, und außerdem, nun ja, die Mirror-Version von Presse und Paparazzi. Schwebekameras blitzten und schwirrten umher. Zu Beginn hatte ich noch allen zugewunken, aber nachdem die ersten Feuerwerkskörper in den Himmel geschossen worden waren, war die Aufmerksamkeit zum Glück von mir abgefallen.

Auf einmal wurde alles von einem bunten unwirklichen Licht umhüllt. Blendende Explosionen entfalteten sich über den Gebäuden der Stadt. Sie loderten auf und drehten sich spiralförmig umher. Glitzernde Konstellationen nahmen die Form von Schlüsseln, Schlangen, Flammen, Sonnen und den anderen Emblemen der Dark Sigils an, bevor sie in Rauchschwaden verschwanden.

Ich sah hinab auf das Meer an Menschen und auf die vielen roten Banner mit dem Ignis-Symbol, die in den Gärten platziert worden waren, und spürte, wie Gänsehaut über meine Arme wanderte.

Die letzten Tage waren als ein einziges Rauschen in meinem Kopf zurückgeblieben. Die Parade, das große Bankett, die Feierlichkeiten, die der Krönung vorausgegangen waren. Sie waren für mich nicht viel mehr als ein Störgeräusch, ein wirrer Traum, etwas, das ich einfach nicht greifen konnte.

Die meiste Zeit über war ich mir vorgekommen wie eine Marionette. Ich ging zu den Orten, an die Agrona mich schickte, schüttelte die Hände derjenigen, auf die Agrona deutete, und führte Gespräche, die sie mir vorgegeben hatte.

Ohne die alte Magistratin wäre ich verloren gewesen. Sie

hatte in den letzten Wochen jede freie Minute darauf verwendet, aus mir eine brauchbare Mirrorlady zu machen. Das, was sie Adam, Dina, Matt und den anderen Trägern bereits in deren Kindheit beigebracht hatte, versuchte sie mir nun in kürzester Zeit einzuimpfen. Welcher Magistrat war für welche Stadt im Mirror zuständig? Wo lagen die Loyalitäten innerhalb der Magistrate? Von wem musste ich Ablehnung erwarten? Oder sogar Feindschaft?

Mir schwirrte der Kopf, doch die vielen neuen Informationen waren nicht die eigentliche Herausforderung. Diese bestand darin, die Feierlichkeiten rund um meine Krönung überhaupt zu *ertragen*. Ich hasste es, mich Tag für Tag von einer Schar an Dienern in funkelnde Kleider stecken zu lassen. Und ich hasste es, so zu tun, als wäre es in Ordnung, Feste und Paraden abzuhalten, während die Welt über unseren Köpfen – die Welt, in der ich die meiste Zeit meines Lebens verbracht hatte – Tag für Tag ein bisschen mehr zugrunde ging.

Natürlich wusste ich, dass all das Teil eines größeren Plans war – eines Plans, dem ich zugestimmt hatte. Ich verstand auch, dass ich erst den Rückhalt der Oberen brauchte, um Leanore, Adams Mutter, etwas entgegensetzen zu können. Doch es änderte nichts daran, dass die vergangenen Tage sich einfach … *falsch* anfühlten.

Da bemerkte ich eine Berührung an meinem Arm. Als ob sie meinen Unmut spüren konnte, hatte Agrona eine Hand nach mir ausgestreckt. Etwas Weiches lag in ihrem Blick. »Du siehst deinem Vater sehr ähnlich, habe ich dir das schon einmal gesagt?«

Ich lächelte sie an. »Ein- oder zweimal.«

»Ich kann nur hoffen, dass es ein nächstes Leben gibt, in

dem ihr beide euch begegnen könnt. Er wäre sehr stolz auf dich.«

Ein Schnauben entwich mir. »Er hat dem Mirror den Rücken gekehrt und wollte in Prime leben. Er hat versucht, mich vor alldem hier zu verstecken. Ich glaube nicht, dass er sonderlich begeistert über meine Karrierewahl wäre.«

Agrona grunzte belustigt. Dann neigte sie den Kopf wieder zu mir. »Dein Vater war der größte Dickkopf dieses Planeten, und für die grauen Haare, die er mir beschert hat, hätte ich ihm eigentlich Strafarbeiten bis ins nächste Jahrhundert aufbrummen müssen. Aber …« Das Lächeln auf Agronas faltigen Lippen wackelte. »Am Ende war Melvin Harwood auch nur ein junger Mensch, der glücklich sein wollte. Wie jeder andere auch, nicht wahr?«

Ich wusste nicht, was ich darauf erwidern sollte.

Mein Glück war noch vor wenigen Wochen das Einzige gewesen, an das ich gedacht hatte. Selbstsüchtig hatte ich alles für meine Freiheit und meine eigene Chance auf Liebe getan. Und andere hatten den Preis dafür gezahlt.

Glück? Nein, der Gedanke an Glück war schon lange nicht mehr das, was mich jeden Morgen aufstehen ließ.

Es war die Schuld, die ich fühlte. Und der Drang, das, was ich angerichtet hatte, irgendwie wiedergutzumachen.

Mit flauem Magen schaute ich nach Prime. In der Welt, die kopfüber im Himmel hing, fuhren Autos als winzige Lichtpunkte auf den Straßen Central Londons. Die Skyscraper waren hell erleuchtet, und in der Ferne konnte ich die Umrisse der Outskirts erkennen. Es hatte sich nach außen hin kaum etwas verändert. Im reichen Stadtkern pulsierte das Leben, während in den Armenvierteln ums Überleben gekämpft wurde. Doch hinter den Kulissen war die Welt binnen kürzester Zeit eine vollkommen andere geworden. Sämtliche Konflikte zwischen den Ländern schienen verschwunden zu sein. Es war so friedlich wie vielleicht noch nie in der gesamten Menschheitsgeschichte. Wir wussten jedoch, welchen Preis dieser Frieden hatte: Alle wichtigen Politiker aus Prime unterstanden Leanores Willen. Sie hatte jeden einzelnen von ihnen mit Chaosmagie infiziert, und dank des Sigils, das sie trug – einer abgewandelten Kopie *meines* Sigils –, konnte sie diese Chaosmagie kontrollieren.

Sie hatte sich die gesamte untere Welt einverleibt.

Mit einem einzigen grausamen Schachzug.

»Ich wünschte, er wäre hier«, brach es aus mir heraus. Normalerweise konnte ich die Sehnsucht nach Adam tief in meinem Inneren verschließen, aber heute?

Heute fehlte er mir so sehr, dass ich es am liebsten laut hinab in die Gärten schreien wollte.

Im bunten Schein des Feuerwerks wirkte Agronas altes Gesicht, das mir in den letzten Wochen so vertraut geworden war, seltsam fremd. »Ich weiß, Liebes. Aber es würde all das, was wir gerade aufzubauen versuchen, zunichtemachen. Adam hat seine Magie verloren, und nach allem, was Leanore getan hat …« Sie schüttelte bedauernd den Kopf. »Es hat einen tiefen Graben in das Ansehen der Trembletts geschlagen, und es ist wichtig, dass Adam sich vom Mirror und dem Plateau fernhält, so schwer es für euch beide auch sein mag.«

»Ja«, erwiderte ich leise. »Ich weiß.«

Das machte es nur nicht leichter.

Agrona schien den Gedanken in meinem Gesicht ablesen zu können. »Er wird in den Mirror zurückkehren. Eines Tages. Gib dem Ganzen einfach etwas Zeit.«

Zeit. Ja, genau das war das Problem. Agrona schien zu

glauben, dass wir diese Zeit auch tatsächlich hatten. Doch ich war mir da nicht so sicher.

Leanore Tremblett war bei unserer letzten Begegnung völlig skrupellos gewesen. Ohne Reue hatte sie Kornelius Pelham ermordet, Agronas Vorgänger als Oberster Magistrat. Ohne Mitgefühl hatte sie Nikki ihr Sigil entrissen, und mit mir hätte sie dasselbe getan, wenn … wenn Celine nicht rechtzeitig aufgetaucht wäre.

Leanore verfolgte ein klares Ziel, daran hatte ich keinen Zweifel. Doch niemand von uns wusste, was genau sie vorhatte. Genügte es ihr, die Kontrolle über die Politik Primes zu erlangen? Oder war das erst der Anfang von etwas noch viel Größerem?

Wir saßen auf einem Pulverfass, dessen Lunte wir nicht zu greifen bekamen … und folglich auch nicht sehen konnten, wenn der alles vernichtende Funke auf uns zugerauscht kam.

2

Am nächsten Morgen wünschte ich mir den Tag der Krönungszeremonie zurück. Denn als ich aus einem ruhelosen Schlaf erwacht war, wusste ich nur zu genau, dass mein neuer Alltag noch schlimmer werden würde als die Feierlichkeiten der letzten Tage.

Ich stand vor der großen Doppeltür des Thronsaals. Zwei Magiehäscher hatten sich links und rechts daneben positioniert und warteten darauf, dass ich ihnen ein Zeichen gab. Und das taten sie, um ehrlich zu sein, schon einige Minuten.

»Ich denke, du hast sie jetzt lange genug zappeln lassen, Flämmchen.« Zorya schaute zu mir herab, ein amüsiertes Lächeln auf den Lippen. Seit Adams Abdankung war sie meine Leibwächterin – und sie nahm diesen Job so ernst, dass ich außerhalb meiner Privaträume nie ohne sie war.

Was mich früher wohl genervt hätte, gab mir heute ein Gefühl von Sicherheit. Mit ihrer beeindruckenden Körpergröße und der Heptagon-Tätowierung auf dem kahl rasierten Kopf hielt Zorya mir jeden Tag mehrere Dutzend Leute vom Hals. Nur leider konnte sie mich heute nicht vor denjenigen retten, die auf der anderen Seite dieser Tür auf mich warteten.

Ivon Tarrenbone, der sich um den Städtebau und die Infrastruktur des gesamten Mirrors kümmerte.

Esha Rao, verantwortlich für die Finanzen.

Und ... Barnabas Pelham, der Ururenkel von Kornelius Pelham, der mit gerade einmal zwanzig Jahren überraschend von den anderen Magistraten als Nachfolger seines Vorfahren gewählt worden war und der seither den Magietransfer zwischen dem Mirror und Prime steuerte.

Abgesehen von Agrona waren sie die drei wichtigsten Magistrate, die es im Mirror gab. Sie kamen aus einflussreichen Familien und waren echte Hardliner, denen Ordnung und Tradition über alles ging.

Meine Vorfreude war unendlich gewesen, als ich erfahren hatte, dass ihnen meine erste Audienz gewährt wurde. Ich konnte es kaum erwarten.

Nicht.

Wie gern wäre ich zumindest mit Matt und Dina an meiner Seite in den Thronsaal gelaufen. Aber Agrona hatte auf einen großen Auftritt bestanden. *Um deine Stärke zu demonstrieren, Liebes.* Ugh! Deswegen hatten sich alle außer mir bereits im Thronsaal eingefunden: die drei Hardliner-Magistrate, Matt, Dina, Agrona und auch Matts Vater, Tynan Coldwell, der früher Adams Berater gewesen war – und nun meiner.

Ich straffte die Schultern und ließ meine Gesichtszüge undurchdringlich werden. *Du bist jetzt die Mirrorlady. Sie sollten nervös sein, nicht du.* Nur wieso raste mein Herz dann so schnell, als wollte es mir aus der Brust springen?

Ein Blick zu Zorya, schon gab sie ihren Magiehäschern ein Zeichen. Sie griffen an die beiden Türhälften und zogen sie gleichzeitig nach außen. Ich zögerte nicht und lief voran. Der neue Thronsaal hier im Plateau war zwar nicht mehr so groß, wie es der ursprüngliche gewesen war, aber groß genug, dass das Klacken meiner Schritte von den hohen Wänden widerhallte. Die Köpfe der Anwesenden drehten sich in meine Richtung, und es dauerte genau zwei Sekunden. Dann gingen sie alle vor mir auf die Knie.

O Gott. *Daran* würde ich mich definitiv niemals gewöhnen.

Ich lief direkt auf die drei Magistrate zu. Ivon Tarrenbone war ein älterer, etwas korpulenter Mann mit wenigen verbliebenen Haaren auf dem Kopf. Er hatte einen Spitzbart, eine breite Nase und dünne Augenbrauen. Außerdem trug er viele Ohrringe und ein Sigil-Medaillon mit einem rautenförmigen gelben Kristall um den Hals. Rechts neben ihm erkannte ich Esha Rao. Soweit ich wusste, war sie etwas jünger als Agrona, aber dadurch, dass sie sich weniger farbenfroh kleidete und die Haare streng hochgesteckt hatte, wirkte es nicht so.

Und schließlich Barnabas Pelham. Seine schwarzen glatten Haare fielen von einem perfekten Mittelscheitel hinab über seine Schultern. Er hatte auffällig schneeweiße Haut, scharfkantige Wangenknochen und trug einen tiefschwarzen Brokatmantel über einer grauen Weste. Ein ebenfalls schwarzer Schal wurde vorne von einer Sigil-Brosche zusammengehalten. Es war ein Siebeneck mit einer Krone in der Mitte – ein Zeichen, das ich noch nie zuvor gesehen hatte. Die starren, etwas auseinanderstehenden Augen und der beinahe unnatürlich zusammengekniffene Mund erinnerten mich sofort an Kornelius Pelham, trotzdem war sein Ururenkel ohne jeden Zweifel attraktiv. Und das schien er auch zu wissen.

Typ Arschloch, dachte ich und schämte mich gleichzeitig, dass ich so vorschnell urteilte. Wahrscheinlich sollte ich den dreien zumindest eine Chance geben.

Ich lief an ihnen vorbei und nahm auf dem steinernen Thron Platz. Dann gab ich allen ein Zeichen, sich wieder zu erheben. Während der Gesichtsausdruck von Barnabas Pelham völlig unleserlich blieb, glotzten Rao und Tarrenbone mich unverhohlen an. Ich ahnte, wie anders ich heute in ihren Augen aussehen musste, jetzt, da ich kein dramatisches Krönungskleid samt Make-up trug, das mich locker fünf Jahre älter hatte wirken lassen. Heute hatte ich zum ersten Mal wieder meine üblichen Klamotten an: einen einfachen dunkelroten Mantel, Hose und Shirt.

Wahrscheinlich schoss ihnen durch den Kopf, wie wenig ich auf einmal nach einer Mirrorlady aussah – und wie sehr nach einer Unteren. Aber ich würde mich nicht davon verunsichern lassen.

Es ist gut, wenn sie dich unterschätzen, hatte Lily mal zu mir gesagt, auch wenn es mir vorkam, als wäre das in einem anderen Leben passiert.

Die Magistrate und alle anderen setzten sich auf die steinernen Sitzbänke, die mit etwas Abstand vor dem Thron platziert waren. Nur Zorya und die beiden Magiehäscher blieben in meiner Nähe stehen.

Agrona räusperte sich. »Mylady, würdet Ihr mir erlauben, einige einleitende Worte zu sagen?«

Es war abgesprochen, dass Agrona mir diese Frage stellen würde, also nickte ich knapp. Von mir aus musste sie sich auch nicht auf *einleitende Worte* beschränken. Von mir aus konnte sie die gesamte verdammte Audienz übernehmen.

Agrona neigte dankbar den Kopf, dann wandte sie sich an die drei Magistrate. »Wie ihr wisst, wurde der Mirror vor dreihundertfünfundsiebzig Jahren von den sieben Trägern der Dark Sigils erschaffen. Bis heute sind wir stolz darauf, uns als Teil einer höheren Ordnung zu betrachten, die der Magie Herr werden konnte.« Sie deutete auf mich. »Die Krönung einer neuen Mirrorlady wäre normalerweise ein glücklicher Anlass für unsere Welt, um in den nächsten Wochen den Frieden und den Zusammenhalt unter allen Mirrorstädten zu feiern. Aber wir leben in düsteren Zeiten. Kornelius Pelham und Celine Attwater sind nur zwei von vielen Opfern, die vor wenigen Wochen grausam ermordet wurden. Und es gibt keinen Zweifel daran, dass Leanore Tremblett dafür verantwortlich ist. Sie hat ihren eigenen Tod vorgetäuscht und operiert seither im Verborgenen. Sie ist eine Destabilisatorin und eine Fanatikerin. Und wenn wir sie gewähren lassen, wird es eine Rückkehr zu den dunklen Tagen geben, als Prime von den katastrophalen Auswirkungen unserer Magie heimgesucht wurde. Die Frage ist nun, ob wir die Augen davor verschließen … oder ob wir handeln.«

Die Magistrate ließen sich nicht anmerken, was sie von Agronas Rede hielten. Und auch Dina und Matt saßen reglos da, ihre Gesichtsausdrücke so neutral, wie es meiner hoffentlich auch war.

Agrona hatte mir versichert, dass die Magistrate unseren Plänen letzten Endes nur zustimmen *konnten* – so lief es nun einmal bei einer Alleinherrschaft. Aber sie wurde auch nicht müde zu betonen, dass es leichter wäre, wenn ich die drei überzeugen könnte und damit ihre Zustimmung freiwillig bekäme. Wir brauchten im Kampf gegen Leanore die Soldaten, die Magie und die Sigils, die im Besitz der Magistrate waren. Und deshalb mussten wir – musste *ich* – Hardliner Nummer eins und zwei sowie den Pelham-Enkel unbedingt auf unsere Seite ziehen.

»Eine Fanatikerin?«, fragte Ivon Tarrenbone nach einer kurzen Pause, den Blick auf Agrona gerichtet. »Leanore Tremblett war unsere Mirrorlady und hat viele Jahre diese

Welt geführt. Nicht unerfolgreich, mochte man meinen. Ich denke, das Wort Fanatikerin ist vielleicht doch etwas respektlos, findest du nicht, Agrona?«

»Ivon«, sagte Agrona, als würde sie mit einem alten Freund sprechen. »Ich denke, du weißt dank deiner Funktion besser als jeder andere, wie viele Orte es im Mirror gibt, die aufgrund der Chaosmagie-Bündelungen unbewohnbar geworden sind. Leanore hätte das verhindern – oder zumindest den Schaden minimieren – können. Aber das hat sie nicht. Sie hat die Verbreitung der Chaosmagie jahrelang befeuert. Und in Prime wird dasselbe geschehen. Ihr habt mit eigenen Augen gesehen, wie sie damals bei dem großen Empfang hier auf dem Plateau gewütet hat.«

»Wir wollen es nicht leugnen«, hakte Esha Rao ein. Sie hatte beide Arme über dem Schoß gefaltet und bewegte sich kaum einen Millimeter, während sie redete. »Aber es ist eine Frage der Perspektive. Leanore Trembletts Pläne fußen darauf, dass sie mit Hilfe der Chaosmagie eine Vielzahl von Menschen kontrolliert, oder nicht? So wie wir es sehen, wird das Ganze wie folgt enden: Diese Menschen werden früher oder später an der Infektion sterben, und ja, das ist tragisch, aber es führt auch dazu, dass Leanore Tremblett die Kontrolle über Prime nicht aufrechterhalten kann. Ihr werden die eigenen Marionetten nach und nach wegbröckeln, und egal, wer sie hier im Mirror war, sie wird keine neuen Befürworter finden. Das, was wir gerade in Prime sehen, ist der verzweifelte Versuch einer Frau, sich an die Reste ihrer Macht zu klammern. Aber sie hat sich übernommen, und das Problem wird sich von selbst lösen. Ganz ohne unser Zutun.«

Ich starrte Rao an. Verstand ich sie gerade richtig?

»Sie wollen also einfach zusehen?«

Die Magistratin wandte den Blick mit einem schmallippigen Lächeln zu mir. »Mylady, bitte verzeiht, dass ich so offen spreche, aber ich und eine Vielzahl anderer Magistrate sind der Meinung, wir sollten uns auf den Mirror konzentrieren. Wir haben, nun ... selbst recht große Probleme.«

Tarrenbone stimmte mit einem ernsten Blick zu. Nur Barnabas Pelham schwieg weiterhin eisern.

Meine Hände verkrampften sich um die Armlehnen des Throns. Ich wusste bereits von Agrona, dass selbst diejenigen Magistrate, die Septem gegenüber loyal waren, mit den Entwicklungen im Mirror nicht gerade zufrieden waren. Vor allem damit, wie viel *Unordnung* die neue Generation der Sieben in ihren Augen angerichtet hatte.

Sebastian war auf Leanores Seite gewechselt, weil er Mirrorlord hatte werden wollen. Celine war gestorben, und Cedric hatte als ihr Bruder deren Sigil übernommen. Leanore hatte wiederum Nikkis Sigil in ihren Besitz gebracht. Und die Schicksalswürfel – das mächtigste der Dark Sigils – waren ohne Träger.

Das alles suggerierte nicht gerade Stabilität für den Mirror.

Und die Oberen standen ganz furchtbar auf *Stabilität*.

»Wenn du nicht verstehst, dass unsere Probleme derzeit zweitrangig sind«, sagte Agrona an Rao gewandt, »dann hast du, fürchte ich, den Ernst der Lage nicht erkannt.«

Rao wedelte bloß mit der Hand. »Bitte, Agrona. Wenn ich so sehr im Dunkeln tappe – erleuchte mich.«

»Leanore hat gegen ein Prinzip verstoßen, das auf Blut und Schweiß, auf Tränen und Opfern vieler Generationen aufgebaut wurde. Der Mirror sollte Prime vor den dunklen Seiten der Magie *schützen*. Stattdessen hat Leanore, während ihrer Zeit als Mirrorlady, Prime der Chaosmagie preisgegeben und hat es nun geschafft, mit einem Schlag sämtliche Regierungschefs unter ihre Kontrolle zu bringen. Unser Kontakt zu den Ländern ist vollkommen abgebrochen! Und jegliche Versuche, Treffen zu organisieren, werden ignoriert! Selbst wenn die derzeitigen Regierungsmitglieder an den Infektionen sterben, kann Leanore sich dank ihrer Ignis-Replik, immer wieder neue Lakaien schaffen. Unser Ziel *muss* es deshalb sein, Prime zu befreien.«

»Warum?«

»Warum?« Ich starrte Esha Rao fassungslos an. Hatte sie das gerade ernsthaft gefragt?

Die Magistratin hob eine fein getrimmte Augenbraue. »Ich sehe schlichtweg nicht, wieso wir in Aufregung geraten sollten. Die Schutzmaßnahmen, die ich in den letzten Wochen autorisiert habe, sind mehr als ausreichend. Die Barriere, die den Mirror von Prime abschirmt, wurde unter hohen Kosten mit weiterer Magie und Sigils verstärkt. Wir befinden uns in Sicherheit. Und deshalb sollten wir uns nicht damit befassen, was in Prime passiert. Sondern hier, in der echten Welt.«

Hätte ich es nicht mit eigenen Ohren gehört, ich hätte es nicht für möglich gehalten, wie ignorant ein Mensch sein konnte.

»Prime ist die echte Welt!«, presste ich mit bebender Stimme hervor – ich *konnte* mich einfach nicht mehr zurücknehmen. »Und der Mirror wird ohne Prime keine Zukunft haben, ganz egal, wie mächtig die Schutzbarriere auch ist.«

Einige Sekunden kehrte Stille ein, und ich hoffte schon, die drei würden nun endlich einlenken. Doch da meldete sich Barnabas Pelham zum ersten Mal zu Wort.

»Was ist mit Leanores Sohn?«, fragte er mit überraschend melodischer Stimme. »Was ist mit dem ehemaligen Mirrorlord? Es heißt, er sei ebenfalls in Prime. Hat er sich seiner Mutter angeschlossen?«

Bitte was?

Ich öffnete den Mund, um Pelham so höflich wie möglich zu sagen, dass ich ihm mit meinem Magieschwert eine Kurzhaarfrisur verpassen würde, wenn er es noch einmal wagen sollte, einen derartigen Verdacht zu äußern. Doch Agrona war schneller.

»Adam Tremblett ist nach dem Verlust seiner Magie für die Situation nicht mehr relevant.«

Die Worte versetzten mir einen Stich ins Herz. Es tat weh, Agrona so über Adam reden zu hören – dabei wusste ich, dass sie es nur tat, um ihn und uns alle zu beschützen.

Bislang war es für die Oberen und auch für die Magistrate ein großes Mysterium, wie genau ihr Mirrorlord sein Dark Sigil verloren hatte. Niemand wusste etwas von der Schattenathame oder ihrer Fähigkeit, die Sigils mit nur einem Schnitt von ihren Trägern zu lösen. Und das musste auch so bleiben – genau wie es ein Geheimnis bleiben musste, wo Adam und Nikki seither waren und was sie taten.

Trotzdem wünschte ich mir oft, ich könnte die Wahrheit erzählen. Dann würden sie endlich aufhören, diese Gerüchte über die beiden zu streuen: dass ihre Sigils sie abgestoßen hätten. Dass sie ihrer Magie nicht mehr *würdig* gewesen wären. Dass sie nun gegen den Mirror arbeiteten.

Vor seinem Aufbruch hatte Adam versucht, mich vorzuwarnen. Er hatte vorhergesehen, dass seine Familie jegliches Ansehen verlieren würde und mir deutlich zu verstehen gegeben, ich solle mich deshalb nicht verrückt machen – aber es fiel mir schwer.

Der Mirror hatte Adam wie einen Gott verehrt.

Und jetzt?

Jetzt waren die Trembletts Hochverräter.

»Kommen wir zurück zum Thema«, sagte Agrona. »Wir wollen alles, was in unserer Macht steht, unternehmen, um Prime von der Chaosmagie – und von Leanore Tremblett – zu befreien. Dafür *müssen* wir vereint agieren.«

Barnabas Pelham schaute erst zu Ivon Tarrenbone, dann zu Esha Rao, und es war dieser Moment, in dem es mir bewusstwurde: Die drei hatten sich vorher abgesprochen. Ich konnte es deutlich in ihren Gesichtern ablesen. Der Verlauf dieses Gesprächs wunderte sie kein Stück, im Gegenteil.

Es lief haargenau so, wie sie es sich erhofft hatten.

»Wir sind einverstanden«, sagte Pelham gönnerhaft. »Bereits mein Ururgroßvater wusste, dass wir alle Ressourcen dafür einsetzen müssen, die Stabilität der Welt zu bewahren.«

Stabilität. Da war es wieder – das Zauberwort. Die Frage war nur, welchen Preis diese Stabilität haben würde.

»Allerdings«, setzte Pelham da auch schon nach, »halten wir es für unabdinglich, die Sicherheit des Mirrors dabei nicht außer Acht zu lassen. Die Dark Sigils wurden bereits vor zwei bis drei Jahren an die neue Generation übergeben. Und bislang gibt es keinerlei Anzeichen, dass die jeweiligen Erbfolgen gesichert werden.«

Mir musste der Mund offenstehen, als ich begriff, worauf der Typ hinauswollte. Pelham wollte ernsthaft darüber sprechen, warum noch niemand von uns verheiratet war!

Auf einmal fühlte es sich an wie in meiner Zeit im Waisenhaus, als ich meine Wutausbrüche gegen Lazarus und die anderen Nightserpents einfach nicht hatte kontrollieren können. Ich knirschte mit den Zähnen und hasste mich selbst dafür, wie leicht dieser Typ mich reizen konnte.

»Daran trägt ebenfalls Leanore Tremblett die Schuld«, schaltete sich da erstmals Tynan Coldwell in das Gespräch ein. »Zwei Hochzeiten standen bereits plangemäß bevor. Dass beide Verlobungen aufgelöst wurden, war niemals –«

»Das ändert nichts an der derzeitigen Lage«, unterbrach Esha Rao Matts Vater mit einem schmalen Lächeln. »Ich denke, da sind wir uns einig. Wenn wir unsere komplette Aufmerksamkeit auf die Krise in Prime lenken und dabei nicht beachten, dass sich eine neue, weitaus größere Krise hier mitten unter uns anbahnt, handeln wir verantwortungslos. Verlieren wir die Kontrolle über die Dark Sigils, verlieren wir alles. Die Erbfolgen *müssen* gesichert werden.«

»Sie hat recht«, sagte Tarrenbone. »Die aktuelle Übergangsphase ist die unruhigste, die wir seit Jahrhunderten erleben. Man hat an Ignis gesehen, was passiert, wenn auch nur *ein* Dark Sigil nicht rechtzeitig weitergereicht wird. Soweit wir wissen, ist Sebastian Lacroix mit Divinus verschwunden, und Solis befindet sich bei der Tochter von Leanore Tremblett, deren Blutlinie für dieses Sigil gar nicht geeignet ist – es ist *Wahnsinn*! Deshalb sollte die erste Aufgabe sein, diejenigen Sigils, die noch in unserem Besitz sind, zu sichern. Schnellstmöglich.«

»Ich …«, setzte ich an, wusste aber nicht, was ich antworten sollte.

Da sah ich, wie Matt sich auf seinem Platz aufrichtete. Sein Gesichtsausdruck war ernst, er schaute überallhin, aber nicht zu mir. »Meine Verlobung wird in Kürze stattfinden«, sagte er. »Die Gespräche mit der potenziellen Familie sind bereits im Gange.«

»Das Gleiche gilt für mich«, stimmte Dina ein, und ich spürte, wie sich ein Knoten in meinem Magen bildete.

Sie wollten sich beide verloben? Aber … wann? Mit wem?

Und wieso hatten sie mir nichts davon erzählt?

»Wie erfreulich!« Tarrenbone wirkte wie eine Katze, die gerade einen vollen Napf Milch ausgeschleckt hatte. Sein zufriedener Blick richtete sich auf mich. »Natürlich wäre es ein großes Zeichen, wenn unsere Erste Trägerin ebenfalls –«

»Das wird sie«, unterbrach ihn Agrona, noch bevor ich reagieren konnte – zum Beispiel, indem ich Tarrenbone ins Gesicht spuckte. »Zu gegebener Zeit.«

Ja genau. Wenn ich *neunzig* war!

Agrona warf mir einen flüchtigen, aber ernsten Blick zu, der wohl so viel sagen sollte wie: *Bitte verlier jetzt nicht die Beherrschung.* Sie wirkte auf einmal ziemlich beunruhigt, und als Barnabas Pelham sich wieder einschaltete, wusste ich auch, warum.

»Das ist in der Tat ein gutes Zeichen. Aber es genügt nicht. Die größte Katastrophe ist mit Abstand, dass Alius und Etas noch nicht an eine neue Familie übergeben wurden.«

Die Worte durchdrangen meinen Geist wie eisige Tropfen, die plötzlich auf meine Haut prasselten, während mein Verstand versuchte, die Tragweite dessen, was Pelham da sagte, zu erfassen.

Darauf hatten es die drei also abgesehen, und zwar von Anfang an.

Es ging ihnen um Alius und Etas.

Für mich war es unvorstellbar, dass jemand anderes als Adam die Schicksalswürfel tragen könnte. Denn ihre Magie war untrennbar mit der meines Sigils verbunden, und das schon seit Generationen. Wir kannten den Grund dafür nicht, wussten nicht, wieso oder warum Ignis und Alius und Etas derart aufeinander reagierten, aber Adam und ich hatten sogar die Gedanken und Gefühle des anderen hören können. Als ob wir uns auf einer Ebene begegnet waren, die jenseits des reinen Verstandes lag. Anfangs hatten wir uns noch dagegen gewehrt, aber dann … hatte unsere Magie eine Verbindung zueinander gefunden.

Und wir ebenso.

Die Verbindung war in der Sekunde erloschen, als Celine mit der Schattenathame die Schicksalswürfel von Adam getrennt hatte. Und ich versuchte zu akzeptieren, dass er sie nie wieder würde tragen können. Aber dass jemand *anderes* es tat …

Wie sollte ich je damit klarkommen? Und was noch viel schlimmer war: Was konnte ich dagegen sagen?

Objektiv gesehen ergab es keinen Sinn, die Schicksalswürfel unter der Glasglocke mit den Magiehemmern zu bewahren, so wie wir es die letzten Wochen getan hatten. Alius und Etas waren unsere stärkste Waffe – mit ihnen konnten wir die Zeit zurückdrehen und damit alles ungeschehen machen, was Leanore anrichtete. Wenn es hart auf hart kam, wären wir ihr einen entscheidenden Schritt voraus.

Es gab keinen guten Grund, es hinauszuzögern.

Pelham tauschte noch einmal einen Blick mit Rao und Tarrenbone aus, die ihm daraufhin zunickten. Dann zog er einen Zettel aus seiner Manteltasche hervor und kam damit auf mich zugelaufen.

»Es wird Zeit, einen neuen Träger zu ernennen«, sagte er, als er unmittelbar vor dem Thron stand. »Sobald Alius und Etas wieder in sicherer Hand sind, sehen wir die Stabilität des Mirrors so weit gewährleistet, dass wir unseren Beitrag zur Rettung Primes leisten werden.«

»Wie gut vorbereitet du doch bist, Barnabas«, sagte Agrona mit spitzem Tonfall. »Und wen hattet ihr im Sinn?«

Meine Finger zitterten ganz schwach, als ich den Zettel von Pelham entgegennahm. Ich faltete ihn auseinander und überflog die Zeilen, die darauf standen. Es war keine lange Liste mit Vorschlägen, wie ich es zunächst vermutet hatte. Stattdessen prangte ein einziger Name auf dem Papier. Vorname und Nachname. Gefolgt von einer ganzen Reihe an Unterschriften, die wohl von Befürwortern stammten.

Langsam schaute ich auf und sah, wie Barnabas Pelham, der bislang kaum eine Miene verzogen hatte, mich vielsagend anlächelte.

»Wen wir im Sinn haben? Nun ... *mich.*«

3

Er hat eindeutig den Verstand verloren!«

Ein Klirren. Und noch eins. Dann ein Keuchen, ein Stöhnen, gefolgt von Klirren Nummer drei.

»Ein Magistrat als Sigil-Träger?« Wütendes Schnauben. »Das gab es in der gesamten Geschichte des Mirrors noch nie!«

Ich lag rücklings auf dem Sofa und hielt die Augen geschlossen. Dadurch konnte ich nicht sehen, wer auf der Trainingsmatte in der Mitte des Raumes gerade die Oberhand hatte. Aber anhand der puren Rage, die in Dinas Stimme zu hören war, hatte Matt heute wohl keinerlei Chance gegen sie.

»Wer denkt er, wer er ist?« Wieder ein Klirren, und ich spürte die Wucht des Schlages förmlich in meinen Knochen. »Er ist noch nicht mal einen Monat im Amt und verlangt von uns, ihm ein Dark Sigil zu schenken?« Metall schlug auf Metall, immer drängender und schneller. »Ich meine – hat der Kerl sie noch alle?!«

Ich tastete nach Echos samtigem Fell, der in seiner Raubkatzengestalt locker die Hälfte des Sofas einnahm. Seit Wochen kehrte er ständig zu mir zurück und leistete mir Gesellschaft, mal in seiner Vogelgestalt, dann wieder zerstäubte sein Körper zu Magiepartikeln und verwandelte sich wie jetzt in eine Katze.

»Dina«, hörte ich Matt sagen – wobei *flehen* wohl das passendere Wort war. »Auszeit. *Bitte.*«

Ich streichelte Echo noch einmal über den Kopf, dann öffnete ich schließlich doch die Augen. Dina lief wie ein eingesperrter Tiger umher, der zu viel Energie in sich hatte und nicht wusste, wohin damit. Auf ihren nackten Armen und Beinen leuchteten die Lichtmale grünlich auf, und Anguis lag als Peitsche fest in ihren Händen.

Auch Matts Magie war auf seinem freigelegten Oberkörper zu sehen, als ein Hauch lilafarbener Symbole. Im Gegensatz zu Dina lief er jedoch nicht umher, sondern lag flach auf dem Rücken und starrte an die Decke, während sein Brustkorb sich angestrengt hob und senkte.

»Ihm muss doch klar sein, dass du niemals zustimmen wirst«, fuhr Dina fort und schaute dabei für eine Millisekunde zu mir, bevor sie sich weiter daranmachte, Gräben in die Trainingsmatte zu laufen. »Warum solltest du auch? Du kannst *jeden* wählen. Und selbst wenn das den Magistraten nicht passt … Was sollen sie schon machen? *Streiken?*«

»Dina …«, versuchte ich, in ihre Schimpftirade einzuhaken.

»Ich baue ihm einen Kummerkasten, an den er sich mit seinem Rumgeheule wenden kann. Dieser Typ ist unfassbar! *Barnabas Pelham*«, äffte sie. »Genauso fischgesichtig wie sein unausstehlicher Uropa. Ich würde ihm seine Glupschaugen am liebsten in den Schädel drücken und –«

»Dina!«

Ich hatte mich auf dem Sofa aufgesetzt und meine Stimme erhoben, was zu meiner eigenen Überraschung tatsächlich Wirkung zeigte. Dina hielt inne, wickelte Anguis zurück um ihre Taille und verschränkte dann die Arme vor der Brust.

»Was?«, gab sie zurück. »Sag nicht, ich hätte unrecht.«

»Dass er wie ein Fisch aussieht?«

»Dass er das nicht machen kann!« Dina warf die Hände in die Luft. »Er kann nicht einfach fordern, der nächste Träger von Alius und Etas zu werden. So funktioniert das nicht. Ich meine … es ist doch wohl offensichtlich, dass die Magistrate nur deshalb einen so jungen Typen ins Amt erhoben haben, um endlich eine Chance auf *wirkliche* Macht zu bekommen. Aber es ist egal, wie viele Unterstützer für Pelham bürgen, *wir* treffen die Auswahl.« Dina schaute nach unten, wo Matt noch immer zu ihren Füßen lag. »Kannst du vielleicht auch mal was sagen?«

Matt stöhnte bloß leise und gequält. »Ich glaube, ich verblute innerlich.«

Dina verdrehte die Augen. »Sei kein Baby, du hast schon viel Schlimmeres eingesteckt.« Sie streckte Matt eine Hand entgegen. Unter lautem Ächzen zog er sich auf die Beine und humpelte dann zu dem Regal, in dem Handtücher und Trinkflaschen bereitstanden. Wenig später ließen sich beide zu Echo und mir auf das Sofa sinken. Dina hob Echos Hinterbeine auf ihren Schoß und streichelte ebenfalls über seinen Rücken, den Blick mürrisch auf einen unsichtbaren Punkt irgendwo im Zimmer gerichtet.

Wir befanden uns in der neuen *Bastion*. Das alte Gemeinschaftszimmer, das seit Generationen in der Hand der Sieben gewesen war, war zusammen mit dem Rest des Palasts in die Luft gesprengt worden. Der neue Raum hier auf dem Plateau, der sich in den letzten Wochen schleichend zu unserem Haupttreffpunkt entwickelt hatte, war nicht mal halb so groß und hatte auch nicht mehr so viel Charme. Zwar standen ein gemütliches Sofa, ein paar Sessel und ein Tisch neben dem Trainingsbereich, aber es fehlte Matts Sammlung an Lustige-Sprüche-Tassen, und statt der kultigen Filmposter waren die Wände völlig kahl.

Doch *Bastion 2.0*, wie Matt sie nannte, hatte eine besondere, sehr exklusive Eigenschaft, die sie zum schönsten Raum im neuen Septem machte.

Sie gehörte nur uns. Nicht einmal Agrona hatte hier Zutritt. Und selbst Zorya wartete draußen.

»Wie kannst du nur so ruhig bleiben?«, fragte Dina mich, die Stirn in Falten gelegt. »Du denkst doch nicht ernsthaft drüber nach, ihm die Schicksalswürfel zu geben, oder?«

Ich schnitt sofort eine Grimasse. »Nicht wenn ich es irgendwie verhindern kann.«

Das Problem war: Ich wusste nicht, ob ich es tatsächlich verhindern *konnte*. Dass ein Magistrat ein Dark Sigil führte, war noch nie vorgekommen, aber das hieß nicht, dass es nicht möglich war. Barnabas Pelham war viel jünger als die anderen Magistrate. Ja, auch er würde heiraten und einen Erben zeugen müssen, aber bis sein Kind alt genug war, könnte er Alius und Etas führen.

»Es ist deine Entscheidung«, sagte Dina zu mir. »Die Magistrate testen offensichtlich ihre Grenzen aus. Aber am Ende des Tages sind das alles nur Machtspielchen. Sie werden akzeptieren, wenn du nein sagst.«

Das mochte sein. Aber die Argumente, die Pelham, Tarrenbone und Rao vorgebracht hatten, ließen sich trotzdem nicht einfach beiseitewischen. Und sie wussten genau, dass wir auf sie angewiesen waren.

Ich streichelte über Echos weißen Stirnfleck und fragte mich, was Cedric mir wohl geraten hätte. Ich vermisste ihn und seine ruhige Art so sehr. Aber nach dem Verbindungsritual mit dem Saphirschlüssel hatte er sich sofort mehrere Stapel von Büchern und Schriftrollen aus der Ewigen Bibliothek nach Nova bringen lassen. Seither verbrachte er jede freie Minute mit Nachforschungen zur Schattenathame und der Prädiktion, die wie ein Damoklesschwert über unseren Köpfen schwebte.

Mir war natürlich klar, dass Cedric damit ein Stück weit versuchte, vor der Trauer um Celine davonzulaufen. Dank der Magie von Nova, aufgrund derer die Zeit innerhalb der Stadt stark ausgedehnt wurde, verbrachte er Stunden, Tage und womöglich sogar Wochen dort – ohne dass wir es merkten. Doch dass er sich in die Studien flüchtete, dagegen konnte ich nichts sagen. Gerade ich nicht.

Wann immer wir uns trafen, kam es mir so vor, als könnte Cedric mir kaum noch ins Gesicht schauen. Und ich verstand auch, wieso.

Weil Celine *mich* hatte retten wollen.

Weil sie *meinetwegen* gestorben war.

Ich holte tief Luft. Dann schaute ich zu Dina und Matt herüber. »Wollt … wollt ihr euch wirklich verloben?«, fragte ich leise das, was mir eigentlich in der letzten Stunde auf der Seele gebrannt hatte. »Das habt ihr mit keiner Silbe erwähnt.«

»Und dich überrascht das, warum?« Dina klang nicht wütend, nur müde. »Ray, das Thema Ehe wurde von unseren Eltern seit dem Tag unserer Geburt geplant. Für jeden von uns gibt es Karteien mit möglichen Partnern, nach Priorität sortiert, mitsamt Stammbaum und einer Pro-und-Kontra-Liste. Es ist einfach an der Zeit, so oder so.«

Mir war nicht entgangen, dass sie meine Frage nicht beantwortet hatte, aber das musste sie auch nicht. Es war klar, dass weder Dina noch Matt heiraten *wollten*. Sie waren nur bereit, sich zu fügen, und das machte mich unfassbar traurig.

»Ich bin jetzt Mirrorlady«, sagte ich langsam, und Dina lächelte.

»Ach echt? Haben wir gar nicht mitbekommen.«

»Was … was wäre, wenn ich die Regeln ändere? Was, wenn ich beschließe, dass niemand von uns heiraten muss?«

Dina schaute einen Moment lang auf die Wasserflasche in ihrer Hand, dann zurück zu mir. »Natürlich könntest du dich gegen alle Magistrate stellen und auch den Oberen sagen, dass jetzt eine neue Zeit anbricht. Aber, Ray … die Regeln der Dark Sigils kannst du nicht ändern. Das hätte Adam längst getan, wenn er die Möglichkeit dazu gehabt hätte, glaub mir.«

Ja, dachte ich mutlos. Unsere einzige Chance war die Schattenathame gewesen und die Hoffnung, dass sie wirklich die Dark Sigils ohne jegliches Opfer hätte von uns lösen können. Aber stattdessen hatte sie Menschenleben gefordert … *Celines Leben.*

Wir würden die Athame nie wieder verwenden. Und das bedeutete, die Blutlinien mussten fortgesetzt werden. Adam würde als Tremblett niemals für mich in Frage kommen, nicht nur, weil alle seine Familie für Verräter hielten, sondern auch, weil eine Freiheit, um einen Tod erkauft, keine echte Freiheit sein konnte.

Ratlos schaute ich durch eines der schmaleren Fenster in die Ferne, auch wenn man die Stadt aus diesem Winkel kaum sehen konnte. Ich sollte wohl endlich akzeptieren, wie das System der Dark Sigils funktionierte. Unendlich viele Generationen vor uns waren denselben Weg gegangen. Doch eine Stimme in meinem Inneren flüsterte immer wieder: *Was, wenn es doch einen Weg gäbe?*

Die Audienz heute Morgen spielte sich von neuem in meinem Unterbewusstsein ab, und langsam wusste ich auch, was mich an dem ganzen Gespräch so gestört hatte.

Im Grunde hatte ich damit gerechnet, dass die Magistrate uns viel mehr darüber löchern würden, was in der Schicksalsnacht hier auf dem Plateau geschehen war. Ich hätte sogar verstanden, wenn sie es getan hätten – denn ich hätte an ihrer Stelle auch mehr darüber herausfinden wollen. Aber sie hatten keinerlei Fragen gestellt und nur darauf beharrt, wieder Ordnung in das System der Dark Sigils zu bringen.

»Denkt ihr, sie wissen wirklich nichts über die Athame?«, fragte ich Dina und Matt, und auf ihre verwirrten Blicke hin setzte ich nach: »Ich finde es seltsam, dass es sie nicht interessiert hat, was eigentlich passiert ist. Mit Adam, Nikki und Celine, meine ich.«

»Du glaubst, sie kennen die Wahrheit?«, fragte Matt, woraufhin ich ratlos die Schultern zuckte.

»Sebastian war in der Nacht bei uns. Was, wenn er doch jemandem davon erzählt hat?«

»Dann hätte er auch Ansprüche auf den Thron erhoben«, wandte Matt ein. »Sebastian macht nichts, was für ihn keinen Nutzen hat. Und es wäre die perfekte Gelegenheit für ihn gewesen, endlich Mirrorlord zu werden.«

»Stattdessen ist er wie vom Erdboden verschwunden«, gab ich zu.

»Und das kann er auch bleiben.« Matt legte den Kopf auf die Sofalehne und starrte an die Decke. »Wahrscheinlich leckt er irgendwo seine Wunden. Lenkt sich ab mit Partys, One-Night-Stands oder was auch immer. Ist mir egal, solange ich sein Gesicht nie wieder sehen muss.«

Etwas leuchtete neben mir auf, und ich sah, wie Dina die Schattenathame hervorzog. Das Deckenlicht spiegelte sich in der silbrigen Klinge und dem aufwendig verzierten Griff, während Dina den Dolch zwischen ihren Fingern drehte.

»Ich ertrage es nicht mehr, wie du sie die ganze Zeit anstarrst«, hatte Dina vor ein paar Wochen zu mir gesagt und mir die Athame einfach abgenommen. Seitdem trug sie den Dolch zu jeder Tages- und Nachtzeit an ihrem Gürtel, und niemand von uns wagte es, ihn ihr wieder streitig zu machen.

Die Athame war das Einzige, das wir als Sieg gegen Leanore verbuchen konnten. Aber gleichzeitig war dieses Sigil – *Umbra*, wie es in den Büchern genannt wurde – eine große Gefahr für uns. Nicht nur, weil die Magie, die es wirken konnte, die Lebenskraft eines Menschen einforderte. Sondern auch, weil es laut der Prophezeiung, die wir in Nova gehört hatten, den Untergang des Mirrors herbeiführen würde.

Nicht die Athame selbst, aber sie sollte ein *Wegbereiter* sein. So hatte es in einem der Bücher aus der Ewigen Bibliothek gestanden. Der Wegbereiter für etwas, das sämtliche Magie des Planeten kontrollieren konnte.

Wir wussten nicht, was dieses Etwas war. Wir wussten nur, dass wir die Athame um jeden Preis vor Leanore beschützen mussten.

»Sie sucht nicht einmal danach«, sagte ich in die Stille hinein, woraufhin Dina und Matt mir erneut fragende Blicke zuwarfen. »Leanore, meine ich. Sie hat seit der Nacht auf dem Plateau nicht einen Versuch unternommen, die Athame zurückzubekommen.«

»Na ja …«, erwiderte Dina gedehnt. »Ich schätze, es ist ziemlich zeitaufwendig, alle Menschen in Prime zu kontrollieren.«

»Trotzdem«, sagte Matt. »Ich weiß, was Ray meint. Sie hat über Jahrzehnte diesem Ding hinterhergejagt. Hat dafür ihren eigenen Tod vorgetäuscht. Und jetzt lässt sie es links liegen?«

»Vielleicht wartet sie nur auf die richtige Gelegenheit«, vermutete Dina. »Sie wird selbst wissen, dass sie hier in Septem nicht an die Athame drankommt.«

»Noch nicht«, flüsterte ich.

Leanore war gefährlich. Und was taten gefährliche Menschen, wenn sie mit dem Rücken zur Wand standen?

Sie waren zu *allem* bereit.

Wieder dachte ich an den Moment, als ich Leanore auf dem Plateau gegenübergestanden hatte. Obwohl mein Vater mir eine geringe Menge an Chaosmagie vererbt hatte und ich sie in mir trug, hatte Adams Mutter mich nicht kontrollieren können. Nur warum nicht? Hatte sie es gar nicht erst versucht? Oder hatte es nicht funktioniert?

Der Gedanke ließ eine Gänsehaut über meinen ganzen Körper laufen. Egal, was passierte … Auf keinen Fall wollte ich eine von Leanores Marionetten werden.

Da spürte ich, wie Matt von der Seite einen Arm um meine Schultern legte, dann auch um Dinas und uns fest an sich zog. »Wir finden einen Weg aus diesem ganzen Schlamassel«, sagte er. Ich nickte und ließ mich müde in Matts Umarmung sinken.

Wir müssen.

Einige Tage später schwebte das Angebot von Barnabas Pelham noch immer über unseren Köpfen. Er hatte bisher nicht nachgehakt, wie unsere Antwort lauten würde, aber ich war mir sicher, es war nur eine Frage der Zeit.

Agrona hatte unterdessen eine Liste eigener Kandidatinnen und Kandidaten angefertigt, die die Schicksalswürfel übernehmen sollten. Es war eine endlose Abfolge an Namen, die mir allesamt nichts sagten. Doch die Oberen dahinter hatten offenbar das strenge Auswahlverfahren bestanden, das jeder potenzielle Träger eines Dark Sigils durchlaufen musste. Sie waren mit keiner der bestehenden Blutlinien verwandt, auch nicht über die entfernteste Ecke. Außerdem bestachen sie durch einen herausragenden Umgang mit Magie und natürlich das Allerwichtigste: Sie waren imstande, Kinder zu zeugen.

»Soll ich eine Münze werfen?«, fragte ich etwas schnippischer als geplant. Ich ließ die Liste sinken und legte sie zurück auf den Schreibtisch in Agronas Büro, wo wir uns getroffen hatten. »Soweit ich es einschätzen kann, sind sie alle *bestens* geeignet.«

Agrona beäugte mich aufmerksam. Seit sie aufgehört hatte, Alkohol zu trinken, war sie schrecklich scharfsinnig geworden. Dass ihr irgendetwas entging, kam so gut wie nie vor, und an manchen Tagen erwog ich ernsthaft, ihr heimlich Bourbon in den Tee zu gießen.

»Du willst niemanden auswählen.«

Ich schnaubte. Na gut, für *diese* Erkenntnis hatte sie nun wirklich nicht nüchtern sein müssen. »Was willst du von mir hören? Dass ich es nicht abwarten kann, Adams Sigil an jemand anderes weiterzugeben? Es ist …«

»Es ist nicht mehr Adams Sigil.« Agrona sah mich traurig, aber auch ernst an. »Er hat das längst akzeptiert. Und du musst es auch.«

Ich presste die Lippen aufeinander. Hatte sie recht? Sicher – nachdem Adam Alius und Etas in die Verwahrung abgegeben hatte, war er nie wieder auch nur in ihre Nähe gekommen. Aber wie es in ihm aussah, wusste ich nicht.

Zwar sehnte ich mich Tag und Nacht nach ihm und war

mehrfach versucht, Kontakt mit ihm aufzunehmen, aber schlussendlich tat ich es doch nicht. Es war nicht so, dass ich Adam einfach aus dem Mirror hätte anrufen können, und alles andere war ... keine gute Idee. Nicht nur, weil die Oberen nichts davon erfahren durften, sondern auch wegen Pris. Adam machte schon seit Wochen in Prime Jagd auf seine Mutter, und er tat alles dafür, seine Schwester zu finden. Und von dieser Mission durfte ich ihn nicht ablenken.

»Es spielt keine Rolle, wen wir aussuchen«, flüsterte ich mit einem Blick auf die Liste vor mir. »Von mir aus kann es der Erste auf der Liste sein. Du kennst diese Familien gut, du wirst dir etwas dabei gedacht haben.«

Agronas wacher Blick wich keine Sekunde von mir. »Bist du dir sicher?«

Das war ich. Denn es würde keine Rolle für mich spielen, wer Alius und Etas trug. Es würde sich so oder so schrecklich falsch anfühlen.

Mit einem knappen Nicken stand ich auf. Dieses Gespräch war wie eine Schlinge, die sich immer weiter um meinen Hals zusammenzog. Aber ich kam keine drei Schritte weit.

»Rayne. Da ist noch etwas.«

Als ich wieder zu Agrona sah, hielt sie auf einmal einen Brief in der Hand. Sie zögerte kurz, doch schließlich schob sie mir das Kuvert über den Tisch entgegen. Ein schlichtes V, eingefasst in einem Kreis, war darauf abgebildet.

»Was ist das?«, fragte ich und zog den Brief an mich.

»Eine Einladung an dich. Sie kam mit den Hunderten Gratulationsbekundungen zu deiner Krönung, deshalb wurde sie erst heute Morgen entdeckt.«

Ich schaute auf den Brief herab. *Vault Corp.* stand klein gedruckt unter dem Symbol.

»Das ist eine der renommiertesten Banken der Welt«, erklärte Agrona, ohne dass ich sie fragen musste.

»Eine Bank?« Ich runzelte die Stirn. »Du meinst, wo man Geld abheben kann?«

Agrona schmunzelte. »Na ja, diese Bank ist eher dazu da, Dinge zu verwahren. Geld natürlich, aber auch anderes. *Wertvolleres.* Vault Corporations ist in Prime ansässig, wird aber ausschließlich von Oberen genutzt. Die meisten pflegen Finanzgeschäfte in beiden Welten. Aber nur die wenigsten können sich einen Tresor bei *Vault Corp.* leisten.«

»Hast du einen?«, fragte ich Agrona, und sie grinste.

»Mehrere. Sie sind seit Jahrhunderten im Besitz der Soveralls. So wie die meisten Vaults in festen Händen der einflussreichsten Familien sind.«

Ich drehte das Kuvert um. Offenbar hatte es jemand bereits geöffnet, ein kleiner Schnitt an der Oberkante legte das Papier darunter frei. Ich schaute fragend zu Agrona.

»Wir haben alle Briefe und Geschenke geöffnet«, erklärte sie prompt. »Eine Sicherheitsmaßnahme. Aber das hier ist keine Gratulation. Es hat nichts mit der Krönung zu tun.«

»Sondern?«

»Mit deinem Geburtstag. Du bist vor Kurzem achtzehn Jahre alt und damit volljährig geworden. Dadurch wurden dir automatisch die Vaults deiner Familie übertragen. Und offenbar auch ein Tresorraum, der nicht auf den Namen Harwood lief, sondern auf Melvin Sandford.«

Ob ich es wollte oder nicht, meine Hände verkrampften sich um den Briefumschlag. »Du meinst … direkt von meinem Vater?«

»Offenbar«, erwiderte sie. »Da es sich dabei nicht um ein offizielles Harwood-Vault handelt, muss Melvin sich dieses hier heimlich zugelegt haben. Was ich dem Bengel durchaus zutrauen würde. Oder …« Sie machte eine Kunstpause, in der ihr Gesichtsausdruck immer ernster wurde. »Oder das Ganze ist nur ein Vorwand, um dich dazu zu bringen, nach Prime zu gehen.«

Ich runzelte die Stirn. »Du denkst, Leanore hat ihre Finger im Spiel?«

Agrona deutete auf mein Drachenarmband. »Auf dem Plateau hatte sie es in erster Linie auf Ignis abgesehen. Ich bin mir inzwischen sicher, dass es ihr nicht nur um seine Fähigkeiten ging. Für Leanore ist es etwas Persönliches. Es war das Sigil deines Vaters.«

»Meinst du damit, sie will mich in eine Falle locken?«

»Wir müssen die Möglichkeit zumindest in Betracht ziehen.« Agrona schaute auf den Brief. »Wenn du einverstanden bist, veranlasse ich, dass alle Vaults, auch das deines Vaters, vorerst eingefroren werden.«

Was?

»Könnt ihr den Inhalt nicht einfach herbringen lassen?«, fragte ich, was Agrona ein Schnauben entlockte.

»Nicht aus einem Vault. Das sind die sichersten Tresore der Welt. *Vault Corp.* ist wie die Schweiz, neutral bis in die Grundfeste. Da können wir hier Befehle und Anweisungen erlassen, wie wir wollen. Sie öffnen die Tresore nur, wenn der Besitzer persönlich vor Ort ist.«

Ich schaute zurück zu dem Kuvert in meiner Hand und fasste einen Entschluss. Nicht nur, weil das hier das erste Mal war, dass ich die Chance hatte, einen *direkten* Einblick in das Leben meines Vaters zu erhalten. Sondern auch, weil ich es nicht mehr aushielt, mich so vollkommen nutzlos zu fühlen.

»Ich werde gehen«, erklärte ich, und bevor Agrona weitere Gründe vorbringen konnte, warum das auf keinen Fall in Frage kam, sprach ich schnell weiter. »Mein Vater hat sich damals gegen Leanore gestellt, und das, obwohl er sie einmal geliebt hat. Und er kannte sie besser als die meisten anderen Menschen, oder nicht?«

Agronas fein getrimmte Augenbrauen wanderten in die Höhe. »Du denkst, er hat den Schlüssel, um sie aufzuhalten, in seinem Vault versteckt?«

»Wahrscheinlich nicht«, räumte ich ein. »Aber wir tappen im Dunkeln, das musst du selbst zugeben. Er hat dieses … *Vault* … heimlich eröffnet. Ganz sicher hat das einen Grund. Zumindest ist es ein Anhaltspunkt.« Ich reckte den Kopf etwas nach oben und sammelte jeden Funken Bestimmtheit, den mein schmächtiger Körper hergab. »Ich werde nach Prime gehen, diese Bank besuchen und …«

Mir kam eine Idee. Ganz plötzlich. Es war eine Idee, die sich so verheißungsvoll wie die ersten Sonnenstrahlen nach einem langen Winter anfühlte.

Kurz fragte ich mich, ob ich das wirklich tun konnte. Dann kam sogleich die Gewissheit: Ja. Ich war jetzt Mirrorlady, und, verdammt, das *musste* auch zu etwas gut sein.

»Es könnte eine Falle sein, das gebe ich zu. Aber darauf werden wir vorbereitet sein. Wir werden schnell und ohne großes Aufsehen zu diesem Vault gelangen müssen. Dementsprechend hoch sollten die Sicherheitsmaßnahmen sein. Ich schlage deshalb vor, dass wir …«, ich räusperte mich, »… die beste Einheit an Magiehäschern, die sich gerade in Prime befindet, zu meiner Begleitung abberufen.«

Agrona kniff ganz langsam die Augen zusammen. Ihrem Blick nach zu urteilen, verstand sie sofort, worauf ich hinauswollte.

Sie verstand, *welche* Einheit ich meinte.

Ich rechnete damit, dass sie es mir ausreden – und mir anschließend einen Klaps auf den Hinterkopf geben würde. Aber ich täuschte mich. Agrona verzog zwar den Mund, als hätte sie beherzt in eine Zitrone gebissen, doch da lag auch ein Funke Respekt in ihren Augen.

»Wie Ihr befehlt … *Mylady.*«

4

Adam wird dich umbringen«, sagte Dina zu mir, die Arme vor der Brust verschränkt. Es war der nächste Tag, später Nachmittag, und wir standen im Raum der Hundert Türen – Matt, Dina und ich. Auch Zorya und zwei weitere Magiehäscher waren da, doch sie hielten etwas Abstand zu uns, damit wir in Ruhe reden konnten.

Der Raum der Hundert Türen war einer der wenigen Bereiche des ursprünglichen Septem-Palasts, der nahezu originalgetreu wieder aufgebaut worden war. In einem langgezogenen Raum, der wie alle Räume des Gebäudes eine leichte Biegung vollzog, reihten sich etliche Türen aneinander. Sie hatten unterschiedliche Farben, unterschiedliche Größen und unterschiedliche Formen. Jede von ihnen führte mittels Gateway-Sigils von Mirror-London in einen anderen Teil der Welt.

Und auch nach Prime.

»Das letzte Mal bin ich, ohne zu fragen, aus Septem abgehauen«, sagte ich zu Dina. »Dieses Mal habe ich es vorher hochoffiziell angemeldet, ich finde, das muss er anerkennen.«

Dina schnaubte. Zwar war da auch ein flüchtiges Lächeln auf ihren Lippen, aber es erreichte ihre Augen nicht. »Und du bist dir sicher, dass ich nicht mitkommen soll?«

Ihr Blick lag dabei auf einer grünen Tür, die nach oben spitz zulief und die uns nach Prime-London bringen würde. Echo flatterte in seiner Vogelgestalt davor – *er* war offenbar mehr als bereit, endlich von hier zu verschwinden.

»Ich brauche dich hier, Dina«, sagte ich. »Bei allem, was gerade passiert, muss einer von uns bei Alius und Etas bleiben.«

Die Schicksalswürfel lagen zwar gut verwahrt unter einer Glasglocke, bewacht von mehreren Häschern, aber nachdem Pelham Anspruch auf das Sigil erhoben hatte, wollte ich kein Risiko eingehen.

»Und …« Ich senkte die Stimme und deutete auf den Dolch, der an Dinas Gürtel steckte. »Es wäre nicht klug, die Athame mit nach Prime zu nehmen. Wenn etwas passiert, möchte ich mir zumindest darum keine Sorgen machen müssen.«

Dina stieß ein abgrundtiefes Seufzen aus, nickte aber schließlich. Sie wandte sich an Matt und stupste ihren Zeigefinger gegen seine Brust. »Pass auf sie auf, ja? Ich hab echt genug von dem ganzen Krönungskram, also lass sie bitte nicht sterben.«

Matt grinste. »Keine Sorge. Wenn's hart auf hart kommt, stoße ich Zorya vor sie.«

»Das hab ich gehört, Coldwell!«, ertönte eine Stimme aus dem Hintergrund, und schon kamen Zorya und die zwei Magiehäscher näher. »Können wir dann?«, fragte Zorya, den Blick auf mich gerichtet.

Es war erstaunlich, wie schnell sich alle hier daran gewöhnt hatten, dass ich nun die Entscheidungen traf. Viel schneller, als ich es selbst tat.

Ich wandte mich zu der Gateway-Tür, und nachdem Echo auf meiner Schulter gelandet war, nickte ich.

»Gehen wir.«

Wir kamen in derselben Hotellobby an wie damals schon. Auch das Ziehen in meiner Magengrube war das gleiche – und das Schwindelgefühl, das ich spürte, als wir aus der Tür hinaus in den luxuriösen Empfangsbereich traten.

Ich erinnerte mich noch gut an meine Verzweiflung, als ich aus Septem davongelaufen war. Den gesamten Weg über war ich zu den Outskirts gerannt, um so schnell wie möglich bei Lily zu sein.

Wenige Stunden später hatte das Waisenhaus, in dem ich aufgewachsen war, in Trümmern gelegen. Und die Nightserpents, für die Lily und ich jahrelang auf Diebeszüge hatten gehen müssen, gab es nicht mehr.

Ein Schauer lief mir über den Rücken, während wir Echo am Empfangstresen vorbei zum Ausgang folgten. Heute würde es anders laufen. Heute würde niemand wegen meiner Entscheidungen sterben, das versprach ich mir.

Der Rezeptionist des Hotels nickte uns nur kurz zu. Damals hatte ich mich noch gefragt, ob die Angestellten hier selbst Obere waren. Heute wusste ich, dass es so war. Garantiert hatte Agrona alle Mitarbeiter im Vorfeld über unser Kommen informiert.

Draußen erhoben sich die riesigen Gebäude von Central London in den Himmel. Ihre marmornen Fassaden spiegelten das sanfte Leuchten der untergehenden Sonne wider. Doch trotz all des Luxus lastete eine bedrückende Stimmung auf der Stadt.

»Vielleicht hätten wir Cedric doch aus Nova herbeordern sollen«, murmelte Matt neben mir und deutete dann in die Ferne. Eine Gruppe uniformierter Männer und Frauen lief im perfekten Gleichschritt über die Straßen Londons. Und es war nicht die einzige Patrouille. Die Stadt war regelrecht geflutet von Soldaten. Der Klang von Stiefelsohlen, die völlig synchron auf dem Asphalt aufsetzten, vermischte sich mit dem Murmeln der Menschenmenge, die hektisch ihren Geschäften nachging.

»Sie sind inzwischen überall«, sagte da Zorya. »Soldaten, Polizisten, Security-Personal ... im Grunde jeder, der jemals eine Waffe getragen hat. Offiziell patrouillieren sie durch London, um die Stadt vor der erhöhten Kriminalität in den Outskirts zu schützen. Anordnung vom Bürgermeister.«

»Anordnung von Leanore«, verbesserte ich leise. Auch der Bürgermeister war schließlich auf dem Plateau und damit einer von unzähligen Menschen gewesen, die seitdem mit Chaosmagie infiziert waren und unter der Kontrolle von Adams Mutter standen.

Zorya nickte. »Wir nennen sie *Cyphers*. Marionetten. Manche von ihnen agieren auf den ersten Blick ganz normal, man würde ihnen nicht anmerken, dass etwas nicht stimmt. Aber am Ende sind sie alle von Leanore ferngesteuert. Wir können nur vermuten, wie viele es weltweit inzwischen sind.«

Ich lauschte in mich hinein und spürte, dass die Soldatengruppe, die auf der Straßenseite gegenüber patrouillierte, tatsächlich mit Chaosmagie infiziert war. Ich überlegte, ob ich sie befreien sollte – auf dem Plateau hatte ich es schließlich auch getan –, doch neben mir schüttelte Zorya bereits den Kopf.

»Es wäre nur ein Tropfen auf dem heißen Stein, und wir sollten nicht zu viel Zeit hier verbringen.«

Sie hatte recht, selbst wenn sich alles in mir zusammenzog bei dem Gedanken, dass das hier nun das Leben in Prime war. Und dass Lily – wo auch immer sie war – mit dieser Situation jeden Tag umgehen musste.

Von unseren Informanten wussten wir, dass die Rebellen des Auges, denen Lily sich angeschlossen hatte, in letzter Zeit herbe Rückschläge erlitten hatten. Anfangs hatten sie zwar noch versucht, die Stützpunkte, die Leanore ihnen nach und nach wegnahm, wieder zurückzuerobern. Doch inzwischen war das Auge so stark geschwächt, dass sie sich offenbar in ihre letzten noch verbliebenen Verstecke zurückgezogen hatten.

Ich hatte Lily geschrieben. Oder besser gesagt, ich hatte ihr schreiben *lassen*. Zorya war für mich mit meinem alten Comm nach Prime gegangen, um eine Nachricht an Lily abzuschicken. Darin hatte gestanden, dass sie – und auch Dorian, der das Auge inzwischen anführte – jederzeit in den Mirror kommen konnten. Und dass ich ihr helfen würde, wenn die Lage zu schwierig wurde.

Sie hatte nie geantwortet.

Seit unserem Abschied in Nova hatte ich kein Wort mehr von Lily gehört.

»Also gut.« Zorya deutete die Straße zwischen den Wolkenkratzern hinab. »Die Vault-Corp-Zentrale ist ungefähr fünfzehn Minuten von hier entfernt. Wir nehmen ein Shuttle, bei dem bereits die Verstärkung wartet.«

Die Verstärkung. Nie im Leben hatte ich gedacht, dass mir diese Worte jemals Bauchkribbeln verursachen würden. Bis zuletzt hatte ich geglaubt, Agrona würde mir noch irgendwie einen Strich durch die Rechnung machen, aber das hatte sie nicht.

Ein Blick auf Zorya, und ich hatte keinen Zweifel, dass sie genau wusste, woran ich dachte.

»Es sind sogar zwei Shuttles«, erklärte sie, ihr Tonfall so trocken wie die Wüste rund um Nova. »Einer der Magiehäscher aus dem Spezialteam wird uns auf der Fahrt begleiten. Zu deiner ... Sicherheit. Vorausgesetzt, du bist einverstanden?«

Ich spürte, wie meine Wangen rot wurden, auch wenn ich es mit aller Macht zu verhindern versuchte. »Ja«, erwiderte ich. »Mehr Sicherheit klingt ... echt gut.«

Zorya verdrehte die Augen, auch Matt konnte ich im Augenwinkel grinsen sehen. Doch keiner von ihnen sagte noch etwas. Außer Agrona, Zorya und uns wusste schließlich niemand Bescheid – weder die beiden Magiehäscher, die uns aus Septem begleitet hatten, noch diejenigen, die uns gleich zu *Vault Corp.* eskortieren würden.

Dieses Treffen musste unbedingt ein Geheimnis bleiben. Denn wenn es herauskam, würde es sich in kürzester Zeit wie ein Lauffeuer im Mirror ausbreiten. Und damit die Mühen der letzten Wochen schlagartig zunichtemachen.

Die Shuttles standen am Ausgang der Tiefgarage des Hotels für uns bereit. Es waren dieselben gläsernen Transporter, die im Mirror verwendet wurden und die seit dem Empfang auf dem Plateau nun auch immer wieder hier in Prime auftauchten. Als wir darauf zuliefen, konnte ich schon das beständige Brummen der Sigils hören, die den Shuttles als Motor dienten. Und ich sah das Spezialteam von Magiehäschern, das neben den Shuttles wartete. Ich versuchte, die Gesichter aus der Ferne zu erkennen, aber dafür waren wir noch zu weit weg. Trotzdem beschleunigte sich mein Herzschlag, und meine Hände zitterten leicht – ausnahmsweise nicht wegen des Tremors, ich war einfach nur unfassbar nervös.

Zwar bereute ich meine Entscheidung nicht, aber mir war bewusst, dass sie waghalsig war. Und nicht nur das. Ich konnte nicht ansatzweise einschätzen, wie Adam auf sie reagieren würde.

»Bitte dort einsteigen, Mylady«, sagte Zorya so förmlich, wie sie sonst nie mit mir redete. Dabei deutete sie auf das linke der beiden Shuttles, dessen Tür bereits geöffnet war. Bevor ich jedoch darauf zulaufen konnte, fasste Zorya noch einmal an meinen Arm. Sie beugte sich zu mir, ihr Blick ernst. »Die Fahrt dauert genau fünfzehn Minuten. Danach müssen wir sofort aussteigen, in Ordnung? Keine Verzögerungen.«

Ich legte meine Hand auf Zoryas und nickte. »Alles klar. Danke.«

Sie verzog missbilligend den Mund. »Dank mir erst, wenn ich deinen Hintern wieder unversehrt nach Septem gebracht habe.«

Damit bedeutete sie Matt und mir, ihr zum linken Shuttle zu folgen. Die beiden Häscher aus Septem folgten uns, gleichzeitig löste sich eine hochgewachsene Gestalt aus der Gruppe, die auf uns gewartet hatte. Auch sie steuerte auf das linke Shuttle zu, während das restliche Team zurückblieb.

Mein Herz klopfte bis zum Hals, aber ich zwang mich, nicht sofort zu ihm zu sehen. Erst als wir beide an der Tür des Shuttles angekommen waren, wagte ich es, den Blick zu heben.

Ein Magiehäscher mit einem vollkommen fremden Gesicht stand vor mir. Wie jeder andere hatte auch er ein Siebeneck auf die Stirn tätowiert und einen kahl rasierten Kopf. Außerdem trug er Kampfboots, zwei silberne Sigil-Armbänder und eine der neuen Uniformen. Sie bot weitaus mehr Schutz, hatte stärkere Polsterungen, sogar eine Art Brustpanzer und – ja okay, ich war ein riesengroßer Angsthase. Weil ich lieber über

Uniform-Updates nachdachte, statt ihm direkt in die Augen zu sehen.

»Mylady«, sagte er, und obwohl auch die Stimme eine andere war, schickte dieses einzelne Wort eine Gänsehaut über meinen gesamten Körper.

Seit der Krönung hatte es keine Situation gegeben, in der mich dieser Titel nicht völlig befremdet hatte. Doch jetzt … jetzt schien er mein Innerstes in Brand zu stecken.

Ich wollte etwas erwidern, aber da hob der Magiehäscher bereits die Hand und deutete in Richtung des Shuttle-Innenraums.

Richtig. Zorya und die anderen waren längst hineingelaufen, und ein Blick über meine Schulter bestätigte: Wir wurden vom Rest des Spezialteams beobachtet.

Ich wusste, dass Adam niemandem hier seine wahre Identität preisgegeben hatte. Nikki, die irgendwo dort bei der Häschergruppe stehen musste, ebenfalls nicht. Die beiden waren vollkommen inkognito, und das wollte ich heute auf keinen Fall ändern.

Nachdem Echo von meiner Schulter aus in die Luft und weiter hinauf in den Himmel davongeflogen war, betrat ich das Shuttle. Ich unterdrückte ein weiteres Schaudern, als der Magiehäscher dicht hinter mir folgte. Die Tür schloss sich mit einem Brummen, und für einen in die Ewigkeit gedehnten Moment kehrte vollkommene Stille ein.

Schon hob das Shuttle ab. Durch die Fenster sah ich, wie wir uns den höheren Stockwerken der Wolkenkratzer Central Londons näherten. Als auch der Shard unter uns lag, kam Zorya zu uns gelaufen. Sie deutete zur Tür in den Vorderteil des Shuttles. »Da drin könnt ihr ungestört reden«, erklärte sie mit gedämpfter Stimme. »Fünfzehn Minuten, nicht vergessen.«

Ich nickte etwas benommen, und zusammen liefen wir in das abgetrennte Abteil. Noch nie war ich so dankbar für die blickdichte Scheibe zwischen den Räumen gewesen wie heute.

Schließlich wagte ich es, zum ersten Mal richtig in das Gesicht vor mir zu blicken. Erst auf den rasierten Schädel, die Heptagon-Tätowierung, dann tiefer und ... *Himmel.* Seine Augen – auch wenn sie genau so fremd wie der Rest seines Äußeren waren – schauten mich mit derselben Intensität an wie immer.

»Es war nicht klug von dir, jetzt nach Prime zu kommen«, sagte Adam da schon.

»Nicht klug, aber notwendig.« Mein Blick wanderte weiter über das unbekannte Gesicht hinweg. »Kannst du das Syntho-Sigil abnehmen?«

Er schüttelte den Kopf. »Besser nicht. Wir sollten vorbereitet sein, falls wir ungeplant halten müssen.«

Das war vernünftig.

Und sehr frustrierend.

»Adam«, flüsterte ich und machte einen ersten vorsichtigen Schritt auf ihn zu.

»Du hättest wirklich nicht kommen sollen«, erwiderte er bloß, und obwohl er nach außen hin ruhig wirkte, kannte ich ihn inzwischen gut genug, um die leichte Vibration in seiner Stimme als das zu deuten, was sie war: unterdrückte Wut.

Ich hatte geahnt, dass ihm das Ganze nicht gefallen würde. Und doch hatte ich nicht anders gekonnt.

»Das Vault meines Vaters –«

»Ja.« Adam starrte mich unumwunden an. »Agrona hat mich informieren lassen. Aber was auch da drin ist, ist es nicht wert, dass du dich dafür in Lebensgefahr begibst.«

»Ich werde wahrscheinlich nicht einmal eine Stunde in

Prime sein«, konterte ich. »Und man hat mir gesagt, ich hätte ein ziemlich fähiges Team an Leibwächtern bei mir.«

Das Argument schien Adam wenig zu besanftigen. »Du hast keine Ahnung, was hier unten los ist.«

War das sein Ernst? »Wer von uns ist noch gleich im Mirror aufgewachsen und wer in Prime?«

»Ich meine, wie es *jetzt* ist.«

»Nein, das weiß ich nicht!«, patzte ich zurück. »Weil ich die ganze Zeit im Mirror festsitze, so wie *du* es wolltest!«

Etwas hilflos starrte ich Adam an. Wie zum Teufel hatten wir es geschafft, innerhalb von dreißig Sekunden in einen Streit zu geraten? Das war definitiv nicht, was ich mir von unserem ersten Wiedersehen seit Wochen erhofft hatte.

Ich seufzte leise. »Du bist immer noch ein Kotzbrocken, weißt du das? Hast du mich gar nicht vermisst?«

Die Wut, die Adam eben noch ausgestrahlt hatte, verwandelte sich in etwas, das mich schaudern ließ. Er kam näher, und als er unmittelbar vor mir stand, drückte er mich sanft gegen die Wand des Shuttles.

Ich starrte ihn an. An seiner Körpergröße hatte das Syntho-Sigil zumindest nichts geändert.

»Ich bin ein Kotzbrocken, weil meine Mutter dich töten möchte«, sagte Adam zu mir. »Du bist ihr Ziel Nummer eins. *Jeder*, den sie unter ihrer Kontrolle hat, hat es automatisch auf dich abgesehen. Was du hier tust, ist ein Risiko, das du nicht eingehen müsstest.«

»Ich bin jetzt Mirrorlady«, erwiderte ich. »Ich kann selbst entscheiden, welche Risiken zu hoch sind.«

Adam schnaubte, und der Blick, den er mir dabei zuwarf, war so charakteristisch *er*, dass auch das Syntho-Sigil nichts daran ändern konnte.

»Wirst du diese Karte ab sofort jedes Mal spielen, wenn wir nicht einer Meinung sind?«, fragte er, und vielleicht verhörte ich mich, aber er klang auf einmal beinahe neckend.

»So wie du es gemacht hast, meinst du?«

Adam antwortete nicht darauf. Aber seine Hand hatte sich an meine Wange gelegt, und ich atmete zittrig ein, als er mit dem Daumen zärtlich über meine Haut strich.

»Wie war es?«, fragte er.

»Die Krönung?« Als Adam nickte, hob ich leicht die Schultern. »Alles verlief perfekt nach Plan. Es gab eine Krone, eine Parade, dazu Feuerwerk, und ich habe es geschafft, drei Tage lang niemandem den Mittelfinger zu zeigen.«

Da – ein kleines Lächeln. Ich verbuchte es als Teilsieg.

»Ich bin mir sicher, du hast es großartig gemacht«, sagte er, und da konnte ich nicht mehr anders. Vorsichtig streckte ich meine Finger nach Adams freier Hand aus. Unsere Finger berührten sich, als wären sie magnetisch voneinander angezogen. Mit dem Daumen fuhr ich über das silberne Sigil-Armband, das er trug. Ein Standard-Offensiv-Sigil der Magiehäscher, sehr wirksam, sehr gefährlich, aber nicht das Sigil, was Adam eigentlich hätte tragen sollen.

Draußen zogen die Hochhäuser an uns vorbei. Wie viele Minuten blieben uns noch?

Zu wenige.

»Ich hasse dieses Sigil«, flüsterte ich und hob meine zweite Hand nach oben, um damit über Adams linkes Ohr zu streichen. Der Syntho-Stecker war zwar unsichtbar, aber ich fühlte ihn trotzdem. »Ich will dich sehen.«

Der fremde Mund verzog sich unglücklich. »Nicht jetzt.«

»Aber … wann dann? Wie soll es weitergehen?«

»Ich weiß es nicht.« Adam zog die Augenbrauen zusammen. »Wir klappern ein Land nach dem anderen ab, aber meine Mutter ist nicht zu greifen. Es ist, als würde man einen Geist jagen. Wir bekommen Hinweise, wo sie als Nächstes sein wird und mit wem sie sich treffen will, aber jedes Mal wenn wir dort ankommen, ist sie längst wieder weg. Es zieht sie anscheinend regelmäßig nach Nordamerika, aber wenn sie dort eine Art Basis hat, ist die gut versteckt. Wir laufen von einer Sackgasse in die nächste.«

»Und deine Schwester? Irgendwelche neuen Hinweise, wo Pris sich befindet?«

Adam schüttelte den Kopf. »Soweit wir wissen, lässt meine Mutter sie nicht aus den Augen. Sie ist immer bei ihr.«

Verdammt. Wir hatten alle gehofft, dass sich früher oder später eine Möglichkeit bieten würde, Pris zu uns zu holen. Aber dazu mussten wir erst wissen, wo sie war. Niemand von uns ahnte auch nur, wie es Adams Schwester ergangen war, seit Leanore ihr Solis – Nikkis Sigil – angelegt hatte. Die Blutlinie der Trembletts war seit Jahrhunderten mit Alius und Etas verbunden, was bedeutete, dass das Tragen eines anderen Sigils nicht in Frage kam.

Eigentlich.

»Adam, ich bin es leid, nichts zu tun. Ich verstehe, dass wir den Mirror brauchen, aber … mich nur mit rebellierenden Magistraten herumzuschlagen, während du –«

»Rebellierende Magistrate?«, hakte Adam ein.

Ich seufzte. »Der Nachfolger von Pelham, Barnabas Pelham, er … hat es auf Alius und Etas abgesehen.«

Adam hielt inne, und seine Augenbrauen wanderten nach oben. »Du meinst, er will sie selbst tragen?«

»Ja. Und alle Magistrate unterstützen ihn dabei. Wir müssen bald eine Entscheidung treffen, was wir tun.« Adam schwieg – so lange, dass ich die Geduld verlor. »Sag doch etwas.«

»Es war zu erwarten. Nicht dass die Magistrate Ansprüche erheben, aber … die Schicksalswürfel sollten einen Träger haben. Wenn es zum Äußersten kommt, dann wären sie –«

Nun war ich es, die ihn unterbrach. »Ich weiß, wie wichtig Alius und Etas für uns sind. Es ist nur … Ich kann es mir nicht vorstellen. Dass jemand anderes als du …«

In meinem Kopf sein wird, dachte ich verzweifelt. Denn darauf könnte es hinauslaufen, oder? Zwar hatte es etwas wie die Gedankenverbindung, die Adam und ich miteinander geteilt hatten, offenbar noch nie zuvor gegeben, aber … aber eine Art von Anziehung schon.

Die Trembletts hatten schon immer eine Schwäche für die Harwoods.

Im Mirror war es eine Art Redewendung geworden, weil sich über Jahrzehnte hinweg Romanzen zwischen unseren Blutlinien abgespielt hatten. Verbotene Romanzen, die alle in Sackgassen geendet hatten, aber das änderte nichts daran, dass die Magie unserer Sigils sich anzog. Sich nacheinander *sehnte.*

Was würde passieren, wenn es nicht mehr die Trembletts waren? Wenn auf der anderen Seite eine neue Familie – ein neuer Träger – stand?

Adam schien die Angst in meinem Gesicht ablesen zu können, doch er wirkte beunruhigend wenig beunruhigt. Im Gegenteil: Sein Mundwinkel zuckte sogar.

»Befürchtest du etwa, dass du dich unsterblich in Barnabas Pelham verlieben wirst? Denn ich muss dir sagen, das ist ein bisschen verletzend. Außerdem warst du nach deinem Verbindungsritual eine ganze Zeit lang nicht gerade sehr nett zu mir, wer weiß, ob Pelham daran Gefallen findet.«

Ungläubig starrte ich ihn an. »Machst du wirklich Witze darüber?«

Der Mundwinkel senkte sich, was mich meine Worte sofort bereuen ließ. Schon wich Adam etwas zurück, und unsere Hände lösten sich voneinander. Er rieb sich über die Stirn. »Ich versuche nur … damit umzugehen. Es zu akzeptieren. Und ich möchte gerne glauben, dass ein neuer Träger an deinen Gefühlen zu mir nichts ändern wird.«

»Natürlich nicht«, erwiderte ich und näherte mich ihm wieder. »Aber ich will Barnabas Pelham einfach nicht in meinem Kopf haben.«

Adam nickte. »Das verstehe ich.« Er wollte noch etwas sagen, aber da veränderte sich auf einmal das Summen des Shuttles. Und als ich nach draußen sah, erkannte ich, dass wir bereits im Sinkflug waren. Prompt ertönte von der anderen Seite der Trennscheibe ein warnendes Klopfen.

Nein! Waren das wirklich schon fünfzehn Minuten gewesen?

»Hey.« Adam legte eine Hand an meine Wange und drehte meinen Kopf sanft zu sich. Wie gerne hätte ich seine Augen gesehen – *seine echten Augen.* »Wenn wir Vault Corp. gleich betreten, bleibst du die ganze Zeit bei uns, okay? Ich muss wissen, dass du an deine eigene Sicherheit denkst. Wir können vor den anderen Häschern nicht offen reden, sie haben keine Ahnung, wer ich bin. Und wenn da drin irgendetwas schiefgeht, dann kann ich nicht …« Adam schnitt eine Grimasse. »Ich kann die Zeit nicht mehr zurückdrehen.«

»Mach dir keine Sorgen«, versuchte ich, ihn zu beruhigen. »Ich spiele ganz nach deinen Regeln. Ausnahmsweise.«

Wir sanken immer tiefer, aber ich weigerte mich, noch einmal durch die Fenster nach draußen zu sehen. Ich wollte nicht wissen, wie viele Minuten – oder wohl eher Sekunden – uns noch blieben. Im Grunde hatten wir die ganze Zeit nur damit verbracht, Informationen auszutauschen, und das war verdammt noch mal zu *wenig*, es war –

Wieder ein Klopfen. Diesmal nachdrücklicher.

»Wir landen jeden Moment!«

Zur Hölle mit dir, Zorya.

Aber natürlich hatte sie recht. Denn als ich nun doch widerstrebend zu den Fenstern sah, erkannte ich, dass wir beinahe auf Höhe der Straße angekommen waren.

Ich wollte mich zur Tür wenden und sie öffnen, da griff Adam auf einmal nach meiner Hand und zog mich sanft, aber bestimmt zu sich.

Er starrte mich an, und sein Gesicht war nicht seines, aber zum ersten Mal, seit wir uns heute gegenübergestanden hatten, konnte ich *ihn* hinter dem fremden Äußeren deutlich sehen. Sein Blick durchdrang mich förmlich, und die Sehnsucht, die ich darin erkannte, ließ mich erzittern.

»Ich vermisse dich jede Sekunde«, flüsterte er und lehnte seine Stirn gegen meine. »Und ich hasse dieses Versteckspiel mehr, als du dir vorstellen kannst. Ich hasse es, nicht bei dir zu sein, nicht mal richtig mit dir sprechen zu können, aber … ich muss Pris finden, bevor es zu spät für sie ist.«

»Ich weiß«, sagte ich, und es stimmte. Indem er als Magiehäscher untergetaucht war, konnte Adam von Agrona jegliche Unterstützung erhalten, die er brauchte. Und er konnte unerkannt seine Suche nach Pris fortsetzen, denn als Anführer seiner Häschereinheit bestimmte er, wo sie als Nächstes hingingen. Es war clever, was die beiden ausgeheckt hatten. Und abgesehen davon … Wahrscheinlich würde Adam wahnsinnig werden, wenn er nur untätig im Mirror herumsäße.

Ich würde ihn niemals davon abhalten, nach seiner Schwester zu suchen. Egal, wie sehr es mich innerlich zerriss.

Adam suchte meinen Blick. Und was auch immer er darin fand, schien ihn eine Entscheidung treffen zu lassen. Er zog mich zu sich, beugte sich nach unten und … küsste mich.

Mir entwich ein ungläubiges und gleichzeitig erleichtertes Seufzen. Ich war mir längst sicher gewesen, dass dieses knappe Gespräch alles war, was ich heute von Adam bekommen würde. Doch nun spürte ich seinen heißen Atem auf meinen Wangen, er vermischte sich mit meinem eigenen, und in diesem Moment war es mir egal – hundertprozentig egal –, dass es nicht seine Lippen waren, die auf meinen lagen. Die Form war anders, ihre Beschaffenheit auch, aber es war trotzdem *er*. Seine Bewegungen waren dieselben: Seine Nase rieb gegen meine, der raue Stoff seiner Handschuhe kitzelte meine Haut, als er sanft mit Daumen und Zeigefinger gegen mein Kinn drückte, um mich besser küssen zu können. Ich fuhr mit einer Hand über seinen Kopf und stellte mir vor, wie ich sie in seinen silbrigblonden Haaren, die irgendwo unter dem Syntho-Sigil verborgen lagen, vergraben konnte. Und mit jedem Kuss verschwand die Welt um uns herum ein kleines bisschen mehr.

Für eine Handvoll Sekunden gab es nur uns beide.

Dann klopfte es ein drittes – und garantiert auch ein letztes – Mal.

»Es tut mir leid, dass ich ein Kotzbrocken war«, murmelte Adam mit rauer Stimme, den Mund direkt an meinem. »Ich liebe dich. Das weißt du, oder?«

Ich nickte. An seinen Gefühlen hatte ich nie gezweifelt. »Ich liebe dich auch.«

Adam hielt meinen Blick, dann fuhr er noch einmal mit

dem Daumen über meine Wange. Wir schafften es gerade rechtzeitig, Abstand zwischen uns zu bringen, da öffnete sich schon die Tür, und Zorya winkte uns mit ungeduldiger Miene aus dem Shuttle heraus.

5

Die Shuttles waren auf einem großen kreisrunden Vorplatz gelandet, in dessen Mitte ein imposantes Denkmal stand. Es war die Statue einer Frau, die beide Arme hochhielt und in deren Händen sich links eine Fackel und rechts eine Art Zepter befanden. Dahinter lag ein hoch aufragendes Gebäude. Die Fassade aus Glas und Stahl spiegelte die umliegenden Wolkenkratzer wider.

»Vault Corp. existiert schon seit dem vierzehnten Jahrhundert«, sagte Matt zu mir. »Weit vor der Entstehung des Mirrors. Deshalb liegen die größten Institute in Prime.«

Ich nickte und warf einen Blick über die Schulter. Adam stand wieder inmitten des Spezialteams an Magiehäschern. Er sprach mit einer Frau, und ich zählte eins und eins zusammen – es musste Nikki sein. Auch sie hatte keinerlei Ähnlichkeit mit der echten Nikki, Syntho-Sigil sei Dank. Aber als sie meinen Blick bemerkte, zwinkerte sie mir kurz zu.

»Wie war es?«, wollte Matt wissen, und ich seufzte.

»Sehr … informativ.«

Ein amüsiertes Lächeln legte sich auf seine Lippen. »Und ich hätte wetten können, ihr würdet fünfzehn Minuten lang nur rumknutschen …«

Ja klar, dachte ich. *In einem anderen Leben vielleicht.*

»Geht es ihm gut?«, fragte er, woraufhin ich bloß die Schultern hob.

»Den Umständen entsprechend schon. Aber von Pris und Leanore gibt es immer noch keine Spur. Anscheinend laufen sie von einer Sackgasse in die nächste.«

Matt nickte ernst, das Lächeln verschwand. »Mist. Aber das war leider zu erwarten.«

»Los geht's!« Zorya drückte gegen meine Schultern, und kaum dass ich mich in Bewegung setzte, schienen sich alle wie ein Schutzwall um mich herum zu positionieren.

Adam zu meiner Linken, Matt zu meiner Rechten, Zorya hinter mir, der Rest der Magiehäscher lief vorweg. Über meinem Kopf sah ich Echo durch die Luft fliegen, und kurz bevor wir den Eingang des Gebäudes durchquerten, landete er mit zwei Flügelschlägen wieder auf meiner Schulter.

Im Inneren des Bankgebäudes erstreckte sich eine weite Empfangshalle vor uns. Der Boden aus poliertem Marmor reflektierte das warme Licht der Kronleuchter, und an den Wänden hingen zahlreiche abstrakte Kunstwerke. Der bittersüße Geruch von Magie hing in der Luft, wenn auch nur schwach, und der Klang unserer Schritte wurde von den hohen Decken verstärkt und hallte leise wider.

Laut Agrona war Vault Corp. *die* Anlaufstelle für globale Bankgeschäfte zwischen Prime und Mirror, trotzdem waren nur wenige Obere hier. Lediglich einige reiche Geschäftsleute eilten an uns vorbei.

Mir fiel auf, dass nirgendwo Security-Personal platziert war, und mir war nicht ganz klar, ob mich das nun erleichtern oder beunruhigen sollte.

Ich hatte kein Syntho-Sigil, das meine Identität verschleierte. Als ich es Agrona vorgeschlagen hatte, hatte sie sofort den

Kopf geschüttelt. Bei Vault Corp. gäbe es so umfassende Sicherheitsmechanismen, dass ich mit einem Alter Ego niemals bis in den Tresor meines Vaters gekommen wäre.

Wir erreichten einen Schalter, hinter dessen hohem Pult ein Bankangestellter wartete. Er lächelte uns freundlich entgegen. Sein maßgeschneiderter Anzug und die geschniegelten Haare passten perfekt in die glamouröse Umgebung, aber das eigentlich Wichtige: In seinem Inneren konnte ich keine Chaosmagie entdecken.

Zumindest etwas.

Der Mann musterte einen Moment lang unsere Gruppe. Von den Magiehäschern über Matt bis zu Echo, bei dessen Anblick er verwundert eine Braue hob. Als er schließlich zu mir schaute, war da jedoch nichts als pure Höflichkeit.

»Willkommen bei Vault Corporation, Mylady«, sagte er. »Mein Name ist Michael Fensworth, es ist mir eine besondere Ehre, Euch behilflich zu sein.«

Ich hatte keine Ahnung, woher der Mann wusste, wer ich war – eigentlich hatten wir unser Kommen nicht angekündigt. Aber natürlich war da die Sache mit der Krönung, die überall im Mirror zu sehen gewesen war.

Und die Gruppe an Magiehäschern um mich herum war vielleicht auch ein Hinweis.

»Vielen Dank«, gab ich zurück. »Wir haben ein Schreiben erhalten. Es geht um das Erbe meines Vaters.«

Fensworth nickte eifrig. »Natürlich. Melvin Harwood war ein hochgeschätzter Kunde unseres Hauses. Ihr möchtet sicher Eure Vaults begutachten.«

»Eigentlich nur eines. Das, was er auf den Namen Melvin Sandford registriert hat.«

Fensworth neigte den Kopf. »Sehr wohl. Einen Moment,

bitte«, sagte er und kam hinter dem Pult hervor. In seinen Händen hielt er ein münzförmiges Sigil – irgendein Trite, nahm ich an – und deutete damit auffordernd in einen abzweigenden Gang hinein. »Hier entlang bitte, Mylady. Ich bringe Euch und Eure Begleitung zu Vault 34-A-27022005.«

Ich nickte, dann setzten wir uns in Bewegung. Wir folgten Fensworth durch mehrere Korridore aus dunklem Marmor. In den Wänden konnte ich in regelmäßigen Abständen Sigils erkennen, von denen sich winterblau schimmernde Linien ausbreiteten. Das erinnerte mich an das alte Septem. Der Palastturm war damals auch über und über mit Magie versehen gewesen, die das Gebäude umformen und vergrößern konnte.

Irgendwann merkte ich, dass ein paar der Magiehäscher uns nicht mehr folgten.

»Sie behalten die Korridore im Blick, während wir im Vault sind«, erklärte Zorya mit gedämpfter Stimme, und ich nickte. Gute Idee.

Schließlich kamen wir an einer großen Tür an. Fensworth hielt die Trite-Münze, die er vorhin mit sich genommen hatte, in eine Aussparung, und schon öffnete sie sich. Erst als ich bereits hindurchgetreten war, merkte ich, dass es sich nicht um eine normale Tür handelte – sondern um ein Gateway. Der Boden, die Wände und das gesamte Licht, die uns umgaben, änderten sich, nachdem wir über die Schwelle getreten waren, und ein leichtes Ziehen in der Magengegend sagte mir, dass wir nicht mehr am selben Ort wie eben noch waren.

Die Tür, aus der wir getreten waren, war nur eine von vielen. In der Halle, in der wir nun standen, zweigten unzählige Gänge mit unendlich vielen Türen ab.

»Unsere Vaults liegen in einem besonderen Hochsicherheitsbereich«, erklärte Fensworth bereitwillig. »Das hier ist die eigentliche Bank. Der Standort ist streng geheim, aber jede dieser Türen führt zu einer unserer Geschäftsstellen in Prime. Nach der Besichtigung bringe ich Euch natürlich wieder nach London zurück.«

Das war … beruhigend. Mehr oder weniger.

»Es ist alles in Ordnung«, hörte ich da Adam leise neben mir sagen. »Wir wussten davon.«

Natürlich. Er kannte vermutlich dieses Prozedere. Wieder nickte ich bloß und ließ mich von den anderen weiterführen. Wir bogen in einen Gang ein, der in einer Art Kontrollpunkt mündete. Eine gläserne Wand trennte den Vorderbereich des Raumes von dem Bereich dahinter ab. Als Durchgang dienten drei deckenhohe Glasröhren in einem kompliziert wirkenden Metallgestell.

»Das ist unsere Sicherheitsschleuse«, sagte Fensworth. »Zu jedem Vault gestatten wir insgesamt drei Personen gleichzeitig Zugriff – dem Vault-Inhaber und zwei autorisierten Begleitern. Ein leistungsfähiges Scanner-Sigil wird Eure biometrischen Daten wie Fingerabdrücke, Irisstruktur und Gesichtsmerkmale erfassen. Außerdem möchte ich Euch darauf hinweisen, dass hinter der Schleuse jegliche Form von Magie unterbunden wird. Die gesamten Vault-Räumlichkeiten sind mit wirkungsstarken Magiehemmern versehen, die eine Nutzung von Sigils jedweder Art unmöglich machen. Ein reiner Standardprozess.«

Nun wurde ich doch nervös. Nicht nur, weil es schwer danach klang, dass wir hier niemals wieder ohne Michael Fensworths Zustimmung herauskommen würden, sondern vor allem, weil ich begriff, was das noch bedeutete. Adam würde wegen seines Syntho-Sigils nicht mitkommen können, ohne seine Identität preiszugeben.

Aber ein Blick zu ihm, und mir wurde klar, dass er auch damit schon gerechnet hatte.

»Wartet vor der Schleuse«, erklärte Zorya an Adam und die anderen verbliebenen Häscher gewandt. »Wir«, sie deutete auf Matt und sich selbst, »begleiten Mistress Harwood in das Vault.«

»Wundervoll«, erklärte Fensworth und verwies einladend auf die drei Schleusen. »Bitte nach Ihnen.«

Ich holte tief Luft und gab Echo einen kleinen Stups, damit er von meiner Schulter flog. Sein Körper bestand schließlich aus Magie, deswegen konnte auch er mir auf diesem Weg nicht folgen.

Bevor ich in die Schleuse ging, warf ich Adam noch einen kurzen Blick zu, dann trat ich nach vorne. Aus silbernem Metall gefertigt, schienen die drei Schleusen in sich selbst zu leuchten. Als ob sie mit einer unsichtbaren Energie erfüllt wären. Mit einem zischenden Geräusch öffnete sich der Glaszylinder und schloss sich wieder, kaum dass ich hineingetreten war. Neben mir sah ich, wie Matt und Zorya dasselbe taten.

Ein Summen erfüllte die Luft, als die Schleuse zum Leben erwachte. Magische Symbole und Zeichen begannen, sich auf der gläsernen Oberfläche zu formen, und ein sanfter Luftzug umspielte mein Gesicht. Etwas schien mich von Kopf bis Fuß zu durchleuchten, es fühlte sich an, als würde jemand mit Nadeln hauchzart gegen jeden Millimeter meiner Haut drücken. Auf einer Anzeige, die auf die gebogene Glasfläche projiziert wurde, konnte ich einen halbgefüllten Ladebalken erkennen.

Die gesammelten Daten werden an das Vault-Corporation-Kontrollsystem übermittelt, stand da. *Bitte warten.*

Das tat ich, wenn auch ungern. Ich hatte keine Klaustrophobie, aber der enge Glaszylinder um mich herum war trotzdem alles andere als vertrauenerweckend. Die Scheiben hatten sich in der Sekunde abgedunkelt, in der ich in die Schleuse getreten war, und es war unmöglich zu erkennen, was auf der anderen Seite wartete.

Doch wenige Sekunden später ertönte wieder das Zischen von eben, und ich entließ einen langen Atemzug. Vorsichtig trat ich aus der Schleuse heraus und spürte augenblicklich, dass das vertraute Pulsieren von Ignis an meinem Arm fehlte.

Die Magiehemmer zeigten volle Wirkung.

Die Schleusen von Matt und Zorya hatten sich gleichzeitig geöffnet, und ich warf meinen Begleitern einen kurzen prüfenden Blick zu, bevor ich mich umsah.

Einige Meter vor uns lag nun eine einzelne runde Tresortür.

Schon öffnete sich eine der Schleusen erneut, und Fensworth trat heraus. »Wunderbar«, erklärte er, wie vorhin auch schon, und kam zu uns gelaufen. »Die Sicherheitsprüfung ergab keine Komplikationen. Vault 34-A-27022005 wurde bereits transferiert.« Er deutete auf die Tresortür, und ich machte mir nicht die Mühe zu fragen, wie das Ganze funktionierte. Magie konnte es hier ja nicht sein, aber wahrscheinlich verfügte Vault Corp. auch über jede Menge technische Innovationen.

»Folgt mir, bitte«, erklärte Fensworth und lief mit uns auf den Tresor zu. Diesmal nutzte er nicht die Trite-Münze, sondern hielt sein Gesicht über ein Panel, das neben dem Eingang zum Tresor angebracht war. Offenbar wurde seine Iris gescannt, danach gab Fensworth noch einen Code ein. Ein Klicken ertönte, woraufhin mein Herzschlag sich beschleunigte.

Jetzt würde ich herausfinden, was mein Vater als so wichtig erachtet hatte, dass er es hier, am sichersten Ort der Welt, heimlich hatte verwahren wollen.

Da wandte sich Fensworth noch einmal zu mir. »Zu Vault 34-A-27022005 hatte seit der Eröffnung niemand Zugriff außer Eurem Vater, Mistress Harwood. Jeglicher Zustand der sich darin befindenden Gegenstände ist seit seinem letzten Besuch unverändert.«

»Wann war denn sein letzter Besuch?«

Fensworth schaute auf das Panel, das eben noch seine Iris gescannt hatte. »Am 11. Januar 2025, 19:27 Uhr.«

Ich sah Matt und Zorya an, wie sie versuchten, das Datum einzuordnen. Mir selbst fiel es nicht schwer. In den letzten Wochen hatte ich so vieles über meinen Vater erfahren – und der Tag, an dem er für tot erklärt worden war, hatte sich in mein Gedächtnis eingebrannt.

Es war der 21. Januar 2025.

Er war also zehn Tage vor seinem Tod hier gewesen.

»Ich lasse Euch nun allein«, sagte Fensworth. »Solltet Ihr Hilfe benötigen oder den Vault vorzeitig verlassen wollen – ein Tippen auf das Panel genügt.«

Fensworth wollte sich umdrehen, aber da erinnerte ich mich wieder daran, was ich mit Agrona im Vorfeld besprochen hatte.

»Eins noch, Mister Fensworth. Ich möchte alles, was sich im Vault befindet, schnellstmöglich nach Septem transferieren lassen. Den Vault selbst lassen Sie bitte bestehen.«

Fensworth blickte mich für einen Moment verwundert an. Doch er sammelte sich schnell und nickte bloß fügsam. »Sehr wohl, Mylady. Ich leite den Transport sogleich in die Wege und bin in Kürze zurück, um Euch wieder in das Institut zu begleiten.«

6

Ein Kribbeln lief mir über den Rücken, als Matt und ich den Raum betraten. Zorya hatte beschlossen, vor der Tür zu warten, um alles im Auge zu behalten.

Der Raum war nicht sehr groß, vielleicht drei mal drei Meter. Die Wände waren komplett von Regalen bedeckt, in denen ich auf den ersten Blick vor allem Aktenordner und Bücher erkennen konnte, dazu eine Reihe von Boxen. Ein einzelner leerer Tisch stand in der Mitte des Raums.

Alles wirkte sehr nüchtern und aufgeräumt, und ich konnte ein erstes zartes Gefühl der Enttäuschung nicht unterdrücken, obwohl ich keinerlei Vorstellung davon gehabt hatte, was mich hier erwarten würde.

»Möchtest du dich in Ruhe umsehen?«, fragte mich Matt da. »Ich kann mit Zorya draußen warten.«

Ich schüttelte den Kopf. »Nein, es … wäre toll, wenn du mir helfen würdest.«

Bei dem Gedanken, allein hier mit den letzten Besitztümern meines Vaters zu sein, wurde mir flau im Magen.

Matt legte kurz eine Hand auf meine Schulter, dann teilten wir uns auf. Er ging die Ordner und Bücher in den Regalen durch, ich nahm mir die Boxen vor.

Die meisten von ihnen waren leer, erst als ich schon an die

zehn Deckel geöffnet hatte, stockte ich. Ein altmodisches Fotoalbum aus Papier mit dickem Ledereinband lag am Boden der Box. Ich holte es so vorsichtig heraus, als könnte es zwischen meinen Fingern zu Staub zerfallen, und spürte, wie ein Zittern durch meine Hände ging, als ich den Umschlag aufklappte.

Jede Menge Fotos klebten darin. Sie waren nicht beschriftet, aber offenbar folgten sie einer zeitlichen Reihenfolge. Die ersten Bilder zeigten Menschen, die mir wohl ohne meinen persönlichen Agrona-Soverall-Geschichtscrashkurs vollkommen fremd gewesen wären. Aber nun wusste ich, dass es sich dabei um meine eigene Verwandtschaft handelte. Meine Urgroßmutter Aurelia Harwood, mein Großvater James Harwood und Kinderfotos meines Vaters.

Auch Leanore war auf einigen der Fotos zu sehen, was mich nicht wunderte. Erstaunlich war nur, wie glücklich und unbeschwert sie als Kind und auch als Jugendliche ausgesehen hatte. Ich konnte nichts von ihrer heutigen Niedertracht erkennen.

Ein Teil von mir fragte sich, was wohl mit ihr geschehen war, was sie so kalt hatte werden lassen. Doch der viel größere Teil hasste diese Frau so sehr, dass es mir im Grunde egal war.

Nichts rechtfertigte das, was sie getan hatte. Und immer noch tat.

Es folgte eine ganze Reihe an Fotos von Melvin und Leanore in einem imposant wirkenden Herrenhaus. Die beiden mussten da schon fünfzehn oder sechzehn Jahre alt gewesen sein und hatten sich selbst fotografiert, den leicht verwackelten und schiefen Aufnahmen nach zu urteilen. Es waren extrem viele Bilder von den beiden, die meisten lagen nur lose zwischen den Seiten. Eines zeigte Leanore und Melvin vor dem Gebäude – einem riesigen eleganten Anwesen mit grau-weißen Fassaden, hohen Giebeln und drei Türmen, die über das Dach hinausragten. Einmal saßen sie in einem edel eingerichteten Wohnzimmer. Über einem Kamin im Hintergrund konnte ich ein Heptagon-Symbol erkennen. Doch egal, welche Szenerie es war, eine Sache blieb immer gleich: Sie grinsten über beide Ohren. So als wären sie unfassbar glücklich gewesen.

Ich blätterte weiter und kam zu einem Foto, auf dem mein Vater bereits achtzehn oder neunzehn gewesen sein musste. Er stand hinter einem Tisch, an dem eine junge Frau arbeitete, und blickte ihr neugierig über die Schulter. Es war nicht meine Mutter, aber ich hatte ihr Gesicht schon mal irgendwo gesehen.

Richtig! Das war Violet Greenwater, die Tochter von Nessa Greenwater. Sie lebte längst nicht mehr. Auch sie war Leanore zum Opfer gefallen. Ihr Sohn, Dorian, hatte den grausamen Mord als Kleinkind mit ansehen müssen.

»Was hatte mein Vater mit Nessas Tochter zu tun?«, fragte ich Matt. Ich betrachtete das Bild genauer. Violet hatte eine Reihe von Werkzeugen vor sich ausgebreitet, in ihren Händen hielt sie etwas, das golden funkelte.

»Keine Ahnung«, gab Matt schulterzuckend zurück.

Ich erinnerte mich vage, dass Violet keine Sigil-Schmiedin wie ihre Mutter gewesen war, sondern Schmuck angefertigt hatte. Darunter auch das Herzamulett, das ich heute um den Hals trug.

Ich schaute mir das Foto genauer an. Tatsächlich *war* das mein Herzamulett, was da auf dem Foto funkelte. Ich holte den kleinen Anhänger unter meinem Shirt hervor. Die Goldbeschichtung lag kühl in meiner Handfläche. Anfangs hatte ich noch damit gerechnet, dass das Schmuckstück irgendein Geheimnis für mich bereithielt. Irgendeine versteckte Kammer oder doch eine Sigil-Gravur, die im Inneren verborgen lag, aber nein. Es war einfach nur ein Geschenk, das mein Vater aus Liebe für meine Mutter hatte anfertigen lassen, nicht mehr und nicht weniger.

Ich schaute noch einen Moment auf das Foto von Melvin und Violet hinab, dann blätterte ich weiter. Mein Hals wurde eng, als die ersten Fotos von Melvin und meiner Mutter auftauchten. Sie zeigten die beiden, wie sie durch London liefen, mit dem Riesenrad fuhren, Madame Tussauds besuchten oder im Hydepark auf einer Wiese lagen.

Wie ein ganz normales Pärchen.

Nein, das Herzamulett war nicht nur ein Geschenk gewesen, sondern auch der Beweis dafür, wie weit mein Vater für meine Mutter gegangen war. Er hatte sich aus dem Mirror zurückgezogen, hatte allem, was er kannte, den Rücken gekehrt – weil er sich in eine Untere verliebt hatte. Er hatte einfach so den Kurs seines Lebens geändert, zum Teufel mit den Konsequenzen.

Und wo hatte ihn das hingeführt?

In den Tod. Mit zwanzig Jahren.

Frustriert legte ich das Album wieder zurück und wandte mich zu Matt. »Irgendwas Interessantes bei dir?«

Matt hatte offenbar alles, was in den Regalen zu finden gewesen war, auf dem Tisch vor sich ausgebreitet. Bücher und Dokumente stapelten sich übereinander, daneben lagen einige verzierte Sigil-Schmuckstücke. Auch ein ziemlich altmodisch aussehender Laptop war dabei.

»Dein Vater war ein totaler Nerd«, sagte Matt zu mir. »Er war offenbar fixiert auf die Ursprünge der Sigils. Es gibt unzählige Bücher über die ersten Gravuren, die Schmiedeprozesse, die Geschichte der ersten Träger. Und er hat seitenweise Notizen zu alldem gemacht.« Matt lächelte mir etwas schief zu. »Ich glaube, Ceddy und er hätten sich echt gut verstanden.«

Da war ein Unterton in Matts Stimme, wie jedes Mal, wenn das Gespräch auf Cedric kam. Ich hatte einmal versucht, ihn zu fragen, wie es ihm damit ging, zu wissen, dass Cedric schon seit Jahren heimlich in ihn verliebt war. Aber Matt hatte nur abgewiegelt, und das würde ich akzeptieren, bis er bereit war zu reden.

Ich zog die Dokumente zu mir und blätterte vorsichtig durch die vergilbten Seiten, während Matt über meine Schulter lugte. »Wahnsinn, oder?«, fragte er.

Wahnsinn war das richtige Wort. Auf jeder einzelnen Seite war jeder Millimeter bis zum Rand mit handschriftlichen Notizen vollgekritzelt. In den gedruckten Texten waren mehrere Wörter eingekringelt, unterstrichen oder farbig markiert. Und es waren … *so viele Bücher.* Was sollten wir mit noch mehr Büchern? Ganz sicher waren das alles Texte, die Cedric gerade in Nova studierte oder längst durchgelesen hatte. Vielleicht stand hier drin noch mehr zu der Schattenathame oder darüber, warum die Träger sie damals so unbedingt hatten verstecken wollen. Aber brachte uns das wirklich weiter?

Nichts davon löste unser Problem mit Leanore.

Enttäuscht schaute ich auf den Berg an Papier. Nichts, was ich gesehen hatte, war besonders wertvoll oder geheim.

»Agrona hatte recht«, flüsterte ich. »Das hier ist eine Sackgasse.«

Und ich habe uns völlig grundlos in Gefahr gebracht.

Matt legte eine Hand auf meine Schulter. »Hör auf. Wenn

ich an deiner Stelle gewesen wäre, hätte ich genau dasselbe getan. Dein Vater kannte Leanore, vielleicht besser als jeder andere Mensch auf der Welt. Und wer weiß? Wenn wir die Sachen erst mal nach Septem geschafft haben, stoßen wir vielleicht noch auf etwas.«

Ich nickte, auch wenn ich Matts Zuversicht nicht teilte, und blickte zum Eingang. »Wie lange sind wir eigentlich schon hier?«

Matt zog den Ärmel seines Mantels zurück, um das Ziffernblatt seiner schlichten Uhr abzulesen. »Huh. Fast eine Stunde.« Er schaute mich unsicher an, und ich wusste, dass er dasselbe dachte, wie ich.

Hatte Fensworth nicht angekündigt, gleich wieder zurück zu sein?

Wie auf Kommando ertönten Schritte, aber es war nicht der Vault-Mitarbeiter, sondern Zorya. Ein Blick in ihr angespanntes Gesicht, und ich wusste sofort, dass etwas nicht stimmte.

Zu meiner Überraschung hielt sie ein Comm in die Höhe. Ich hatte sie noch nie eins benutzen sehen – im Mirror gab es ausschließlich die Spectum-Sigils –, aber natürlich war es vorausschauend von ihr gewesen, auf diese Art in der magiefreien Zone mit den anderen Häschern in Verbindung zu bleiben.

»Cyphers strömen in die Lobby des Instituts«, erklärte sie und lief auf mich zu. »Wir bringen dich sofort zurück nach Septem.« Sie schaute auf den Berg an Büchern, Ordnern und Papierstapeln vor uns und seufzte tief. »Das können wir unmöglich alles mitnehmen.«

Ich starrte sie an. »Aber wir haben noch längst nicht alles …«

»Flämmchen.« Zorya legte beide Hände auf meine Schultern. »Diskutier jetzt nicht mit mir, okay? Wir haben gesagt, wir gehen keine unnötigen Risiken ein, also nehmt nur die wichtigsten Sachen mit, und dann raus hier.«

Hektisch schaute ich mich um und versuchte, eine Art Prioritätenliste in meinem Kopf anzulegen. Alles in mir schrie danach, das Fotoalbum einzustecken, einfach nur weil es der persönlichste Gegenstand in dem gesamten Raum war, aber ich hatte es mir so ausführlich angeschaut, dass ich wusste, es hielt keine weiteren Geheimnisse für mich bereit. Also griff ich mir stattdessen einige der handschriftlichen Notizen meines Vaters und versuchte mir gleichzeitig, so viele der Buchtitel zu merken, wie ich konnte. Matt hatte sich den Laptop geschnappt.

»Los jetzt!«, wies Zorya mich scharf an und schob mich kurzerhand mit beiden Händen in Richtung Tür.

Schon waren wir an der Sicherheitsschleuse, doch dort bot sich uns ein absurdes Bild. Die Scheiben waren nicht mehr abgedunkelt, und ich konnte sehen, wie von der anderen Seite die Magiehäscher, die uns begleitet hatten, auf das Glas eindroschen. Einige schlugen mit der puren Faust dagegen, andere feuerten Magiestöße darauf ab.

»Was ist los?«, fragte ich gehetzt – und besorgt. »Kommen sie nicht durch?«

Zorya starrte auf das Comm in ihren Händen, offenbar überflog sie irgendeine Nachricht. »Der obere Teil des Gebäudes ist inzwischen wohl abgeriegelt, und ohne Fensworth kommen wir aus dem Sicherheitsbereich nicht raus.«

»Meinst du, er arbeitet doch für Leanore?«, fragte Matt.

»Das ist eigentlich unmöglich. Wir haben ihn eingehend überprüft.« Zoryas Blick wanderte umher, aber ich ahnte, was sie dachte: Einen anderen Weg als zurück durch die Schleuse würde es nicht geben. Nicht hier.

Ich versuchte nicht mal, Ignis' Magie herbeizurufen. Ich wusste auch so, dass es nicht ging. Keine roten Lichtlinien, kein Magieschwert. Auch Matt würde nichts bewirken können.

Da kam Bewegung in die Häscher auf der anderen Seite der Schleuse. Sie machten Platz für jemand. Aber wer …?

Auf einmal wurde Michael Fensworth in voller Länge gegen die Scheibe gepresst. Sein Gesicht war schmerzverzerrt, eine seiner Wangen wurde am Glas platt gedrückt. Da erkannte ich, dass eine Hand seinen Nacken umklammert hielt. Hinter ihm stand ein weiterer Magiehäscher, und in dem Tumult brauchte ich einen Moment, um zu verstehen, dass es Adam war. Er schrie Fensworth irgendetwas zu, doch der schüttelte nur immer wieder gequält den Kopf.

Adam zog Fensworth von der Scheibe weg und stieß ihn dann mit voller Wucht wieder dagegen. Blut quoll an Fensworths Stirn herunter und tropfte über seine Nase hinab auf sein weißes Hemd. Das Ganze ging noch einige Male hin und her, bis Fensworth irgendetwas zu rufen schien. Adam schob ihn mit voller Wucht von der anderen Seite in die Schleuse hinein, die von innen rot aufleuchtete, bis Fensworth etwas auf das Panel tippte. Dann öffnete sich der Zylinder zischend.

Sofort drang der Lärm zu uns. Er kam nicht nur aus dem Vorraum von den Schleusen, sondern von überall. Schwere Stiefel hinterließen dumpfe Echos auf dem Marmorboden über uns.

»Es tut mir leid!«, würgte Fensworth hervor, den Blick verzweifelt auf mich gerichtet. »Wir hatten keine Ahnung!«

»Die Sicherheitsbehörden haben die Vault-Server angezapft«, warf Adam uns als Erklärung entgegen und zog Fensworth wieder zurück in den Vorraum, damit wir durch die

Schleuse auf die andere Seite laufen konnten. »Deine biometrischen Daten wurden an die Londoner Polizeibehörde übermittelt.«

Mir stockte der Atem. Hatte Agrona nicht gesagt, dass Vault Corp. das sicherste Unternehmen der Welt war? Und so neutral wie die Schweiz? Wenn die von Leanore kontrollierten Sicherheitsbehörden selbst hierher vorgedrungen waren, ohne dass das Vault-Personal es gemerkt hatte, dann … dann war die Lage noch viel schlimmer, als ich es angenommen hatte.

»Bitte!« Tränen liefen über Fensworths Wangen und vermischten sich mit dem Blut darauf. Er starrte mich an. »Wir sind angewiesen worden, Sie hier festzuhalten. Diese Polizisten sind nicht bei Verstand. Sie haben gedroht, uns alle zu töten, wenn Sie nicht bleiben, Mylady.«

Ich wusste nicht, was ich sagen sollte. Doch mir blieb auch keine Zeit, denn Adam zog bereits an meinem Arm. »Wir gehen.«

»Können wir ihnen nicht helfen?«

»Das werden wir. Nachdem wir dich nach Septem gebracht haben.«

Ein lilafarbenes Licht erfüllte den Raum. Ich schaute zu Matt. Er hatte seine Beute aus dem Tresorraum an einen der Häscher abgegeben und hob die Hand mit dem Seelenring in die Luft.

»Ich lenke die Cyphers ab, so gut es geht. *Los.*«

7

Zurück im Bankinstitut von London hörten wir, wie sich uns Schritte in den dunklen Marmorkorridoren näherten. Der Boden vibrierte unter ihrer Wucht, und ein kalter Schauer lief mir über den Rücken, während sich meine Hände zu Fäusten ballten.

Mein Verstand wusste, dass wir nicht hierbleiben und den Angestellten von Vault Corp. helfen konnten. Ich wusste, niemand würde etwas gewinnen, wenn Leanore mich in die Finger bekam.

Trotzdem *hasste* ich es mit jeder Faser meines Körpers.

»Wie kommen wir hier raus?«, fragte ich atemlos, als Zorya uns durch einen der Gänge lotste. Der direkte Rückweg zu den Shuttles über das Foyer war versperrt, die Cyphers hatten dort längst alles besetzt.

»Wir haben einen Notfallplan«, erklärte Adam knapp.

Natürlich hatten sie das.

In dem Moment stürmte aus einem kreuzenden Gang eine Reihe an Soldaten und Polizisten – allesamt Cyphers – auf uns zu.

Keine Frage. Jeder Einzelne von ihnen trug Chaosmagie in sich. Und damit hatten sie auch einen direkten Draht zu Leanore.

Zum ersten Mal, seit wir den Hochsicherheitsbereich hinter uns gelassen hatten, ließ Adam meine Hand los. Ich sah, wie er an die beiden Sigil-Armbander griff, die er trug. Sie leuchteten winterblau auf. Die Magiehäscher, auch Nikki und Zorya, taten es ihm gleich.

Ich rief Ignis' Magie. Jetzt, da wir die Magiehemmer rund um die Vaults hinter uns gelassen hatten, fühlte sich die Verbindung zu meinem Sigil so stark wie immer an. Rötliche Linien wanderten über meine Haut hinweg, an meinen Fingerspitzen kribbelte es. Doch das Schwert, das ich mit Ignis formen konnte, beschwor ich nicht herbei. *Noch nicht.* Denn neben mir hatte Matt bereits die Hand erhoben, an der sein Sigil Anima lag. Er zeichnete feine Muster in die Luft. Dabei hielt er die Augen geschlossen, wirkte völlig in sich versunken. Ich wusste, dass er den Cyphers Illusionen in den Kopf pflanzte, und seine Magie zeigte in kürzester Zeit Wirkung.

Die meisten Soldaten blieben wenige Meter vor uns stehen. Erst starrten sie nur ins Leere. Dann drehten sie einfach um und liefen zurück in die Richtung, aus der sie gekommen waren. Nur wenige, die Matt in der Kürze der Zeit nicht mit seinen Illusionen zu greifen bekommen hatte, schafften es, zu uns durchzudringen. Keiner von ihnen hatte eine Chance. Nicht nur, weil die Truppe unserer Magiehäscher ihr Leben lang im Kampf geschult worden war, sondern auch, weil die Angreifer offensichtlich nicht ganz bei sich waren. Ihre Bewegungen waren nicht präzise, ihr Vorgehen folgte keinem richtigen Plan. Sie drängten nur weiter auf uns zu, wie Motten, die vom Licht angezogen wurden. Gefährlich, keine Frage. Aber ohne wirkliche Strategie.

Mit einem Mal kam mir eine Erkenntnis. Leanore hatte eine schier unendliche Macht, aber diese Macht ... Sie war über den gesamten Globus verteilt. Über so viele Menschen *konnte* eine einzelne Person gar nicht die Kontrolle haben. Und das bedeutete: Leanore wusste vielleicht noch gar nicht, was hier vor sich ging. Die Cyphers folgten schlichtweg ihrem allgemeinen Befehl, mich zu suchen und gefangen zu nehmen.

»Hier entlang«, hörte ich Adam sagen, als sich die Lage um uns beruhigt hatte. Die meisten der Cyphers standen dank Matt unbeweglich herum, und so konnten wir ohne weitere Probleme in einen abzweigenden Korridor laufen.

Alle außer mir wussten offenbar, wo wir hingingen. Jedenfalls gab es kaum Absprachen, nur ein Nicken und eine stumme Geste hier und da. Ich ließ mich von Adam die Gänge entlanglotsen. Vorhin im Shuttle hatte ich ihm versprochen, keine unnötigen Risiken einzugehen, und ich wollte mich an dieses Versprechen halten, so gut es ging.

Wieder strömte eine Gruppe an Cyphers herbei. Mehrere Schüsse ertönten, aber Adam schob mich einfach weiter.

»Dort drüben ist der Zugang zum Parkhaus!«, hörte ich Zorya rufen, den Blick auf Adam gerichtet. »Verschwindet von hier, wir geben euch Deckung!«

»Zorya«, sagte ich zögernd, aber sie schüttelte sofort den Kopf.

»Ich komme nach, Flämmchen. Wir treffen uns gleich draußen, los, los, los!«

Ich nickte, wenn auch widerwillig. Dann stürmten wir ins Treppenhaus, Adam und Nikki vorneweg, ich direkt dahinter, das Schlusslicht bildete Matt mit zwei Häschern.

Kaum waren wir im Parkdeck angekommen, flog mir Echo entgegen. An meiner Seite verwandelte er sich sogleich in seine Raubkatzengestalt und rannte neben mir her, während wir eine Reihe Autos passierten. Die Ausfahrt lag auf der anderen Seite, und zunächst sah es danach aus, als würden wir ohne Probleme dorthin gelangen. Doch auf der Mitte des Weges stoppten wir abrupt. Denn Dutzende von Cyphers – es mussten vierzig oder mehr sein – tauchten im Torbogen zur Tiefgarage auf.

Zwischen ihnen, in der Dunkelheit kaum zu erkennen, strömten Abbys auf uns zu.

Ich wusste sofort, dass wir keine andere Wahl hatten, als uns irgendwie hier herauszukämpfen. Und Adam wusste das auch.

»Wir töten keine Cyphers«, sagte er. »Nicht wenn wir es irgendwie verhindern können. Knockt sie aus, hindert sie am Laufen, irgendetwas. Zerstört die Abbys, aber keine unnötigen Aktionen. Unser Ziel ist es, zu den Shuttles zu kommen und keine Trophäen zu sammeln.«

»Aye, Boss«, sagte einer der Häscher hinter uns, der zweite stimmte ein. Danach kämpften wir uns Meter für Meter zum Ausgang vor. Echo brachte in Eigenregie einen Cypher nach dem anderen mit einem gezielten Biss in die Wade zu Fall. Gleichzeitig lenkte Matt so viele Angreifer wie möglich mit Illusionen ab.

Mir entging nicht, dass Adam und die anderen mich von allen Seiten einkreisten. Die Häscher arbeiteten mit einer Mischung von Schilden und Magiestößen. Die Cyphers wurden abgewehrt, die Abbys angegriffen. Erst als einige von ihnen zu uns durchdrangen und drohten, unsere Gruppe auseinanderzudrängen, hob ich meine Hände. Ignis' Magie breitete sich über meine Arme aus. Sie richtete sich auf die Abbys. Ich fühlte mich in ihre schattenhaften Körper hinein, von den weiß glühenden Augen bis zu den Klauen, und wurde eins mit ihnen. Dann zog ich beide Hände in einer schnellen Geste voneinander weg, und die Abbys zerbarsten in Millionen von Partikeln.

»Los!«, rief Adam. Er griff an meine Hand, und wir hechteten zusammen durch die Lücke, die sich zwischen unseren Angreifern gebildet hatte. Schüsse trafen den Ort, an dem wir gerade noch gestanden hatten. Die Kugeln prallten vom Beton ab, Hitze streifte meine Knöchel, während wir durch den Parkhausausgang nach draußen stürzten.

Es war inzwischen deutlich dunkler geworden. Die hellen Lichter der Gebäudefenster und laute Hupgeräusche empfingen uns. Wir rannten die Straße entlang, immer weiter. Die Schritte der Cyphers hinter uns wurden lauter, sie schienen aufzuholen, doch ich zwang mich, nicht ständig über meine Schulter zu schauen. *Konzentration. Keine Zeit verlieren.*

Eine Hauptstraße öffnete sich vor uns, und ich brauchte nur kurz, um mich zu orientieren. Wir waren auf der Regent Street, der Piccadilly Circus lag nur wenige hundert Meter entfernt. Adams Plan war ganz offensichtlich, im Trubel der Innenstadt unterzutauchen. Mein Atmen war so laut, dass ich nicht hören konnte, was Matt uns von der Seite zurief, aber ich sah es. Ein Stück vor uns waren drei weitere Cyphers auf dem Gehweg aufgetaucht.

Echo – wieder in seiner Vogelgestalt – flog auf einen der drei zu und verwandelte sich in letzter Sekunde in eine Raubkatze, um ihn mit seinem puren Gewicht zu Fall zu bringen. Doch die anderen beiden hoben bereits ihre Arme – und damit auch ihre Schusswaffen.

Adam zögerte, nur einen Moment, dann zerrte er mich mit eisernem Griff in eine Seitengasse. Es ertönte ein Hupen, Rufe, weitere Schüsse. Matt, Nikki und die beiden Häscher hielten sich dicht hinter uns, doch die Angreifer folgten uns auf dem Fuße. Ich sah, wie Matt mit Anima immer wieder Schutzschilde heraufbeschwor, spürte, wie die Schüsse der Cyphers nur Zentimeter an uns vorbeirauschten.

Ich war inzwischen so außer Atem, dass mein Hals sich rau und kratzig anfühlte. »Wo willst du hin?«, keuchte ich.

»Dorthin.« Adam deutete nach vorn, und da sah ich es – am Ende der Gasse. An einer Kellertür, zu der einige Stufen nach unten führten, entfaltete sich ein blaues Licht. Es breitete sich rankenförmig über den Rahmen aus, bis das Rechteck der Tür vollständig damit gefüllt war.

Ein Magiekorridor!

Cedric.

Erleichterung durchflutete mich. Adam oder Zorya oder sonst wer musste ihn in Nova kontaktiert haben. In nur wenigen Schritten wären wir hier weg und in Sicherheit.

Moment.

Vor der obersten Stufe der Kellertreppe kam ich schlitternd zum Stehen. »Warte!«, keuchte ich und zerrte an Adams Arm. »Was ist mit Zorya und den anderen?«

»Sie findet schon einen Weg. *Weiter!*«

»Aber …« Mein Herz verkrampfte sich. Zorya tat *alles*, um mich zu beschützen. »Wir können sie doch nicht einfach zurücklassen.«

Adam legte beide Hände an mein Gesicht. Sein Blick durchbohrte mich förmlich. »*Du* kannst. Sobald du in Septem bist, helfen wir den Leuten von Vault Corp. – und wir holen Zorya. Aber *du* bist zu wichtig.«

Er wollte überhaupt nicht mitkommen?

»Leute, das ist nicht die allerbeste Zeit für Diskussionen!«, rief Matt mit gepresster Stimme. Er, Nikki und die anderen Magiehäscher hatten mittlerweile einen ganzen Wall an Magieschilden heraufbeschworen, mit denen sie die Cyphers zurückdrängten. Ich konnte Echo zwischen ihnen herumspringen sehen, aber schließlich zog auch er sich zurück und landete flatternd auf meiner Schulter.

Meine Gedanken rasten. Ich verabscheute diese Situation mehr als alles andere. Ich wollte *helfen* – und mich nicht im Mirror verstecken! Aber solange sich alle nur um meine Sicherheit kümmerten, war ich wie ein Klotz am Bein.

»Okay«, presste ich entgegen allem, was ich eigentlich sagen wollte, hervor und wandte mich zum Korridor, in dem ich tatsächlich Cedric erkennen konnte. Doch gerade als ich auf ihn zulaufen wollte, nahm ich etwas im Augenwinkel wahr. *Über uns.* Auf zwei klapprigen Balkonen hatten sich Cyphers positioniert. Sie hielten ihre Waffen im Anschlag, direkt auf uns gerichtet.

Keiner von ihnen zögerte. Sie feuerten ab. Alle auf einmal.

Instinktiv sprangen wir auseinander. Einer der Häscher ging zu Boden. Ich konnte nicht erkennen, ob er getroffen worden war, aber er stand nicht mehr auf.

»Rayne!« Adam zerrte mich auf die Füße. Ich sah noch, wie Matt und Nikki in den Magiekorridor sprangen und dabei unsere Namen brüllten. Adam zog mich hinter sich her, und gerade als uns das rettende Winterblau umschloss, hatten die Cyphers uns wieder ins Visier genommen. Sie feuerten – die meisten Kugeln prallten auf den Asphalt der Gasse. Doch ein Cypher zielte auf Nikki. Instinktiv rempelte ich sie zur Seite, und keine Sekunde später weitete sich ein Schmerz, weiß glühend und elektrisierend, von meinem Bauch in alle Richtungen aus.

Echo flatterte erschrocken auf. Ich stolperte gegen Adams Brust und konnte mit einem Mal kaum atmen.

»Rayne!«, hörte ich jemanden rufen.

»Shit! Sie wurde erwischt!«

»Was? Wie –?«

»Ich weiß nicht, ich –«

»Deckung!«

Weitere Schüsse ertönten, doch ich starrte nur verwirrt an mir herab. Da war Blut, so viel Blut. Auf meiner dunklen Kleidung war es kaum zu sehen, aber ich fühlte, wie es aus mir herausquoll.

Irgendjemand zog mich weiter, bis alles vor meinen Augen verschwamm. Die Szenen zogen an mir vorbei wie ein Sturm, hektisch und verwirrend. Echo tauchte immer wieder vor mir auf. Desorientiert stolperte ich weiter, ohne den Boden unter meinen Schuhen richtig zu spüren. Matt, Cedric, Nikki und Adam waren die ganze Zeit um mich herum, so viel war mir klar. Auch dass sie miteinander diskutierten, *laut*, trotzdem bekam ich nur Bruchstücke davon mit.

»Wir sollten sie nach Septem bringen.«

»Wenn wir sie jetzt nach Septem bringen, mit einer Schusswunde, wird das ihre gesamte Autorität untergraben.«

»Wenn sie stirbt, hilft ihr ihre Autorität auch nicht weiter!«

»Sie wird nicht sterben, bei allen Sieben! Denkst du, ich würde ihr Leben riskieren? Für wen zum Teufel hältst du mich?«

»Hört schon auf! Ich weiß, wohin wir mit ihr können.«

Der Magiekorridor drehte sich. Mit jeder Sekunde verstärkte sich der Schwindel in meinem Kopf. Er pochte ekelerregend, und es fühlte sich an, als würde jede Bewegung die Wunde in meiner Seite tiefer aufreißen. Nachdem das Adrenalin nachließ, war der stechende Schmerz wie ein Schrillen, das man nicht ignorieren konnte. Gleichzeitig wurden meine

Glieder immer schwerer, und ich spürte, wie ich in die Dunkelheit abdriftete.

»Rayne, du musst wach bleiben«, hörte ich Adam sagen. »Bleib wach, hey!«

Er zog mich nach oben in seine Arme, Finger fuhren über meine Wange, aber ich spürte die Berührung kaum.

Und dann spürte ich überhaupt nichts mehr.

8

Als ich aufwachte, war alles um mich herum ganz weich. Ein dunstiger Nebel umhüllte mich von Kopf bis Fuß und ließ mich nichts anderes fühlen als eine tiefe Zufriedenheit.

Shit. Ich bin tot.

Wobei … Das konnte nicht sein. Der Tod würde sich ganz bestimmt nicht so seltsam glückselig anfühlen.

Ich zwang mich, die Augen zu öffnen und schaute mich um. Neben mir stand ein Tropf, von dem aus – gemessen an dem wattigen Gefühl in meinem Kopf – ziemlich sicher jede Menge Schmerzmittel in meinen Körper strömten. Das bedeutete wohl, ich musste ohnmächtig geworden sein. Jedenfalls lag ich auf einer schmalen Krankenhausliege, und Echo hatte sich an meinen Füßen zu einem Knäuel aus Fell zusammengerollt. Für einen Moment fragte ich mich, ob ich nicht doch träumte, denn neben mir, auf einem Stuhl, saß Cedric.

Er trug nur ein einfaches Sweatshirt und bequeme Hosen. Seine blonden Locken hingen ihm unordentlich ins Gesicht, das ohne seine Brille immer noch ungewohnt auf mich wirkte. Doch er sah gut aus. Stark. Gesund.

Dank seines Dark Sigils.

Cedric hatte eine Mullbinde in der Hand und war gerade dabei gewesen, sich damit über mich zu beugen. Als er merkte, dass ich wach war, wich er wieder zurück. »Der Verband an deinem Bauch muss gewechselt werden«, erklärte er schnell und musterte mich dann. »Wie fühlst du dich?«

Ich gab ein heiseres »Ganz okay« zurück und versuchte, mich aufzusetzen. Echo hatte sich zu mir gewandt, seine Pfoten lagen auf meinen Unterschenkeln, aber er kam nicht näher. O Gott, ich fühlte mich vollkommen gerädert, doch der Schmerz hielt sich in Grenzen. Das Zeug, das sie mir in den Blutkreislauf gaben, war wohl eins der guten Sorte.

Cedric legte eine Hand auf meine Schulter und drückte mich sanft zurück auf die Matratze. »Steh besser noch nicht auf. Das war ziemlich knapp, Ray. Du warst volle zwei Tage weggetreten, und … ich musste Med-Trites benutzen, um die Blutung zu stillen. Trotzdem wird es noch ein oder zwei Tage dauern, bis die Wunde verheilt ist. Beweg dich nicht zu viel, sonst verlangsamst du den Prozess nur.«

Ich schaute an meinem Körper hinab. Neben einer Bandage saßen tatsächlich drei große Trite-Münzen auf meinem Oberkörper. Ich hatte von den Dingern schon gehört, sie beschleunigten die Heilung von Fleischwunden. Ein oder zwei Tage? Dafür sollte ich wohl dankbar sein.

»Wo … wo ist Adam?«, fragte ich. »Und … die anderen. Sind alle okay? Was ist mit Zorya?«

»Adam geht es gut, und … Zorya ist am Leben, aber sie hat ganz schön was abgekriegt. Sie befindet sich im Sanatorium in Septem und wird dort behandelt. Die anderen sind im Stockwerk direkt über uns.«

»Und … der Rest?«

Cedric antwortete nicht sofort, und etwas in mir krampfte

sich zusammen. Auf meinen drängenden Blick hin seufzte er, einen unglücklichen Ausdruck im Gesicht. »Zoryas Häscher hat es beide erwischt, dazu noch einen aus Adams Team, aber … niemanden von Vault Corp. Und dank dir hat Nikki nicht einen Kratzer davongetragen. Du hast ihr wahrscheinlich das Leben gerettet.«

Hatte ich das? Meine Erinnerung an die letzten Momente unserer Flucht waren ziemlich verschwommen. Aber selbst wenn. Wir hatten drei weitere Leben verloren – weil *ich* unbedingt den Tresor meines Vaters hatte durchsuchen wollen.

Mir stachen Tränen in die Augen. Es half nicht gerade, dass das Schmerzmittel meinen Verstand so weich machte, dass ich mich kaum gegen die Gefühle wehren konnte.

Cedric schnitt eine Grimasse. »Ray … es ist *nicht* deine Schuld.«

»Wie kannst du das sagen?«, brach es mit einem Schniefen aus mir heraus. »Gerade du?«

Er starrte mich verwirrt an. »Wie meinst du das?«

»Ich weiß, du *hasst* mich.«

Der Gedanke hatte sich während der letzten Wochen, in denen Cedric kaum ein Wort mit mir gesprochen hatte, in meinem Inneren festgebissen und war dort wie ein Geschwür gewachsen. Jetzt, da Cedric plötzlich bei mir war, ließ der Drogennebel meine Ängste einfach in einem Schwall hervorbrechen.

»Es tut mir leid, dass du hier sein und mich verarzten musst. Ich weiß, du willst mich gar nicht sehen. Und du hast jedes Recht dazu, mir aus dem Weg zu gehen, nach allem, was ich Celine angetan habe.« Ein Schluchzen kam mir über die Lippen. »Du … du hast mich damals sofort akzeptiert. Du hast mich in die Gruppe aufgenommen. Einfach so, obwohl du mich ja gar nicht gekannt hast. Und ich hab dich so sehr verletzt. Es tut mir leid, Cedric, wirklich, ich …« Weiter kam ich nicht, denn meine Stimme bebte inzwischen so stark, dass ich kaum noch eine klare Silbe hervorbrachte.

Cedric war förmlich erstarrt. Er schaute mich mit geweiteten Augen an, mehrere Sekunden lang. »Du denkst …«, presste er schließlich hervor, seine Stimme gequält. »Oh, Ray, ich … Bei allen Sieben, ich wollte doch nie, dass du denkst …« Er raufte sich die Haare. »Du bist nicht schuld an Celines Tod. *Sebastian* ist es. Bitte verzeih mir.«

Moment … was?

Wieso entschuldigte *er* sich bei *mir*?

Nein. Nein, das war falsch. Definitiv falsch. Doch da lehnte sich Cedric auf einmal nach vorne und nahm mich vorsichtig in seine Arme. Ich atmete nur zittrig ein. Passierte das gerade wirklich?

Über Wochen hinweg hatte Cedric sich in Nova versteckt. Und wann immer er einige Stunden in Septem gewesen war, hatte er sie mit Matt und Dina verbracht. Nicht mit mir.

»Ich verstehe nicht«, murmelte ich gegen Cedrics Schulter.

Er zog sich etwas zurück und schaute mich mit einem totunglücklichen Gesichtsausdruck an. »Ray, ich … ich bin momentan einfach kein sonderlich guter Umgang. Was mit Celine passiert ist – ich komme nicht sehr gut damit zurecht. Mit ihrem Tod und … und dass ich jetzt ihr Sigil trage. Und *du* … du musstest dich auf die Krönung konzentrieren. Deswegen bin ich ferngeblieben, so gut es ging. Ich dachte, es ist besser für dich.«

»Das ist es nicht!«, flüsterte ich und klammerte mich förmlich an ihn. »Du hast mir so gefehlt. Ich … ich würde dir so gerne helfen. Irgendwie.«

Cedric lächelte. »Du hast mir auch gefehlt. Es tut mir wirklich leid.«

Ich schüttelte den Kopf, aber als ich mich aufsetzen und etwas erwidern wollte, zuckte ich vor Schmerz zusammen. Cedric streichelte kurz über meine Stirn, dann ließ er von mir ab und machte sich an dem Tropf mit dem Schmerzmittel zu schaffen. Es dauerte nur ein paar Sekunden, bevor eine spürbare Welle über mich hinwegbrandete. Die Konturen um mich herum verschwammen, erneut wurde die Welt ganz weich, und ich ließ mich ins Bett zurücksinken.

Cedric machte sich daran, meinen Verband zu wechseln. Er säuberte erst meine Wunde und strich dann irgendein Gel über meinen Bauch. Während er arbeitete, ließ ich meine Fingerspitzen immer wieder leicht über Echos Sternenfleck auf der Stirn wandern. Der Dunst der Schmerzmittel ließ es so erscheinen, als ob die Zeit abwechselnd stehenblieb und wie im Flug verging.

»Danke, dass du … hier bist …«, murmelte ich irgendwann – wobei *lallen* es wohl besser traf. O Gott. Offenbar war mein Gehirn endgültig im siebten Drogenhimmel angekommen.

Cedric lächelte bloß. »Natürlich bin ich hier. Wo sollte ich sonst sein?« Als er mit dem Auftragen des Gels fertig war, holte er ein weißes Stoffpolster aus seinem Medikamentenkoffer und fing an, es auf meine Wunde zu kleben. »Es war … wirklich knapp. Zum Glück hat Matt mir noch Bescheid geben können, dass ihr in eine Falle geraten seid.«

»Matt ist toll«, pflichtete ich sofort bei. »Er ist so mutig und nett und kann einfach *alles*.«

Ein überraschtes Lachen kam über Cedrics Lippen. »Ist das so, ja?« Er warf erneut einen prüfenden Blick auf den Tropf, ließ diesmal aber alles, wie es war.

»Er will sich verloben«, wisperte ich. »Wusstest du das?«

Das Lächeln wich augenblicklich aus Cedrics Gesicht, und seine Hände, die gerade sorgsam die Mullbinde festdrückten, hielten in der Bewegung inne. »Ja«, sagte er tonlos. »Er hat es mir vor kurzem erzählt. Sein Vater hat eine gute Wahl getroffen, denke ich. Es ist die Tochter einer sehr … angesehenen Familie.«

Ich konnte nicht anders, als Cedric traurig anzulächeln, wahrscheinlich viel zu offen, aber gerade war mir das egal. »Du weißt, dass er dich auch liebt, oder?« Es war in jedem Blick, den Matt Cedric in den letzten Wochen und Monaten zugeworfen hatte, so deutlich zu sehen. »Ich glaube, er hat nur Angst, eure Freundschaft zu gefährden.«

Cedric seufzte leise. Er fasste sich an die Nase, als wolle er seine Brille nach oben schieben – doch er griff ins Leere. Stattdessen ballte er seine Finger zu einer Faust und ließ sie wieder sinken. Er schaute mich an und streichelte zärtlich über meinen Kopf. »Du solltest ein bisschen schlafen. Lass die Trites einfach machen, morgen geht es dir schon viel besser.«

Ich wollte noch etwas sagen, aber der Gedanke entwich mir, und mein Verstand konnte ihn nicht mehr einfangen.

Ein metallisches Klacken. Cedric hatte das Medikamentenset geschlossen. »Ich bin sicher, Adam kommt bald herunter.«

Ich biss mir unglücklich auf die Unterlippe. »Er hat jetzt eine Glatze, wusstest du das? Ich mag die Glatze nicht. Ich liebe seine Haare, so wie den Rest an ihm. Wenn er nicht gerade ein Arschloch ist.«

Wieder ein Lachen. »Schlaf jetzt«, sagte Cedric und beugte sich vor, um mir einen Kuss auf die Stirn zu geben. Dann verließ er den Raum.

Als ich die Augen das nächste Mal öffnete, lag Echo nicht mehr auf meinem Bett. Dafür saß Adam an meiner Seite. Und es war wirklich Adam – ohne Syntho-Sigil, ohne Siebeneck auf der Stirn, ohne kahl rasierten Schädel. Er saß vornübergebeugt, das Gesicht in beide Hände gedrückt. Erst als ich mich unruhig auf dem Bett bewegte, blickte er auf.

»Wie fühlst du dich?« Adams Stimme war rau, und er griff sofort nach meiner Hand.

Für einen langgedehnten Moment schaute ich ihn einfach nur an, nahm alle Details in mich auf.

Adam hatte sich in den letzten Wochen verändert. Die silbrigblonden Haare waren deutlich kürzer, und seine Wangenknochen stachen mehr hervor als sonst. Außerdem hatte er einige Schrammen am Kiefer und den Schläfen, die garantiert von den Missionen der letzten Wochen stammten. Zorya hatte mich über Adams Versuche, seine Schwester aufzuspüren, auf dem Laufenden gehalten. Ich wusste, dass er und seine Einheit dabei oft in Schwierigkeiten geraten waren – entweder mit Abbys oder mit den infizierten Soldaten. Aber erst jetzt, da ich ihn ohne das Syntho-Sigil sah, ahnte ich, was hinter ihm liegen musste. Nur Adams Augen waren dieselben geblieben. Hellgrau mit Sprengseln von Blau, wie ein Sturm über dem Ozean.

Ich versuchte, mich im Bett aufzusetzen. Die Bewegung verursachte einen dumpfen Schmerz in meinem Bauch, und jeder Nerv, der mit der Kugel in Berührung gekommen war, flammte auf. Ein leises Stöhnen kam über meine Lippen. Ich fühlte mich jetzt viel nüchterner, was wohl die Schmerzen erklärte, aber die Welt war immer noch etwas wattig. »Es ging mir schon besser. Aber auch schlechter.«

»Ich dachte …« Adam stockte, holte tief Luft. »Ich dachte wirklich, du würdest sterben.«

»Bin ich aber nicht.«

»Aber du hättest –« Er hielt abrupt inne und schloss die Augen. Als er sie wieder öffnete, sah er mich derart durchdringend an, dass mein gesamter Körper zu erstarren schien. »Ich habe schon einmal gesehen, wie du erschossen wurdest«, flüsterte er und hielt dabei meine Hand fest. »Damals im Kraftwerk, als dieser Wahnsinnige dir eine Waffe an den Kopf gehalten hat.« Er verzog den Mund. »Er hat dich vor meinen Augen umgebracht, aber … damals wusste ich, dass ich es verhindern könnte, wenn ich nur oft genug die Zeit zurückdrehen und es erneut versuchen würde.« Er starrte hinab auf den Verband um meinen Bauch. »Inzwischen ist es anders. Wenn du jetzt stirbst, dann …«

Er ließ den Satz ins Leere laufen, trotzdem wusste ich, wie schlimm es für Adam gewesen sein musste. Früher hatte er nur eine winzige Bewegung mit seinem Sigil ausgeführt, und schon konnte er alles ungeschehen machen. Diese Möglichkeit von einem Tag auf den anderen nicht mehr zu haben … Es musste furchtbar sein.

»Adam.« Ich zog fest an seiner Hand, und er brauchte einen Moment, um zu verstehen, was ich von ihm wollte. Mit einem tiefen Atemzug stand er von dem Stuhl auf, setzte sich vorsichtig auf die Kante des Krankenbetts und ließ sich seitlich neben mich sinken. Als unsere Gesichter nur noch Zentimeter voneinander entfernt waren, strich ich ihm liebevoll durch die viel zu kurzen Haare.

»Ich bin hier«, flüsterte ich. »Und ich werde wieder vollkommen gesund. Versprochen.«

Adam zog mich behutsam an sich. Er streichelte über meine Wange und meinen Nacken. Dann fuhr er mit der Hand seitlich an meinem Oberkörper hinab und wieder hinauf, stets darauf bedacht, den Verband nicht zu berühren.

Ich lächelte. »Kuscheln wir gerade? Sicher, dass es *dir* gut geht?«

Ein Geräusch, halb Lachen, halb genervtes Schnauben, kam über Adams Lippen. »Ich kann auch wieder ein Kotzbrocken sein, wenn es dir so viel lieber ist.«

»Nein, ich …« Ich schmiegte meinen Kopf an seine Halsbeuge. »Ich denke, ich kann es ertragen. Ausnahmsweise.«

Wieder dieses Halb-Lachen-Halb-Schnauben-Geräusch. »Sehr großzügig von dir, Mylady.«

»Wo … sind wir eigentlich?«, fragte ich und atmete den Geruch seiner warmen Haut ein.

»In Prime. In einem Anwesen in der Nähe von Marseille. Es gehört Cedrics Familie.« Auf meinen fragenden Blick hin fuhr Adam fort: »Die Sieben haben sich über die letzten Generationen hinweg ein paar Immobilien und Grundstücke überall auf der Welt angeschafft. Im Mirror weiß niemand etwas davon, weder die Magistrate noch sonst irgendwer. Wir dachten, es wäre besser, wenn die Sache bei Vault Corp. nicht sofort die Runde macht.«

Richtig. Das war eine gute Entscheidung gewesen. Ich konnte mir bestens vorstellen, wie Barnabas Pelham und seine Gefolgschaft von Hardlinern darauf reagiert hätten, dass ich mir nur wenige Tage nach meiner Krönung eine Schussverletzung in Prime zugezogen hatte.

Adam beugte sich zu mir. »Fürs Erste sind wir hier in Sicherheit.« Seine Lippen pressten sich auf meine, ganz sanft. Ich spürte seiner Wärme nach. Sie zog sich von meinem Mund bis tief in mein Innerstes.

Ich hatte ihn so vermisst.

Eine Weile hielten wir uns einfach nur fest, küssten uns und atmeten die Luft des anderen ein. Ein furchtbar egoistischer Teil in mir war beinahe froh darüber, dass ich mir auf diesem Wege noch etwas Zeit mit Adam erkauft hatte. Doch ich wusste auch, wie schrecklich dieser Gedanke war. Menschen waren gestorben. *Meine* Soldaten waren gestorben.

Und wofür das alles?

»Es tut mir leid«, flüsterte ich an Adams Halsbeuge. »Du und Agrona ... ihr hattet recht. Es war dumm, mir das Vault um jeden Preis anschauen zu wollen. Ich würde verstehen, wenn du deswegen sauer auf mich wärst. Das hätte ich verdient, ich ...«

»Es war nicht dumm«, unterbrach mich Adam. »Im Gegenteil. Ich habe mich in der Suche nach Pris völlig verrannt. Ich dachte, wenn ich nur dranbleibe und jedem Hinweis hinterherjage, dann bekomme ich meine Mutter schon irgendwann zu fassen. Aber was du gesagt hast, stimmt. Wir stecken seit Wochen in einer Sackgasse. Und ... dank dir hat sich das jetzt geändert.«

Geändert? Was meinte er damit?

Ich schaute fragend zu ihm, doch bevor ich nachhaken konnte, öffnete sich auf einmal die Tür, und zwei Gestalten tauchten auf der Schwelle auf.

»Bei allen Sieben«, hörte ich Matt sagen. Er schob einen Rollstuhl in den Raum und grinste leicht, als er Adam und mich ineinander verknotet auf der Liege vorfand. »Da lässt man euch fünf Minuten allein ...«

Er machte Platz für Dina, die bei unserem Anblick bloß die

Augen verdrehte. »Sei froh, dass sie noch was anhaben«, sagte sie. »So viele Wochen getrennt, so viele einsame Nächte ...«

Matt zog eine Grimasse. »Na vielen Dank für das Kopfkino.«

»Geteiltes Leid ist halbes Leid«, gab Dina bloß nüchtern zurück.

Matt schob den Rollstuhl neben die Liege. »Darf ich bitten, Mylady?«, fragte er mit einer einladenden Handbewegung. »Die anderen warten schon sehnsüchtig auf dich. Ceddy hat nämlich gute Nachrichten.«

Ich ließ mich von Adam und Dina in den Sitz heben. Gute Nachrichten wären auf jeden Fall eine willkommene Abwechslung.

9

Das Landhaus, in dem wir uns befanden, wurde *Attwater-Château* genannten. Es war alt, aber mit den höchsten Sicherheitsstandards ausgestattet und über die Jahre offensichtlich gut gepflegt worden. Es gab mehrere Schlafzimmer, Bäder und offenbar so viele Vorräte, dass man im Notfall ohne Probleme ein paar Monate hier ausharren könnte.

Als wir über einen Fahrstuhl im Erdgeschoss ankamen, nahm ich alles in mich auf. Die Einrichtung war hell, mit vielen Weiß- und Beigetönen. Der Parkettboden im Wohnzimmer war poliert, und die Ottomanen neben dem Sofa sahen ziemlich altmodisch aus. Es gab einen Kamin, über dem ein Heptagon-Symbol in die Wand eingelassen war. Davor stand die Statue eines Mannes, der den Saphirschlüssel in einer Hand nach oben streckte. Wahrscheinlich das Abbild eines der Attwater-Vorfahren.

Obwohl es bereits Mittag war, lag das Haus, in dem wir uns befanden, im Halbdunkeln. Durch die Fenster konnte ich die tiefhängenden Wolken über einem dichten Wald erkennen. Das erklärte auch, warum alles hier von einem Duft nach Kiefernnadeln erfüllt war.

Zusammen mit Matt half Adam mir vom Rollstuhl auf das Sofa. Es stand neben einem großen Esstisch, an dem bereits

Cedric und Dina saßen. Nikki war auch da, warf mir allerdings nur einen kurzen Blick zu, bevor sie sehr konzentriert in das Buch vor sich schaute. Auch sie sah wieder aus wie sie selbst: perfekt gewellte blonde Haare, perfekte Haut, perfekte Lippen. Die schönste Frau, die ich je gesehen hatte.

Auf dem Tisch lagen sämtliche Unterlagen aus dem Tresor meines Vaters. Dazwischen türmten sich Berge von Snacks: Chipstüten, Fruchtgummipackungen, Schokolade. Mehrere Tassen mit Tee und Kaffee dampften inmitten der Papierstapel. Offenbar hatten die anderen die Zeit, während ich untätig herumgelegen hatte, genutzt, um den Inhalt des Vaults gründlich zu durchforsten.

Adam blieb bei mir sitzen. Matt dagegen ging auf den Tisch zu und ließ sich neben Cedric auf einen freien Stuhl fallen. Dann wuschelte er ihm kräftig durch die blonden Locken. »Na los. Sei nicht so bescheiden. Erzähl ihr schon, was du herausgefunden hast.«

Auf Cedrics Lippen lag ein kleines, etwas verlegenes Lächeln. Ich erkannte, dass der Laptop, den wir im Vault meines Vaters gefunden hatten, vor ihm stand. Offenbar hatten sie ihn zum Laufen bekommen, obwohl das Ding ja fast zwanzig Jahre auf dem Buckel haben musste.

»Ich weiß, dass die Unterlagen deines Vaters auf den ersten Blick enttäuschend auf dich gewirkt haben müssen«, begann er, und ich nickte bloß. »Aber dank ihnen …«, Cedric sah mich mit einem fast feierlichen Lächeln an, »… wissen wir nun, wie Leanore an die Ignis-Replik gekommen ist.«

Moment. Redete er von dem schwarzen Drachenarmband, das Leanore dazu benutzte, weltweit die Cyphers zu steuern?

Das war nicht nur einfach eine gute Nachricht. Das war eine *großartige* Nachricht!

»Was habt ihr gefunden?«

»Dein Vater hat eine Liste mit den fähigsten Sigil-Schmieden der Welt aufgesetzt. Er hat zu jedem von ihnen Notizen gemacht – unter anderem, in welchem Bereich sie sich besonders spezialisiert haben: Trites, Kampf-Sigils, Schutz-Sigils, Sigils für den Gebäudebau, Med-Sigils und so weiter. Und er hat noch etwas anderes dazu notiert.«

Cedric stand auf, kam zum Sofa und hielt mir den Laptop entgegen. Eine schlichte Tabelle war auf dem Bildschirm zu sehen. Eine Spalte mit Namen, eine andere mit den Spezialgebieten, daneben ein Bemerkungsfeld.

Falara Choazi, Kampf-Sigils. Im Bemerkungsfeld hatte mein Vater *Kein Kontakt* notiert.

In der Zeile darunter stand: *Olaf Radomir, Trites und Med-Sigils, Kontaktaufnahme abgebrochen.*

Dasselbe stand noch bei ein paar anderen Namen.

Kontaktaufnahme abgebrochen.

Kontaktaufnahme abgebrochen.

Kontaktaufnahme abgebrochen.

Dann kam eine Zeile, die komplett farbig markiert worden war.

Haroun El-Masri, Kampf-Sigils, Historiker, Fachgebiet: Die Geschichte der Dark Sigils. In der dritten Spalte hatte mein Vater eine längere Notiz hinterlassen. *Mehrere Kontaktversuche seit Nova. Er hat seinen Betrieb eingestellt, und niemand weiß, woran er heute arbeitet. Offenbar regelmäßige Besuche in Septem. Er ist es.*

In meinem Kopf wirbelte es. Vage erinnerte ich mich daran, was Leanore über ihre Ignis-Replik zu mir gesagt hatte, damals, als wir allein in das Herz des Höhlenlabyrinths unter Nova eingedrungen waren.

Es hat mich Jahre gekostet – und mehrere Schmiede –, es so zu formen, dass es beinahe an die Macht deines Dark Sigils herankommt.

»Wir vermuten, dass dein Vater Leanore auf der Spur war«, sagte Cedric mit ernster Miene. »Er wusste, dass sie ein Sigil ähnlich zu Ignis herstellen lassen wollte. Und deshalb hat er sich auf die Suche nach den Schmieden gemacht, die mit ihr daran arbeiten könnten.«

»Haroun El-Masri ist ein sehr bekannter Sigil-Schmied«, erklärte Adam. »Er galt lange als einer der fähigsten Mirror-Schmiede – gleich nach Nessa Greenwater. Irgendwann hat er jedoch einfach aufgehört, Sigils zu bauen.«

Ich schaute wieder auf die Notiz hinab. »Oder er hat sie nur noch für Leanore gebaut«, murmelte ich. Da kam mir ein Gedanke, und ich runzelte die Stirn, während ich rechnete. »Aber wenn Leanore diesen Schmied bereits zu Lebzeiten meines Vaters kontaktiert hat – dann bedeutet das ja, dass er siebzehn Jahre gebraucht hat, um die Replik anzufertigen.«

»Na ja, überleg doch mal«, sagte Cedric zu mir. »Hier geht es um eine Replik, die in einer Hinsicht fast mit einem Dark Sigil gleichzusetzen ist. So etwas hat es bisher noch nie gegeben. Selbst die Repliken von Nessa Greenwater, die in den Heptadomes von Prime verteilt wurden, waren ziemlich dürftig. Ihre Magiewirkung blieb immer begrenzt. Es ist absolut verständlich, dass El-Masri dafür eine lange Zeit gebraucht hat. In meinen Augen hat er den einzigen Weg gewählt, der zum Erfolg hatte führen können – er hat sich auf eine einzelne Komponente von Ignis spezialisiert: Chaosmagie zu kontrollieren. Und das kann das falsche Drachenarmband nun genauso gut wie sein Vorbild.«

Ich schaute auf Ignis hinab. Was Cedric da sagte, stimmte. Die Repliken waren nie auch nur ansatzweise an die Fähigkeiten der echten Dark Sigils herangekommen. Alius und Etas hatte bis heute niemand kopieren können. Doch Leanores Armband – es war anders. Es konnte Chaosmagie genauso gut lenken wie meines.

»Kommen wir an diesen Schmied denn irgendwie heran?«, fragte ich und erkannte an den Gesichtern der anderen sofort, dass die Antwort leider nicht lauten würde: *Klar, wir treffen ihn gleich morgen zum Frühstück.*

»Agrona hatte ein paar vereinzelte Informationen über El-Masris möglichen Aufenthaltsort«, sagte Adam. »Er hat zuletzt in einem Randbezirk von Kairo gewohnt, in dem inzwischen aber überall Chaosmagie wütet. Wenn ihr nach Septem zurückkehrt, brechen Nikki und ich mit unserem Team auf und suchen ihn.«

Ich nickte zustimmend. Obwohl ich es hasste, dass Adam sich derart in Gefahr brachte, wusste ich auch, was eine solche Spur für uns bedeutete. Wenn dieser Schmied tatsächlich Leanores Drachenarmband gefertigt hatte, dann wusste er mehr darüber als der Rest der Welt – und sollte es einen Schwachpunkt geben, würde er ihn kennen. Wenn wir einen Weg fanden, irgendwie Leanores Kontrolle über die Chaosmagie zu brechen, hätten wir mit einem Schlag gewonnen.

»Es gibt noch etwas.« Adams ernster Tonfall ließ mich aufschauen. Er räusperte sich. »Wir wollten damit warten, bis du wach bist.«

Er zog ein Blatt Papier aus seiner Manteltasche hervor, faltete es auf und hielt es mir entgegen. Ich nahm es an mich und schaute darauf hinab. Es war eine Art Bauplan. Inmitten eines Siebenecks, neben allerlei Verweisen, war die Zeichnung eines … Schmuckanhängers abgebildet.

In Herzform.

Ich starrte darauf hinab und spürte gleichzeitig die Blicke der anderen auf mir. Jeder von ihnen – außer vielleicht Nikki – hatte die Kette, die ich um den Hals trug, schon einmal gesehen. Sie wussten auch, dass ich sie von meiner Mutter bekommen hatte und dass sie ursprünglich ein Geschenk meines Vaters gewesen war.

Kein Zweifel. Es war dieselbe Kette, die auf dem Papier dargestellt wurde.

»Die Nachforschungen deines Vaters beziehen sich eindeutig nicht nur auf die Ignis-Replik«, sagte Cedric in die Stille hinein. »Sie führen viel weiter. Es geht um die Ursprünge der Dark Sigils und um all das, was wir im Labyrinth unter Nova gefunden haben. Um die Warnungen über die Schattenathame. Darüber, dass sie gefährlich ist – und ein Wegbereiter für eine höhere Macht sein soll.« In Cedrics Stimme schwang deutliche Bewunderung mit. »Dein Vater hat sich exakt dieselbe Frage gestellt, wie wir es tun: *Was ist diese Macht?*«

»Und?«

Ich verstand nicht, was das mit dem Herzanhänger meiner Mutter zu tun hatte.

»Wir glauben, dein Vater war bei seiner Suche erfolgreich«, sagte Adam sanft. »Doch er hat die Ergebnisse seiner Forschung sorgfältig versteckt. Er wollte wohl um jeden Preis verhindern, dass irgendjemand nachvollziehen kann, worauf er gestoßen ist.«

»Und jetzt meint ihr …?« Ich runzelte die Stirn und schaute auf das Blatt Papier mit der Skizze des Anhängers. »Ich habe mir das Herzmedaillon genau angesehen. Es ist nur Schmuck. Da ist nichts versteckt, glaubt mir.«

Ich griff an meinen Hals und zog den Anhänger hervor. Er war zart und filigran gearbeitet mit kunstvollen Verzierungen und Details, die jede einzelne Windung des Herzens betonten. Er war unfassbar schön, die Goldfarbe warm und einladend, aber … er war kein Sigil. Ich hatte so oft nach einer geheimen Funktion Ausschau gehalten. Außerdem konnte Ignis keinen Funken Magie darin erspüren.

»Wir denken, es ist ein Arcanum«, sagte Adam. »Das sind Schmuckstücke, in die Informationen eingespeichert werden können. Sie bestehen immer aus zwei Teilen. Erst wenn man sie zusammensetzt, werden sie zu einem Sigil – und geben die Informationen preis, die in ihrem Inneren eingeschlossen wurden.«

Erneut schaute ich auf den Anhänger hinab. Er sah nicht danach aus, als würde irgendetwas daran fehlen, aber wahrscheinlich war das Sinn der Sache. Es war einfach nur ein Schmuckstück, und wer es nicht besser wusste, würde nie darauf kommen, dass es irgendetwas in sich verbarg.

»Mein Vater hat nicht zufällig geschrieben, wo dieses Gegenstück ist, oder?«, fragte ich, obwohl ich die Antwort bereits kannte.

»Wir hatten gehofft, du wüsstest es vielleicht«, antwortete Dina sanft.

Das tat ich nicht. Woher auch? Meine Mutter hatte mir lediglich erzählt, dass mein Vater den Anhänger bei Violet Greenwater in Auftrag gegeben hatte. Sofort dachte ich an das Foto von ihr zurück, das ich im Vault meines Vaters entdeckt hatte. Darauf war sogar zu sehen gewesen, wie Violet an dem Anhänger gearbeitet hatte.

»Was ist los?«, fragte mich Adam, und ich merkte, dass meine Hand, in der ich das Herzmedaillon hielt, zu zittern begonnen hatte.

Ein furchtbarer Gedanke hatte sich an die Oberfläche meines Bewusstseins geschoben, doch er hatte nichts mit dem Arcanum selbst zu tun, sondern betraf etwas ganz anderes. Für einen Moment wusste ich nicht, ob ich ihn tatsächlich laut aussprechen sollte. Allerdings ... Adam war sich längst darüber im Klaren, zu welchen Grausamkeiten seine Mutter imstande war. Was für einen Unterschied würde es noch machen?

»Im Vault, da ... habe ich ein Foto von meinem Vater mit Violet Greenwater gesehen. Sie hat diesen Anhänger geschmiedet.« Ich drehte das Herzamulett zwischen meinen Fingern. »Mein Vater hat ihn meiner Mutter geschenkt, und ...« Ich hielt inne, zwang mich, es auszusprechen. »Was, wenn Leanore Violet getötet hat, weil sie dachte, Melvin wäre in sie verliebt gewesen? Weil sie sie zusammen gesehen und die Sache falsch gedeutet hat? Denn das würde bedeuten ... Violet wäre völlig umsonst gestorben.«

Adam schaute mich einen Augenblick unbeweglich an, dann nickte er steif. »Es ist ein Tod mehr, für den sie sich letztlich verantworten muss, aber ich bin trotzdem froh, dass meine Mutter nicht die Wahrheit wusste, sonst ...« Er seufzte. »Sonst wäre sie auf deine Mutter losgegangen, und dann wärst du nie geboren worden.«

So hatte ich es noch nie gesehen, aber ja, es stimmte.

Weil Violet Greenwater gestorben war, durfte *ich* leben.

Innerlich legte ich einen weiteren Stein auf den Berg an Schuldgefühlen. Wenn ich so weitermachte, würde er bald in sich zusammenstürzen.

»Aber kapierst du nicht, was du da sagst?«, mischte sich Dina aufgeregt ein. »Wenn das stimmt, dann liegt es doch nahe, dass das Gegenstück für das Arcanum im Besitz der Greenwaters ist.«

Matt seufzte. »Nur dass beide Greenwaters tot sind.«

»Wenn wir El-Masri finden, kann er vielleicht daran arbeiten, das Arcanum zu öffnen«, sagte Adam.

»Oder ...« Dina verzog den Mund, fast etwas entschuldigend. »Wir fragen Nessa Greenwaters Enkel.«

Adam schien für einen Moment verwirrt, dann schnaubte er. »Dorian Whitlock? Er weiß wahrscheinlich nicht einmal, was ein Arcanum ist.«

Dina warf ihm einen unbeeindruckten Blick zu. »Adam, uns ist klar, dass du ihn nicht leiden kannst, weil er an deiner Freundin rumgebaggert hat. Aber Nessa hat Dorian jahrelang unterrichtet, er war ihr Lehrling. Ganz sicher hat er Zugang zu allem, was Nessa oder Violet Greenwater je gebaut haben. Und damit vielleicht auch zu dem Gegenstück.«

»Jetzt wartet mal kurz«, hakte da Matt ein. »Können wir einen Schritt zurückgehen? Ihr redet darüber, die Forschungen von Rays Vater zu entschlüsseln, aber wollen wir denn überhaupt an sein Wissen? Ich meine ... die Prädiktion hat doch sogar vor dieser Macht gewarnt, oder? Sie ist das, was den Mirror untergehen lassen könnte. *Verderben oder Heilung.* Wenn es eine Fifty-fifty-Chance ist, sollten wir das Ganze dann nicht lieber in Ruhe lassen?«

»Nur warum hat Rays Vater dann daran geforscht?«, hakte Dina ein. »Also, wenn ihr mich fragt, ist die Sache klar: Er kannte Leanore von allen am besten. Er hat geahnt, dass sie mit ihrem Rachefeldzug nicht mehr aufhören würde, und wollte ihr etwas entgegensetzen, wenn die Lage eskaliert. Wir sind uns hoffentlich einig, dass wir diesen Punkt längst überschritten haben.«

Ich schaute ratlos zu Adam. »Was meinst du?«

Er fuhr sich über die silbrigen Haare. »Ich denke, wenn dein Vater wirklich herausgefunden hat, was diese *erste Magie* ist, von der in der Prädiktion die Rede ist, sollten wir versuchen, seine Botschaft zu entschlüsseln. Dann sind wir meiner Mutter zum ersten Mal einen Schritt voraus.«

Ja. Oder wir spielen ihr direkt in die Hände.

Was für eine Zwickmühle.

»Also gut«, sagte ich leise. »Aber ich bezweifle, dass Dorian uns helfen würde, nach allem, was in Nova passiert ist. Außerdem … Wie sollen wir ihn finden? Das Auge ist komplett untergetaucht. Die Stützpunkte sind leer geräumt, auch in den Heptadomes heuern sie keine neuen Rekruten mehr an.«

Nikki, die bislang nur schweigend zugehört hatte, schaute langsam zu mir. »Du hast doch noch dein altes Comm, oder? Und deine Freundin aus dem Waisenhaus ist Teil des Auges …?«

Ein beklemmendes Gefühl machte sich in mir breit. »Lily hat mir die letzten Male schon nicht geantwortet.«

Adam umfasste meine Hand und streichelte mit dem Daumen darüber. »Du hast ihr Hilfe angeboten, oder?« Als ich nickte, fuhr er fort: »So etwas lässt sich leicht ignorieren. Aber es ist etwas anderes, wenn du sie um Hilfe bittest. Wenn du sagst, dass du sie dringend brauchst … Ich glaube nicht, dass sie das auch ignorieren wird.«

Da war ich mir nicht so sicher. Ich hatte keine Ahnung, wie die letzten Monate für Lily gewesen waren. Oder wie sehr sie es mir noch immer übelnahm, dass ich mich an diesem Tag in Nova für Adam und nicht für sie entschieden hatte.

Ich fuhr mir mit zittrigen Fingern durch die Haare und schaute von Dina zu Matt und dann zu Cedric. Er nickte mir zu, sein Gesicht voller Zuversicht. »Ja, okay«, sagte ich leise. »Ich schreibe ihr.«

10

Mit einem Seufzen ließ ich die Unterlagen meines Vaters sinken. Meine Augen brannten, und ich spürte, wie jegliche Konzentration endgültig wegbrach. So viel Material. So viele Seiten. Und keine neuen Informationen, außer dass ich meinem Vater wahrscheinlich so nah gekommen war wie in all den Monaten zuvor nicht. Seine Forschungen lasen sich wie ein Tagebuch, und jede Silbe darin führte mich durch die letzten Wochen seines Lebens. Doch gleichzeitig wusste ich, dass wir nie *alles* verstehen würden – nicht ohne Dorians Hilfe.

Zwei Tage und zwei Nächte waren vergangen. Achtundvierzig Stunden, seit ich Lily geschrieben hatte. Achtundvierzig Stunden, in denen mein Comm keine neue Nachricht anzeigte. Ich hatte zwischendurch Agrona kontaktiert. Sie und Matts Vater hielten im Mirror alles am Laufen, aber ich konnte nicht auf unbestimmte Zeit abtauchen, ohne dass Gerüchte in Umlauf kamen.

Ich schob die Papierstapel von mir weg und erhob mich von meinem Platz auf dem Sofa. Das Château war fast leer. Dina, Matt und Cedric waren am Nachmittag in den Mirror aufgebrochen und würden erst am späten Abend zurückkommen, es waren also nur noch Adam, Nikki und ich hier. Ich machte mich auf die Suche nach ihnen – in den verschiedenen Räumen, der Küche, den Schlafzimmern, dem Wohnbereich. Schließlich hörte ich Geräusche aus dem Keller, wo neben dem Krankenzimmer, in dem ich aufgewacht war, auch ein Trainingsraum lag.

Ich stieg die Treppen nach unten. Inzwischen brauchte ich keinen Rollstuhl mehr, die Med-Trites hatten in den zwei Tagen ganze Arbeit geleistet. Zwar lag noch immer ein Verband um meinen Oberkörper, aber ich fühlte nahezu keinen Schmerz mehr.

Unten angekommen, konnte ich Adam und Nikki durch die offene Tür erkennen. Sie trugen beide Trainingsklamotten, und Nikki hatte die Haare zu einem Pferdeschwanz nach oben gebunden. Anscheinend machten sie ausschließlich Nahkampfübungen, jedenfalls sah ich keine Magie umherfliegen.

Ich blieb außerhalb des Raumes stehen, weil ich die beiden nicht stören wollte. Und weil ich sie noch nie zusammen hatte trainieren sehen. Es war … ziemlich beeindruckend. Adam war gewohnt gnadenlos in seinen Angriffen, aber Nikki, von der ich bislang überhaupt nicht gewusst hatte, wie es um ihre Kampferfahrung stand, hielt bewundernswert gut mit. Adams Faust zischte durch die Luft, doch sie wich geschickt zur Seite aus und antwortete mit einem Low-Kick, der Adams Gleichgewicht kurzzeitig ins Wanken brachte.

Die beiden wechselten rasend schnell zwischen Verteidigung und Angriff, ihre Bewegungen waren fließend wie bei einer einstudierten Choreographie. Sie parierten die Schläge des anderen, blockten Tritte und konterten mit beeindruckender Präzision. Irgendwann strauchelte Nikki, aber statt das auszunutzen, hielt Adam mitten im Schlag inne.

»Alles okay?«, hörte ich ihn fragen.

Nikki richtete sich auf und stürzte sich sofort wieder auf ihn. »Ich hab doch gesagt, ich will kein Schonprogramm.«

»Das nennst du Schonprogramm?« Adam lachte leise, während er ihre Schläge parierte. »Ich glaube, du überschätzt mich.«

»Und ich glaube, du erzählst Bullshit, Tremblett.« Sie setzte zu einem weiteren Kick an, diesmal ging er nach oben, und verfehlte Adams Kopf nur knapp. Adam nutzte Nikkis offene Haltung aus und umklammerte ihr rechtes Bein am Oberschenkel. Mit einem kraftvollen Ruck wirbelte er Nikki herum und schleuderte sie zu Boden. Er beugte sich über sie, und ich sah, wie Nikki instinktiv eine Geste mit ihrer Hand ausführte. Wäre sie mit einem Sigil verbunden gewesen, hätte sie ein Magieschild erschaffen und Adam damit von sich gestoßen.

Doch sie trug kein Sigil.

Und so ging die Geste ins Leere.

Adam hielt mitten in der Bewegung inne. Er hatte begriffen. Nach kurzem Zögern richtete er sich wieder auf und reichte Nikki eine Hand. »Machen wir Schluss für heute.«

Nikki funkelte ihn an. »Ich hab dir doch gesagt, ich will kein –«

»Ich bin aber erschöpft.«

Nikki schnaubte abfällig. Es war klar, dass sie Adam die Nummer nicht abkaufte, trotzdem hievte sie sich auf die Beine. Sie blieb mit dem Rücken zu mir stehen. Dabei bewegte sie sich kaum, nur ihre Schultern formten sich zu einer angespannten Linie. »Es ist einfach … wie ein Phantomschmerz. Manchmal habe ich das Gefühl, Solis immer noch spüren zu können, weißt du?«

»Ja.« Adams Stimme klang ausdruckslos, abwesend. »Ich weiß.«

»Vor allem morgens, wenn ich aufwache …« Nikkis Stimme brach. »Solis war stets das Erste, was ich gefühlt habe. Jeden Tag. Und ab und zu denke ich … dass das alles vielleicht die Bestrafung dafür ist, dass ich Sebastians bescheuerten Plänen gefolgt bin.«

»Ach komm, das ist Schwachsinn, Nikki.« Adam lief wieder auf sie zu. »Und das weißt du auch.« Als er direkt vor ihr stand, legte er eine Hand auf ihre Schulter. »Es wird leichter.«

»Woher willst du das wissen?«

»Weil es das *muss*. Weil ich sonst den verdammten Verstand verliere.«

Ein Ziehen ging bei Adams Worten durch meinen Körper. Nicht nur wegen des schwermütigen Tonfalls in seiner Stimme, sondern weil ich in dem Moment begriff, was ich hier tat.

Ich *belauschte* die beiden.

Eigentlich war ich nur fasziniert von ihren geschmeidigen Bewegungen gewesen. Dem perfekten Kampf. Der Gedanke, ein Gespräch ohne Erlaubnis mitanzuhören, war mir gar nicht gekommen. Doch alles war so viel … persönlicher geworden, als ich es vorhergesehen hatte.

Weil Adam und Nikki etwas miteinander teilten.

Etwas, das niemand von uns wirklich nachvollziehen konnte. Nicht Matt, nicht Cedric, nicht Dina. Und auch ich nicht.

Den Verlust eines Dark Sigils.

Adam lief zu einer der Bänke an der Seite des Trainingsraums. Er zog sich sein Shirt herunter und griff stattdessen nach einem Sweatshirt, das dort bereitlag. Nikki stand dagegen regungslos in der Mitte des Raumes. Ihre Fäuste zitterten an ihrem Körper, und es war dieser flüchtige Ausdruck der Verletzlichkeit, der mich schließlich leise umdrehen und in der Dunkelheit des Treppenhauses verschwinden ließ.

Zurück in dem Zimmer, das Adam und ich uns teilten, stellte ich mich ans Fenster und starrte unschlüssig hinaus in den Wald.

Ich war nicht eifersüchtig. Ich wusste, dass Adam mich liebte.

Aber ich wusste auch, dass Nikki in den letzten Wochen die ganze Zeit an seiner Seite gestanden hatte, während ich es nicht konnte. Sie hatte Zugang zu einem Teil von ihm, der für mich seit dem Schnitt der Schattenathame unerreichbar schien. Und ob ich es wollte oder nicht: Es tat weh.

Draußen konnte ich nur noch die Umrisse der hohen Kiefern erkennen, es war schon zu dunkel. Nur gelegentlich lugte ein Streifen des Mondes durch die dichte Wolkendecke und erleuchtete die Wipfel auf eine so schöne Art und Weise, dass ich wohl ewig hätte zuschauen können.

Da öffnete sich die Tür zum Zimmer. Schritte näherten sich, dann legte sich ein Arm um meine Taille.

»Wieso bist du weggelaufen?«

Ich seufzte innerlich und ließ mich gegen Adams Brust sinken. Er roch frisch geduscht, aber darunter konnte ich seinen ganz eigenen Duft ausmachen. »Wie hast du mich bemerkt?«

»Du meinst, ohne deine Gedanken zu hören?« Seine Stimme nahm einen neckenden Tonfall an. »Schon vor unserer Verbindung war jede Zelle in mir auf dich fokussiert. Dazu brauche ich keine Magie. Außerdem ...« Seine Lippen streiften mein Ohr, und er flüsterte, wie ein Geheimnis: »… ist eine Wand da unten mit Spiegeln verkleidet.«

Spiegel. Wundervoll.

»Ich wollte euch nicht belauschen.«

Adam beugte sich zu meinem Nacken und küsste meine linke Schulter. »Das würde auch nicht viel Sinn ergeben. Ich habe rein gar nichts vor dir zu verbergen.«

Ich legte eine Hand auf Adams und drehte mich langsam zu ihm um.

»Hat Lily sich gemeldet?«, fragte er mich, und ich schüttelte den Kopf wie jedes Mal in den letzten zwei Tagen. Sein Blick wurde mitfühlend. »Vielleicht findet ihr einen anderen Weg, Whitlock zu kontaktieren. Und was Haroun El-Masri angeht … Ich werde morgen früh mit meinem Team die Suche nach ihm aufnehmen. Wir fangen in Kairo an. Wenn er nicht dort ist, sehen wir weiter.«

Kairo. Ägypten. Es war nicht so, dass die Entfernung für uns eine große Rolle spielte. Ich war stets nur eine Tür von fast jedem Ort der Welt entfernt. Aber … *Ägypten* klang für mich trotzdem nach: *Wir werden uns sehr lange nicht wiedersehen.* Und alles, was ich in der Zwischenzeit würde tun können, war, irgendeiner verborgenen Botschaft meines Vaters hinterherzujagen, von der ich nicht einmal wusste, ob sie uns nicht in neue furchtbare Gefahr stürzen würde. Und nebenbei musste ich versuchen, Barnabas Pelham und die anderen Magistrate irgendwie wieder in den Griff zu bekommen.

»Ich wünschte …«, setzte ich leise an. »Ich wünschte, wir könnten einfach ins Parlament einbrechen und den Premierminister und alle Abgeordneten von der Chaosmagie befreien.«

Adam lächelte. »Es wäre auf jeden Fall eine Schlagzeile.«

»Es wäre effektiv. Wir könnten die Sache einfach *beenden.*«

»Du weißt, wir müssten dasselbe dann in Dutzenden anderen Ländern auch machen.«

»Cedric hat den Saphirschlüssel, wir –«

»Rayne«, unterbrach Adam mich. »Du weißt, dass wir versucht haben, zu einigen der Regierungschefs durchzudringen. Aber meine Mutter hat uns schachmatt gesetzt. Ihr ist klar, dass wir die Cyphers, die sie als Wachen abgestellt hat, nicht einfach umbringen werden. Wir würden nur vor demselben Problem stehen, wie bei Vault Corp. … oder damals auf dem Plateau. Es sind zu viele, zu weit verstreut. Wir müssen das Problem an der Wurzel packen, eine andere Chance haben wir nicht.«

Er hatte recht. Aber das war mir schon klar gewesen, als ich den Mund geöffnet hatte. Alle Versuche, Prime von der Chaosmagie zu befreien, waren im Sande verlaufen. Dennoch konnte ich es nicht lassen, nach Strohhalmen zu greifen. Ganz egal, ob jeder von ihnen noch in meiner Hand zerbröselte.

Müde ließ ich meinen Kopf nach vorne sinken und lehnte mich an Adams Brust. »Dann wirst du morgen also auf deine nächste supergeheime Undercover-Spezialmission aufbrechen, und ich werde weiterhin so tun, als wüsste ich, wie man sich als politisches Oberhaupt benimmt.« Ich vergrub meine Hände in Adams Shirt. »Wir werden nie das tun, was andere Paare tun, oder?«

Sein Körper vibrierte leicht vor stummem Lachen. »Also … ein paar Dinge fallen mir schon ein, die wir wie andere Paare getan haben.«

Ich verdrehte die Augen. Wahrscheinlich würde ich mich niemals daran gewöhnen, dass Adam Tremblett Scherze machte. Schon gar keine Scherze *darüber.*

»Du weißt, was ich meine.«

Adam lehnte sich etwas zurück. Er fasste an mein Kinn, neigte meinen Kopf behutsam nach oben, und sein Blick wurde ernst, während er mir eine Strähne aus dem Gesicht strich. »Wenn wir El-Masri gefunden haben und ich wieder in London bin … gehen wir auf unser Date, okay?«

Das Date. Darüber hatten wir bei unserem ersten Aufenthalt in Nova gesprochen. Eigentlich war es mehr ein flapsiger Spruch gewesen, umso mehr breitete sich ein warmes Gefühl in mir aus, weil er sich daran erinnerte. »Ausgerechnet jetzt?«

»Ja. Jetzt.« Adam beugte sich zu mir herab, lehnte die Stirn an meine und schaute mich aufmerksam an. »In einem anderen Leben hätten wir alle Zeit der Welt gehabt, uns kennenzulernen. Ich hätte mir Mühe gegeben, dich zu beeindrucken, hätte dich zu all den schönen Orten im Mirror mitgenommen. Die fliegenden Gärten von Tokio, die Goldenen Wasserfälle bei Auckland … Ich hätte dir alles gezeigt, was ich am Mirror liebe und … Es ist nicht fair, dass es zwischen uns so … falsch herum gelaufen ist. Du hast etwas Besseres verdient.«

Ich lächelte, auch wenn die Melancholie in Adams Worten mich traurig stimmte. Von diesen Orten hatte ich schon gehört, und ich sah vor mir, wie wir sie uns zusammen angeschaut hätten und Adam mir alles erzählt hätte, was es darüber zu wissen gab.

Es war ein schöner Traum. Aber Adam irrte sich, wenn er dachte, dass das, was wir hatten, weniger wertvoll war.

»Das hier ist perfekt.« Ich meinte es so. Wenn ich diesen Moment einfrieren könnte – er und ich, in einem Haus mitten im Nirgendwo –, wäre ich für immer glücklich. »Bleib einfach bei mir.«

Ein Schatten legte sich über Adams Blick, und auch wenn

ich seine Gedanken nicht mehr hören konnte, ahnte ich, dass er an morgen dachte.

Wenn unsere Wege sich wieder trennten.

Er legte eine Hand an meinen Hals, fuhr mit dem Daumen an meinem Kieferknochen entlang. »Lass uns einen Schritt nach dem anderen nehmen«, sagte er und lehnte sich zu mir hinab, bis seine Nasenspitze meine berührte. »Noch sind wir hier.«

»Noch sind wir hier«, wiederholte ich, und für einen Moment atmeten wir den anderen einfach nur ein. Dann legte Adam seinen Mund auf meinen, und ich war überwältigt davon, dass sich jeder Kuss mit ihm wie der erste anfühlte. Unsere Lippen bewegten sich aneinander, erst träge, dann fester, lang und langsam und hitzig. Adams Hände fuhren über meinen Rücken, meine Wirbelsäule hinab, und das Kribbeln in meinem Körper wurde mit jeder Berührung stärker. Ich drückte mich an ihn in dem Versuch, ihm zu zeigen, was ich wollte. Die Sehnsucht nach dieser Nähe zwischen uns hatte sich schon so lange in mir aufgestaut, dass ich mich unmöglich zurückhalten konnte. Adam schien dasselbe zu fühlen. Er zog mein Shirt nach oben, über meine Arme und meinen Kopf, und warf es dann achtlos auf den Boden. Wir küssten uns wieder, und eine seiner Hände fuhr dabei seitlich an meinem Körper entlang, immer tiefer, bis …

Er stoppte. Seine Finger hatten den Verband erreicht.

»Warte.« Seine Stimme war ganz heiser. »Geht – geht es dir wieder gut?«

»Es ging mir nie besser«, versprach ich und nutzte Adams Zögern, um mich auf die Zehenspitzen zu stellen und die empfindliche Stelle zwischen seinem Hals und seiner Schulter zu küssen. »Es ist alles verheilt, glaub mir.«

Für einen Augenblick rechnete ich damit, dass Adam sich trotz meiner Worte zurückziehen würde. Dass diese Erinnerung an die grausame Realität, in der wir lebten, ausreichte, um das hier zu beenden, bevor es begonnen hatte.

Doch ich irrte mich. Ich irrte mich *so sehr.*

Adam ließ sich in einer verboten geschmeidigen Bewegung vor mir auf die Knie sinken, und ich konnte ihn nur anstarren, während er den Verband langsam von meinem Oberkörper abrollte. Als auch der letzte Zentimeter davon zu Boden gefallen war und ich nur noch in meinen Hosen vor ihm stand, ging ein Zittern durch mich hindurch.

»Du hast keine Ahnung, wie sehr ich dich vermisst habe«, sagte er, während er behutsam die Med-Trites abzog, die auf meiner Haut angebracht waren. Danach ließ er seinen Blick über mich wandern. Er kniete noch immer vor mir, und ich hatte keine Ahnung, warum diese Tatsache ein solches Schwindelgefühl in mir auslöste, aber das tat es.

»Zeig es mir«, flüsterte ich mit belegter Stimme und ließ dabei eine Hand über Adams Kopf gleiten.

Er schaute zu mir nach oben, einen langgedehnten Augenblick, dann lehnte er sich nach vorne, um genau die Stelle an meinem Bauch zu küssen, wo die Kugel mich getroffen hatte. Die Haut spannte und war gerötet, aber als ich Adams Zungenspitze darüber gleiten fühlte, war ich so weit davon entfernt, Schmerzen zu empfinden, wie man es nur sein konnte. Meine Beine drohten wegzuknicken, doch Adam hielt mich fest, die ganze Zeit – auch dann noch, als er meine Hose aufknöpfte und sie quälend langsam nach unten schob.

»Adam«, keuchte ich. Mit einer Hand festigte ich den Griff an seinen Haaren, während ich mit der anderen Halt am Fensterrahmen suchte. »Bitte.«

»Bitte was?«

Irgendwas, dachte ich verzweifelt über das Rauschen in meinen Ohren hinweg. Ich brauchte *irgendetwas.* Es fühlte sich an, als würde die Magie in meinen Adern in Flammen stehen. Als würde sie mich von innen heraus verbrennen, wenn ich nicht aufpasste.

Adam lächelte wissend. Dann küsste er meine Hüftknochen, erst links, dann rechts. Meine Oberschenkel, erst links … dann rechts. Und schließlich – *endlich* – küsste er mich dort, wo ich es am meisten wollte. Mit einem überwältigten Keuchen drückte ich mich gegen das Fenster in meinem Rücken. Adam zog mein linkes Bein über seine Schulter, und ein Wimmern brach aus mir heraus. Die Welt begann, an den Rändern zu zersplittern, ich verlor mich vollkommen in seinen Berührungen. Schweißperlen traten auf meine Stirn. Ich war so nah dran, ich brauchte nur noch ein bisschen mehr …

Da stand Adam plötzlich auf. Ich wollte schreien, hatte aber keine Zeit zu protestieren. Er zog mich in seine Arme und hielt mich fest, als würde ich nicht mehr wiegen als eine Feder. Als er mich küsste, nahm ich seine Unterlippe zwischen die Zähne und biss zu, um ihm zu zeigen, was ich von der Unterbrechung hielt. Sein Mund öffnete sich mir auf dem Höhepunkt eines erstickten Stöhnens, ich schlang meine Schenkel um Adams Hüften und atmete zittrig ein, als er mich mit festem Griff gegen seine Mitte drückte. Keuchend wölbte ich mich zurück.

Kurz darauf stolperten wir zum Bett, und Adam küsste mich den gesamten Weg über, bis wir schließlich gemeinsam auf die Matratze sanken. Hastig schob ich Adams Kleidung aus dem Weg, und wir beide vergruben die Hände am Körper des anderen, ganz egal wo, Hauptsache, wir berührten uns.

Er dirigierte mich auf den Rücken und legte sich auf mich, bis sein Körper meinen vollständig bedeckte.

Das letzte Mal, als wir so zusammen gewesen waren, hatte Adam sich alle Zeit der Welt gelassen. Er hatte mich geneckt, hatte mich so lange warten lassen, bis ich es kaum noch aushalten konnte. Doch heute war es ein Wirbelsturm aus Berührungen, der erbarmungslos über uns hinwegrauschte, mit zittrig ineinander verhakten Händen und gepresstem, ungläubigem Keuchen in den Ohren. Ich schaute Adam die ganze Zeit an – ich hätte nirgendwo anders hinsehen können –, und wir hielten uns bis zum Ende fest, den Namen des anderen auf den Lippen.

Eine Ewigkeit später war das Zimmer vollständig in Dunkelheit getaucht. Ich fühlte die träge Zufriedenheit in jedem Millimeter meines Körpers – und das Zittern meiner Finger, während ich sie wieder und wieder durch Adams Haare wandern ließ.

Als sich unsere Blicke begegneten, drängte sich ein ungebetenes Gefühl von Wehmut in den glückseligen Rausch hinein. Adam schien es in meinem Gesicht abzulesen, denn er zog mich fest an sich. Wir berührten uns von den Schultern bis zu den Zehenspitzen, meine Beine an seinen, bis uns nichts mehr trennte. Ich driftete bereits weg, als ich Adams Stimme noch einmal hörte.

»Was Alius und Etas angeht …«, flüsterte er an meinem Ohr. »Ich vertraue dir. Du wirst wissen, wer sie tragen soll. Es gibt kein Richtig oder Falsch.« Er machte eine Pause. »Und ich – ich werde dich immer lieben. Daran kann keine Magie der Welt etwas ändern.«

Ich ließ die Augen geschlossen. Denn ich wusste, wenn ich Adam jetzt anschaute, würde ich anfangen zu weinen. Also streckte ich stattdessen nur eine Hand aus. Meine Finger fanden seine, hielten ihn fest.

Wäre die Welt eine bessere, müsste ich ihn nie wieder loslassen.

TEIL 2

ZWEI SEELEN, EINE MAGIE

11

Das Licht der untergehenden Sonne strömte durch das zerstörte Dach. Es fiel auf den verzogenen Holzboden, das Gewirr aus Kabeln, Rohren und zersplitterten Balken – auf die Trümmer und die Unordnung, die vom Waisenhaus noch übrig geblieben waren.

Ich blieb stehen und atmete tief durch. Cedric und die anderen hatten mich vom Attwater-Château bis hierher begleitet, aber nun war ich auf mich allein gestellt.

51.521520, 0.003846. Heute Abend, 8pm. Du kannst deine Gang mitbringen, aber komm allein in den Speisesaal.

Ich hatte nicht mehr mit einer Nachricht von Lily gerechnet. Adam war längst mit seiner Häschereinheit nach Ägypten aufgebrochen, und der Rest von uns war kurz davor gewesen, in den Mirror zurückzukehren, da hatte mein Comm auf einmal vibriert.

Ich hatte Lilys Nachricht seither bestimmt mehrere Dutzend Mal gelesen. Die Koordinaten führten in die Outskirts, zu dem Ort, an dem Lily und ich unsere Kindheit verbracht hatten. Ihre Worte jedoch klangen sachlich, nüchtern … abweisend. Vor allem der Schluss hatte mir einen Stich versetzt.

Bevor ich es vergesse: Glückwunsch zu deiner Krönung, Mirrorlady.

Der beißende Sarkasmus war nicht zu überlesen, aber ich durfte mich davon nicht verunsichern lassen.

Wir brauchten dieses Treffen.

Wir brauchten Dorians Hilfe mit dem Amulett.

Das war das Ziel, auf das ich mich gerade konzentrieren musste.

Vorsichtig folgte ich Echo tiefer in die Ruine hinein. Er flog direkt vor mir, und je weiter wir vordrangen, desto dunkler wurde es. Die Taschenlampe in meiner Hand warf gespenstische Schatten an die verrußten Wände. Erinnerungen drängten sich in mir hervor, als ich den Flur entlanglief, von dem die ersten Zimmer abgingen. Als die alte Heimleiterin noch gelebt hatte, hatten wir in diesen Räumen gespielt, gelacht und auch geweint. Wir Waisenkinder hatten uns als eine Art Familie gefühlt, obwohl wir keine leiblichen Geschwister waren. Doch die meisten dieser Erinnerungen wurden überschattet von allem, was *danach* gekommen war: Lazarus, die Nightserpents und Jahre voller Angst und Unsicherheit.

Matt und Dina hatten überlegt, ob ich vielleicht doch in einen Hinterhalt laufen würde, aber daran glaubte ich nicht.

Dieser Ort war Lily wichtig gewesen.

Er war *uns* wichtig gewesen.

Hier hatten wir uns gegenseitig gestärkt und unterstützt, während wir versuchten, in dieser schrecklichen Umgebung irgendwie zurechtzukommen. Die Trümmer waren ein Spiegelbild unserer Lebensumstände – zerrissen, gebrochen, aber dennoch standhaft.

Echo ließ sich Zeit, seine Flügel bewegten sich nur langsam auf und ab. Auch meine Schritte waren leicht, flüsterleise. Das bedächtige Tempo war purer Egoismus. Je länger ich das Ganze hinauszögerte, desto länger konnte ich hoffen. In diesem Moment waren die Möglichkeiten, was den Verlauf dieses Treffens anging, unendlich. Lily könnte mich umarmen, mir helfen und wieder meine beste Freundin sein.

Oder, kam das unausweichliche Gegenargument, *sie wartet mit Dutzenden Rebellen auf dich, und die Sache eskaliert endgültig.*

Nein, so würde es nicht kommen. Selbst Adam hatte mich darin bestärkt, das Treffen wahrzunehmen. Er hatte sogar gefragt, ob er zurückkommen sollte, aber seine Einheit war bereits auf El-Masris Fährte, und ich hatte abgelehnt. Einerseits, weil seine Suche zu wichtig war und wir dringend Informationen über die Rolle des Schmiedes benötigten, der für Leanore die Ignis-Replik angefertigt hatte ... und andererseits, weil Adam wohl der Letzte war, den Lily würde sehen wollen.

Als ich den Flur weiter durchquerte, fiel mein Blick auf einen zersplitterten Bilderrahmen, der inmitten der Trümmer lag. Ich hob ihn behutsam auf und sah auf dem Foto Isaac, Enzo und einige andere Nightserpents. Ein seltsames Gefühl durchströmte mich, als mir bewusstwurde, dass jeder Einzelne von ihnen sein Leben hier verloren hatte. Ich hatte die meisten von ihnen nicht leiden können, aber sie waren ein Teil meiner Geschichte, meiner Vergangenheit, und nun waren sie für immer verschwunden.

Im Speisesaal angekommen, flog Echo auf meine Schulter und blieb dort nach einem kurzen Zwitschern still sitzen. Hier war die Zerstörung mit Abstand am größten, und der Ascheзuckergeruch von Magie drang scharf in meine Nase. Sofort sah ich es wieder vor mir ... wie Lazarus mir die Waffe an den Kopf gehalten hatte. Und wie er nur wenige Minuten später von der Chaosmagie förmlich aufgefressen worden war.

»Hallo, Ray.«

Ich blieb an Ort und Stelle stehen. Lily saß an dem einzigen Tisch im Speisesaal, der halbwegs intakt war. Zwei Stühle waren herangeschoben worden, einen nutzte sie selbst, der andere war frei. Sie trug ein Sigil-Medaillon, schien sonst aber unbewaffnet zu sein. In dem Teil des Gebäudes, in dem früher Lazarus' Büro gewesen war, spürte Ignis allerdings andere Magiesignaturen. Es waren mindestens drei von ihnen. Rebellen – ganz sicher.

So viel dazu, keine Verstärkung mitzubringen.

Diese Regel galt wohl nur für mich.

Ich sagte nichts über meine Entdeckung. Stattdessen lief ich näher zu dem Tisch und blieb vor Lily stehen, umgeben von den Narben unserer Vergangenheit.

Sie deutete einladend auf den Stuhl, und ich zögerte nicht, sondern setzte mich. Lily schaute erst zu mir – dann zu Echo. Für eine Sekunde konnte ich Trauer und Sehnsucht über ihr Gesicht flackern sehen. Ich wusste, sie hatte Echo während unserer gemeinsamen Zeit bei den Rebellen tief in ihr Herz geschlossen. Es war einer der Gründe, warum ich ihn mit hierhergenommen hatte, statt ihn bei Dina und den anderen zurückzulassen.

Nach allem, was gerade passierte, war ich mir nicht zu schade für Tricks wie diesen. Denn wenn sie sich von mir nicht erweichen ließ … dann vielleicht von Echo.

Ich gab mir keine Mühe zu verbergen, dass ich Lily musterte. Sie hatte die gleiche Uniform an, die auch ich während unserer Zeit bei den Rebellen getragen hatte. Die Ärmel waren so weit zurückgeschoben, dass das Auge-Tattoo auf ihrem linken Handgelenk zum Vorschein kam. Und ihre Haare, die sich früher wild um ihren Kopf entfaltet hatten, waren eng zusammengeknotet, die perfekte Soldatenfrisur.

Ich hatte diese neue Lily schon lange akzeptiert. Schließlich war ich die Letzte, die darüber urteilen durfte, wie sehr man sich in kurzer Zeit verändern konnte. Trotzdem vermisste ich die Lily, die in einem Akt von Trotz am liebsten fröhliche Blümchenkleider getragen hatte, obwohl die Umgebung um sie herum so furchtbar düster gewesen war. Ein selbstsüchtiger Teil von mir hatte diese Version von Lily für immer konservieren wollen, unangetastet von all den Schrecken unserer Welt.

Aber so funktionierte das Leben nun mal nicht.

Lily hatte sich anpassen müssen. Stark war sie damals schon gewesen, aber das, was nun in Prime vor sich ging, forderte eine andere Art von Stärke. Eine, bei der das Herz nicht mehr an erster Stelle stand.

»Du bist jetzt also Mirrorlady«, sagte Lily da. Sie löste ihren Blick von Echo und schaute zu mir. »Rasanter Aufstieg für ein Waisenmädchen.«

Ich ließ mich weder von dem kalten Blick noch von ihrem harten Tonfall einschüchtern, sondern lächelte sie an. »Das kann man so sagen.« Ich lehnte mich im Stuhl zurück und versuchte, mir nicht anmerken zu lassen, wie nervös mich dieses Treffen machte. Das hier war in vielerlei Hinsicht eine einmalige Chance. Wenn ich es vermasselte, würde es keine zweite geben. Weder für die losen Enden, die mein Vater uns hinterlassen hatte. Noch für meine Freundschaft zu Lily. »Darfst du für Dorian sprechen?«, fragte ich sie.

Lily legte den Kopf schief, und da lag etwas in ihrem Blick – ein Funkeln, das ich nicht deuten konnte. »Ich muss nicht für Dorian sprechen. Ich spreche für mich.«

»Aber Dorian führt das Auge jetzt an, und ich muss wissen, ob er –«

»Wir führen das Auge zusammen an.«

Ich hielt inne, blinzelte. Das hatte ich nicht gewusst. Aber … natürlich. Lily sah nach außen hin vielleicht zart und süß aus, aber mir war klar, was in ihr steckte. Es war kein Wunder, dass Dorian sie an seine Seite gestellt hatte, ich hätte es längst ahnen sollen.

»Wie geht es dir?«, fragte ich, denn ich hatte mir eine Sache für das Gespräch heute vorgenommen: Ich würde nicht so tun, als ob Lily mir nicht die Welt bedeutete. Denn das tat sie, nach wie vor, und ich *vermisste* sie.

»Wir haben dank Leanore Tremblett herbe Verluste erlitten«, erklärte Lily mit einem Hauch von Bitterkeit in der Stimme. »Diese Soldaten, die sie manipuliert, sind überall. Sie haben inzwischen fast all unsere Stützpunkte hochgehen lassen.«

»Cyphers.« Ich nickte. »Mit denen haben wir auch schon Bekanntschaft gemacht.«

»Cyphers?« Lily hob beide Augenbrauen. »Wir nennen sie meistens Zombies, aber ich schätze, Marionetten passt auch.« Sie verzog den Mund. »Leanore hat ihre Armee gut aufgestellt. Wenn die Zombies uns nicht kleinkriegen, setzt sie einfach Abbys ein. Nicht zu vergessen dieses riesige Ding, das in Nova alles auseinandergenommen hat. Sobald das auftaucht, ist es eh vorbei.«

Ich wusste sofort, was Lily mit *riesiges Ding* meinte. Das Wesen, das Leanore aus der Höhle unter Nova befreit hatte. Es war vier- oder fünfmal so groß gewesen wie ein gewöhnliches Abby. Agrona hatte Gerüchte darüber gehört, dass Leanore es speziell im Angriff gegen die Rebellen einsetzte, aber mit eigenen Augen gesehen hatten wir es seit Nova nicht mehr.

Ich musterte Lily. »Es tut mir leid, dass ihr so viele Verluste erlitten habt, aber … ich meinte eigentlich, wie es *dir* geht.«

»Das habe ich dir gerade gesagt.«

Also gut. Lily wollte mich nicht an sich heranlassen. Das musste ich wohl respektieren, zumindest für den Moment. Dann blieb nur noch der geschäftliche Teil übrig.

Ich holte tief Luft, wägte meine Worte gut ab. »Okay. Es gibt einen Grund, warum ich dir geschrieben habe. Wir brauchen Dorians Hilfe.«

»Dorians Hilfe?« Lily schnaubte. »Und um was geht es?«

Die Wahrheit. Ich würde ihr die Wahrheit sagen. Lily kannte mich zu gut, sie würde sofort wissen, wenn ich nicht ehrlich zu ihr war.

»Wir haben alte Unterlagen meines Vaters gefunden. Er hat kurz vor seinem Tod an etwas geforscht, was uns vielleicht im Kampf gegen Leanore weiterbringt, und …«

Ein Schnauben unterbrach mich. »Dann seid ihr jetzt also gegen Leanore?«

»Wir waren von Anfang an gegen Leanore!«, brach es aus mir heraus, und – *verdammt*. Ich hatte mich auf keinen Fall provozieren lassen wollen. Aber es machte mich so wütend, dass Lily immer noch an dieser bescheuerten Unterstellung festhielt. Damals, an den Außengrenzen Novas, als wir Nessa, Edge und Blicker gerade erst im Wüstensand beerdigt hatten, hatte ich ja verstanden, dass Lily und Dorian uns in ihrer Trauer nicht mehr vertrauen konnten. Aber jetzt? Sie mussten doch längst mitbekommen haben, was auf dem Plateau geschehen war.

Wie viel *wir* durch Leanores Hände verloren hatten.

Lily hatte den Blick abgewandt, und ich glaubte, Scham darin zu erkennen. Sie hielt beide Arme vor der Brust verschränkt und bohrte ihre Finger so fest in die Ärmel ihrer Uniform, dass ihre Knöchel schon ganz hell hervorstachen.

Ich zählte innerlich, versuchte, mich zu beherrschen.

Eins.

Zwei.

Drei.

Ach, scheiß auf Beherrschung.

Ich bewegte mich nach vorne, so schnell, dass Lily nicht mehr zurückweichen konnte. Während Echo nervös zwischen uns aufflatterte, legte ich beide Hände auf Lilys Unterarme und starrte sie eindringlich an.

»Lil. Ich weiß, dass das, was in Nova passiert ist, nicht mehr rückgängig gemacht werden kann. Aber wir müssen Leanore stoppen. Und wir haben nicht mehr viel Zeit dafür. *Bitte*. Wir brauchen Dorian. Und ich … ich brauche dich.«

Die Überraschung, die sich auf Lilys Gesicht abgezeichnet hatte, sickerte schnell wieder aus ihrem Blick. Sie zog die Brauen zusammen, dann seufzte sie und nickte. »In Ordnung. Es ist ja nicht so, als hätte das Auge noch viel zu verlieren.«

Sie rutschte mit ihrem Stuhl zurück, so dass meine Hände von ihren Armen hinab auf den Tisch glitten, und schaute über ihre Schulter. Offenbar war das ein vereinbartes Zeichen, denn schon betraten drei Rebellen – zwei Männer, eine Frau – den Speisesaal.

»Wir bringen euch zu Dorian«, erklärte Lily, während sie aufstand. Sie sah von oben auf mich hinab und neigte den Kopf. »Aber wenn ihr mitkommt, dann zu unseren Bedingungen.«

Es war ätzend, blind zu sein.

Die Rebellen hatten jeden von uns aufgefordert, sich die Augen verbinden zu lassen. Dina, Cedric, Matt und mich.

Ich hatte den anderen angesehen, wie viel sie von der Sache hielten – oder eher *nicht hielten* – und wie gern sie Lily die Augenbinden vor die Füße geworfen hätten. Doch auf meinen bittenden Blick hin hatten sie schließlich eingelenkt.

Es war eine schwierige Entscheidung, denn wir befanden uns noch immer in einer feindlichen Umgebung und wussten nicht, was uns erwarten würde. Doch trotz der Unsicherheit, die mit jedem Schritt durch meinen Körper rauschte, vertraute ich Lily. Und ich hoffte inständig, damit richtigzuliegen.

Ihnen ist klar, dass ein paar Augenbinden ihnen im Kampf keinen Vorteil verschaffen würden. Sie wollen nur ihren Stützpunkt geheim halten, mehr nicht.

Alles um mich herum war in Dunkelheit gehüllt, und ich war gezwungen, mich voll und ganz auf meine anderen Sinne zu verlassen. Die Rebellen hatten unterwegs kein Fahrzeug und auch keine Saphirschlüssel-Replik benutzt. Die ganze Zeitlang waren wir zu Fuß gelaufen. Demnach musste das Auge irgendwo in Prime-London eine Basis haben, die von Leanore noch nicht zerstört worden war. Und gemessen daran, dass wir schon eine halbe Stunde liefen, lag diese Basis entweder sehr nah an Central London oder noch tiefer in den Outskirts.

An die Blindheit hatte ich mich immer noch nicht gewöhnt. Jeder Schritt ins Nichts trieb Adrenalin durch meine Adern, und die Luft roch inzwischen sehr intensiv nach modrigem Abwasser.

»Ich glaub, ich muss gleich kotzen«, murmelte Dina neben mir. Wir hatten uns beieinander untergehakt, um zumindest einen Anker in der Dunkelheit zu haben. »Wohin bringen die uns? Auf eine Mülldeponie?«

Das entrang mir ein Lächeln. »Du bist definitiv eine Obere.«

»Bitte?«

»Im Vergleich zu einer Mülldeponie in den Outskirts riecht es hier himmlisch. Und ich muss es wissen, ich habe mehr als einmal auf einer geschlafen.«

»*Ugh.* Mein Respekt für dich wächst gerade ins Unermessliche. Oder mein Mitleid. Das weiß ich noch nicht.«

Ich holte tief Luft. Der Geruch hier, so ekelhaft er auch war, erinnerte mich an etwas, aber so recht konnte ich es nicht zuordnen. Auch meine anderen Sinne gaben keinerlei Hinweis auf unseren Standort. Ich sah nichts – und hörte nur das gewohnte Auf-und-ab-Schlagen von Echos Flügeln und die gedämpften Gespräche der Rebellen, die uns eskortierten.

Eine Berührung an meiner Schulter ließ mich herumwirbeln, und für einen Moment war ich bereit, Ignis' Magie zu mir zu rufen, sollte ich mich doch geirrt haben. Aber dann ertönte eine vertraute Stimme. Nicht Lilys. Sondern …

»Nehmt ihnen die Binden ab«, kam der Befehl, und schon wurde ich von grellem Licht geblendet.

Es dauerte ein paar Sekunden, bis sich die tanzenden Tupfen vor mir zu einem Bild zusammensetzten. Doch schließlich sah ich, wer vor uns stand.

Es war Dorian. Und er grinste.

Wir befanden uns in einem weitläufigen Tunnelsystem, tief unter den Outskirts von London. Der Geruch war mir deshalb vertraut vorgekommen, weil Lazarus hier früher gerne Schwarzmarktgeschäfte abgeschlossen hatte. Zusammen mit anderen Nightserpents waren Lily und ich deshalb oft Tage, manchmal sogar eine volle Woche hier unten gewesen.

Doch die Umgebung war nicht mehr so trostlos, wie ich es von damals in Erinnerung hatte. Der alte U-Bahn Tunnel, durch den wir gerade geführt wurden, sah vielmehr aus wie ein verfallenes Hotel. Die Schienen waren mit Holzplanken bedeckt und dann mit verschiedenen Teppichen ausgekleidet worden. An den Wänden hingen sogar einige große Gemälde, die ganz sicher nicht auf legalem Wege hergekommen waren. Dazwischen jede Menge Graffiti, meistens das stilisierte Auge mit der siebeneckigen Pupille, das alle hier als Tätowierung trugen. Von der Decke hingen einige frei liegende Kabel herab, aber die Rebellen hatten Laternen daran befestigt, die alles in ein heimeliges Licht tauchten. Als wir weiterliefen, kamen wir an einer älteren Frau vorbei, die an einem uralten Grammophon saß, das leicht kratzend irgendein melancholisches Lied durch den Tunnel hallen ließ.

Überall sah man provisorische Unterkünfte, Schmiedewerkstätten, in denen offenbar an Kampf-Sigils gearbeitet wurde, und Bereiche für gemeinschaftliches Leben. Hinter Vorhängen, die von der Tunneldecke herabfielen, standen Betten, oft drei oder vier übereinandergestapelt.

Ich wusste nicht recht, was ich denken sollte, als ich mir das geordnete Chaos ansah. Noch vor wenigen Monaten hatten die Rebellen auf der ganzen Welt zum Teil hochmoderne Militärbasen besetzt. Nessa hatte sogar eine kleine Flugzeugflotte besessen – und eine schier endlose Anzahl an Waffen und Schutzausrüstung.

Und jetzt?

War das hier womöglich die *letzte* Basis, die noch übrig war?

Ich bemerkte einige ziemlich zwielichtig aussehende Gestalten, die in den Schatten lauerten. Eine Gruppe hagerer Männer, die – gemessen an dem duselig-leeren Ausdruck in ihren Gesichtern – eindeutig auf Happy-Uppers und deshalb total high waren. Etwas abseits davon lehnte eine Frau, die mit mehreren Messern jonglierte. Um ihren Hals trug sie etwas, das aus der Entfernung nach einer Kette aus Rattenknochen aussah. Ich glaubte, auf unserem Weg sogar einige Nightserpents entdeckt zu haben, die der Explosion im Kraftwerk damals offenbar entkommen waren. Und auch Mitglieder von anderen Banden aus den Outskirts, mit denen Lazarus sich früher gerne angelegt hatte.

Die meisten von ihnen waren Diebe, Verbrecher. Einige sogar Mörder.

Wie verzweifelt musste das Auge sein, um solche Leute zu rekrutieren?

Schließlich wurden wir von Dorian, Lily und den übrigen Rebellen, die uns schon die ganze Zeit eskortierten, in einen Raum geführt. Echo hatte sich auf dem Weg zurück in seine Raubkatzengestalt verwandelt und drückte sich beschützend gegen mein rechtes Bein, während er leise, aber deutlich warnend vor sich hin knurrte.

Ein runder schlichter Tisch mit mehreren Stühlen stand vor uns. Er erinnerte mich sofort an die Besprechungen, die Nessa immer mit dem Inneren Kreis des Auges abgehalten hatte. Offenbar hatte Dorian die Tradition seiner Großmutter beibehalten.

Ich scannte die Anwesenden. Einige der Rebellen erkannte ich tatsächlich wieder, aber insgesamt war die Führungsriege locker auf die Hälfte zusammengeschrumpft. Es saßen noch acht Personen um den Tisch herum, Lily und Dorian inklusive. Auch meine Mutter war da – sie warf mir einen erleichterten Blick zu, als ich an den Tisch gelaufen kam.

Eine seltsame Gefühlsmischung kochte bei ihrem Anblick in mir hoch. Ich konnte nicht wirklich sagen, dass ich sie vermisst hatte, dazu war der Graben zwischen uns einfach zu tief. Wahrscheinlich würde ich ihr die Entscheidung, mich im Waisenhaus zurückzulassen, nie verzeihen können. Aber trotzdem war ich … froh, dass es ihr gut zu gehen schien.

»Also schön«, eröffnete Dorian das Gespräch. Wir hatten uns inzwischen zu ihnen an den Tisch gesetzt, Matt, Dina und Cedric neben mir, Dorian und Lily direkt gegenüber. Seine schwarzen Haare trug Dorian wie immer zum Irokesen gestylt, und im Gegensatz zu den anderen hatte er keine Uniform an, sondern ein weißes ärmelloses Hemd und enge schwarze Hosen. »Eine persönliche Frage vorweg, bevor wir zu eurem Anliegen kommen.« Dorian grinste mich frech an. »Wie geht es Adam Tremblett so damit, nicht mehr Mirrorlord zu sein?«

Ich wollte ihm die Augen auskratzen. *So sehr.* Aber ich begnügte mich damit, eine Hand auf Echos Kopf zu legen, als der prompt die Zähne fletschte und einen Schritt auf Dorian zumachte.

»Er denkt nicht viel darüber nach«, presste ich hervor, »weil er zu sehr damit beschäftigt ist, seine Mutter aufzuhalten.«

»Hmm.« Dorian nickte. »Damit ist er aber nicht sehr erfolgreich. Was meinst du – woran könnte das liegen?«

»Nicht an seiner Motivation«, knurrte ich, weil ich ganz genau wusste, worauf Dorian anspielte. »Aber ich sehe ein, dass du das schwer beurteilen kannst, hier, von deinem sicheren Versteck unter der Erde aus.«

Dorian funkelte mich nicht an, wie ich es erwartet hatte –

stattdessen zuckte sein Mundwinkel amüsiert. »Touché. Wie ich sehe, hat der Thron dein Temperament nicht kleingekriegt. Sehr gut.« Er klatschte in die Hände und rieb sie aneinander. »Okay, schieß los, *Mirrorlady*. Es geht um etwas, was dein Vater entdeckt hat?«

Lily hatte Dorian also unterwegs bereits informiert. Das war gut, denn es sparte uns Zeit. Ich griff an die Kette an meinem Hals und holte das Herzmedaillon hervor. Nachdem ich es mir über den Kopf gezogen hatte, legte ich es vor Dorian auf den Tisch.

Meiner Mutter entwich ein überraschter Laut. Nora hatte das Medaillon jahrelang selbst getragen, natürlich erkannte sie es sofort wieder.

Dorian musterte das Schmuckstück einen Moment, dann nahm er es an sich, ein verwundertes Lächeln auf den Lippen. Er musste die Schmiedekunst seiner Mutter wiedererkannt haben. Ganz behutsam drehte er das goldene Herz zwischen seinen Fingern, dann schaute er fragend zu mir. »Woher hast du das?«

»Mein Vater hat es bei deiner Mutter in Auftrag gegeben«, sagte ich, ohne noch einmal zu Nora zu schauen. »Es war ein Geschenk, aber … offenbar auch noch viel mehr, wie wir kürzlich erfahren haben.«

»Was meinst du mit ›noch viel mehr‹?« Dorian runzelte die Stirn. »Es ist nur ein Schmuckstück.«

Da zog Cedric den Bauplan, den wir im Vault gefunden hatten, aus seiner Tasche. Wortlos legte er ihn auf den Tisch, direkt vor Dorian. Der beugte sich nach vorne. Sein Blick glitt über das Papier, er nahm die Einzelheiten in sich auf, dann weiteten sich seine Augen.

»Es ist ein Arcanum«, sagte er staunend und deutete auf

das Papier, aus dem ich mir nach wie vor keinen rechten Reim machen konnte. »Ein Verschlüsselungs-Sigil.«

»Deine Mutter muss es nach den Anweisungen von Raynes Vater gefertigt haben«, erklärte Cedric. »Wir glauben, dass er wichtige Informationen darin verborgen hat, die im Kampf gegen Leanore entscheidend sein können. Aber um an sie heranzukommen, fehlt uns das ...«

»... Gegenstück«, sagte Dorian tonlos.

Kurz herrschte Stille. Man hörte förmlich, wie die Gedanken sich überschlugen, und ich wagte nicht, meine Mutter anzusehen. Denn ich ahnte, was den Mitgliedern des Auges gerade durch den Kopf gehen musste.

Wie viele Jahre hatte meine Mutter das Medaillon in ihrem Besitz gehabt? Wie viele Jahre hätte sie Zugriff auf die Informationen meines Vaters haben können, wenn sie und Nessa gewusst hätten, dass es mehr als nur ein schöner Anhänger war?

Auch Dorian entwich ein ungläubiges Schnauben. Dann schaute er wieder zu mir. »Ihr denkt, meine Mutter hat damals das Gegenstück gefertigt, richtig? Und nun wollt ihr, dass ich euch helfe, das Arcanum zu öffnen.«

»Kannst du das denn?«

Dorian schaute zu Lily, und mir entging nicht, dass sie ihm fast unmerklich zunickte. Ein zartes Gefühl der Hoffnung stieg in mir auf.

»Vielleicht.« Er hatte den Blick nachdenklich auf den Bauplan des Arcanums gesenkt. Dann schob er ihn samt Herzmedaillon über den Tisch hinweg zu mir zurück. »Ziemlich wahrscheinlich sogar.« Eine bedeutsame Pause, bevor er nachsetzte: »Unter einer Bedingung.«

Natürlich.

Was auch sonst? Jeder hatte heutzutage Bedingungen.

»Und die wäre?«, fragte ich und spürte, wie sich Echos Schultermuskeln unter meiner Hand anspannten.

Ein mildes Lächeln legte sich auf Dorians Lippen, das mich seltsamerweise an Barnabas Pelham denken ließ. Und einen Atemzug später, wusste ich auch, wieso.

»Ich bekomme Alius und Etas.«

12

Dina war die Erste, die die Stille durchbrach.
Indem sie lauthals loslachte.

»Sind eigentlich alle verrückt geworden? Hast … hast du überhaupt eine Ahnung, wovon du da sprichst?« Sie schüttelte ungläubig den Kopf. »Im Mirror stehen Familien seit *Jahrhunderten* auf der Warteliste. Es gibt Dutzende von Tests. Wie kommst du auf die Idee, wir würden *dir* die Schicksalswürfel geben? Du gehörst zu den verdammten Rebellen!«

Dorian lehnte sich zurück und lächelte selbstgefällig. »Ihr braucht meine Hilfe. Und das ist die Bedingung.«

Ich zögerte und vergrub meine Finger in Echos Fell, während meine Gedanken wild durcheinanderwirbelten. Wahrscheinlich sollte es mich nicht wundern. Jedes einzelne Mal, wenn Adam in Dorians Gegenwart Alius und Etas angewandt hatte, war Dorian gleichermaßen fasziniert und frustriert gewesen. Die Schicksalswürfel waren nicht nur das mächtigste Dark Sigil, sondern das einzige, von dem es nie eine Replik gegeben hatte.

Es war wie bei Pelham. Die Chance hatte sich auf dem Silbertablett präsentiert. Und die Verlockung, die Zeit manipulieren zu können, war einfach zu groß.

»Ich will allein mit dir sprechen«, sagte ich, und als Dorian den Mund öffnete und ich schon in seinen Augen erkannte, dass er widersprechen würde, hob ich eine Hand. Ich brauchte nicht zu hören, dass er vor seinem Inneren Kreis keine Geheimnisse hatte. Dieses Gespräch konnte ich nur mit ihm direkt führen. »Das ist *meine* Bedingung. Sonst gehen wir wieder.«

Es war ein Bluff – mehr oder weniger. Ich wusste, dass Dorian die Sache nicht platzen lassen würde, nur weil er seine Leute vor den Kopf stoßen musste.

Ich behielt recht. Dorian wirkte zwar alles andere als glücklich, aber er nickte. Als sie sich vom Tisch erhob, suchte meine Mutter meinen Blick, aber ich wich ihr aus. Vielleicht würde es später einen Moment geben, mit ihr zu reden, aber nicht jetzt. Auch Matt und Cedric standen auf, Dina verweilte etwas länger und gab mir durch ihr Starren zu verstehen, wie wenig sie davon hielt, mich mit Dorian allein zu lassen. Doch ich nickte ihr nur einmal zu, dann folgte sie den anderen.

Die Einzige, die sich nicht bewegt hatte, war Lily.

»Ich gehe nicht«, sagte sie und verschränkte die Arme.

In mir krampfte sich etwas zusammen, weil ich ahnte, wie das hier auf sie wirken musste. Nicht nur, weil ich über sie bestimmte, sondern auch, weil es *Dorian* war.

Aber hier und jetzt konnte ich auf ihre Gefühle für ihn keine Rücksicht nehmen. Im Grunde ersparte ich ihr Leid, wenn sie das, was ich gleich sagen würde, nicht mitbekam. Auch wenn sie das natürlich anders sah.

»Nur wir beide«, erklärte ich an Dorian gewandt.

Lily schnaubte und funkelte mich an. »Ist das dein Ernst?«

Ich antwortete nicht darauf, weil kein Wort von mir es gerade besser machen würde. Stattdessen drehte sich Dorian mit einem Seufzen zu ihr.

»Ich erzähle dir später alles. Es dauert nicht lange, bis ich das hier geklärt habe.«

Ich ballte die Hände zu Fäusten, weil … Wie sicher war er sich bitte, dass ich seiner Bedingung zustimmen würde?

Auch Lily wirkte mehr als unzufrieden, ihre Lippen hatten sich zu einer schmalen Linie geformt. Sie schaute noch einmal flüchtig zu mir – mit all der Kälte, zu der Liliana Bellerose fähig war –, dann stand sie auf.

Als die Tür laut scheppernd hinter ihr ins Schloss fiel, ahnte ich, dass jedes einzelne Pflaster, das ich vorhin so mühsam über unsere verwundete Freundschaft geklebt hatte, gerade wieder abgefallen war.

Stille herrschte im Besprechungsraum. Nur Echo, Dorian und ich waren zurückgeblieben.

Dorian sah mich abwartend an, und ich zögerte nicht länger.

»Tust du das wegen mir? Wegen deinen … Gefühlen für mich?«

Dorian verzog keine Miene. Das überraschte mich etwas, schließlich hatte ich nur von Lily erfahren, dass Dorian etwas für mich empfand. Nicht von ihm.

Doch er wirkte unbekümmert. »Du meinst, weil ich in dich verliebt bin?«, fragte er derart geradeheraus, dass ich dabei ein klein wenig in mich zusammenschrumpfte.

»Es würde nämlich nichts ändern«, erwiderte ich. »Nur weil du Adams Sigil trägst, wird mich das nicht dazu bringen, deine Gefühle zu erwidern.«

Ein schmales Lächeln legte sich auf Dorians Lippen. »Glaubst du wirklich, ich würde mich dir aufzwingen wollen? Hältst du so wenig von mir? Nein, Rayne. Es geht nicht um diese … komische Magieverbindung, die Adam Tremblett und du hatten.«

»Sondern?«

Verschaffte es ihm einfach nur eine perverse Genugtuung, ausgerechnet Adams Sigil an sich nehmen zu können? Die Rivalität, die Dorian gegenüber Adam empfunden hatte, war stets greifbar gewesen, auch bevor ich von seinen Gefühlen für mich erfahren hatte: Leanore hatte Dorians Mutter ermordet. Sein Hass für die Trembletts reichte also viel tiefer. War es nur Rache? Wollte er Adam eins reinwürgen, indem er sein Sigil einforderte?

Dorians Blick lag für einen langen Moment auf Echo. Offenbar dachte er über seine nächsten Worte nach, bevor er wieder zu mir schaute. »Die Schicksalswürfel sind eine Möglichkeit, die Dinge ins Gleichgewicht zu bringen. Eine Möglichkeit für uns, für *Prime*, eine mächtige Waffe zu haben gegen …«

»Gegen wen?«, unterbrach ich ihn. »Uns?«

Sein Gesichtsausdruck verhärtete sich. »Gegen den Mirror.«

»Den Mirror«, echote ich zynisch. »Und was genau ist das? Ich bin jetzt Mirrorlady. Bin ich also dein Feind? Oder ist es Dina? Cedric? Oder gleich alle Menschen, die da oben leben, einschließlich der Kinder und Alten? Komm schon, Dorian, die Dinge sind nicht so schwarz-weiß, und das weißt du auch.«

Es war nicht so, dass es mich überraschte, wie tief der Hass in ihm verwurzelt war. Dorian hatte sein Leben lang von seiner Großmutter gehört, wie ruchlos und selbstsüchtig die Oberen waren. Und dieser Glaube war seither zu oft bestätigt worden, um noch Zweifel zuzulassen.

Aber der Mirror war nicht der echte Feind. Es war Leanore gewesen, die Dorians Mutter Violet getötet hatte. Und auch seine Großmutter. Das musste er einfach erkennen.

»Weißt du …«, sagte ich, »als wir uns damals im Heptadome begegnet sind, da habe ich die Oberen verabscheut. Ich dachte, sie leben in einem Paradies, in dem es all diese großartigen Sachen gibt. Und sie haben kein Problem damit, uns wissenzulassen, wie gut es ihnen geht … ohne uns an ihrem Überfluss teilhaben zu lassen. Ich dachte: Wie grausam können Menschen sein? Wieso lassen sie uns nicht wenigstens in Unwissenheit, statt uns mit dem zu quälen, was wir sehen, aber niemals haben können?«

Dorian zog die Brauen zusammen, ein Ausdruck von Verständnislosigkeit in seinem Gesicht. »Ja, und? Genau so ist es auch.«

»Aber so war es nicht immer«, wandte ich ein. »Sondern erst, nachdem Leanore Tremblett an die Macht gekommen ist. Davor war der Mirror unsichtbar für alle, die nicht darin gelebt haben. Natürlich besaßen die Oberen fantastische Sigils und Magie in Hülle und Fülle, aber in erster Linie war der Mirror ein Schutzraum. Dort wurde Magie gewirkt, aber auch *nur dort.* Und sollte es wieder eine Katastrophe geben, ausgelöst durch die Dark Sigils, wäre Prime davor in Sicherheit.«

Dorian hörte mir aufmerksam zu, also sprach ich weiter. Ein Teil von mir – die frühere Rayne – schaute mir ungläubig dabei zu, wie ich eine flammende Rede für den Mirror hielt. Aber sie hatte es damals schlichtweg nicht verstanden. Die heutige Rayne tat es.

»Ich weiß, du verabscheust die Sieben, weil sie diese Macht für sich behalten, aber du willst nicht wahrhaben, was sie dafür opfern. Kein Träger durfte jemals frei sein – oder lieben, wen er lieben wollte.« Ich holte tief Luft. »Wenn du Alius und Etas trägst, wäre das bei dir nicht anders.«

Dorian dachte nach. Er schaute mich an, und ich merkte, wie es in ihm arbeitete. »Hör zu, Rayne«, sagte er schließlich langsam. »Ich erwarte wirklich nichts von dir. Ich habe deinetwegen keine versteckten Motive, das verspreche ich. Ich habe mich in dich verliebt, das gebe ich zu, aber … mir ist auch bewusst, dass meine Chancen nicht gerade gut stehen.«

Nicht gerade gut? Ich wollte einhaken, ihm klarmachen, dass es *keine* Chancen gab, aber Dorian fuhr bereits fort.

»Ich überlasse die Wahl dir. Ihr könnt von hier fortgehen, wir legen euch die Augenbinden wieder an, und in einer halben Stunde seid ihr am Piccadilly Circus. Aber wenn das Auge euch helfen soll, will ich die Schicksalswürfel.« Er hob eine Hand und deutete nach oben zur Zimmerdecke. »Du sagst im Mirror Bescheid, dass sie das Verbindungsritual vorbereiten sollen, und ich mache mich in der Zwischenzeit an die Arbeit, das Arcanum zu öffnen. Ich vertraue dir – du vertraust mir. Das, und *nur das,* ist mein Angebot.«

Dorian gab mir einen Tag Bedenkzeit. Wahrscheinlich hatte er gespürt, wie hoch der Widerstand in mir war. Also hatte er vorgeschlagen, dass wir bis morgen hier im Stützpunkt bleiben sollten, um ihm dann meine Entscheidung mitzuteilen.

Auf dem Weg zu den Räumen, die die Rebellen uns für die Nacht zugewiesen hatten, wollte ich mit niemandem sprechen – und strahlte das offenbar auch nach außen aus. Nur Matt traute sich, mich im Laufen anzustupsen, aber mehr als ein »Lass uns morgen reden« kam mir nicht über die Lippen.

Sie brachten uns in einen abzweigenden Teil des Tunnels, der früher wohl für Wartungsarbeiten genutzt worden war. Es standen noch vereinzelte Maschinen herum, und die vielen Regale hatten einst sicher als Lager gedient. Heute waren die kleinen Räume zu Schlafgelegenheiten umgebaut, und alles in allem war es darin sauber und ordentlich.

Ich zog mich zurück. In dem Zimmer sah es ein bisschen aus wie in den Schlafräumen der Kasernen, die ich mir während meiner Zeit beim Auge mit Lily geteilt hatte – ein Bett, ein Nachttisch, eine Kommode, eine Badenische. Nichts daran war besonders, also ließ ich mich einfach auf die Matratze sinken und vergrub mein Gesicht in den Händen.

Die Tränen kamen, ohne dass ich sie bemerkt hatte. Während sich Echo mit gesenktem Kopf gegen meine Waden drückte, rieb ich mir einige Male wütend über die Wangen. Ich wusste: In Selbstmitleid zu versinken, brachte mich jetzt auch nicht weiter, aber mein Körper schien mir keine Wahl zu lassen.

Barnabas Pelham oder Dorian Whitlock? Ein Magistrat, der um jeden Preis nach Macht strebte, oder der Anführer der Rebellen, der den Mirror verabscheute. War das wirklich die Wahl, vor der ich stand?

Nein, es gab noch eine Option. Ich könnte Dorian morgen sagen, dass ich sein Angebot ablehnte. Dann würden wir nach Septem zurückkehren, und ich würde beim Treffen mit den Magistraten erklären, einen eigenen Kandidaten gefunden zu haben. Vielleicht konnten wir das Verbindungsritual sogar bereits davor abschließen und Pelham und die anderen vor vollendete Tatsachen stellen, so wie Adam es damals mit Ignis und mir gemacht hatte.

Es wäre möglich. Aber war es auch klug? Die Magistrate würden sich nichts anmerken lassen, doch es würde für Unmut in allen Mirrorstädten sorgen und meine Position nachhaltig schwächen. Gleichzeitig hätte ich das Auge weiter gegen uns aufgebracht.

Ich würde mit einem Mal zwei Brandherde befeuern, ohne zu wissen, wie hoch die Flammen am Ende loderten.

Tief in mir drin wusste ich, dass ich mir das nicht leisten konnte. Wir brauchten Verbündete. Nicht noch mehr Feinde.

Mit zittrigen Fingern holte ich mein Spectum aus der Manteltasche hervor und klappte den Deckel auf. Anfangs war ich mir unsagbar dumm vorgekommen, in den Spiegel hineinzusprechen, aber inzwischen war ich es gewohnt. Doch bevor mir das vertraute »Adam Tremblett« über die Lippen kam, hielt ich inne.

Was sollte ich Adam sagen? So verlockend die Vorstellung auch war, mit ihm zu sprechen und ihm anzuvertrauen, was mir auf dem Herzen brannte – er würde diese Entscheidung nicht für mich treffen, das hatte er mir in unserer letzten Nacht gesagt. Und Agrona ebenso wenig.

Ich hatte zugestimmt, Mirrorlady zu sein, und allmählich merkte ich, was es bedeutete. Was Adam damit gemeint hatte, als er sagte, ich würde es *hassen*.

Ich ließ das Spectum sinken. Egal, welche Entscheidung ich traf, ich würde zumindest eine Gruppe sehr mächtiger Leute gegen mich aufbringen.

Egal, wen ich wählte …

… es würde die falsche Wahl sein.

13

Dorian war nicht so verrückt, uns mit den anderen Rebellen in die Kantine zu setzen. Am nächsten Morgen wurden wir zwar daran vorbeigeführt, aber der große Aufruhr, den es zweifelsohne gegeben hätte, blieb aus. Stattdessen trafen er, Lily und meine Mutter sich mit uns in einem weiteren abzweigenden Tunnel, der wohl normalerweise als Besprechungsraum diente, zum Frühstück. Es gab nicht viel: Brot, etwas Käse, Obst und frittiertes Spritzgebäck, das mir sofort vertraut war. Die Dinger hatte es in den Outskirts früher an jeder Ecke gegeben. Sie hatten vor Fett getrieft und waren über und über mit Zucker bedeckt gewesen – Lily und ich hatten nicht selten unser letztes Geld dafür ausgegeben.

Ich spähte zu ihr. Auch Lily hatte unwillkürlich hochgeschaut, aber senkte den Blick sofort wieder und wandte sich ab. Ich versuchte, mir nicht anmerken zu lassen, wie sehr mich ihre Ablehnung verletzte. Schließlich hatte ich selbst die Entscheidung getroffen, nicht mehr fest an Lilys Seite zu stehen. Und ich erlaubte mir nicht zu hinterfragen, ob es die richtige Entscheidung gewesen war oder nicht. Niemals hätte ich mich ein zweites Mal gegen Adam stellen können. Stattdessen fragte ich mich, ob der Graben zwischen Lily und mir vielleicht einfach zu tief geworden war, um ihn je wieder zu überwinden.

Müde stocherte ich in dem Essen vor mir. In der Nacht hatte ich mich stundenlang auf dem Pritschenbett herumgewälzt und war schließlich an Echos Körper gedrückt in einen oberflächlichen Schlaf abgedriftet. Doch der Traum, der mich überkommen hatte, war alles andere als erholsam gewesen. Ich hatte Alius und Etas um meinen Kopf kreisen sehen, während die Würfel eine Schwade Chaosmagie nach der anderen auf mich losließen. Noch immer roch ich den Aschezuckerduft und spürte die Kälte, als die Magie der Würfel sich als weißes Seil um meinen Hals wickelte. Nur dass es am Ende gar keine Magie mehr war, die mich zu ersticken drohte – sondern zwei Hände. Und die hatten zu Barnabas Pelham gehört.

»Wie geht es dir?«

Die Worte rissen mich aus meinen Gedanken, und als ich aufsah, schaute meine Mutter mich fragend an. Sie saß mir schräg gegenüber, hatte sich aber so weit vorgelehnt, dass ich ihre Frage kaum ignorieren konnte.

»Ging mir nie besser«, entgegnete ich knapp und wusste selbst, wie blöd mein Verhalten war. Es war nicht so, dass Nora etwas für die derzeitige Situation konnte. Sie hätte meinem Leben definitiv einen besseren Start geben können, aber ich konnte ihr kaum die Verantwortung für alles zuschieben, was danach passiert war.

Ich sah den hilflosen Blick auf ihrem Gesicht und ahnte, dass sie innerlich wohl mehrere Versuche machte, neu anzusetzen. Fairerweise hätte ich an ihrer Stelle wohl auch keinen guten Anfang gefunden.

Und? Wie ist dein neuer Job so? Schon irgendwelche Verräter verurteilt?

Ich habe gehört, du führst jetzt eine Fernbeziehung. Ist es so schwierig, wie man sagt?

Die Welt wird wahrscheinlich bald untergehen. Meinst du, wir können uns vorher versöhnen?

Die Wahrheit war: Nora und ich hatten nie eine Basis für echte, ehrliche Gespräche aufgebaut. Es *gab* keine Mutter-Tochter-Beziehung. Wie auch? Ich konnte die wenigen Male, als sie mich im Waisenhaus besucht hatte, an zwei Händen abzählen. Und nun war es zu spät.

»Gut«, flüsterte meine Mutter, den Blick traurig und vollkommen ratlos auf mich gerichtet. »Das ist gut.«

Nach dem Frühstück stand Dorian auf und erklärte mit ernster Miene, dass er uns noch etwas zeigen musste. Dina, Matt und Cedric warfen sich sofort alarmierte Blicke zu, aber ich reagierte nur mit einem müden Seufzen. Was auch immer es war, schlimmer als die Entscheidung, vor die Dorian mich gestellt hatte, konnte es kaum sein.

Dorian und Lily gingen durch die Tunnel voraus, während wir schweigend folgten. Echo flatterte an der Tunneldecke entlang. Ab und an sah ich das winterblaue Leuchten seiner Flügel, aber meistens war er zu weit weg. Offenbar hatte er beschlossen, dass die Rebellen mich nicht jeden Moment umbringen würden und er mich auch mal wieder allein lassen konnte.

Wir passierten mehrere Tunnelabbiegungen, bis Dorian innehielt und sich zu uns umdrehte. Er schaute von Dina zu Matt, von Matt zu Cedric und von Cedric zu mir. »Ich habe erst überlegt, ob ich es euch verschweigen soll, aber ich schätze, ihr habt ein Recht darauf, es zu erfahren.«

Wieder spannten sich die anderen an, und dieses Mal blieben Dorians Worte auch bei mir nicht ohne Wirkung. Meine Hand, über der Ignis fest an meinem Arm saß, zuckte leicht.

»Kein Grund, gleich die Krallen auszufahren«, sagte Dorian und hob beschwichtigend beide Hände.

»Und was ist es?« Dina verschränkte die Arme vor der Brust, ihr Tonfall ungeduldig, woraufhin Dorian den Mund verzog.

»Ich …« Er atmete hörbar aus und wandte sich zu dem Tunnel, vor dem wir haltgemacht hatten. »Na ja. Seht besser selbst.«

Ein beklemmendes Gefühl ergriff mich, als wir die kargen Räume betraten. Es waren Gefangenenräume. *Zellen.* Von heimeliger Untergrundatmosphäre war hier definitiv nichts mehr zu spüren. Es war dunkler als im Rest des Stützpunktes. Statt der Laternen hatten sie einige der ursprünglichen Neonröhren notdürftig wieder zum Laufen gebracht.

Metallstangen waren an den Bahnschienen befestigt und bis zur Decke verbaut. So waren mehrere Zellen entstanden. In den meisten sah ich gefangene Cyphers stehen oder sitzen. Die Wände des Tunnels, die an jede Zelle grenzten, waren mit dunklen Schmierereien übersät, so als hätten die Cyphers im Staub gewühlt und danach wild drauflos gemalt. Erst bei näherem Hinsehen erkannte ich, dass die Rebellen ihnen offenbar die Augen verbunden hatten.

»Wir hatten keine Wahl«, sagte Dorian auf meinen schockierten Blick hin. »Wir wissen nicht, welche Informationen sie sonst an Leanore Tremblett weitergeben. Wir haben auch ein paar von ihnen sediert, aber … es ist nicht genug Platz im Krankentrakt. Den brauchen wir für unsere eigenen Leute.«

Mein Blick wanderte über die Männer und Frauen hinweg. Ihre Uniformen waren zerrissen und mit Dreck bedeckt. Bei vielen konnte ich Spuren der Chaosmagie-Infektion erkennen. Dunkle Linien zeichneten sich auf ihren Armen und Beinen ab. Bei einer Frau direkt vor mir – der Uniform nach zu schließen eine ehemalige Polizistin – wanderten sie bereits bis hinauf zum Kinn.

Ich atmete tief durch und hob eine Hand. Es dauerte einige Sekunden, bis ich mich fokussieren konnte, doch dann spürte ich in den Körper der Frau hinein. Die Chaosmagie war in winzigen umherschwirrenden Partikeln in ihrem Blut verteilt, aber Ignis bekam jedes bisschen zu greifen. Ich zerstörte die Chaosmagie, Stück für Stück, bis nichts mehr davon übrig war und die Polizistin mit einem erschöpften Keuchen in sich zusammenklappte.

»Sie ist wieder sie selbst«, sagte ich an Dorian gewandt. »Wenn sie aufwacht, könnt ihr sie gehen lassen.«

Dorian nickte langsam. Dann räusperte er sich. »Das war allerdings nicht der Grund, warum ich euch hergebracht habe.«

Nicht der Grund? Was für einen Grund konnte es sonst geben?

Dorian führte uns um eine Ecke. Dort war nur noch eine Zelle abgeteilt, und ich erstarrte, als mein Blick auf die Person fiel, die dort auf dem Boden kauerte. Meine Finger ballten sich wie von selbst zur Faust.

Es war Sebastian. Von allen Menschen war es ausgerechnet Sebastian Lacroix.

Etwas sehr, sehr Bitteres verengte mir die Kehle. Wut, Verwirrung, Verrat – die Emotionen kämpften gegeneinander. Meine Augen brannten bei der Erinnerung an das, was Sebastian angerichtet hatte.

»Was zum Teufel macht er hier?«, hörte ich Matt neben mir

knurren, und die Wut in seiner Stimme spiegelte meine Gefühle perfekt wider. »Was ist …?«

»Matthew«, versuchte Cedric einzuhaken, aber Matt ignorierte ihn.

»WARUM IST ER HIER?«

Die Wut loderte förmlich in Matts Augen, und niemand von uns – *niemand* – würde sie ihm ausreden.

»Whitlock.« Dinas Zischen war leise, aber tödlich. »Was soll das? Was zum Teufel macht Sebastian bei euch?«

»Er wurde vor ein paar Tagen von den Zombies in London angegriffen«, schaltete sich Lily ein. »Leanore muss sie gezielt auf ihn angesetzt haben, jedenfalls haben sie ein Gebäude hochgenommen, das anscheinend seiner Familie gehört. Es gab einige Tote – wir wissen nicht genau, wer sie waren, aber … er hat überlebt. Wir haben Wind davon bekommen und ihn hierhergebracht, mehr nicht. Hätten wir das nicht getan, wäre er gestorben. Also beruhigt euch mal.«

Beruhigen? Auf keinen Fall. Das war vollkommen unmöglich!

Ich schaute zurück zu Sebastian. Seine langen blonden Haare fielen strohig zu allen Seiten, und seine Kleider waren rissig und abgenutzt. Sein Sigil, der Engelsspiegel, hing in seiner üblichen Halterung an seinem Gürtel, aber man hatte ihm beide Hände mit schweren Eisenschellen im Rücken zusammengekettet. Ein Knebel steckte in Sebastians Mund, doch offenbar trug er keine Augenbinde. Obwohl der obere Teil seines Gesichts größtenteils im Schatten lag und ich es nicht sicher sagen konnte, spürte ich, wie sein Blick auf mir brannte. Wie er *alles* an mir vor Wut in Flammen setzte, und ein Teil von mir wünschte sich, ich könnte ihm jede Unze Hass wie einen Messerstich zurückgeben.

Da wurde es zu viel für Matt. Er pfefferte einen gewaltigen lilafarbenen Magiestoß auf die Metallstreben und schob sich durch das Loch, das daraufhin im Gitter klaffte. Der Schlag, den er keine Sekunde später auf Sebastians Kiefer landete, war schlampig, aber hatte eine immense Kraft. Matts Mund war zu einer Linie puren Abscheus verzogen. Er kniete sich auf Sebastian, und es wirkte, als wolle er ihn mit seinem bloßen Gewicht zerquetschen. Er schlug ihn ins Gesicht, einmal, zweimal, und ich sah nur zu, unfähig mich zu regen. Da stürmte jemand in die Zelle und zog Matt weg. Es war Cedric. Er legte seine Arme wie eine Schraubzwinge um Matts Brust und hielt ihn fest, während Matt weiterknurrte und sich wand.

Ich schaute zurück zu Sebastian. Er lag jetzt halb bewusstlos am Boden, hinter seinem Knebel drang ein schmerzvolles Stöhnen hervor. Sein Gesicht wurde nicht länger vom Schatten verhüllt, und was ich dort sah, ließ mich erstarren. Nein, er trug keine Binde um den Kopf, zumindest nicht wie die Cyphers in den anderen Zellen. Stattdessen stierte ein einzelnes rot gerändertes Auge zur Decke. Und dort, wo Sebastians zweites Auge eigentlich hätte sein müssen, war ein Verband.

Was zur … ?

»Matthew – hör auf damit!«, rief Cedric, und als ich wieder zu ihnen blickte, hatte nun auch Dina ihre Arme um Matt geschlungen, um ihn davon abzuhalten, erneut auf Sebastian loszugehen.

»Tut nicht so, als würdet ihr das nicht genauso sehr wollen wie ich!«, knurrte Matt, seine Stimme vor Zorn bebend.

»Ja, aber er ist sowieso schon am Boden!« Cedric ließ von Matt ab und stellte sich stattdessen direkt vor ihn. Er legte beide Hände auf Matts Schultern und schaute ihn eindringlich an. »Komm schon – du bist besser als das. Du bist der beste

Mensch, den ich kenne. Er ist es nicht wert. Begib dich nicht auf sein Niveau. *Bitte.*«

Matt schnaufte angestrengt. Er starrte Cedric an, ihre Gesichter waren nur wenige Zentimeter voneinander entfernt. Ich konnte all den Schmerz, den Matt fühlte, deutlich in seinen bernsteinfarbenen Augen ablesen. Unter Sebastians Einfluss war er gezwungen worden, Jarek zu ermorden. Nur seinetwegen hätte Matt beinahe Cedric umgebracht. Sebastian hatte ihn mit Hilfe seines Sigils zu einer Marionette gemacht, kaum anders als Leanore die Cyphers, und ihn in einer Art ausgenutzt, die einfach unverzeihlich war.

»Lass mich los!«, sagte Matt über seine Schulter hinweg zu Dina, und kaum dass sie ihre Arme von ihm löste, machte er auf der Stelle kehrt. Er stieg durch das klaffende Loch in den Metallstreben und stürmte durch den Tunnel davon.

»Ich sehe nach ihm«, erklärte Cedric leise, und als er ging, schaute ich ihm einen Moment hinterher. Dann lief ich langsam in die Zelle hinein, und trotz der Verletzungen auf Sebastians Gesicht musste ich körperlich gegen den Drang ankämpfen, nicht mit dem fortzufahren, was Matt gerade begonnen hatte. Sebastian lag immer noch am Boden, ein Bluterguss blühte auf seinem Kiefer. Fast erwartete ich, dass er aufsprang und mich angriff. Doch er tat es nicht.

»Also hat Leanore ihn wirklich fallenlassen«, sagte ich nachdenklich.

Dorian nickte. »Sieht ganz so aus.« Er schaute zu mir. »Er war wirklich übel zugerichtet. Das mit seinem Auge …«, Dorian deutete auf den Verband in Sebastians Gesicht, »… das war schon passiert, als wir ihn gefunden haben. Wir haben es, so gut es ging, verarztet, aber … es war nicht mehr zu retten.« Dorian schluckte. »Wir wissen, was er auf dem Plateau getan hat. Das mit Celine und ... alles andere. Wir dachten trotzdem, es ist sicherer, ihn bei uns einzusperren, als ihn einfach auf freien Fuß zu setzen.«

Ich nickte. »Das war die richtige Entscheidung«, sagte ich, auch wenn ich keinen blassen Schimmer hatte, was um Himmels willen wir jetzt mit Sebastian machen sollten.

Ich verbrachte den Rest des Morgens damit, die eingesperrten Cyphers von der Chaosmagie in ihrem Blut zu befreien, und ignorierte dabei alle Einwände der anderen, ich solle meine Kräfte schonen. Das war endlich etwas, das ich tun konnte. Ich konnte Menschen, direkt vor meinen Augen, helfen. Doch der Schmerz in ihren Gesichtern, als sie wieder zu sich kamen und sich daran erinnerten, was sie während der letzten Wochen und Monate getan hatten, begleitete mich auch noch, als ich danach ruhelos durch die verzweigten Tunnelläufe abseits des Stützpunktes lief. Nur Echo war bei mir – ich brauchte Zeit, um nachzudenken. Allein. Er saß in seiner Vogelgestalt auf meiner Schulter und zwitscherte alle paar Meter, als wolle er so die Dunkelheit vertreiben. Ich setzte mich an eine der alten U-Bahn-Stationen, die schon lange nicht mehr in Betrieb waren. Und obwohl auch sie natürlich unterirdisch lag, konnte man durch eine Öffnung in der Decke auf den Sternenhimmel hinaufschauen – und auf den Mirror.

Pelham oder Dorian? Ich hatte noch immer keine Antwort – und ich musste noch heute eine Entscheidung treffen.

»Ich wusste, dass du diesen Platz finden würdest«, hörte ich eine Stimme hinter mir sagen und drehte mich um. Lily saß nur wenige Meter von mir entfernt, den Kopf in den Nacken gelegt, den Blick nach oben gerichtet. Ich hatte sie in der Dunkelheit gar nicht gesehen. »Wir haben früher oft draußen auf den Feuerleitern des Kraftwerks gesessen und uns Geschichten über den Mirror ausgedacht, weißt du noch?«

»Natürlich weiß ich das noch«, sagte ich, und als Lily aufstand und auf mich zugelaufen kam, rutschte ich etwas, um ihr Platz zu machen. Sie setzte sich neben mich und ließ die Beine in den Schacht baumeln. Ihr Blick wanderte zu Echo, und ich bemerkte, wie ihre Hand zuckte, als wolle sie die Finger in seine Richtung strecken, aber offenbar traute sie sich nicht. Stattdessen verschränkte sie ihre Hände im Schoß und seufzte tief.

»Ich war unheimlich wütend auf dich, weißt du das?«

»Du *warst* wütend?«, hakte ich nach, was Lily die Augen verdrehen ließ.

»Als ob ich dir ewig böse sein könnte.« Sie lugte vorsichtig zu mir. »Es war ... schwer, dir nicht zurückzuschreiben. Aber ich wusste nicht, wo wir miteinander stehen, und auch nicht, zu was deine neue Rolle dich vielleicht zwingt.«

»Sie zwingt mich dazu, schrecklich unbequeme Kleider zu tragen und mich regelmäßig mit *Mylady* ansprechen zu lassen, aber davon abgesehen ...« Ich hob die Schultern und versuchte, unbekümmert zu wirken. »Ich treffe meine eigenen Entscheidungen. Und das bleibt auch so.«

Lily machte ein nachdenkliches Geräusch. Dann stupste sie ganz sanft mit ihrer Schulter gegen meine. »Also, ich spreche dich auf jeden Fall nicht mit Mylady an. Das kannst du dir so was von abschminken.«

Ihr neckender Tonfall ließ mich innehalten. Und das Lächeln, das sich auf einmal auf ihre Lippen legte, brachte mich endgültig zum Zittern. Es war traurig, ein wenig gebrochen, aber es *war* ein Lächeln. Und es ließ den Schmerz weichen, der sich seit unserem Abschied in Nova in meinem Inneren festgesetzt hatte. An seiner Stelle keimte Hoffnung auf wie eine Blüte. Sie entblätterte sich tief in mir, wurzelte um mein Herz herum und brachte auch mich zum Lächeln.

»Das ist Hochverrat.«

Lily grinste. »Ich bin jetzt eine Rebellenanführerin. Was hast du erwartet? Dass ich dir die Füße küsse? *Niemals!*«

Ein Kichern kam über meine Lippen. Ich konnte es nicht rechtzeitig zurückhalten. Und dann wollte ich es auch nicht mehr. Lily stieg mit ein, und innerhalb von Sekunden war der gesamte Schacht von unserem Lachen erfüllt.

Mit einem Satz hüpfte Echo auf Lilys Schoß, und ich konnte hören, wie sie ein ersticktes, erleichtertes Geräusch machte, bevor sie mit ihrem Zeigefinger ganz behutsam über seinen kleinen Körper strich.

»Er hat dich vermisst«, flüsterte ich, und Lily nickte traurig.

»Ja, ich habe ihn auch sehr vermisst.« Sie wandte mir ihr Gesicht zu. »Schon verrückt, wo das Leben uns beide hingeführt hat, oder? Damals, als wir zusammen aus London abhauen wollten, dachte ich, ich wüsste, wie die Welt funktioniert, aber …«

»… du hattest keine Ahnung«, beendete ich ihren Satz. »Ich kenne das Gefühl genau, glaub mir.«

»Ray, ich …« Lilys Augen wurden glasig. »Was mit Adam passiert ist und auch mit Celine Attwater … Es tut mir so unendlich leid. Ich habe schlimme Sachen über ihn und die Sieben gesagt, aber ich wusste ja nicht, dass –«

»Das konntest du auch nicht.« Ich griff nach Lilys Hand und drückte sie. Sie erwiderte die Geste, doch die Wehmut verschwand nicht aus ihrem Gesicht.

»Trotzdem. Es wäre vielleicht alles anders gelaufen, wenn

wir mit euch auf das Plateau gegangen wären, statt einfach abzuhauen.«

Ich schüttelte vehement den Kopf. »Ihr wärt nur wie die anderen Anwesenden von der Chaosmagie infiziert worden. Oder Schlimmeres. Es war besser, dass ihr nicht dabei wart.«

Zwar wusste ich nicht, ob das der Wahrheit entsprach, aber es war müßig, darüber nachzudenken. Es würde Adams Magie nicht zurückbringen. Und auch Celine nicht wieder lebendig machen.

Die Vergangenheit war, egal ob grausam oder gut, in Stein gemeißelt.

Lily schaute zurück zu der Luke im Dach und von dort in den Sternenhimmel. Unsere Hände lagen ineinander, und ich sog Lilys Wärme tief in mich auf. Es fühlte sich nicht wie früher an. Die bedingungslose Offenheit zwischen uns war verschwunden. Es war einfach zu viel passiert, doch das musste nicht bedeuten, dass es nicht gut werden konnte.

Anders vielleicht. Aber mein ganzes Leben bestand derzeit aus Veränderungen. Und diese hier würde ich nur zu bereitwillig in Kauf nehmen, wenn es bedeutete, dass Lily ein Teil meiner Welt bleiben konnte.

»Was hältst du von dem Angebot, das Dorian mir gemacht hat?«, fragte ich Lily schließlich.

Das stetige Streicheln verebbte, ihre Hand lag nun ganz ruhig auf Echo. »Ich denke, dass es gut wäre, die Macht der Dark Sigils weiter zu verteilen. Und falls wir Leanore Tremblett finden, hilft uns die Magie der Schicksalswürfel bestimmt dabei, sie aufzuhalten.« Sie musterte mich forschend. »Und du? Es ist … Adams Sigil gewesen. Ich meine …«

Sie hielt inne, und wir spürten wohl beide, wie wir das lockere, ungezwungene Terrain dieses Gesprächs verließen.

Wenn ich nicht Mirrorlady und Lily nicht die Anführerin des Auges wären, hätte ich ihr gesagt, wie ich mich wirklich fühlte. Ich hätte ihr von meinen Ängsten erzählt, was die mögliche Verbindung zu Dorian anging, und davon, dass ich mich am liebsten weigern würde, Alius und Etas an jemanden zu übergeben.

Aber dieser Teil unserer Freundschaft war nun von Grenzen umgeben, die es früher nicht gegeben hatte. Lily durfte nichts von meinen Zweifeln wissen. Nicht wenn der brüchige Frieden zwischen unseren Parteien bestehen bleiben sollte.

»Es wird auf jeden Fall nicht leicht werden, im Mirror Akzeptanz für ihn zu bekommen, aber das ist ein Problem, das wir schon irgendwie lösen können. Und was Dorian angeht … Ich kann nur hoffen, dass er weiß, worauf er sich einlässt.«

Lilys Augen weiteten sich. »Dann stimmst du also zu? Er bekommt das Dark Sigil?«

Ich hörte tief in mich hinein. Wenn ich mich entscheiden musste, ob ich die Magistrate gegen mich aufbrachte oder die Rebellen, dann wusste ich, ich wollte diejenigen an meiner Seite haben, die sich um die Schwächsten in der Gesellschaft kümmerten … und nicht nur um sich selbst.

Ich kannte den Moralkodex des Auges, ihr Vorgehen und auch die Grenzen, die sie sich selbst setzten. Ich war nicht mit allem einverstanden – bei weitem nicht –, aber ich war mir sicher, wir konnten die Gräben, die uns voneinander trennten, mit etwas gegenseitiger Mühe überbrücken.

Diese Entscheidung würde Adam verletzen, ob er es zugab oder nicht. Es war eine Sache, sein Sigil an einen neuen Träger weiterzugeben – das war ein Schmerz, den früher oder später jeder von uns ertragen musste. Aber zu wissen, dass das eigene Sigil in die Hände von jemandem fallen würde, der einen abgrundtief hasste?

Es war grausam.

Und dennoch … egal, wie ich es drehte und wendete, ich sah keinen anderen Weg.

»Ja«, sagte ich, während meine Sicht verschleierte. »Dorian soll die Schicksalswürfel tragen.«

14

Zuerst informierte ich Agrona über meine Entscheidung – und sie war in etwa so begeistert darüber, wie ich es vermutet hatte.

Wir wussten beide, dass die Magistrate auf die Barrikaden gehen würden, sobald sie erfuhren, *wem* wir das mächtigste Dark Sigil übergaben. Einem Rebellen. Dem Enkel von Nessa Greenwater, der Frau, die die Rebellion in Prime ins Leben gerufen hatte. Der Aufschrei würde ohne Zweifel groß werden, doch Agrona war Agrona … und sie akzeptierte meine Wahl.

Nachdem sie mir versprochen hatte, alles für das Verbindungsritual in die Wege zu leiten, hatte ich das Spectum-Sigil wieder zugeklappt und war zu Cedric, Dina und Matt gegangen. Und mit ihnen an meiner Seite schließlich zu Dorian.

Als wir uns zu ihm und Lily an den Besprechungstisch gesetzt hatten, war es ihm nicht ganz gelungen, seine Überraschung zu verbergen. Zwar hatte er versucht, so selbstbewusst zu wirken, als wäre meine Zustimmung der logische Ausgang für unsere Pattsituation. Aber ich hatte ihm angemerkt, wie angespannt er gewesen war.

Es ließ mich hoffen, dass ich den richtigen Weg eingeschlagen hatte. Aber sicher wissen konnte ich es nicht.

»Das Verbindungsritual wird im Mirror stattfinden«, sagte ich zu ihm. »Nachdem du das Arcanum geöffnet hast.«

Dorian musterte mich für einen Moment, dann streckte er mir seine Hand entgegen. »Ich vertraue dir, du vertraust mir, richtig?«

»Richtig«, sagte ich und legte meine Hand in seine.

Obwohl mein Herz bei der Vorstellung zerriss, Dorian die Schicksalswürfel anzulegen … ich würde ihn nicht hintergehen.

Und er würde den Gefallen hoffentlich erwidern.

»Hier«, sagte ich und zog das Herzmedaillon über meinen Kopf. Dorian nahm es entgegen, verzog dann den Mund, und ich wusste augenblicklich, dass mir nicht gefallen würde, was er als Nächstes zu sagen hatte.

»Was ist los?«, fragte ich.

»Keine Sorge, ich weiß wirklich, wie man es öffnet, aber …« Er seufzte. »Das Problem ist, dass das Gegenstück des Arcanums nicht … hier ist.«

»Nicht in London?«

»Doch, schon in London«, erklärte er gedehnt. »Nur eben nicht *hier*.«

Ich verdrehte die Augen. »Sag schon. Wo ist es?«

»In einem ehemaligen Stützpunkt des Auges. Meine Großmutter hat nach dem Tod meiner Mum alle Sachen dort verwahrt. Tatsächlich hat meine Mutter einige Arcanums entworfen. Die Gegenstücke sind in einer Sammlung, die meine Großmutter sorgsam behütet hat. Aber … leider gibt es einen Haken.«

Ich schnaubte. »Und welchen?«

Dorian schnitt eine Grimasse. »Wir mussten den Stützpunkt vor ein paar Wochen aufgeben. Und als wir dort abgehauen sind, na ja … da war das ganze Gelände voller Abbys.«

Im Stillen fragte ich mich, ob wir wohl jemals *Nein danke* zu einer potenziell lebensgefährlichen Mission sagen würden. Wenn ja, war dieser Tag jedenfalls nicht heute.

Während die anderen bereits Vorbereitungen trafen, hatte ich Adam über unseren Plan informiert. Ich wusste nicht, ob er meine Nachricht noch rechtzeitig lesen würde, aber ich wollte ihn zumindest nicht außen vor lassen. Bevor ich allerdings zu den anderen stieß, bog ich in eine Tunnelabzweigung.

Es gab da jemanden, mit dem ich reden musste, bevor wir aufbrachen. Und zwar allein. Ohne die anderen. Sogar ohne Echo.

Von Dorian wusste ich bereits, dass Sebastian in keinem guten Zustand war. Nicht nur, dass er ein Auge verloren hatte, er ließ auch jegliches Essen, das die Rebellen ihm gaben, einfach auf den Tellern verkommen. Zuerst hatte ich nur gedacht: Gut, ein Problem weniger, um das wir uns kümmern müssen. Aber das stimmte nicht.

Denn er war immer noch der Träger eines Dark Sigils. Wenn wir von hier weggingen, konnte ich ihn nicht einfach in den Tunneln sterben lassen.

Ich fand ihn genauso vor wie am Vortag. Jemand musste die Metallstäbe der Zelle repariert haben, von dem klaffenden Loch, das Matt hineingeschossen hatte, war nichts mehr zu sehen. Sebastian saß dahinter auf dem Boden, an die abgerundete Tunnelwand gelehnt, die Hände vor dem Körper zusammengebunden. Ein erbärmlicher Geruch ging von ihm aus – oder von den Tellern mit vergammeltem Essen, die im Inneren der Zelle herumstanden.

An seinem Kiefer konnte ich den Bluterguss von Matts Schlag erkennen, sein verbliebenes Auge war zugeschwollen und rot unterlaufen. Als ich eintrat, hob er den Kopf, was ihm jedoch Mühe zu bereiten schien.

»Hab mich schon gefragt, ob du dich noch einmal dazu herablässt, mich zu besuchen, *Eure Hoheit.*«

Mein Blick wanderte langsam an Sebastians Körper hinunter, und ich verzog das Gesicht. »Du siehst aus, als hättest du kaum mehr ein paar Tage zu leben.«

»Und?« Er leckte sich über die rissigen, trockenen Lippen. »Was soll's.«

»Was soll's?«, wiederholte ich ungläubig. »Also willst du sterben? Du hattest mal größere Ambitionen.«

»Sogar ich weiß, wann ein Kampf verloren ist.«

»Also – du wirst kein Mirrorlord, und eine andere Option gibt es nicht? Ist das dein Ernst?«

Sebastian schlug so plötzlich mit den zusammengebundenen Händen auf den Boden, dass ich erschrocken zurückfuhr. »Was weißt du schon?«, fauchte er.

»Ich weiß, dass wir gerade eine Menge Probleme haben. Und ich weiß, dass du ein Teil davon bist.« Ich stellte mich wieder vor das Metallgitter. »Ein Teil *meines* Problems!«

Wut flackerte über Sebastians Gesicht, was mich auf eine sehr seltsame, sehr falsche Art und Weise erleichterte. Es war wenigstens *irgendeine* Emotion, *irgendein* Zeichen, dass dieses arrogante Arschloch, das ich in Mirror-Rom kennengelernt hatte, noch irgendwo in der toten Hülle vor mir war.

»Ich habe nicht darum gebeten!«, knurrte er. »Und falls du es noch nicht bemerkt hast: Für mich ist das hier nicht gerade eine Vergnügungsfahrt!«

»Dann iss etwas, um Himmels willen!«

Sebastian sagte nichts, also verengte ich meine Augen und legte beide Hände um die Metallstangen vor mir. »Hör auf, so stur zu sein! Denn du kannst dir ganz sicher sein, dass ich sturer bin ... Und ehrlich? Es ist egoistisch von dir, Essen so zu verschwenden.« Ich deutete auf die mit Schimmel bedeckten Teller. »Denk mal an all die Kinder in Prime, die ...«

Sebastian entwich ein krächzendes Lachen. Er wirkte selbst überrascht und versuchte, es sofort mit Desinteresse zu überlagern. »Lass mich bloß in Ruhe mit deinem selbstgerechten Mist, *Rayne Sandford, armes, benachteiligtes Waisenkind, das nur aus Nächstenliebe auf dem Thron sitzt.* Glaubst du, es interessiert mich? Denkst du ernsthaft, es kümmert mich, dass du früher Hunger gelitten hast? Oder dass mir irgendwelche armen Prime-Kinder am Herzen liegen, die ich nicht einmal kenne?«

»Nein, natürlich nicht«, erwiderte ich kalt. »Ich sage nur: Jeder Mensch hat eine Wahl, Sebastian. Und es ist nie zu spät, um ...«

»Um was?«, unterbrach er mich, seine Stimme rasend vor Wut – aber auch unterlegt von einem Zittern, das verriet, wie angeschlagen er wirklich war. »Um zur ›guten Seite‹ zu wechseln? Mit dir, Adam und Dina? Soll ich so tun, als wäre alles in Ordnung? Als würde mich Matthew nicht hassen? Als hätte ich Celine nicht auf dem Gewissen?«

»Nein, ich –«

»Soll ich vor dir niederknien?«, flüsterte Sebastian bedrohlich und hievte sich unter sichtlichen Schmerzen auf die Beine. Er kam zu mir gelaufen, oder vielmehr gehumpelt, und ragte schließlich vor mir auf, sein Gesicht so nah an meinem, wie die Gitterstäbe es zuließen. »Möchtest du das? Verschafft es dir Genugtuung, wenn du mich vor dir im Staub kriechen siehst?«

Er hob plötzlich die gefesselten Hände nach oben und zerrte den Verband von seinem Kopf herunter. Eine Welle von Beklemmung durchfuhr mich, denn ich wusste, dass sich dort, wo früher sein Auge gewesen war, nun eine schreckliche Wunde verbarg. Einen Moment lang wollte ich den Blick abwenden, aber damit rechnete er natürlich, also hielt ich stand.

Als der Verband zu Boden fiel, offenbarte sich das Ausmaß dessen, was Sebastian widerfahren war. Ein rohes, zerklüftetes Loch klaffte in seinem Gesicht. Die Haut darum war geschwollen und von getrocknetem Blut verkrustet. Es war ein Anblick, der einem das Herz zusammenkrampfen ließ. Sebastian schien meine Reaktion erwartet zu haben, denn ein zynisches Grinsen huschte über sein Gesicht.

»Gefällt es dir, hm?«, fragte er. »Freut es dich, dass ich so tief gesunken bin, wie es nur möglich ist? Dass ich jetzt ein Krüppel bin? Dass ich –«

»Ich will nur, dass du das Richtige tust!«, schrie ich frustriert. »Und du kannst das für eine bescheuerte Floskel halten und dich über mich lustig machen, so viel du willst. Aber am Ende des Tages ist jeder von uns allein dafür verantwortlich, wie wir mit dem Scheiß umgehen, den wir in unserem Leben so getan haben.«

Ich wusste das besser als die meisten. Es gab Dinge, die ich mir nie verzeihen würde. Schreckliche Dinge. Aber sich zu verkriechen und alles zu ignorieren? Das würde ich niemals tun.

Sebastian lachte erneut. »Danke. Danke für diese Weisheit, die du so großzügig mit mir teilst, *Mylady.*« Er zog sich in den Schatten der Zelle zurück. Und als er weitersprach, war seine Stimme gedämpft, die Energie hatte ihn offenbar verlassen. »Verschwindet einfach. Lasst mich sterben. Das ist besser, als eure Gesichter noch länger ertragen zu müssen.«

Wütend klammerte ich beide Hände um die Gitterstäbe, und ich ahnte, dass jedes Wort wie an einer schusssicheren Scheibe abprallen würde.

Also drehte ich mich um und ließ ihn zurück.

Ich hatte es versucht. Ehrlich versucht. Und jetzt gab es andere Dinge, um die ich mich kümmern musste.

Divinus konnten wir auch dann noch holen, wenn Sebastian Lacroix in dieser Zelle verrottet war.

15

Ich will ja nicht die Partystimmung ruinieren, aber … da kommen wir niemals rein.«

Matt hatte die Worte nur geflüstert, doch in dem weitläufigen Raum, in dem wir uns befanden, hallten sie laut und deutlich wider.

Wir standen eng zusammen in einem ehemaligen Großraumbüro, die Gesichter förmlich an die Fensterscheibe gedrückt, während wir das gegenüberliegende Hochhaus in Prime-London begutachteten. Es war dasselbe Hochhaus, in dem ich Nessa Greenwater kennengelernt hatte. Die zentrale Basis des Auges. Hierhin hatte Sebastian mich damals entführt und an die Rebellen übergeben. Hier hatte ich gesehen, wie eine Bündelung von Chaosmagie aus dem Nichts entstanden und auf die Erde niedergegangen war.

Hier hatten sich Adams und meine Magie zum ersten Mal miteinander verbunden.

In den oberen Stockwerken klaffte ein sichtbares Loch. Die Nachmittagssonne strahlte heute hell und freundlich hinein, aber ich erinnerte mich noch, wie die Chaosmagie dort alles in Trümmer gelegt hatte. Das Gebäude war danach offenbar nie wieder ganz aufgebaut worden. Baugerüste waren an einer Seite angebracht, sie reichten beinahe bis zur Spitze des

Hochhauses, aber die Reparaturen waren wohl von Leanores Einfall in Prime unterbrochen worden.

Die ehemalige Basis des Auges war – genau, wie Dorian es angekündigt hatte – über und über mit Abbys gefüllt. Wie schattenhafte Geister glitten sie durch die Gänge und Räume. Ich konnte die Umrisse ihrer verdrehten Gestalten mit den klauenbewehrten Händen auch aus der Ferne gut erkennen.

Die Abbys bewegten sich ohne klares Ziel. Sie irrten umher, verschwanden wie von Geisterhand und tauchten plötzlich in einem anderen Raum wieder auf. Es war unmöglich zu sagen, wie viele es waren, aber ohne Zweifel war das gesamte Gebäude von ihnen eingenommen worden.

»Leute, ich mein's ernst.« Matt senkte das Fernglas in seinen Händen und gab es dann an Dina weiter. »Solange sie auf jeder Treppe und in jedem Stockwerk zu finden sind, kommen wir unmöglich lebendig bis ganz nach oben.«

»Was ist mit Clavis?« Dorian schaute fragend zu Cedric. »Der Raum, in dem die Arcanum-Sammlung meiner Mutter liegt, befindet sich im obersten Stockwerk. Kannst du uns mit deinem Sigil direkt dorthin bringen?«

Es war Matt, der für Cedric antwortete. »Natürlich kann Ceddy uns dort bis zu einer Tür bringen, aber was dann? Wir katapultieren uns mitten rein ins Getümmel, und von unten werden die Abbys nach und nach hochströmen. Ray kann bestimmt einige von ihnen mit Ignis ausschalten, aber alle?«

»Wir müssten sie ja nur so lange zurückdrängen, bis ich die Sammlung gefunden habe«, wandte Dorian ein.

»Und wie lange wird das dauern?«

Dorian blies die Backen auf. »Das kommt auf den Zustand der Etagen dort oben an. Ich habe keine Ahnung, wie schnell ich mich durch die Trümmer wühlen kann.«

Matt verzog den Mund. »Eben. Es ist zu gefährlich, sogar für unsere Verhältnisse. Wir sollten Agrona kontaktieren. Mit genügend Häschern könnten wir uns durchkämpfen und …«

»Nein«, unterbrach ich ihn. »Das würde viel zu lange dauern.« Bis wir oben angekommen wären, hätte Leanore längst mitbekommen, dass wir noch in der Stadt waren.

»Ich weiß die Lösung.« Das kam von Dina. Matt schaute fragend zu ihr. Ein paar Sekunden starrte er sie einfach nur an, dann flackerte ein Ausdruck von Verständnis über seine Augen – und von Ablehnung.

»Nein. Auf keinen Fall.«

»Was denn?« Dina blinzelte Matt liebreizend an. »Ich habe doch noch gar nichts gesagt.«

Wir schauten irritiert zwischen den beiden hin und her. Um was ging es bitte?

Da weiteten sich auf einmal auch Cedrics Augen. »Oh! Ihr wollt Huckepack spielen. Das könnte funktionieren.«

»Es könnte auch in unserem Ableben enden«, wandte Matt ein und fing dabei meinen verwirrten Blick auf.

»Huckepack spielen?«

Was zum Teufel?

Matt stieß ein schweres Seufzen aus. »Als Kinder durften wir Septem nie allein verlassen. Nur mit unseren Eltern oder unter großen Sicherheitsmaßnahmen. Also haben wir oft versucht, uns rauszuschleichen, doch die Magiehäscher haben uns stets erwischt. Bis Celine ihr Sigil bekommen hat. Dann haben wir uns einen Trick ausgedacht. Alle außer Celine sind einfach weggerannt und haben mit viel Lärm so getan, als ob sie aus dem Palast abhauen wollten. Klar mussten die Wachen hinterher. *Alle Wachen.* Sobald die Luft rein war, hat Celine einen Korridor zu einem vereinbarten Treffpunkt geöffnet. Dort hat sie uns eingesammelt – uns huckepack genommen, sozusagen – und durch den Korridor aus dem Palast gebracht.«

Ich musste unweigerlich lächeln, als ich es mir vorstellte. Wie Matt, Dina und vielleicht ja auch Adam, Sebastian und Nikki als Kinder durch die prunkvollen Flure des Palastes gehechtet waren, mit Dutzenden aufgescheuchten Häschern auf ihren Fersen.

»Es ging zweimal gut«, sagte Matt. »Danach haben die Wachen immer jemanden bei Celine zurückgelassen.« Er schaute mit kritischem Blick zu Dina. »Du glaubst doch nicht ernsthaft, dass das mit den Abbys auch funktioniert?«

Sie zuckte mit den Schultern. »Wieso nicht? Wir teilen uns auf. Du und ich machen viel Aufheben und locken die Abbys damit vom Gebäude weg, Dorian, Ray und Lily gehen mit Ceddy direkt in den obersten Stock. Das verschafft euch die nötige Zeit, nach dem Gegenstück des Arcanums zu suchen. Danach bringt Ceddy alle wieder nach unten, öffnet eine Tür beim vereinbarten Treffpunkt und … voilà.«

Ich runzelte die Stirn. Das klang … machbar. Lebensgefährlich. Potenziell tödlich. Definitiv verrückt. Aber machbar.

Auch Dorian nickte. »Das könnte funktionieren.«

»Genauso gut könnte es schiefgehen.« Matt wirkte wenig angetan und schaute erst zu dem Gebäude uns gegenüber und dann zu Cedric. »Was, wenn nicht alle Abbys die oberen Stockwerke verlassen? Um Dina und mich mache ich mir keine Sorgen, aber da oben im Gebäude liegt alles in Trümmern. Was, wenn ihr den Zugang zu der Tür verliert? Wenn sie euch da oben einkesseln, war es das.«

»Ich gehe ja mit ihnen«, versuchte ich, Matt zu beruhigen. »Im Fall der Fälle kann ich die Abbys mit Ignis zurückhalten, solange es nötig ist.«

Matt stieß einen Atemzug aus. »Aber, Ceddy, bist du dir sicher, dass du –«

»Hör auf«, sagte Cedric und schaute Matt an, lange und prüfend. »Als ich noch todkrank war, hast du mir kein einziges Mal gesagt, dass ich etwas nicht tun kann. Bitte fang jetzt nicht damit an.«

»Ich …« Matt wirkte erschüttert. »Shit. Es tut mir leid, ich wollte dich nicht bevormunden. Wirklich nicht. Ich, *uh* … bin nur …«

»Schon gut.« Cedric warf ihm ein kleines Lächeln zu. Dann schaute er zurück zu dem Hochhaus. »Lasst es uns versuchen.«

Ich folgte seinem Blick. Das oberste Stockwerk – in das wir hineinmussten – endete in aufgerissenen Linien. Durch die überall im Gebäude herumwabernden Schatten sah es aus wie ein riesiges lebendiges Wesen. Und ich fragte mich, wie es sein konnte, dass ein Wolkenkratzer mitten in Central London von Abbys überflutet war und niemand etwas dagegen unternahm. In wie vielen Teilen der Welt musste es genauso aussehen? Wo war es möglicherweise noch schlimmer als hier in London? Ich hatte keine Ahnung.

»Okay«, sagte ich. »Aber wir warten, bis es dunkel ist. Wir brauchen nicht zusätzlich noch eine Konfrontation mit den Cyphers.«

Als es Abend wurde, setzte Regen ein. Ab und zu wurde die Dunkelheit, die inzwischen über London lag, von Blitzen zerrissen. Sie tauchten alles in ein dermaßen gespenstisch-silbriges Licht, dass ich Matt und Dina schon nach wenigen Schritten nur noch schemenhaft erkennen konnte.

Der Rest von uns schaute von dem sicheren Versteck im

Nachbargebäude zu, wie die beiden ihre Magie heraufbeschworen und gleichzeitig mehrere gezielte Stöße gegen die Fensterscheiben des Hochhauses krachen ließen, um die Abbys zu provozieren. Sie richteten die Attacken auf die unteren Stockwerke – aber so hoch, dass selbst die Abbys im oberen Drittel des Gebäudes das Aufflackern der Magie noch mitbekamen.

Es dauerte nicht lange, da kam Bewegung ins Innere der ehemaligen Rebellenbasis. Trotz der schlechten Lichtverhältnisse konnten wir deutlich sehen, wie die Abbys auf die Treppenhäuser und Ausgänge zustürzten.

Lauft schon weg. Los!

Ich rief es in Gedanken immer wieder, während ich Dinas und Matts Silhouetten anstarrte. Worauf warteten sie?

Die ersten Abbys drangen nach draußen, und endlich setzten die beiden sich in Bewegung. Dina warf noch zwei letzte Magiestöße gegen die Glasfassade, dann rannte sie hinter Matt die Straße hinab, hinein in die Dunkelheit. Ihnen folgte ein schier endloser Schwarm an Abbys. Von oben stürzten weitere direkt aus den zerbrochenen Fenstern hinab auf die Straße.

Aus dieser Perspektive war es unmöglich zu erkennen, ob unser Plan funktionierte und die obersten Stockwerke nun leer waren – wir konnten nur hoffen, dass es reichte.

»Okay, los«, sagte ich zu Cedric. Er nickte, wandte sich vom Fenster ab und lief zu der Tür in unserem Rücken. Nachdem er den Saphirschlüssel in das Schloss gesteckt hatte, leuchtete sofort ein Magiekorridor auf.

Echo, der bislang auf meiner Schulter das Hochhaus im Auge behalten hatte, sprang herunter und verwandelte sich noch im Flug in seine Raubkatzengestalt. Am liebsten hätte ich ihm gesagt, dass er am vereinbarten Treffpunkt auf uns warten sollte, aber Echo traf seine eigenen Entscheidungen.

»Sei vorsichtig dadrin, okay?«, warnte ich ihn und wertete sein sanftes Knurren als Zustimmung.

Zusammen mit Dorian und Lily folgten wir Cedric durch den Korridor. Es war nur ein kurzer Weg, schon standen wir in einem tiefschwarzen Flur. Stille lag schwer in der Luft. Das Stockwerk schien tatsächlich verlassen zu sein. Kein Flüstern der Abbys war zu hören, keine unheimlichen Schatten huschten durch die Gänge.

»Sehr gut.« Dorian holte drei Sigils in Form von Käfern aus der Tasche und ließ sie in die Luft schweben. Ihr Leuchten erhellte die Umgebung, während sie davonschwirrten. Er scannte in Windeseile die Umgebung, um sich zu orientieren, dann nickte er. »Der Raum, in dem die Sachen meiner Mutter lagern, müsste direkt über uns sein.«

Lily deutete schon auf das Treppenhaus, das am Ende des Flurs zu erkennen war. »Dort geht es hoch.«

Vorsichtig und mit wachsamem Blick bahnten wir uns einen Weg durch den verlassenen Flur. Das Knarren des Bodens und das leise Flüstern des Windes, der durch einige zerbrochene Scheiben ins Gebäude drang, verstärkten die unheimliche Atmosphäre nur. Unsere Schritte hallten gespenstisch wider, während wir uns vorwärtsbewegten. Die Wände waren mit Rissen und Schmutz übersät, und der Geruch von Verfall wurde mit jedem Schritt intensiver. Einst belebte Räume waren inzwischen von Staub bedeckt, die Fenster mit Spinnweben überzogen. Auch als wir am Durchgang zum Treppenhaus ankamen, war nichts zu hören. Doch auf den Stufen, die nach oben führten, lagen überall große Steinbrocken und Bündel von Kabelresten.

Für einen Moment bezweifelte ich, dass man nach oben kommen konnte – geschweige denn, dass es sicher war –, aber Dorian zögerte nicht und stieg über die ersten Trümmerteile hinweg. Er und Lily würden die Sammlung seiner Mutter suchen, während wir hier unten Wache hielten.

»Seid vorsichtig«, sagte ich zu Lily. Sie nickte mir kurz zu und folgte Dorian dann.

Cedric, Echo und ich stellten uns beim Treppenaufgang auf. Die Minuten vergingen endlos langsam. Mit klopfendem Herzen lauschte ich den dumpfen Geräuschen um uns herum, die Augen stets aufmerksam auf die Tür gerichtet, die am Ende des Ganges lag und unser einziger Fluchtweg war. Dorian und Lily mussten längst oben angekommen sein. Wie lange würde es dauern, bis sie die Sammlung fanden?

Da drang ein seltsames Rascheln an mein Ohr. Es kam von … unten. Direkt aus dem Treppenhaus.

Wir brauchen zu lange.

»Sie kommen zurück«, flüsterte ich und zog mein Comm hervor. Ich schickte Lily eine Warnung und starrte dann wieder die Stufen hinab. Wegen der Trümmer, die auch auf den unteren Ebenen herumlagen, konnte ich nicht sonderlich weit sehen, aber ich machte mir keine Illusionen. Das schleifende, hallende Geräusch der Abbys würde ich überall erkennen.

Mein Herz schlug schneller, und ich umklammerte Ignis mit einer Hand. Am liebsten hätte ich das Schwert sofort hervorgerufen. Doch ich wusste, dass wir jetzt strategisch vorgehen mussten. Ohne Adams Hilfe – ohne die beruhigende Magie von Alius und Etas – würde ich niemals genug Kontrolle aufbringen, um all diese Abbys auf einmal zu vernichten.

»Wir dürfen auf keinen Fall den Zugang zu unserer Fluchttür verlieren«, sagte ich. Wenn die Abbys dieses Stockwerk erreichten, würde Matt mit seiner Sorge recht behalten, und wir säßen in der Falle.

Cedric nickte. Er hielt Clavis längst in der Hand. »Ich gebe dir Deckung, so gut es geht.«

Er beschwor einen Magieschild zwischen mir und den Treppenstufen, die nach unten führten. Ich hatte Celine damals bei der Bündelung Hunderte Abbys auf einmal abwehren sehen, ich wusste also genau, wie mächtig dieser Schild war. Gleichzeitig drängte sich Echo vor mich. Sein gewaltiger Körper allein blockierte fast die Breite der Treppe, und er fletschte kampfbereit die Zähne.

Mit einem tiefen Atemzug schloss ich die Augen und hob beide Hände. Auch ohne es zu sehen, spürte ich, wie sich auf meiner Haut feine rote Linien ausbreiteten. Der Magiekern in der Mitte des Drachenarmbandes flammte auf und ... ich versuchte, alles in mir zur Ruhe zu bringen.

Ich kann das.

Ignis kann das.

Ich öffnete die Augen wieder, und sobald ich das erste Abby in Richtung unseres Stockwerks steuern sah, ergriff ich von der Chaosmagie in ihm Besitz. Meine Finger verkrampften sich, als würde ich versuchen, den Schattenkörper damit zu zerquetschen. Keine Sekunde später barst das Abby, und übrig blieben nur schwarze Magiepartikel. Dasselbe machte ich mit dem zweiten Abby – und dem dritten. Doch es wurden mehr, und aus dem Stockwerk über uns drang immer noch nichts als Stille.

Verdammt, Lily, Dorian, wo seid ihr?

Ich spürte ein erstes Tremorzittern in meinen Händen, als

ich ein Dutzend Abbys mittels meiner Magie vernichtet hatte. O nein, bitte nicht. Die Angst drohte mich zu überwältigen, als Cedrics ruhige Stimme zu mir durchdrang.

»Du schaffst das, Rayne«, flüsterte er mir zu. »Ich bin mir sicher, Ignis kann den Tremor überwinden, wenn du mehr Vertrauen in deine Magie hast.«

Ich hob beide Hände, spürte die Macht, die in mir pulsierte. Ich wusste, sie wartete nur darauf, entfesselt zu werden. Aber ich ahnte auch, dass ich sie nicht würde steuern können, wenn es so weit war.

Vorsichtig trat ich vor, den Blick auf die Masse an Abbys gerichtet, die sich uns über die Steintrümmer hinweg näherten. Ich spürte das Verlangen nach Dunkelheit in ihnen, die Zerstörung, die sie bringen konnten. Doch ich durfte mich nicht von ihrer Präsenz einschüchtern lassen.

Ein weiteres Zittern erfasste meine Hände. Der Tremor hatte sie in seiner Gewalt, und plötzlich brach die Magie gewaltsam aus mir heraus, als ob sie ein Eigenleben führte. Sie entlud sich in einem mächtigen Schwall. Die Wände bebten, das Treppenhaus vibrierte. Sämtliche Abbys in meinem Sichtfeld wurden augenblicklich zerstört, doch der Preis war hoch – ich sank auf die Knie und spürte, wie die Magie in mir vor Erschöpfung versickerte.

Nicht in Ohnmacht fallen, sagte ich mir wie im Singsang. *Nicht schon wieder. Nicht jetzt.*

Doch als weitere Abbys auf uns zuströmten und Cedric panisch meinen Namen rief, konnte ich nichts tun. Ich war innerlich leer, so wie jedes Mal, wenn Adam meine Magie nicht lenkte.

Die Erkenntnis war so niederschmetternd wie gefährlich: Ich konnte das hier nicht ohne ihn tun. Trotz all des Trainings, trotz all meiner Anstrengungen. Lazarus hatte recht mit dem Spitznamen, den er mir früher gegeben hatte. Ich war wirklich ein *Firecracker.*

Sie kann hochgehen wie ein Feuerwerk.

Aber dann war mein Pulver verschossen. Deswegen würde ein Feuerwerk uns jetzt nicht retten.

Die Abbys strömten auf uns zu. Echo knurrte und warf sich durch Cedrics Schild nach vorne. Er verbiss sich im Kopf eines Abbys, riss Schwaden voller Chaosmagie aus dessen Körper, rang eines von ihnen zu Boden, dann ein zweites, aber es kamen immer mehr. Sie waren wild und hungrig und mehr als bereit, uns alle zu verschlingen.

»Cedric …«, krächzte ich, aber gerade als ich ihm sagen wollte, dass er sich in Sicherheit bringen sollte, zerrte jemand an meinem Arm.

»Hoch mit dir!«

Es war Lily. Hinter ihr sprang Dorian die letzten Stufen herab.

»Wir haben alles, was wir brauchen«, sagte er atemlos. »Kommt! Raus aus diesem Höllenloch.«

Er zögerte nicht, sondern legte sich einen meiner Arme um die Schultern. Lily schnappte sich den zweiten, so trugen sie mich zwischen sich weiter. Echo folgte uns, und Cedric hielt seinen Magieschild aufrecht, auch noch, als bereits ein Dutzend Abbys gewaltsam dagegen krachten und versuchten, ihn mit ihren Klauen zu durchbohren.

Lily feuerte Magiestöße aus ihrem Armband auf die Abbys ab, während Dorian uns zielgerichtet zu der Tür führte, aus der wir gekommen waren. Der Korridor hatte sich längst aufgelöst, und zwischen Dorian, Lily und Cedric schienen stumme Absprachen hin und her zu fliegen, jedenfalls tauschten sie elegant den Platz: Dorian und Lily schirmten uns ab, während Cedric Clavis in das Schloss steckte.

Da drang eines der Abbys seitlich durch den Schild. Lily feuerte einen Magiestoß ab, doch er verfehlte knapp. Das Abby stürmte nach vorne und traf Lily mit einer Klaue an der Schulter. Sie stöhnte und stolperte zurück gegen die Wand, die Zähne vor Schmerzen zusammengebissen, setzte aber noch in der Bewegung zum Gegenangriff an.

»Lily …«

»Ist schon gut!«, keuchte sie. »Weiter!«

Ich fühlte mich elend. Die Entladung war so kräftezehrend gewesen, dass ich mich gerade noch so auf den Beinen hielt. Ich konnte rein gar nichts mehr zu unserer Rettung beitragen. Doch Dorian, Lily, Cedric und Echo schafften es auch ohne mich, die Abbys so lange in Schach zu halten, bis wir durch den Korridor stolperten und binnen Sekunden die alles verzehrende Schwärze hinter uns ließen.

Das Huckepack-Spiel funktionierte ohne Probleme. Oder … *fast* ohne Probleme. Cedric lenkte den Korridor zum vereinten Treffpunkt, und wir mussten nur wenige Minuten warten, bis Dina und Matt um die Straßenecke, die vor uns lag, gerannt kamen. Hinter ihnen: mehrere Cyphers und ein gigantischer Schwarm von Abbys.

Die beiden sprangen mit einem Hechtsprung zu uns in den Korridor. Eines der Abbys schaffte es noch, eine Klaue um Matts Bein zu wickeln. Ein kurzer Kampf entbrannte, und ich spürte, wie Cedrics Magie ins Schlingern geriet. Doch er schaffte es, sie zu stabilisieren, auch wenn er uns in seiner Eile nur ein paar Blocks weiter brachte. Wir stolperten aus der Seitentür irgendeines Hochhauses heraus und standen nun am

Zugang einer Brückenüberführung. Passanten waren keine zu sehen, und auf der Straße unter uns fuhren nur noch wenige Autos durch die Nacht.

Wir alle sanken schnaufend und keuchend auf den Bordstein. Vage nahm ich wahr, wie Matt Cedric in eine Umarmung zog und Dina Dorian sogar auf die Schulter klopfte. Irgendwer war weitsichtig genug, Lily ein Med-Sigil auf die blutende Wunde zu drücken, ich dagegen lag nur auf dem Rücken und starrte in den Himmel, wo Echo aufgeregt Kreise um uns flog.

Ignis war so mächtig.

Seine Magie brachte so viele Möglichkeiten mit sich.

Und ich? Selbst nach all den Monaten bekam ich es einfach nicht hin.

»Hey.« Cedric beugte sich über mich. »Du hast uns gerettet.«

»Habe ich nicht.«

»Du bist wirklich zu streng mit dir.«

Zu streng? Ich hatte mich im Grunde seit dem Tag, an dem Adam mir Ignis angelegt hatte, nicht weiterentwickelt. Wie sollte ich den anderen von Nutzen sein, wenn ich meine Magie nicht gebändigt bekam?

Oder, sagte eine zynische Stimme in mir, *wenn du immer tiefer in Selbstmitleid versinkst.*

Richtig. Das hier war weder der Ort noch die Zeit für mein Rumgejammere. Wir hatten überlebt. Und Dorians triumphierendem Grinsen nach zu urteilen, hatten wir auch bekommen, was wir gesucht hatten.

Alles war gutgegangen. Wir –

Schritte ertönten. Wir erstarrten und wandten uns in Richtung der Gestalten, die sich über die Brücke hinweg näherten. Zuerst fürchtete ich, eine weitere Patrouilleeinheit der Cyphers sei auf uns aufmerksam geworden, aber es waren … zwei Magiehäscher.

Noch im Laufen fassten sich beide ans Ohr, und ich spürte, wie mein Herz einen Schlag aussetzte, als ihre Gesichter erst den Schatten der Gasse hinter sich ließen und sich dann vor unseren Augen veränderten.

»Adam?«, flüsterte ich ungläubig und versuchte, mich aufzusetzen.

Wie … wie kam er hierher? Sollten er und Nikki nicht in Kairo auf der Suche nach El-Masri sein? Und wie hatten sie uns gefunden?

Doch ich konnte keine meiner Fragen stellen, denn Adam lief geradewegs an Dorian, Lily und den anderen vorbei und zog mich mit festem Griff auf die Beine. Er hielt mich bei sich, und sein Blick glitt für einen Moment prüfend über mich hinweg. Dann wandte er sich zu den anderen. »Wir müssen aus London verschwinden. *Sofort.*«

»Was?« Meine Verwirrung war so groß wie das Hochhaus, aus dem wir gerade noch geflohen waren. »Wieso?«

Doch Adam umklammerte nur meine Hand. Er schien abzuwägen, ob er mich zu der Tür *tragen* sollte, aber noch bevor er eine Hand an meine Knie legen konnte, humpelte ich einen Schritt zurück. »Adam – wieso?«

In seinen Augen lag etwas, das ich an ihm womöglich noch nie zuvor gesehen hatte. Panik.

»Wir haben El-Masri in Kairo gefunden. Vor etwa einer Stunde. Er war wirklich der Schmied, der meiner Mutter die Ignis-Replik gebaut hat, und … er hatte einiges über ihre Pläne zu sagen. Darüber, was sie in den letzten Jahrzehnten gemacht hat. Glaub mir, wir müssen aus der Stadt verschwinden. Agrona habe ich schon gewarnt, aber ich weiß nicht, ob sie rechtzeitig –«

Da schnappte Dina neben uns plötzlich nach Luft. »Äh, Leute?«, hauchte sie und zeigte mit großen Augen über meine Schulter hinweg in die Ferne.

Ich drehte mich um, ebenso wie Adam, Matt und alle anderen. Erst jetzt erkannte ich, wo genau in London wir uns befanden. Wir waren mitten im Zentrum, der Shard thronte nur wenige hundert Meter von uns entfernt weit über den restlichen Gebäuden der Stadt. Und auf seiner Glasfassade prangte eine riesige Projektion. Ich brauchte einen Moment, bis meine vor Erschöpfung schwimmende Sicht so weit aufklarte, dass ich die Worte lesen konnte. Doch als ich es tat, stockte mir der Atem.

DIE FEIGHEIT
WIRD ENDEN

DER KÄFIG
WIRD BRECHEN

DIE FALSCHE WELT
WIRD UNTERGEHEN

Hinter den Worten wurden Aufnahmen von verschiedenen Städten aus der ganzen Welt auf den Shard projiziert. Es waren Live-Videos auf Split-Screens, immer mehr Vierecke kamen dazu. Auf jedem von ihnen waren Wolkenkratzer in den größten Metropolen zu sehen – das Empire State Building in New York, das Lakhta Center in Sankt Petersburg, das Burj Khalifa in Dubai und viele andere –, und auf jedem von ihnen standen dieselben Sätze geschrieben.

Ein Rumpeln ertönte. Es war so laut, dass es einfach alle Geräusche um mich herum schluckte. Adams Griff um meinen Arm verstärkte sich, aber wir blieben beide wie angewurzelt stehen. Auf der obersten Ebene des Shards öffnete sich etwas. Ich konnte erst nicht richtig erkennen, was es war, bis …

»Oh mein Gott«, flüsterte ich, aber ich hatte nicht genug Zeit, um etwas zu tun. Ich sah noch, wie sich an der Spitze des Shards knisternde Energie sammelte, und spürte, wie Adam mich schützend gegen sich zog.

Dann brach alles auseinander.

16

Ich wurde von einer Druckwelle zurückgestoßen.

Adam versuchte noch, mich festzuhalten, aber der Ruck war so heftig, dass wir in verschiedene Richtungen geschleudert wurden.

Mein Verstand kam nicht hinterher. Ich sah, wie Matt nach Cedrics und Dinas Händen griff, wie sich Lily an Dorian klammerte, bevor sie ebenfalls von den Füßen gerissen wurden. Dann lief alles wie in Zeitlupe ab, und es schien mir wie eine Ewigkeit, in der ich einfach nur in der Luft schwebte. Feine Staubflocken tanzten um meine Beine, glitten über meine Arme hinweg, verfingen sich in meinen Haaren.

Als ich schließlich landete, ertönten von allen Seiten Schreie. Überall um mich herum war Lärm. Das Krachen herunterfallender Trümmer. Das Aufheulen von Alarmanlagen. Ein stetiges Rumpeln, das die Nacht erfüllte. Angestrengt blinzelte ich die Staubflocken weg, schnappte nach Luft. Ich war nahe dem Brückengeländer gelandet und reckte den Hals, so gut ich konnte, um herauszufinden, was passiert war.

Da hörte ich irgendwo auf der Straße unter mir jemanden schreien. Es war eine Frau. Sie war aus ihrem Auto gestiegen und presste ein kleines Kind an sich. Mit der freien Hand deutete sie … hinauf, aber wohin? Ich folgte ihrem Fingerzeig, und meine Augen weiteten sich.

An der Spitze des Shards knisterten schwarze Wolken mit hektischer Energie. Es waren keine Blitze, aber … etwas funkelte dort.

Und auf einmal war ich mir ganz sicher.

Es war ein Nexus-Sigil.

Nessa Greenwater hatte damals mit genau so einem Sigil Septem angegriffen. Ein mächtiger Magiestrahl war von Prime aus in den Mirror geschossen und hatte den Palast in seine Einzelteile zerlegt.

Das goldene Funkeln auf der Spitze des Shards … Es musste die gleiche Apparatur sein.

Schwarze Magieschwaden stiegen daraus empor, sie formten sich zu einem Strahl und dieser bewegte sich … in Richtung Mirror.

Das war der Moment. Der Angriff, den ich schon lange gefürchtet hatte. Leanore feuerte Chaosmagie direkt auf Mirror-London. Und wir, wir mit unserer lächerlichen Jagd nach Informationen, unserem mühseligen Sammeln von Hinweisen, wir waren zu spät.

Es gab nichts mehr, was wir noch tun konnten.

Doch … was war das? Irgendetwas stimmte nicht. Weit oben im Himmel formte sich der gebündelte Strahl zu einem Trichter. Er wurde breiter, größer, aber auch dünner.

Die Barriere, begriff ich. Wir hatten sie verstärkt, gleich nach dem Überfall auf dem Plateau hatte Agrona als Erstes dafür gesorgt. Und dieser Schutzschild aus Sigils und Magie hielt der Chaosmagie tatsächlich stand. Zumindest für den Moment.

»Alles in Ordnung?« Adam tauchte neben mir auf, seine

Augen geweitet. Ich nickte, und er legte eine Hand an meine Wange. »Warte hier.«

Damit rannte er weiter, und ich schaute ihm benommen hinterher, während ich mich fragte, wo er hinwollte. Da erkannte ich Lily und Dorian, die an dem Brückengeländer auf der anderen Straßenseite hingen, unter ihnen ein qualmender Abgrund. Ich keuchte und zwang mich aufzustehen. Meine Beine waren noch immer schwer vor Erschöpfung, weil ich Ignis zu sehr beansprucht hatte. Trotzdem lief ich weiter, einen Schritt nach dem anderen.

»Ganz ruhig, ich hab dich.« Adam bückte sich und zog Lily nach oben. Ihr panischer Blick zuckte ziellos durch den Staub um uns herum, und die Wunde an ihrer Schulter, die das Abby ihr vorhin zugefügt hatte, blutete trotz Med-Sigil wieder stark.

Zusammen halfen wir auch Dorian über die Brüstung, dann sah ich mich nach den anderen um. Cedric und Matt saßen einige Meter von uns entfernt, die Arme umeinandergeschlungen, während sie nach oben zum Shard schauten. Dina kam auf uns zugelaufen.

»Nikki«, presste ich hervor. »Wo ist Nikki?«

Wir drehten uns suchend um. Einige Menschen rannten inzwischen voller Panik durch die staubige Umgebung, aber keiner davon war –

Ein blaues Licht flatterte durch die Luft. Echo! Er landete nicht weit von uns auf dem Boden. Neben ihm ragte ein uniformierter Arm unter einigen Steinen hervor.

»Da!«, keuchte ich. Wir versuchten, die Trümmer anzuheben, aber keine Chance.

»Geh zurück«, sagte Adam knapp zu mir, dann führte er drei Gesten mit seinen Händen aus, und die Steine schwebten empor. »Holt sie da raus«, sagte er gepresst, und ich zog Nikki mit Matts Hilfe, so schnell es ging, aus dem Loch, das sich in der Straße gebildet hatte. Sobald sie in Sicherheit war, ließ Adam die Steine mit einem angestrengten Laut wieder nach unten krachen, dann kniete er sich zu uns. Ich fühlte bereits Nikkis Puls – er war zwar schwach, aber *da*.

»Sie braucht medizinische Versorgung«, flüsterte ich. »Und Lily auch.«

Adam nickte. Dann richtete sich sein Blick nach oben zum Shard. Noch immer drang Chaosmagie aus der Spitze empor und prallte gegen die Barriere. »El-Masri hat uns erzählt, dass meine Mutter in den letzten Jahren mehrere Nexus-Sigils hat bauen lassen.« Adam schaute zurück zu mir. »Sie sind überall auf dem Planeten verstreut. Wir müssen dringend –«

Seine Worte wurden unterbrochen, als eine erneute Druckwelle über die Straßen hinwegfegte. Diesmal konnte ich mich besser abfangen und wartete, bis die Welt sich wieder beruhigte. Sofort schaute ich nach oben. Der Strahl, der aus dem Nexus abgefeuert wurde, gewann an Kraft, und ich fühlte es … *Ignis* fühlte es.

Die Barriere bekam erste Risse. Die Chaosmagie suchte sich ihren Weg und bündelte sich immer weiter. All die Menschen dort … Wenn die Barriere tatsächlich brach, hätten sie keine Chance, noch rechtzeitig zu fliehen.

Ein Gefühl der Ohnmacht überkam mich. Mein Körper war wie gelähmt.

»Wir müssen das Nexus-Sigil zerstören«, sagte Dina, und ich sah, wie sie Nikki gemeinsam mit Matt auf die Beine zog. Auch Cedric hatte sich hochgehievt, und ich hatte keine Ahnung, woher er die Kraft nahm. Woher *irgendjemand* noch Kraft nahm.

Da zog Adam sein Spectum-Sigil aus der Manteltasche und öffnete es. »Agrona Soverall«, sagte er und drückte Dina das Sigil in die Hand. »Bring sie auf den neuesten Stand. Sie muss die Gegenoffensive einleiten. Alle Häscher, die zur Verfügung stehen, sollen das Gebäude stürmen und den Nexus lahmlegen.«

Dina nickte. »In Ordnung.« Auf dem Spectum tauchte Agronas Gesicht auf, und ich hörte vage, was Dina ihr zurief, aber verstand es nicht. Mein Blick lag auf der Barriere, auf der Chaosmagie, auf Mirror-London.

»Selbst wenn wir den Nexus jetzt schließen, die Chaosmagie wird die Stadt überrollen«, hörte ich mich selbst sagen. Millionen würden sterben, ohne jeden Zweifel. Ich wandte mich zu Adam. »Ich muss in den Mirror. Sofort.«

Adam schaute mich an, eine Sekunde, zwei. Dann nickte er. Er fragte nicht, was ich vorhatte, er umgriff nur meine Hand. »In Ordnung.«

»Ihr wollt *jetzt* da hoch?« Dina furchte die Brauen. Aus dem Spectum drang Agronas aufgeregte Stimme, doch Dina hörte ihr gar nicht zu. »Seid ihr wahnsinnig?«

»Ich komme mit euch«, bestätigte Matt, und ich sah, wie Lily sich aufrichten wollte, aber sofort wieder zu Boden sank.

»Bleib hier bei ihr«, bat ich Dorian und schaute erst zu ihm und dann zu Dina. »Wir finden uns später.«

»Kannst du uns hochbringen?«, fragte Adam Cedric, und obwohl der sichtlich wacklig auf den Beinen war, nickte er. Die nächste Tür lag nur wenige Meter entfernt an einem der vielen Hochhäuser, und wir verschwendeten keine Zeit mehr. Ich zwang mich dazu, mentale Scheuklappen aufzusetzen, um die Schreie und das Chaos um mich herum auszublenden. Wir mussten in den Mirror, und das so schnell wie möglich.

Cedric war zuerst an der Tür und öffnete den Magiekorridor. Sein Licht flackerte seltsam. Niemand von uns zögerte, doch kaum dass wir die ersten Meter hinter uns gebracht hatten, ging ein heftiger Ruck durch den Gang. Die Geschwindigkeit, mit der wir uns bewegten, nahm Fahrt auf, und ein heftiger Aufprall ließ uns nach vorne fliegen.

»Ceddy?«, rief Matt panisch, während der Korridor sich immer weiter neigte. Der Boden sackte stark ab, und wir begannen, darauf nach unten zu rutschen.

Cedric umklammerte Clavis mit fester Hand. Auf seiner Haut zeichneten sich die blauen Lichtmale deutlich ab, aber es änderte nichts. »Ich kann es nicht kontrollieren!«

Der Gang neigte sich, bis wir beinahe im freien Fall waren. Ich versuchte, mich mit ausgestreckten Armen an der Wand abzufangen, aber konnte mich nicht halten. Da war nur Leere und ein endloser Fall.

Tief unter uns, wie am Boden eines Brunnens, tauchte Prime-London auf. Es war, als würden wir im Himmel schweben, weil der Korridor nicht genug Kraft hatte, uns bis in den Mirror zu bringen. Und dann kippte er wieder zurück … in Richtung Prime.

Der Korridor hatte sich inzwischen vollkommen waagrecht ausgerichtet. Wir fielen hindurch, schnell und ohne Halt.

»Cedric!«, schrie ich und dachte wirklich, das war's – *wir sterben.* Doch da presste Cedric beide Hände in die Magie des Korridors hinein, und … im letzten Moment – ich konnte den Asphalt unter mir schon sehen – neigte dieser sich erneut.

Wir fielen geradewegs in eine weitere Tür hinein. In einen weiteren Korridor. Ich hatte keine Ahnung, wie Cedric es gemacht hatte, aber der Gang um uns herum krümmte sich wieder. Wir stolperten erst, dann spürten wir den Boden unter unseren Füßen. Als wir das Ende des zweiten Korridors erreichten, landeten wir auf irgendeinem Platz, umrahmt von in die Länge gezogenen Gebäuden, die eindeutig zum Mirror gehörten.

Ich blieb – zu meiner eigenen Überraschung – auf den Beinen, und für einen Moment konnte mein Verstand die veränderte Szenerie überhaupt nicht greifen.

Wie unfassbar ruhig es hier war, wie normal! Auch im Mirror war bereits später Abend, doch einige der Boutiquen und Geschäfte hatten ihre Türen noch für Nachtschwärmer geöffnet. Vereinzelte Obere liefen in ihren schicken Kleidern durch die Straßen, von einem Café in der Nähe drangen Gespräche an mein Ohr. Ein kurzer Blick sagte mir, dass wir nicht weit von Septem entfernt sein konnten, in einem der zentraleren Viertel Mirror-Londons.

»Fuck«, stieß Matt aus und stolperte auf Cedric zu, der etwas weiter auf dem Boden kauerte. Matt beugte sich zu ihm und legte beide Hände an Cedrics Hemd, um ihn bei sich zu halten. »Du bist verrückt, Ceddy. Völlig verrückt!«

»Die Schwerkraft.« Cedrics Haut glühte förmlich, so stark pulsierte die Magie darunter. »Es tut mir leid. Die Chaosmagie in der Barriere muss irgendwie die Schwerkraft außer Kraft gesetzt haben. Ich konnte nicht –«

Matt schüttelte den Kopf. »Ich meine, wie du uns noch gerettet hast. Bei allen Sieben …« Er starrte Cedric an, legte eine Hand an dessen Wange, die andere in dessen Nacken. Sein Blick zuckte über Cedrics Gesicht. »Du bist großartig. Du hast keine Ahnung, wie großartig du bist, Ceddy. Und es tut mir leid, dass ich nicht früher schon –«

Was auch immer Matt sagen wollte, es wurde von einem Geräusch durchbohrt, das mir durch Mark und Bein ging.

Ich konnte es zwar nicht sehen, weil die Barriere zwischen Mirror und Prime stets unsichtbar gewesen war. Aber ich *fühlte*, wie ihre Magie brach. Das, was gerade noch perfekt ineinander verzahnt gewesen war, verlor den Halt und barst auseinander.

Über unseren Köpfen, weit entfernt am Himmel, war die Spitze des Shards zu sehen. Die Chaosmagie drang durch die Barriere hinein in den Mirror, und mit einem Mal schien die Schwerkraft auch hier außer Kraft gesetzt zu sein. Binnen Sekunden verwandelte sich der Bezirk in reines Chaos. Die Stühle und Tische eines Cafés schwebten empor, und die Oberen, die bislang nichts von dem Angriff mitbekommen hatten, klammerten sich an dem fest, was sie zu greifen bekamen. Alles wurde von einem Sog in die Luft gehoben – auch wir.

Adam und ich umgriffen ein Geländer, das den Platz von einem angrenzenden Park abtrennte. Matt klammerte sich an eine im Boden befestigte Sitzbank, mit der anderen Hand hielt er Cedric fest. Wir schauten nach oben. Die Chaosmagie näherte sich immer schneller.

»Rayne.« Adam schaute zu mir. »Du musst versuchen, die Barriere zu stabilisieren.«

»Ich …« *Ich kann das nicht ohne dich,* wollte ich sagen, aber tat es nicht. Denn die harte Realität war: Wenn ich es nicht konnte, würden all die Menschen in diesem Bezirk sterben.

Ein Beben erschütterte den Platz, und in der Ferne wurde ein ganzes Haus vom Sog aus dem Boden gerissen. Menschen schrien, als sie zur Chaosmagie gezogen wurden. Mehrere leblose Körper schwebten in der Luft um sie herum.

Keine Zeit für Selbstzweifel.

Da spürte ich, wie Adam sich hinter mir in Position brachte.

Er wickelte einen Arm um das Geländer, an dem wir kauerten, den anderen legte er um meine Taille, bis mein Rücken der Länge nach gegen seine Brust drückte.

»Ich halte dich fest«, sagte er an mein Ohr. »Konzentrier dich nur auf deine Magie. Spür in sie hinein. Sie ist nicht dein Feind, du musst sie nicht bändigen, du musst sie nur lenken.«

Eine Träne lief mir die Wange hinab. Mein ganzer Körper war so gespannt wie die zu straff angezogenen Saiten einer Violine.

»Atme tief durch. Ein … und wieder aus. Ein … und wieder aus.«

Ich versuchte, Adams Worten zu folgen, und für ein paar Sekunden gab es nichts als ihn, mich und das raue Heben und Senken seiner Brust an meinem Rücken.

»Denk an das Ergebnis«, hörte ich ihn sagen. »Mach es wahr.«

Mach es wahr. Wie ein Mantra wiederholte ich die Worte in Gedanken, während meine Hände sich in Richtung der Barriere hoben. Ignis' Magie strömte durch mich hindurch, und ich versuchte verbissen, die Löcher darin zu schließen, eins nach dem anderen. Aber das Zittern meiner Hände machte mir einen Strich durch die Rechnung. Die Magie an der Barriere war derart außer Kontrolle, dass sie mir immer wieder aus den Fingern glitt. Ich bekam sie nicht zu greifen, nicht *allein*, nicht ohne –

»Rayne.« Adams Hand lag flach auf meinem Bauch, er spürte meiner Atmung nach. »Du kannst es. Du brauchst mich nicht, und das ist in Ordnung. Halte dich nicht für mich zurück, ich liebe deine Stärke. *Los.*«

War es wahr, was er sagte? Was auch Cedric gesagt hatte?

Hielt ich mich nur selbst zurück?

Meine Hände zitterten immer heftiger, aber ich versuchte nicht mehr, den Tremor zu stoppen. Die Magie war überall um mich herum, wie ein endloses Gewirr aus Wurzeln in einem Wald. Alles war miteinander verbunden, jeder Fleck am Himmel war wie mit einem feinen Netz überzogen. Ich sah die Löcher, die die Chaosmagie hineingerissen hatte, direkt vor mir. Wie Sternenbilder leuchteten sie vor mir in der Dunkelheit auf.

Eine tiefe, unbegreifliche Ruhe überkam mich. Denn obwohl das eisige Gefühl von Adams Magie, das Ignis' Macht stets in die richtigen Bahnen gelenkt hatte, nach wie vor fehlte … *erinnerte* Ignis sich daran. Es erinnerte sich an die Verbindung, die wir geteilt hatten. Und wie Adam mir beigebracht hatte, die destruktive Macht in mir für etwas Gutes einzusetzen.

Seine Magie war nicht fort. Zumindest nicht ganz.

Ein Teil davon existierte noch immer.

In mir.

Tränen liefen meine Wangen hinunter, während ein Schrei über meine Lippen kam. Meine Gefühle brandeten in gewaltigen Wellen über mich hinweg. Doch ich hielt die Hände weiter nach oben gerichtet. Das Zittern in meinen Fingern hörte auf, ganz wie von selbst, und ich zerstörte sämtliche Chaosmagie, die auf den Mirror zuströmte. Die Löcher in der Barriere verschwanden, eines nach dem anderen, und alles, was durch die fehlende Schwerkraft in die Luft gehoben worden war, sank wieder zu Boden.

Stille senkte sich über die Welt.

Und auch in mir selbst wurde es ganz ruhig.

»Du bist unglaublich«, flüsterte Adam an mein Ohr und legte auch seinen zweiten Arm um mich.

Vage nahm ich wahr, wie einige Obere aus ihren Häusern angelaufen kamen und um uns herum stehen blieben. Ich spürte ihre Blicke auf mir, bemerkte, wie sie auf uns deuteten – auf Adam und mich. Doch es war mir egal. Ich war zu Tode erschöpft und gleichzeitig hellwach. Und als Adam an mein Kinn griff und mich kusste, fühlte ich mich zum ersten Mal seit langer Zeit wieder *ganz*.

17

Die Gegenoffensive war erfolgreich gewesen. Die Magiehäscher hatten den Shard besetzt, das Nexus-Sigil zerstört und die Cyphers, die dort stationiert gewesen waren, inhaftiert. Vorerst drohte dem Mirror keine Gefahr mehr. Trotzdem konnte ich kein Triumphgefühl empfinden. Denn von Leanore fehlte nach wie vor jede Spur.

Seit dem Angriff auf die Barriere waren einige Stunden vergangen. Wie viele genau, wusste ich nicht, aber das Zwielicht strömte bereits schwach über den Horizont herein, also musste sich die Nacht dem Ende zuneigen.

Wir waren zurück auf dem Plateau, und die erste Person, die mir dort entgegenlief, war Zorya. Sie sah aus wie immer, stark und ehrfurchteinflößend, aber ihre Augen schwammen förmlich in Erleichterung, als sie mich in ihre Arme zog.

»Da lasse ich dich einmal allein, Flämmchen«, raunte sie an mein Ohr, und ich lächelte, als ich mich gegen sie sinken ließ. Danach war alles wie ein Film vor meinen Augen abgelaufen. Zuerst waren wir verarztet worden, dann hatten mir Agrona und Matts Vater einen kurzen Statusbericht gegeben. Währenddessen war Cedric mit einem Magiekorridor zum Stützpunkt des Auges zurückgegangen und hatte von dort Dina, Nikki, Dorian und Lily in den Mirror geholt.

Nach allem, was passiert war, hatte niemand von uns darüber nachgedacht, ob das okay war oder nicht. Die üblichen Gesetzmäßigkeiten waren außer Kraft gesetzt. Dass auch Adam nicht im Mirror sein sollte, war mir erst bewusstgeworden, als sämtliche Obere, die aufgescheucht durch das Plateau huschten, bei seinem Anblick wie zur Salzsaule erstarrt stehen blieben. Einige hatten zu einer Verbeugung angesetzt, so, wie sie es monatelang in seiner Gegenwart gewohnt gewesen waren. Erst im letzten Moment hatten sie innegehalten und waren dann doch in die Knie gegangen, als sie sich daran erinnert hatten, dass Adam zwar nicht mehr der Mirrorlord, ich aber sehr wohl die Mirrorlady war.

Wären wir nicht in einer so aussichtslosen Lage, hätte ich über die Situation gelacht. Aber nach heute ... war mir jeglicher Humor vergangen.

Ich ahnte, dass Adams Anwesenheit noch Konsequenzen nach sich ziehen würde, doch ... selbst Agrona hatte kein Wort darüber verloren. Sie hatte erst mich, dann ihn und dann alle anderen umarmt. Sogar Lily, die sie bislang nur einmal flüchtig gesehen hatte, war von ihr umschlungen worden. Erst bei Dorian hatte Agrona kurz die Nase gerümpft und ihm dann klargemacht, dass er hier auf dem Plateau keine krummen Dinger zu drehen brauchte, sonst bekäme er es mit ihr zu tun.

Danach hatte sie uns in ihr Arbeitszimmer gebracht, wo wir uns alle an einen Tisch setzten. Die Erschöpfung war jedem von uns deutlich anzusehen. Vor allem Nikki, die mehrere Med-Sigils am Körper trug, wirkte, als wäre sie gar nicht richtig hier.

Ich schaute zu Lily. Ihr Gesichtsausdruck war neutral, obwohl sie, soweit ich wusste, zum ersten Mal im Mirror war. Ich vermutete, der Schock über die Ereignisse der letzten

Stunden saß einfach zu tief. Und sie war damit nicht allein. Auch Matts Vater wirkte völlig neben der Spur. Seine Stimme bebte, während er uns darüber informierte, dass bereits Hilfsmaßnahmen für das verwüstete Viertel Mirror-Londons im Gange waren und die Magiehäscher, so gut es ging, in Prime halfen. Er referierte über die möglichen Szenarien, die auf uns zukommen könnten, und über Vorkehrungen, die er treffen würde, aber das meiste davon war nicht mehr als ein Rauschen in meinem Kopf. Das schien Agrona schließlich zu spüren, dann irgendwann legte sie eine Hand auf Tynans Schulter, um ihn zu unterbrechen, und musterte mich.

»Es war eine lange Nacht. Wir können später weitermachen. Schlaft ein paar Stunden.«

Langsam schüttelte ich den Kopf. Wenn ich mich jetzt hinlegte, würde ich drei Tage nicht mehr aufstehen, und dafür war die Situation viel zu verfahren.

Ich presste beide Handballen gegen meine geschlossenen Augen und atmete leise ein und aus. Seit ich gesehen hatte, wie leicht es war, den Mirror aus den Fugen zu heben, hatte sich eine seltsame Gewissheit in mir breitgemacht. Und die war mit jeder Information nur weiter bestärkt worden.

»Wir müssen den Mirror evakuieren.«

Die Stille, die sich über den Raum legte, war vollkommen. Ich spürte die überraschten Blicke der anderen, aber hielt meine Augen geschlossen.

»Selbst wenn wir Leanore einen Schlag versetzt haben, es wird sie auf Dauer nicht einschränken.« Ich rief mir in Erinnerung, was Adam in Ägypten in Erfahrung gebracht hatte. »Sie hat mehr als nur ein Nexus-Sigil. Sie kann den Mirror jederzeit wieder angreifen – wahrscheinlich von jeder beliebigen Stadt auf dem Planeten. Sie kennt die Stärke der Barriere.

Und sie hat alle Ressourcen, die sie braucht, und genug Menschen, die ihr folgen.« *Unfreiwillig folgen,* aber das spielte in diesem Moment keine Rolle. »Leanore will den Mirror zerstören. Hier oben sind wir ihr ausgeliefert. Wir würden es niemals kommen sehen.«

Noch einmal holte ich tief Luft. Dann wagte ich es, die Augen wieder zu öffnen, um ihre Reaktionen zu sehen. Langsam glitt mein Blick von einem zum anderen.

Tynan und Agrona waren, ich hatte es nicht anders erwartet, vor Schock erstarrt. Dina, Matt, Cedric und Zorya wirkten ungläubig. Lily und Dorian waren offenbar überrascht, aber nicht abgeneigt, und Adam ...

Ihn sah ich zuletzt an, und ich hatte keine Ahnung, mit was ich gerechnet hatte, aber nicht mit dem kleinen Lächeln auf seinen Lippen.

»Stimmst du ihr etwa zu?«, fragte Agrona ihn, woraufhin Adam nur die Schultern hob.

»Das muss ich nicht«, sagte er. »Rayne ist die Mirrorlady, es ist ihre Entscheidung. Aber ... ja, ich fürchte, sie hat recht. El-Masri hat uns in Ägypten alles erzählt, was er weiß. Er war für lange Zeit in die Pläne meiner Mutter involviert, weil er nicht geahnt hat, was sie vorhatte. Erst als er erfahren hat, was auf dem Plateau passiert ist, ist er nach Ägypten geflohen. Sie hat anscheinend nicht mal nach ihm suchen lassen. Ich nehme an, weil sie bereits von ihm bekommen hatte, was sie brauchte.« Adam verzog den Mund, und sein Blick wanderte zum Fenster, hinter dem das nächtliche Mirror-London lag. »Ich denke, meine Mutter ist vorbereitet. Und selbst wenn wir Prime von den Häschern durchforsten lassen, selbst wenn wir auf volle Konfrontation gehen ... wir würden trotzdem das Leben von Millionen Menschen riskieren.«

»Aber …« Agrona starrte erst Adam an und dann mich. Doch der Protest erstarb auf ihren Lippen, und sie ließ sich in die Lehne ihres Stuhls sinken.

Ich sah es in ihrem Gesicht, in dem es sonst nur Platz für eiserne Entschlossenheit, untrüglichen Verstand und beharrliche Tatkraft gab: Die Vorstellung machte ihr Angst. Matts Vater ging es anscheinend ähnlich, wenn möglich war seine Verzweiflung sogar noch größer.

Agrona und Tynan hatten ihr gesamtes Leben im Mirror verbracht. Und da wurde mir klar, dass das für neunundneunzig Prozent der Oberen galt. Es war nicht nur das dekadente Paradies, das ich so lange verabscheut hatte. Es war ihr Zuhause.

Von all diesen Menschen zu verlangen, die einzige Welt zu verlassen, die sie kannten, war unfair und grausam. Aber ich wusste, tief in mir drin, dass wir keine andere Option mehr hatten.

Es war lange her, dass ich mich an diesen Ort verirrt hatte.

Er existierte nur, wenn ich zum Kern meiner Magie vordrang.

Oder wenn ich träumte.

Es war dunkel – zu dunkel, um etwas sehen zu können, aber meine Beine bewegten sich einfach weiter. Schließlich drang ein Lichtschein zu mir. Nach weiteren Schritten konnte ich eine Säule aus Feuer erkennen, und um mich herum erstreckte sich eine Höhle. Sie lag direkt unter der Erde, mit Wurzeln, die hinabhingen, und dem Geruch von Pflanzen, der in meine Nase drang. Ich war schon viele Male an diesem Ort gewesen – alleine und auch mit Adam, als die Quellen unserer Magie sich diesen Platz noch geteilt hatten. In der feurigen Säule schienen Hunderte Funken umherzutanzen, hell und warm, und ich wünschte, ich könnte einfach stehen bleiben, sie beobachten und vergessen, was vor mir lag.

Da bemerkte ich auf einmal Schritte, auf dem erdigen Boden waren sie kaum zu hören. Ich drehte mich um, und meine Überraschung hielt sich in Grenzen, als ich meinen Vater vor mir stehen sah. Auch ihm war ich an diesem Ort schon begegnet, damals, als ich Ignis gerade erst angelegt bekommen hatte. Sein Gesicht war zu dieser Zeit für mich kaum zu erkennen gewesen, vielleicht weil ich noch zu wenig über ihn gewusst hatte.

Letztlich hatte ich keine Ahnung, wie diese Traumbegegnungen funktionierten, ob sie etwas mit den *Seelenfragmenten* der früheren Träger in den Dark Sigils zu tun hatten oder ob sie einfach nur meinem Unterbewusstsein entsprangen. Melvin sah aus wie auf dem einzigen Foto, das ich je von ihm besessen hatte. Als er zwanzig Jahre alt gewesen war und neben meiner schwangeren Mutter gestanden hatte.

»Unsere Magie ist Wärme«, sagte er, und sein Gesicht war zu freundlich und sorglos für jemanden, der so jung ermordet worden war. »Aber ich spüre seine Kälte in dir.«

»Das hast du mir schon einmal gesagt.« Ich seufzte. »Nur was bedeutet es?«

Damals hatte ich diese Worte noch für eine Warnung gehalten. Ein Drängen, Adams Kälte nicht an mich heranzulassen. Aber warum sollte mein Vater das wollen? Die Magie von Alius und Etas vervollständigte mich, sie gehörte zu mir, daran hatte ich keinen Zweifel.

Was also, wenn es nie eine Warnung gewesen war?

»Nicht das Blut ist entscheidend«, sagte Melvin weiter. »Sondern die Seele. Zwei Seelen, eine Magie.«

»Was?«, hauchte ich. *Zwei Seelen?* »Kannst du dich vielleicht ein bisschen weniger kryptisch ausdrücken? Ich habe keine Ahnung, wovon du redest.«

Ich bekam keine Antwort. Stattdessen bewegten sich mit einem Mal Schatten auf mich zu. Sie lösten sich von den Höhlenwänden und kamen immer näher. Ich versuchte, meinen Arm zu heben und Ignis auf sie zu richten, aber mein Sigil war nicht mehr da. Das Symbol, das in meine Haut geritzt war, blutete, und Stimmen drangen an mein Ohr. Sie zischten Anschuldigungen und Beleidigungen, und ich drehte mich um mich selbst und suchte verzweifelt nach einem Ausweg, aber es gab kein Entkommen. Mein Körper war wie Blei, schwer und träge. Ich versuchte zu schreien, doch meine Halsmuskeln versagten, und kein Laut kam heraus.

Auf einmal konnte ich eine Klinge an meinem Rücken spüren. Ich drehte mich um, schaute nach oben. Zu Leanore. Es war zu spät, um sich zu wehren. Sie hielt ein riesiges Messer in der Hand … und bohrte es mir mit einem Stoß mitten ins Herz.

Die Wucht stieß mich mit schwindelerregender Kraft nach vorne. Ich fiel, aber berührte nie den Boden. Alles, was ich zu greifen versuchte, entglitt mir. Das Einzige, was zurückblieb, war die ruhige Stimme meines Vaters.

Zwei Seelen.

Eine Magie.

Die Worte hallten noch in mir nach, als ich aufschreckte. Mein Körper schmerzte von dem Stich, der nicht einmal real gewesen war, und mein Haar klebte schweißnass an meiner Stirn. Ich setzte mich auf dem großen Himmelbett auf und schnappte gierig nach Luft. Als ich mit den Fingern über mein Gesicht rieb, merkte ich, dass meine Wangen feucht waren.

»Hey.« Adam richtete sich ebenfalls auf. Eine Hand fuhr in beruhigenden Kreisen über meinen Rücken. »Du bist in Sicherheit. Alles ist in Ordnung. Atme.«

Ich sog zittrig Luft in meine Lungen, während ich die Umgebung um mich herum aufnahm. Die Vorhänge im Zimmer waren zugezogen, nur ein schwaches Licht fiel hinein. Erst als ich mich etwas beruhigt hatte, legte Adam beide Arme um mich und zog mich gegen seinen Oberkörper.

»Ein Albtraum?«, fragte er leise, und ich wusste nicht, was ich antworten sollte.

Ich war mehr als vertraut mit Albträumen. Im Waisenhaus waren sie mein täglicher Begleiter gewesen. Aber das hier – all die Träume über meinen Vater – hinterließ immer ein seltsames Kribbeln in meinem Kopf. Ich wusste, Ignis hatte eine Verbindung zwischen mir und den vorigen Trägern geöffnet. War es also womöglich gar kein Traum? War es mein Vater, der versuchte, mir etwas zu sagen? Aber was meinte er dann mit *zwei Seelen, eine Magie*?

Mein Blick fiel auf Echo. Er hatte sich an unseren Füßen auf dem Bett ausgebreitet. Nach allem, was wir in Prime und beim Angriff auf den Mirror durchgemacht hatten, sah er mehr als mitgenommen aus. In seinem schwarzblauen Fell gab es Lücken, wo ihm Haare herausgerissen worden waren. Mit der Nase rieb er über meine Hand, als ich sie nach ihm ausstreckte, und ich genoss das Gefühl seines warmen Atems auf meiner Haut, während ich weiter ratlos in die Dunkelheit starrte.

»Willst du darüber reden?«, fragte Adam, und ich schüttelte müde den Kopf. Was ich gesehen hatte, war so wirr gewesen, dass ich nicht wusste, was ich damit anfangen sollte.

Wir legten uns wieder hin, nah aneinandergedrückt. Adam hielt eine Hand an meinem Hinterkopf, und ich spürte, wie er nach einer Weile abermals in den Schlaf driftete. Doch ich selbst fand einfach keine Ruhe. Immer wieder öffnete ich die Augen, schaute in Adams schlafendes Gesicht, das ich mehr liebte als alles andere auf der Welt, und Angst überkam mich. Angst, ihn zu verlieren – *alle* zu verlieren, jeden Menschen, der mir etwas bedeutete.

Beinahe wäre es Leanore gelungen, den Mirror in kürzester Zeit aus den Fugen zu heben. Uns blieb nur die Flucht. Wir hatten rein gar nichts in der Hand, um ihr beim nächsten Mal etwas entgegenzusetzen.

Schließlich hielt ich es nicht mehr aus. Vorsichtig löste ich mich aus Adams Umarmung, stand auf und lief aus dem Zimmer. Ein Blick auf die große Standuhr bestätigte, was ich schon vermutet hatte: Es war erst Nachmittag, wir hatten also kaum mehr als drei oder vier Stunden geschlafen. Zorya, die vor meinen Räumen Wache hielt, hob eine einzelne Braue, als sie mich mit nackten Füßen und im Schlafanzug herauslaufen sah. Etwas verlegen deutete ich in den Korridor hinein. Zorya kannte meine nervösen Spaziergänge bereits von den Tagen vor der Krönung.

Dieser Teil des Plateaus war für die Oberen nicht zugänglich, und so lief ich schweigend voraus, Zoryas bedächtige Schritte direkt hinter mir. Erst nach einigen Metern bemerkte ich, dass auf sämtlichen Fensterscheiben des Korridors eine Nachricht zu sehen war – die Evakuierungswarnung.

Ich wusste, so war es gerade überall im Mirror. Die Nachricht tauchte nicht nur auf den Spectum-Sigils auf, sondern auf sämtlichen Spiegeln und Glasoberflächen. Im Hintergrund liefen die Vorbereitungen auf Hochtouren. Eine Umsiedlung in diesem Ausmaß schien undenkbar, aber wenn es jemand schaffen konnte, dann Agrona. Die Frage war nur, ob die Oberen überhaupt unserer Anweisung folgen würden.

Der Steinboden war kühl unter meinen nackten Füßen, aber ich lief weiter, bis ich einen Bogen geschlagen hatte und wieder beim Raum der Sieben ankam, von wo aus die Türen zu den einzelnen Familienflügeln abgingen. Zorya verabschiedete sich von mir und blieb im Korridor zurück. Ich steuerte bereits auf meine Räume zu, als ich merkte, dass ich nicht alleine war.

Es war Cedric. Er stand vor einer der Türen, eine Hand nach vorne gestreckt, als wollte er den Griff nach unten drücken. Aber er bewegte sich nicht. Ich machte mich so klein wie möglich und fluchte innerlich, als Cedric mich trotzdem bemerkte. Er drehte sich zu mir, die Augen geweitet.

»Ich konnte nicht schlafen«, sagte ich hastig und schnitt eine Grimasse. »Entschuldige. Ich wollte dich nicht erschrecken.«

Cedric rieb sich über die Haare und schüttelte den Kopf. »Das hast du nicht. Ich …« Ein verlegener Ausdruck trat auf sein Gesicht. »Ich stehe hier schon seit einer Viertelstunde.«

Ich schaute zu der Tür vor ihm. Das Anima-Symbol war darauf zu sehen. Es war der Weg in den Coldwell-Flügel.

»Du willst zu Matt.«

Ein zaghaftes Nicken. »Ja, aber … ich versuche noch herauszufinden, was ich ihm sagen soll.« Ich lief näher, und als ich vor Cedric stand, stieß er einen Seufzer aus, lehnte sich mit dem Rücken an die Wand und schaute zu mir. »Keiner von uns weiß, wie die Zukunft aussieht, oder? Angenommen, ich sage Matthew, was ich für ihn empfinde, und angenommen, er ist tatsächlich verrückt genug, jemand so Kaputtes wie mich zu wollen …«

Ich wollte ihn unterbrechen, aber Cedric hob eine Hand, um mich zu stoppen.

»Dorian wird das Arcanum zusammenfügen«, sagte er leise. »Sagen wir, wir finden heraus, was es mit den Forschungen deines Vaters auf sich hat, sagen wir, es hilft uns weiter … und wir besiegen Leanore und können Prime von der Chaosmagie befreien … Was dann, Ray? Es würde für Matt und mich nichts ändern. Die Oberen würden ihn niemals an meiner Seite akzeptieren. Er gehört zu den Sieben und ich jetzt auch. Wir müssten all diese Entscheidungen für unsere Erbfolge treffen und … unser Leben würde nie unbeschwert sein. Wir würden jede einzelne Sekunde für unsere Liebe kämpfen müssen. Ich …« Cedrics Augen wurden glasig. »Matthew ist zu wichtig. Ich will ihm einfach keine Hoffnungen machen, nur um dann zu erkennen, dass es nicht möglich ist.« Cedric starrte mich an. »Und wenn das bedeutet, für den Rest meines Lebens nur sein Freund zu sein, dann akzeptiere ich das.«

Für einen Moment herrschte angespanntes Schweigen zwischen uns, dann trat ich näher. Vorsichtig legte ich eine Hand auf Cedrics Schulter, und mit einem schweren Atemzug machte er den letzten Schritt und ließ sich von mir in eine Umarmung ziehen.

Lange Zeit verharrten wir so, während ich meine Arme fest um Cedric schlang. Dann wanderten meine Hände zu seinem Kopf und zogen ihn ein wenig nach unten, damit ich ihm einen Kuss auf die Wange drücken konnte.

»Sag ihm, dass er nicht heiraten soll.«

Eine Träne lief aus Cedrics Augenwinkel. »Es ist nicht so einfach.«

»Nein, das ist es nicht. Es ist sogar furchtbar schwer. Aber es ist es *wert.*«

Cedric starrte mich an. Er wollte etwas erwidern, aber da kam auf einmal Adam aus der Tür mit dem Ignis-Symbol gelaufen, sein Blick todernst.

»Ihr müsst sofort mitkommen. Agrona hat sich gemeldet. Die Magistrate …« Adam verzog eine Grimasse.

»Was?«, fragte ich alarmiert.

»Sie rufen die Oberen dazu auf, deinen Befehl zu ignorieren und im Mirror zu bleiben.«

18

Wir hörten den Aufruhr schon aus vielen Metern Entfernung.

»Die Mirrorlady hat ihre Entscheidung getroffen. Und es ist unerhört, dass ihr gegen ihre Befehle angeht!«

»Sie ist immer noch eine Untere! Eine Untere, der der Mirror ganz offenbar nichts bedeutet!«

»Sie hat den Mirror gerettet! Erst gestern!«

»Und trotzdem wird sie ihn zugrunde richten! Und das weißt du auch!«

Ich kannte die Stimmen, die wild aufeinander einredeten. Sie gehörten zu Agrona, Tynan Coldwell, Barnabas Pelham und zu den anderen beiden Magistraten, mit denen ich meine erste Audienz geführt hatte – Esha Rao und Ivon Tarrenbone.

Sie befanden sich in Agronas Arbeitszimmer, und ich stellte mir vor, wie sie sich um den Schreibtisch versammelt hatten, um dann sofort aufeinander loszugehen.

»Der Mirror *muss* bestehen bleiben«, sagte eine Frauenstimme, die zu Esha Rao gehörte. »Die Dark Sigils *müssen* kontrolliert werden. Ihr wisst doch, was sonst passiert!«

»Ich fürchte, ihr alle unterliegt einem Missverständnis«, hörte ich Agrona in scharfem Tonfall sagen, gerade als wir an der Tür angekommen sind. »Das hier ist keine Entscheidung, die getroffen werden muss. Es ist reine Schadensbegrenzung. Ein letzter Ausweg, um die Einwohner des Mirrors in Sicherheit zu bringen.«

Ich drückte den Türgriff nach unten. Meine Vorstellung war richtig gewesen. Tynan und Agrona saßen am Schreibtisch, die Magistrate hatten sich vor ihnen aufgebaut. Sobald sie mich bemerkten, wandten sie sich zu mir und neigten ihren Kopf in einer schnellen Verbeugung. Nur Barnabas Pelham blieb aufrecht, und sein Blick war voller Abscheu, als er sah, wie Adam hinter Zorya und mir den Raum betrat.

»Was hat *er* hier zu suchen? Es ist eine Schande, dass er noch in die Entscheidungen für diese Welt einbezogen wird. Die Trembletts sind Hochverräter! Er hat seine Magie verloren und ist –«

»Es *reicht*!«, rief ich laut. Die Wut, die viel zu freigiebig durch meine Adern floss, war Segen und Fluch zugleich. Einerseits sagte ich stets exakt das, was ich auch fühlte. Andererseits überfuhr ich die Leute des Öfteren mit meinen Worten. Doch in diesem Moment hoffte ich regelrecht, dass es so war. Am liebsten würde ich Barnabas Pelham damit zerquetschen.

»Der Mirror wird evakuiert«, erklärte ich knapp. »Das ist ein Befehl. Wir werden nicht unnötig Leben aufs Spiel setzen.«

»Unnötig?« Ivon Tarrenbone machte ein abfälliges Geräusch. »Der Mirror ist das Zentrum der Magie. Ein Bollwerk gegen das Chaos! Ihn zu erhalten, ist alles, aber nicht unnötig!«

»Im Moment ist der Mirror eine Todesfalle.« Ich hielt seinem Blick stand und schaute dann von Rao zurück zu Pelham. »Ich diskutiere nicht darüber. Es ist schon alles in die Wege geleitet. Wenn Sie im Mirror bleiben wollen, steht es Ihnen frei.«

Pelham machte zwei Schritte auf mich zu. Er überragte mich um eine volle Kopflänge und genoss es sichtlich, auf mich herabzusehen.

»Kein Oberer wird dieser wahnsinnigen Anweisung Folge leisten. Sie kennen Euch nicht, *Mylady*, und sie glauben an die Wehrhaftigkeit dieser Welt. Im Gegensatz zu Euch.«

Innerlich wollte ich schreien. Es war, als würde dieser Typ mitten im Bombenhagel einen Regenschirm aufspannen und mich noch dafür verspotten, dass ich nach einem echten Schutzraum suchte.

»Sie täuschen sich«, sagte ich bloß.

»Ja?« Pelham legte den Kopf schief. »Wie viele Menschen sind denn schon an diesen Sammelpunkten? Soweit ich informiert bin – kein einziger.«

Mein Blick zuckte zu Tynan und Agrona, und ihren Gesichtern konnte ich sofort ablesen, dass Pelham die Wahrheit sagte.

Ein Gefühl von Schwere drückte auf meine Brust. Niemand hatte sich bisher zur Evakuierung bereit erklärt?

»Sie werden kommen«, sagte Adam zu mir. »Die Sicherheitswarnung ging erst vor ein paar Stunden heraus. Gib ihnen noch etwas Zeit.«

»Das hier ist der falsche Weg!«, rief Pelham und holte dann tief Luft, wie um sich selbst zu beruhigen. »Ich will nicht Euer Feind sein, Mylady. Ich würde alles für den Mirror – und auch für den Thron Septems – tun. Noch können wir die Dinge in die richtigen Bahnen lenken. Gebt mir Alius und Etas, vereint die Magistrate und ihre Macht hinter Euch. Gemeinsam schlagen wir Leanore Tremblett zurück. Ich flehe Euch an, trefft jetzt die richtige Entscheidung!«

Das Verrückte war, ich konnte seinen Weg sogar nachvollziehen. Natürlich war es eine Option, mit der gesamten Armee des Mirrors in Prime einzufallen, die Innenstädte auseinanderzulegen, die infizierten Cyphers dort auszuschalten. Es würde eine Unzahl an Toten geben, aber sollte es uns gelingen, würde der Mirror am Ende erstarkt hervorgehen.

Aber Prime …

Selbst wenn Prime sich irgendwann von den Schrecken erholen könnte, es wäre dann endgültig das, wozu es für Menschen wie Barnabas Pelham wohl ohnehin bestimmt war. Eine Art Vasallenstaat. Eine Welt, die man ausnutzen und für den größtmöglichen Profit schröpfen konnte.

Ich ballte die Hände zu Fäusten und schaute Pelham geradewegs ins Gesicht. »Ich würde Alius und Etas lieber *einschmelzen*, als sie mit Ihnen zu verbinden.«

Die Geschwindigkeit, mit der sich Pelhams Züge verdunkelten, war bemerkenswert. Und zum ersten Mal zeigte er mir mit voller Breitseite den Hass, den er wohl schon die ganze Zeit mir gegenüber empfunden hatte.

»Verschwinden Sie«, sagte ich, bevor er etwas erwidern konnte. »Verlassen Sie Septem. Hiermit werde ich Sie … «

Uhm. Wie verbannte man noch gleich jemanden? Das war nicht Teil von Agronas Crashkurs gewesen. Etwas hilflos schaute ich zu Adam, der eine Hand über den Mund gelegt hatte und den ich trotzdem dahinter lächeln sehen konnte.

»Du schickst ihn ins Exil.«

Richtig. Ich blickte zurück zu Pelham. »Ich schicke Sie ins Exil. Bis nie wieder.«

Pelham hielt meinen Blick noch zwei oder drei Sekunden, dann machte er einen weiteren Schritt auf mich zu. Im Augenwinkel sah ich, wie Zorya sich ebenfalls in meine Richtung bewegte, aber Adam war schneller. Er packte von der Seite an Pelhams Oberarm, und das in einem derart eisernen Griff, dass dieser schmerzhaft das Gesicht verzog.

»Die Mirrorlady hat Ihnen etwas befohlen«, sagte Adam, leise, aber umso bedrohlicher. »Und ich würde mir an Ihrer Stelle ganz genau überlegen, was Sie jetzt machen. Ich mag kein Dark Sigil mehr tragen, aber ich bin durchaus imstande, Ihnen die ungeheuerlichsten Schmerzen zuzufügen, wenn Sie auch nur einen Finger an sie legen.«

Der Hass in den Augen des Magistraten loderte, als er Adam anstarrte. »Das werdet ihr bereuen, *ihr alle.* Dieses Mädchen wird unsere Welt zugrunde richten. Sie wird zerstören, was Generationen vor uns aufgebaut haben. Dem Mirror den Rücken zu kehren, ist ein fataler Fehler – es macht uns schutzlos, und es werden unsere Leute sein, die den Preis dafür zahlen.« Er schaute erst zu Agrona und dann zu Tynan. »Glaubt nicht, dass eure Familien verschont bleiben. Ganz sicher nicht. Und ihr selbst werdet schuld an ihrem Tod sein.«

Damit riss er sich aus Adams Griff los und straffte sich mit vollendeter Würde. Für einen gefährlich knisternden Moment starrten Barnabas Pelham und ich einander an. Dann verließ er, gefolgt von den anderen beiden Magistraten, den Raum.

Ich hatte keinen Zweifel daran, dass sie als meine Feinde gingen.

»Jetzt können wir nur noch auf das Arcanum hoffen.«

Ich war zusammen mit Adam unterwegs zu den Fahrstühlen, die uns nach oben bringen sollten. Cedric hatte uns eine Nachricht geschickt, er war in den frühen Morgenstunden aufgebrochen, um El-Masri aus Ägypten in den Mirror zu holen. Der Schmied bereute offenbar zutiefst, was er ausgelöst hatte, und angesichts der Informationen, die er über Leanore hatte, und seiner Fähigkeiten als Schmied konnten wir seine Hilfe wirklich gebrauchen.

El-Masri, Dorian, Cedric und die anderen warteten in einem Saal in einem der oberen Stockwerke auf uns. Nebeneinander liefen wir durch den Korridor, Zorya folgte uns in einigen Metern Abstand, um uns etwas Privatsphäre zu geben.

»Pelham hat unrecht«, sagte Adam zu mir, seine Hand fest in meiner. »Mit allem, was er über dich gesagt hat. Das weißt du, oder?«

»Du meinst, dass ich den Mirror zugrunde richten werde?« Ich holte tief Luft. »Tja, ich hoffe es. Ich würde diesem Idioten nur ungern recht geben müssen.«

Mein Blick wanderte zu den bodentiefen Fenstern – und zu den Gebäuden, die um Septem herum aufragten. Inzwischen wurde es heller, und Sonnenstrahlen strömten über den Horizont herein – die einzige Zeit des Tages, an dem Mirror-London nicht im Zwielicht gefangen war.

Obwohl ich die letzten Wochen und Monate damit verbracht hatte, den Mirror in all seinen Facetten kennenzulernen, war mir diese Welt immer noch zu großen Teilen fremd.

Was, wenn ich mich nicht genug auf sie eingelassen hatte?

Was, wenn mir die Menschen deshalb nicht vertrauen konnten?

»Also wird nicht Pelham der nächste Träger der Schicksalswürfel«, sagte Adam zu mir, und ich schüttelte langsam den Kopf.

»Nein.«

Ich blieb stehen, und Adam tat es mir gleich. Mein Blick war starr auf den Boden gerichtet. Wo sollte ich bloß anfangen? Seit dem Moment, in dem ich den Deal mit Dorian gemacht hatte, wollte ich Adam davon erzählen. Aber es war nie der richtige Zeitpunkt gewesen. Und jetzt konnte ich ihn nur noch vor vollendete Tatsachen stellen.

»Rayne.« Adam wartete, bis ich zu ihm aufsah. »Ich meinte es so, als ich sagte, dass du auf dein Bauchgefühl hören sollst. Das ist nämlich … ziemlich phänomenal.«

Mir wurde ganz flau im Magen. Und ich konnte kaum atmen, so eng zog sich meine Lunge zusammen. »Ich bezweifle, dass du meine Entscheidung als *phänomenal* bezeichnen wirst.«

Er legte den Kopf schief, musterte mich. Ich konnte die Gedanken hinter seinen Augen förmlich umherspringen sehen, aber hörte sie natürlich nicht. Dann furchte er die Brauen. »Es ist Whitlock, oder? Deshalb hilft er uns. Deswegen ist er hier im Septem.«

Es sollte mich nicht wundern, dass er die Puzzleteile zusammengesetzt hatte. Adam war zu klug, um nicht dahinterzukommen. Bedauern sickerte durch meinen Körper. Ich hatte es ihm selbst erzählen wollen, ganz in Ruhe und nicht zwischen einer Besprechung und der nächsten. Doch dafür war es zu spät.

Was ich jetzt noch tun konnte – was ich ihm schuldete –, war, nicht um die Wahrheit herumzukreisen. »Ja«, flüsterte ich. »Wir haben einen Deal gemacht. Die Schicksalswürfel gegen die Öffnung des Arcanums.«

Es war deutlich zu sehen, dass Adam diese Information verarbeiten musste. Er ließ meine Hand los, drehte sich zu den Fenstern und schaute in die Ferne, dorthin, wo die Palastgärten von der Abendsonne in ein warmes Licht getaucht wurden. »Es war klug, das Auge auf unsere Seite zu ziehen«, sagte er schließlich. »Wir brauchen Verbündete.«

Wir brauchen Verbündete.

Das war alles?

Ich hatte nicht erwartet, dass Adam schreien oder toben würde – so war er einfach nicht. Aber ich hatte auch nicht geglaubt, dass er es wie eine verdammte Wettermeldung hinnahm.

»Adam …«

»Es ist in Ordnung. Wirklich.« Er hielt meinen Blick noch einige Sekunden. Ein schmales Lächeln trat auf seine Lippen. Dann griff er wieder nach meiner Hand, und wir liefen schweigend weiter durch den Korridor.

19

Vor dem Empfangssaal stand Lily vor einem der riesigen Fenster. Sie starrte nach oben – dorthin, wo Prime in das Licht des Sonnenuntergangs getaucht wurde. Ihre Augen waren geweitet, der Schock nach dem Angriff hatte offenbar nachgelassen … und Platz für eine andere Art Schock gemacht. Ich erinnerte mich noch gut, wie ich das erste Mal beide Welten gesehen hatte, eine vor mir, die andere hoch über mir und auf dem Kopf schwebend. Kein Himmel mehr, sondern zwei Städte, die den gleichen Ursprung hatten, aber kaum unterschiedlicher sein konnten.

Als Adam und ich uns näherten, wandte sich Lily vom Fenster ab und kam uns entgegen. »Alles in Ordnung?«, fragte ich sie, und sie nickte bloß, auch wenn der Unglaube nicht aus ihrem Blick verschwand.

»Ich habe mir so oft vorgestellt, wie die Welt aussehen würde, von dieser Seite aus, aber …« Sie zog die Schultern hoch. »Es ist noch *viel* unglaublicher.«

Zusammen liefen wir in den Saal hinein. Dina, Matt und Cedric saßen bereits an einem runden Tisch. Neben Dorian erhob sich ein schlanker mittelalter Mann hastig von seinem Stuhl. »Mylady!«, begrüßte er mich mit einer tiefen Verbeugung. »Es ist mir eine Ehre, Euch unterstützen zu dürfen.«

Ich nahm mir einen Moment, Haroun El-Masri anzuschauen. Er trug einen sorgfältig gestutzten weißen Vollbart, hatte dunkelbraune Haut und eine Brille mit kleinen randlosen Gläsern auf der Nase. Seine Kleidung war elegant und gepflegt – ein beigefarbener Anzug über einem weißen Hemd, dazu ein bunt gemusterter Seidenschal. Er wirkte freundlich, und ich musste mich selbst daran erinnern, dass dieser Mann das schwarze Drachenarmband für Leanore geschmiedet hatte – eine der gefährlichsten Waffen der Welt. Adam und auch Cedric waren sich sicher, dass er seine Tat mittlerweile bereute. Ich konnte nur hoffen, dass das auch der Wahrheit entsprach.

El-Masri musste gespürt haben, woran ich dachte, jedenfalls legte sich Kummer auf sein Gesicht. »Es ist furchtbar, welches Leid meine Erfindung verursacht hat. Seitdem ich von den Ereignissen erfahren habe, bin ich zutiefst erschüttert. Ich will alles tun, um Wiedergutmachung zu leisten, Mylady, das schwöre ich.«

Er wollte noch mehr sagen, aber da räusperte sich Dorian, und El-Masri hielt sofort inne.

»Ich glaube, wir sollten uns endlich um das Arcanum kümmern«, erklärte Dorian, und erst da sah ich, dass das Herzmedaillon vor ihm auf einem kleinen Samtkissen lag. Und direkt daneben auf einem weiteren Kissen … ein siebeneckiges Stück Gold. Es hatte Ähnlichkeit mit einem Kreisel. Oben war es gerade, doch nach unten hin lief es spitz zu. Nichts deutete darauf hin, dass es zu dem Herzamulett passte – bis auf den Bauplan. Jetzt verstand ich es: Das Amulett war darauf in ein Siebeneck gebettet gewesen. Ich hatte dem keine große Bedeutung zugemessen, weil diese Form im Mirror an jeder Ecke zu finden war, aber es gab keinen Zufall: Dorian hatte tatsächlich das Gegenstück in der Arcanum-Sammlung seiner Mutter gefunden.

»Sind wir so weit?«, fragte Dorian, nachdem Adam, Lily und ich uns an den Tisch hatten sinken lassen. Ich nickte, woraufhin Dorian nach dem Gegenstück griff. Er hielt es über das Herzmedaillon, zögerte aber.

»Ich muss zugeben, dass ich noch nie selbst ein Arcanum geöffnet habe«, sagte Dorian. »Meine Großmutter hat es mir ein paarmal gezeigt, aber … das ist schon eine Weile her.«

»Dem Gefühl folgen«, sagte El-Masri. »Das Arcanum öffnet sich Schritt für Schritt, das Gegenstück muss sich der Bewegung angleichen.«

»Richtig …« Dorian nickte. »Richtig.«

»Soll ich …?«, fragte El-Masri, aber Dorian schüttelte den Kopf.

»Nein, ich kann das.« Er hielt das Gegenstück mit bemerkenswert ruhigen Händen über das Herzmedaillon, so dass die nach unten zeigende Spitze gegen den goldenen Körper drückte, genau im Zentrum. Ein Klacken ertönte, und im nächsten Moment schob sich ein Plättchen zur Seite.

El-Masri machte eine Geste mit der Hand, und sofort drehte Dorian das Gegenstück. Wieder öffnete sich ein Plättchen, wieder eine Drehung. Nach und nach senkte sich das Gegenstück so tiefer in das Herzmedaillon hinein, bis es schließlich in dessen Mitte saß.

»Okay«, hauchte Dorian mehr zu sich selbst. Er drückte hauchzart gegen die siebeneckige Oberfläche, und wieder ertönte ein Klacken, so leise und unscheinbar, dass ich es beinahe nicht gehört hätte. Nun kamen sämtliche Elemente des Medaillons in Bewegung. Sie schoben sich wie von Zauberhand in alle Richtungen. Im Zentrum bildete sich ein Loch, und dort entstand ein winterblaues Glühen. Es wurde im heller, bis es sich in einem Lichtkegel nach oben entfaltete und etwas in die Luft projizierte.

Ich brauchte einige Sekunden, um sicher zu sein, dass meine Augen mich nicht täuschten.

Es war ein … Symbol. Ein Sigil-Symbol. Mehrere ineinander verflochtene Linien und Formen schwebten direkt vor uns, in dem hellen Licht, das das Arcanum in den Raum warf.

Ich fuhr die Linien mit meinem Blick nach. Dieses Sigil … Es war wunderschön. Eine vertikale Linie zog sich nach unten hin zu einer Spirale, darüber lagen weitere Striche: zwei dickere waagrechte Linien, einmal nach oben und einmal nach unten gekrümmt, die sich an zwei Stellen kreuzten. Drumherum verliefen feine Ornamente, die alles zu einem Ganzen formten.

Ich stockte. Noch einmal schaute ich mir die Linien ganz genau an und die Kerngravur – das, was die Seele dieses Sigils ausmachte – ich … ich *kannte* sie.

Mein Herz klopfte bis zum Hals. Mehrere Sekunden lang fuhr ich gedanklich die Linien nach, die mir so vertraut waren wie wohl kein anderes Symbol auf der Welt.

»Was soll das?«, flüsterte ich, unschlüssig, was ich fühlen sollte. Ich schaute zu Adam. Aber sein Blick lag noch immer starr auf dem Symbol vor uns. Seinem Gesichtsausdruck nach zu urteilen, teilte er meine Fassungslosigkeit.

»Das ist das Symbol von Ignis«, sagte Adam leise. »Und das von Alius und Etas.«

Ja. Das waren sie.

Die kreuzförmigen Linien von Alius und Etas.

Die spiralförmige Drachenform von Ignis.

Sie lagen so übereinander, als würden sie mühelos verschmelzen. Die Flügellinie des Ignis-Drachen passte zu der Kreuzlinie von Alius und Etas. Es setzte nahtlos aufeinander. Und während Ignis ausgesehen hatte, als würde der Drache seine Flügel nach unten hängen lassen, wirkte es nun dank der ergänzten Linien, als hielte er sie gerade zu beiden Seiten gestreckt.

So, als würde er fliegen.

»Darf ich es mir genauer ansehen?«, fragte El-Masri. Seine Augen waren vor Ehrfurcht geweitet, und seine Finger zitterten, während sie wartend über dem Herzmedaillon schwebten.

Ich nickte. Sofort nahm der Schmied das Arcanum an sich, so dass die Projektion direkt vor seinem Gesicht schwebte. Er drehte mit geübten Bewegungen an dem Gehäuse des Herzmedaillons, an den offen liegenden Elementen, und ich konnte bloß starren, als die Projektion sich veränderte und weitere Elemente – Worte, Zahlen, Schriftsymbole – hinzukamen.

»Ich wusste nicht, dass ein Arcanum das kann«, sagte Dorian, und El-Masri lächelte leicht.

»Der Speicher dieser Sigils ist enorm groß. Sie können unendlich viele Informationen enthalten – und diese hier sind besonders wertvoll.«

Er drehte an dem Medaillon und hielt dabei die Projektion mit Adleraugen im Blick. Seine Lippen bewegten sich mit stummen Worten, so sehr war er in Gedanken versunken.

»Dieses Dark Sigil ist … die schönste Komposition, die ich in meinem Leben je gesehen habe«, sagte er nach einigen Minuten. »Die Sprache, die ihm zugrunde liegt, die Zusammensetzung, die Wirkungsweise …«

»Moment«, unterbrach Dina ihn verwirrt. »Ein Dark Sigil?

Das wäre dann ja das *neunte.*« Sie schnaubte. »Langsam sind wir echt nichts Besonderes mehr.«

Ich warf Dina ein amüsiertes Lächeln zu. El-Masri schüttelte jedoch sofort den Kopf.

»Nein, ich … ich denke nicht.« Er rotierte die Projektion, schaute sich die Gravur von allen Seiten an. »Jedes Sigil hat einen Namen und eine Bedeutung. Sie liegt in der Gravur verborgen, die Zusammensetzung der Linien ist wie eine Sprache, die nur sehr wenige beherrschen.« Er schaute zu Dorian. »Deine Großmutter war einer dieser Menschen, eine grandiose Frau.« Sein Blick wanderte zu mir. »Euer Vater offensichtlich ebenso, auch wenn ich davon nichts wusste. Und ich …« Er lächelte, doch es wirkte nicht überheblich, sondern sehr bescheiden. »Ich bin auch imstande, die Gravuren zu lesen.«

Das wunderte mich nicht. In den Notizen meines Vaters hatte ja gestanden, dass El-Masri nicht nur Schmied, sondern auch Historiker war. Mit einem Schwerpunkt auf die Dark Sigils.

»Und?«, fragte ich ihn. »Was bedeutet es?«

El-Masri hob den Finger und zeigte auf die Linien der Projektion vor uns. »Schaut es Euch an: Die Gravur von Alius und Etas liegt exakt auf der Gravur von Ignis. Aber es ist keine nachträgliche Zusammenführung, es ist so, wie es ursprünglich entwickelt worden ist. Ich …«, er räusperte sich, als hätte er einen Kloß im Hals. »Ich denke, es bedeutet, dass die beiden Dark Sigils früher eins waren.«

Ich starrte ihn an. »Sie meinen … ein und dasselbe Sigil?«

El-Masris Augen leuchteten regelrecht, als er nickte. »Euer Vater hat die größte Entdeckung der Menschheit gemacht, Mylady! Dieses Sigil war vermutlich das erste Sigil, das jemals geschmiedet wurde. Es muss über eine nahezu grenzenlose Macht verfügt haben. Als Vereinigung von Alius, Etas und Ignis sollte es in der Lage sein, Magie, Zeit – ja, das Leben selbst zu kontrollieren. Und sein Name steht hier vor uns geschrieben, in der Sprache der Sigils.« Abermals deutete er auf die Linien. »Er lautet *Invictus.*«

Invictus.

Die Gedanken in meinem Kopf taumelten wirr umher. Ich bekam sie nicht zu fassen. Und gleichzeitig schien es, als ob sich jede Menge Puzzleteile wie von selbst an die richtige Position schoben.

»Aber wie ist es dann zu Ignis und zu Alius und Etas geworden?«, wollte Dina wissen.

»Es muss im Laufe der Geschichte eingeschmolzen und zu zwei Sigils getrennt worden sein. Vermutlich schon vor vielen Jahrhunderten.«

Seine Worte klangen im Raum nach. Wenn Ignis und die Schicksalswürfel früher ein und dasselbe Sigil gewesen waren … dann musste das der Grund für die Verbindung zwischen den Trägern sein. Die beiden Sigils wussten noch immer, dass sie voneinander getrennt worden waren, aber eigentlich zusammengehörten.

Wie Feuer und Eis.

Wie Wärme und Kälte.

Wie Macht und Kontrolle.

Deshalb hatte sich unsere Magie also so perfekt ergänzt.

Deshalb fiel es mir so unendlich schwer, Ignis' Macht ohne Hilfe zu bändigen.

Ich wandte mich erneut zu Adam, und in seinen Augen lagen dieselben Fragen, die auch ich mir stellte.

Wie hatte die Tatsache, dass die beiden Gravuren derart ineinanderpassten, in all den Jahrhunderten niemandem auffallen können?

Wie hatte es *uns* nicht auffallen können?

»Dann waren es wirklich immer nur sieben Dark Sigils«, murmelte Cedric leise. »Invictus, Clavis, Anguis, Solis, Divinus, Anima und … Umbra.«

El-Masri nickte. Cedric hatte ihn bereits über die Schattenathame in Kenntnis gesetzt. Er hatte nicht alles erzählt – nichts von der Prädiktion oder den Warnungen, die wir gefunden hatten. Aber El-Masri wusste, dass Umbra existierte, wusste, wie der Dolch aufgebaut war, und er wusste auch von der Schmiede unter Nova.

Cedric schaute zu El-Masri. »Gibt es im Arcanum irgendwelche Informationen, wann Invictus eingeschmolzen wurde?«

El-Masri ließ seine Finger erneut über das Herzmedaillon gleiten, die Projektion bewegte sich. Ich sah Notizen aufleuchten, in einigen von ihnen erkannte ich die Handschrift meines Vaters wieder. »Hmm«, machte El-Masri und legte den Kopf schief. »Mister Harwood schien wohl zu vermuten, dass es im Jahr 542 passiert sein könnte.« Seine Stirn legte sich in Falten. »Wie kurios! Das wäre genau …«

»… ein Jahr nach der ersten großen Katastrophe«, beendete Cedric El-Masris Satz, während er nachdenklich auf die Projektion starrte.

Auch ich kramte in meiner Erinnerung. Dank Agronas Crashkurs wusste ich inzwischen einigermaßen über die Geschichte der Magie Bescheid. Die drei großen Katastrophen bezeichneten Ereignisse, bei denen sich wegen der Dark Sigils so viel Chaosmagie auf der Erde ausgebreitet hatte, dass unzählige Menschen daran gestorben waren. Die erste große Katastrophe wurde durch einen Konflikt unter den Sieben ausgelöst. Der Grund dafür war nicht überliefert worden. Man wusste nur, dass es zum Kampf gekommen war, bei dem mehrere Träger starben. Und weil die Nachfolge nicht schnell genug geklärt werden konnte, hatte sich die Chaosmagic so verheerend ausgebreitet, dass sie später als Justinianische Pest in die Geschichtsbücher eingegangen war.

»Invictus könnte das fehlende Glied in der Kette sein«, erklärte El-Masri. »Etliche Historiker haben erfolglos nach dem Auslöser der ersten Katastrophe geforscht, aber mit dieser neuen Erkenntnis ergibt alles Sinn.«

Cedric nickte. »Wahrscheinlich waren die anderen Sigil-Träger mit einer so übermächtigen Waffe wie Invictus nicht einverstanden.«

»Du meinst, die Träger haben sich deshalb gegenseitig bekämpft?«, fragte ich.

»Ermordet«, hakte Adam ein. »Sie haben sich gegenseitig ermordet.«

Ich seufzte, als ich an all das Leid dachte, das die Dark Sigils verursacht hatten. Da holte El-Masri auf einmal ein ledergebundenes Notizbuch aus seiner Anzugtasche. Er fing an, eine Skizze anzulegen. Auf die linke Seite zeichnete er – erschreckend präzise – ein Abbild des Drachenarmbandes, in die Mitte die Schattenathame und auf die rechte Seite die beiden Schicksalswürfel.

»In Ignis liegt ein roter Magiekern«, sagte El-Masri und zeichnete einen Kreis in die Mitte des Drachenarmbands. »Alius und Etas besitzen dagegen zwei weiße Kerne.« Wieder malte El-Masri die Kreise auf das Papier. Dann bat er Dina darum, einen Blick auf die Schattenathame werfen zu dürfen. Auf mein Nicken hin gab sie ihm den Dolch, und ich blinzelte, als er auf den silbernen Griff deutete. Ein schwarzer

Magiekern lag darin eingebettet, aber darunter – es war mir nie aufgefallen – gab es eine leere Einbuchtung.

»Hier muss früher noch ein zweiter Magiekern gelegen haben«, erklärte El-Masri und tippte dann, den Blick auf mich gerichtet, wieder auf seine Zeichnung. »Es ist das, was auch euer Vater vermutet hat, Mylady. Ein weißer Magiekern von Alius und Etas gehörte ursprünglich zur Schattenathame, und der andere Kern, zusammen mit dem roten von Ignis, vervollständigt Invictus.«

Cedric schaute einige Sekunden lang von der Zeichnung zur Schattenathame und wieder zurück. »Ich schätze, das passt zusammen. Invictus wurde eingeschmolzen und in zwei Sigils aufgeteilt. Zu Ignis und zu Alius und Etas. Gleichzeitig haben die damaligen Träger die Athame ihrer Fähigkeit beraubt, ein Dark Sigil ohne jegliches Opfer vom Träger zu lösen. Dann haben sie behauptet, man könne die Sigils nur per Erbfolge weiterreichen.«

»Und so für immer ihre Macht gesichert.« Dorian schnaubte abfällig. »Ja, es passt wirklich zusammen. Eine echte Win-win-Situation.«

»Was würde denn passieren, wenn man der Athame ihren fehlenden Magiekern einsetzt?«, fragte ich El-Masri.

»Nun … sie wäre wieder vollständig. In ihrem Ursprungszustand würde sie wie jedes andere Dark Sigil auch funktionieren.« Er fuhr mit dem Daumen über die Einbuchtung im Silbergriff des Dolches. »Ohne den fehlenden Kern konnte sie nur mit Lebensenergie funktionieren. Deshalb tötete sie denjenigen, der den Dolch führte, weil sie nichts hatte, worauf sie sonst hätte zurückgreifen können. Das sollte nicht mehr nötig sein, sobald die Athame vollständig ist.«

Also waren die Informationen, die Nessa damals über die

Athame gesammelt hatte, am Ende gar nicht falsch gewesen. Sie hatten sich nur auf die ursprüngliche, funktionsfähige Version der Athame bezogen.

»Es wäre kein Opfer mehr nötig?«, fragte Adam, und ich wusste sofort, an wen er dachte: seine Schwester. Wir könnten ihr Solis abnehmen, ohne dass irgendjemand Schaden nahm.

»Richtig.« El-Masri lächelte. »Die Gravur von Umbra symbolisiert ein Gleichgewicht zu den restlichen Dark Sigils. Die Athame benötigt keinen festen Träger und ist dazu da, auch die anderen Träger von ihrer Bürde zu befreien, sobald die Zeit dafür gekommen ist. Niemals war sie dazu gedacht, Leben einzufordern.«

Und doch hatte sie es. Weil irgendwann, vor vielen Jahrhunderten, eine Gruppe an Menschen zu gierig gewesen war.

»Aber eins geht nicht ohne das andere«, sagte da Adam. »Versetzt man die Schattenathame wieder in ihren ursprünglichen Zustand, muss man es mit Invictus auch tun, oder?«

El-Masri nickte. »Die Magiekerne dürfen nicht ohne das richtige Gefäß sein.«

»Und Sie denken, es wäre möglich?«, fragte Adam ihn.

Der Schmied holte tief Luft. »Ja. Vielleicht.« Das erste Mal seit Beginn des Gesprächs wirkte er unsicher. »Wir bräuchten ... sehr viele helfende Hände. Die besten Schmiede des Mirrors. Jeder, den wir finden können, müsste nach Nova kommen. Ein Dark Sigil an der Magiequelle zu schmieden ... Es wurde im Lauf der Jahrhunderte versucht. Mehrere Male. Und es ist immer an der Erschaffung der Magiekerne gescheitert.« Er rieb sich über den Bart. »Der Unterschied wäre, dass wir diesmal keine neuen Kerne erzeugen müssten. Wir müssten nur ein Gefäß formen, das die Macht der Invictus-Gravur widerspiegelt. Der Bauplan dazu liegt in der Gravur selbst, wir können ihren Anweisungen folgen.«

Eine lange Pause entstand, in der El-Masri mit einer Hand beinahe liebevoll über die Skizze vor sich strich. Das Glitzern in seinen Augen hatte, wenn möglich, noch weiter zugenommen. Ich konnte ihm ansehen, dass er dieser neuen Entdeckung unbedingt auf den Grund gehen wollte. So musste es auch gewesen sein, als Leanore ihn zu Rate gezogen hatte. Die Aussicht, seine Schmiedekunst und sein Wissen über die Dark Sigils auf ein neues Level zu heben, hatte ihn geblendet.

»Es ist eine unfassbare, bahnbrechende Erkenntnis«, sagte El-Masri. »Invictus ist ohne jeden Zweifel das perfekte Sigil. Die Gravur ist makellos. Es muss weitaus mächtiger gewesen sein als jedes andere der Dark Sigils.«

Cedric zog die Zeichnung der Gravur an sich heran. »Ich schätze, deshalb wurde es auch zerstört.«

Matt runzelte die Stirn. »Du meinst, weil es zu mächtig war?«

»Ja«, sagte Cedric. »Invictus bedeutet *unbesiegbar*. Und wenn Invictus die *erste Magie* aus der Prädiktion ist, dann war es imstande, sämtliche Magie auf der Welt zu lenken.«

Mir schwirrte der Kopf. Ich konnte mir Invictus' unendliche Macht nicht vorstellen. Wie auch? Und als ich zu Cedric schaute, wusste ich sofort, dass er dasselbe dachte wie ich. Dasselbe, was wir wohl *alle* dachten.

Dieses Sigil zum Leben zu erwecken, hieße, die mächtigste Waffe der Welt in der Hand zu halten. Aber was würde passieren? Wir könnten Leanore womöglich damit besiegen, aber … ich musste wieder an die Prädiktion denken.

Nur die erste Magie kann entscheiden, in welche Richtung sich die Waage neigt. Heilung oder Verderben.

Es musste sich auf Invictus beziehen, ganz sicher.

Was, wenn wir die Welt damit ins Verderben stürzten?

El-Masri knetete seine Hände. »Ich will nicht behaupten, dass es ohne Risiko ist, aber ... ich denke, es konnte gelingen. Es scheint beinahe Schicksal zu sein, dass Alius und Etas gerade keinen Träger haben. So könnten wir einen ihrer Kerne entnehmen, in die Athame einsetzen und damit wiederum Ignis von Euch abnehmen, Mylady.«

Ignis abnehmen.

Um es dann zu zerstören.

Genau wie Alius und Etas.

»Und wenn es schiefgeht?«, fragte ich mit gedämpfter Stimme.

El-Masri hob etwas hilflos die Schultern. »Es gibt keine Garantie«, sage er. »Es gibt nur eine Chance.«

Unweigerlich schaute ich zu Dorian. Er spürte meinen Blick und erwiderte ihn sofort. Sein Gesichtsausdruck war ernst – er hatte offenbar längst begriffen, was das Ganze für ihn bedeuten würde. Alius und Etas wären Geschichte. Er könnte nicht ihr Träger werden. Niemand könnte sich mehr mit ihnen verbinden. Weil sie nicht mehr existieren würden.

»Es ist okay«, sagte er. »Ich will, dass Prime frei ist. Wenn das der Weg dahin ist, dann ist unser Deal aufgelöst.«

Selbstlos. Ein Attribut, das ich bislang nicht wirklich mit Dorian verbunden hatte. Aber das war er. Völlig selbstlos.

Ich stützte beide Hände auf den runden Tisch. »Bevor wir die Oberen nicht überzeugen können, den Mirror zu verlassen, kann ich nicht nach Nova. Und sie vertrauen mir nicht.«

»Was das angeht ...« Dina kam um den Tisch gelaufen und stellte sich neben mich. Sie hielt mir ihr Spectum-Sigil hin, und ich brauchte einen Moment, um zu verstehen, was ich auf dem Spiegel vor mir sah.

Es war der Bezirk, der gestern angegriffen worden war, hier, in Mirror-London. Dort am Sammelpunkt standen unzählige Menschen und warteten darauf, durch eines der Gateways nach Prime zu kommen.

»Vielleicht vertrauen sie dir nicht komplett«, sagte Dina zu mir, eine Hand auf meine Schulter gelegt. »Aber das, was du gestern getan hast, muss sie ziemlich beeindruckt zu haben.«

20

Noch Stunden später sah ich die Projektion des Invictus-Symbols vor mir. Noch Stunden später konnte ich kaum fassen, welches Geheimnis mein Vater mit sich in den Tod genommen hatte.

Ich stand auf dem Balkon, der an meine Räume grenzte, und beobachtete, wie das Plateau sich leerte. Die verbliebenen Bewohner liefen durch die Gärten in Richtung der Shuttles, die an den Grenzen Septems auf sie warteten. Sie waren mit Koffern und Taschen beladen, als wären sie auf dem Weg in den Urlaub.

Doch das waren sie nicht. Sie verließen ihre Welt. Weil ich – eine Untere – es ihnen gesagt hatte.

Es war bereits später Abend, aber überall im Mirror begaben sich die Menschen nun zu den Sammelpunkten. Es würde dauern, bis die Evakuierung beendet war, und ich wusste, es würde nicht leicht für die Oberen werden – die meisten hatten noch nie einen Fuß nach Prime gesetzt –, aber Agrona hatte jede Menge Orte auf der Welt für ihre Unterbringung ausfindig gemacht, an denen sie für den Moment in Sicherheit waren.

Um dann hoffentlich, schon bald, in den Mirror zurückkehren zu können.

Ich verkrampfte die Hände um das Geländer, als ich sah, wie Celines gläserner Sarg ebenfalls zu einem der Transporter gebracht wurde. Wir hatten Agrona darum gebeten – die Vorstellung, Celines schlafenden Körper hierzulassen und ihn einem möglichen Angriff auf Septem preiszugeben, war für jeden von uns unerträglich gewesen.

»Was ist mit den anderen Menschen, die im Mirror beerdigt wurden?«, hatte ich Agrona vorhin noch gefragt. »Wenn der Mirror wirklich untergeht, dann …«

Agrona hatte eine Hand auf meine Schulter gelegt. »Ich denke, ihre Körper werden sich auflösen und zu Magie werden. Das ist doch irgendwie tröstlich, findest du nicht?«

Ich hatte nicht gewusst, was ich darauf antworten sollte. Nichts hiervon kam mir wie ein Trost vor. »Was ist mit dir?«, hatte ich sie stattdessen gefragt. »Du solltest auch gehen.«

Agrona hatte bloß gegrunzt. »Ich gehe nicht von hier weg, bis alle die Stadt verlassen haben. Und wenn ich die letzten Idioten persönlich raustragen muss.«

Mit diesen Worten und einem sanften Tätscheln meiner Schulter hatte sie mich auf dem Balkon zurückgelassen. Seither schaute ich auf die Stadt hinab, während der Wind stetig meine Haare aufbauschte.

Das hier war nicht mehr das Mirror-London, das ich kannte. Die Straßen, die sonst mit Menschen gefüllt waren, wirkten wie leere Adern, die das Herz der Stadt durchzogen. Es war, als ob die Welt den Atem anhielt – als ob sie auf etwas wartete, das sie selbst nicht benennen konnte.

Das Schlimmste war: Ich konnte selbst überhaupt nichts tun. In Prime waren die Magiehäscher dabei, die Innenstädte weltweit nach weiteren Nexus-Sigils zu durchsuchen, und bei uns lief die Evakuierung in vollem Gange.

Ich konnte nur zusehen – und warten.

»Hier bist du.«

Ich schaute über meine Schulter. Adam lehnte am Durchgang zum Balkon. Sein silbriges Haar war leicht zerzaust, und seine hellgrauen Augen richteten sich auf meine, als ob er darin nach Antworten auf die vielen Fragen in seinem Kopf suchte. Wir hatten noch keine Chance gehabt, miteinander zu reden, seit wir von Invictus wussten. Ich hatte keine Ahnung, was er davon hielt – ob er meine Zweifel teilte.

Er trug inzwischen keine Häscheruniform mehr, nur ein graues Hemd und schwarze Hosen. Und er streckte mir eine Hand entgegen.

»Komm mit.«

»Wohin?«

Für einen Moment sah Adam mich mit undurchschaubarer Miene an. Dann trat ein Lächeln auf seine Lippen. »Das sage ich dir, wenn wir da sind.«

Natürlich. Wie hatte ich nur annehmen können, dass Adam Tremblett mir einfach verraten würde, was in seinem Kopf vor sich ging?

Ich warf ihm einen unbeeindruckten Blick zu, folgte Adam dann jedoch vom Balkon durch die anliegenden Räume. »Wo ist Zorya?«, fragte ich, als wir im Korridor ankamen. Die ganze Zeit über hatte sie vor der Tür Wache gehalten.

Wieder nur dieses seltsame Lächeln. Adam führte mich weiter zu den Fahrstühlen. »Ich habe ihr gesagt, dass sie sich für heute Abend freinehmen kann.«

Freinehmen? Zorya? Ich wollte ihm sagen, dass das schlichtweg unmöglich war – seit dem Angriff auf Mirror-London wich Zorya mir noch weniger von der Seite als zuvor –, aber als Adam im Fahrstuhl auf den Knopf für das unterste

Stockwerk drückte, verstand ich auf einmal, was hier vor sich ging.

»Vergiss es!«, sagte ich, obwohl der Fahrstuhl sich bereits in Bewegung gesetzt hatte. »Ich gehe nicht von hier weg.«

Adam sah mich mit hochgezogenen Augenbrauen an. »Weggehen? Was meinst du?«

»Du willst mich zu den Shuttles bringen, oder nicht?« Ich verschränkte die Arme vor der Brust. »Ich lasse mich nicht ohne euch evakuieren. Auf keinen Fall.«

Ein weiteres Lächeln legte sich auf Adams Mund. Dieses Mal wirkte es fast amüsiert, was mich noch mehr irritierte. »Ich kenne dich inzwischen ziemlich gut, weißt du das?«

Ein leises *Pling* ertönte. Wir hatten das Erdgeschoss erreicht. Ich legte eine Hand um das Geländer im Fahrstuhl und war mehr als bereit, an Ort und Stelle stehen zu bleiben und das Ganze mit ihm auszudiskutieren. »Ja, und?«

»Könntest du mir bitte einfach vertrauen?«

Ich zögerte. Nicht weil ich Adam nicht vertraute – das tat ich schon. Aber da lag etwas in seinem Blick, das mir mit aller Deutlichkeit klarmachte, dass er etwas im Schilde führte. Und dass er davon nicht abgebracht werden wollte.

»Sag mir, was los ist.«

Nun schnaubte Adam. Er blickte kurz an die Decke des Fahrstuhls, als würde er bis fünf zählen, dann legte er den Kopf schief und schaute mich wieder an. »Fürs Protokoll: Du bist der misstrauischste Mensch, den ich kenne.«

Damit fasste Adam an meine freie Hand, und ich war so perplex, dass ich den Griff um das Geländer sofort aufgab und mich hinter ihm herziehen ließ. Wir liefen nicht in die Richtung, wo die Shuttles vor Anker lagen, sondern genau in die entgegengesetzte.

Adam öffnete eine Tür und bedeutete mir hindurchzugehen. Ich tat es, aber dahinter lag nur einer der vielen schlichten Räume hier auf dem Plateau. Einige Sitzgruppen standen darin, ein kleiner Tisch. Eine Glastür führte zu einem Balkon hinaus und eine weitere Tür wahrscheinlich zu einem Nebenzimmer. Adam lief darauf zu und blieb vor der Tür stehen. Dann schaute er mich erwartungsvoll an.

»Adam …«

»Komm schon her.«

Ich seufzte und stellte mich neben ihn. Schon drückte er den Griff der Tür nach unten.

Sofort flammte sie auf, und ein Magiekorridor tauchte auf. Blaue Linien zogen sich darin in die Ferne – wohin auch immer. Es war ein Gateway, so wie im Raum der Hundert Türen.

»Es führt zu einem Ort, den ich dir gerne zeigen würde«, sagte Adam neben mir. »Agrona war nicht begeistert, aber hat zugestimmt, dass wir Septem für ein oder zwei Stunden verlassen können. Die Evakuierungsmaßnahmen laufen bereits und … heute könnte für eine Weile unser letzter gemeinsamer Abend sein«, sagte er. Er sah mich von der Seite an und wirkte mit einem Mal – auch wenn ich es nicht ganz glauben konnte – fast ein bisschen nervös. »Ich dachte … jetzt oder nie.«

Jetzt oder nie.

Adam hielt mir seine Hand einladend entgegen. »Rayne Harwood … würdest du mit mir auf ein Date gehen?«

Mein Gehirn funktionierte noch nicht richtig. Aber langsam strömten Vorfreude und zugleich Nervosität durch meinen Körper. In meinem ganzen Leben war ich noch nie auf einem Date gewesen. Es hatte nie jemanden gegeben, der so etwas für mich gemacht hätte. Die Gefühle ließen mein Herz schneller schlagen, und ich senkte überwältigt den Blick.

»Hey.« Adam kam zu mir und beugte sich hinab, damit er meinen Blick auffangen konnte.

»Ich bin gar nicht angezogen für ein Date.«

»Mir gefällt dein Outfit«, versicherte Adam mir. »Mir gefällt immer, wie du aussiehst. Besonders wenn du so mörderisch dreinschaust wie gerade eben.«

Ich stieß Adam einen Zeigefinger gegen die Brust und versuchte, ihn so streng und bedrohlich wie nur möglich anzufunkeln.

»Vorsicht. Für solche anmaßenden Worte könnte ich dich in den Nachtturm sperren.«

Er lachte, und seine Züge wirkten dabei so unbekümmert, dass ich ihn am liebsten sofort geküsst und durch die Gänge zurück in mein Zimmer geschleift hätte. Aber bevor ich das tun konnte, zog er mich schon sanft durch den Magiekorridor davon.

Wir kamen auf einer Wiese heraus, und die Landschaft, die sich um mich herum erstreckte, war so schön, dass sie unmöglich echt sein konnte.

Ich machte einen zögerlichen Schritt nach vorne. Meine Beine waren bis zu den Knien umgeben von bunten Blumen. Sie wuchsen überall auf der Wiese. Ein sanftes Rauschen erfüllte die Luft, und als ich meinen Blick etwas nach oben schweifen ließ, sah ich sie: drei kleine fliegende Inseln. Sie schwebten einige Dutzend Meter in der Luft, und von ihren Klippen stürzten dünne Wasserfälle in einem goldenen Kaskadenstrom herab und ergossen sich in einen See direkt vor uns.

Am Himmel war eine Stadt zu sehen, aber ich konnte sie auf den ersten Blick nicht zuordnen.

»Auckland«, erklärte Adam und stellte sich dicht hinter mich. »Es gibt nicht viele Orte im Mirror, die nicht voll bebaut sind, und dieser hier …« Er lächelte zu mir herab. »Ich war früher oft nachts hier, um etwas Ruhe zu haben. Um nachzudenken.«

Ich konnte es mir vorstellen. Dieser Ort war vollkommen still, abgesehen von dem leisen Rauschen der Wasserfälle und dem Flüstern der Blumen im Wind. Alles schien sich in einer Art märchenhafter Trance zu befinden, als würde die Welt sich für einen Augenblick einfach nicht weiterdrehen.

»Es ist wunderschön«, sagte ich, obwohl das Wort dem Anblick vor mir kaum gerecht wurde. Selbst in der Dunkelheit schimmerten die Wassermassen, als würden sie von der Sonne angestrahlt werden. Das goldene Licht tauchte die gesamte Umgebung in ein sanftes magisches Glühen.

Als Adam erneut an meine Hand fasste, folgte ich ihm, ohne zu zögern. Mit jedem Schritt ließ ich die Sorgen und Ängste, die ich fühlte, ein wenig weiter hinter mir. Adam hatte recht, für den Moment konnten wir nichts mehr tun.

Wir liefen über die Wiese. Eine leichte Gischt legte sich auf meine Haut, aber sie war nicht kalt, sondern weich und samtig.

Mir entwich ein ungläubiges Geräusch, als ich in der Nähe des Sees eine ausgebreitete Decke erkannte. Unterschiedlich farbige Kissen waren darauf verteilt, daneben eine Platte mit Früchten und jeder Menge anderem Essen. Ein paar Kerzen sandten ein sanft flackerndes Licht auf die Umgebung.

»Die anderen haben dir damit geholfen, oder?«

»Nur ein wenig«, gab Adam zu und zog mich nach unten auf die Decke.

»Ein wenig?«, neckte ich, bevor ich ihn küsste.

Er schnaubte gegen meine Lippen. »Ich *kann* romantisch sein.«

Ich grinste, drückte Adam auf seinen Rücken und legte mich auf ihn. Im Licht der Wasserfälle wirkten seine Augen wie geschmolzenes Silber.

»Beweis es mir.«

»Eiscreme?« Ich lachte so sehr, dass mir der Bauch schmerzte. »Du bist nach Prime ausgebüxt wegen Eiscreme?«

Adam verdrehte die Augen. Wir lagen nebeneinander auf dem Rücken, eine der Decken über unsere Körper gezogen. »Ich war neun Jahre alt«, verteidigte er sich. »In Septem gab es so was wie Eiscreme nicht, es wurde als viel zu *profan* abgetan. Und Agrona hatte uns von Läden erzählt, die zwanzig oder dreißig Sorten davon verkaufen würden. Mit Keksstücken und Schokolade und bunten Streuseln. Es klang himmlisch.«

Ich drehte mich auf die Seite, fuhr mit einem Finger über Adams nackte Brust. »Und da bist du einfach getürmt?«

Ein entrüsteter Ausdruck legte sich auf sein Gesicht. »Es war alles andere als *einfach*! Ich bin mitten in einer Anprobe für einen neuen Mantel davongelaufen. Auf dem Weg zum Raum der Hundert Türen musste ich bestimmt fünf oder mehr Häscher im Palast abhängen, und am Ende bin ich kopfüber in ein Gateway gesprungen. Und dann …«, Adam legte eine Hand über seine Augen, »… dann habe ich einen Eisladen ausgeraubt. Mehr oder weniger.«

Ich lachte immer lauter. »Mehr oder weniger. Klar.« Vor meinem inneren Auge sah ich einen kleinen Jungen mit weißblondem Schopf und einem nur halb fertig zusammengenähten Mantel durch London rennen, mit roten Wangen und einem klaren Ziel vor Augen.

Eiscreme.

Wenn die Besitzer des Ladens gewusst hätten, dass sie den zukünftigen Mirrorlord vor sich hatten, hätten sie ihm wahrscheinlich Hunderte Kugeln gratis gegeben.

Adam legte einen Arm um meinen Oberkörper und streichelte mit der Hand über meinen Rücken. Ich lächelte und neigte den Kopf zur Seite, um ihn anschauen zu können. In diesem seltsam gold-silbrigen Licht waren seine Gesichtszüge weich und ohne Sorgen. Ich streckte eine Hand aus, um damit durch seine Haare zu streichen. Nach der letzten Stunde standen sie wild zu allen Seiten ab. Ich liebte es, ihn so zu sehen. Diese unbekümmerte, unbeherrschte Version von Adam, die keiner außer mir kannte. Wir hatten uns Momente wie diese so hart erkämpft.

»Lily und ich haben früher ständig Süßigkeiten geklaut«, verriet ich ihm. »Na ja …« Ich verzog etwas verlegen den Mund. »Und nicht nur Süßigkeiten. Wenn man einmal damit angefangen hat …«

Ich wusste nicht, wie oft in meinem Leben ich zur Diebin geworden war. Unzählige Male.

Adam suchte meinen Blick. »Du bist in einer Welt ohne Chancen aufgewachsen. Trotzdem hast du nie aufgegeben. Du wolltest mehr vom Leben, egal, wie viele Hürden vor dir lagen. Das erfordert eine Art von Willen, den ich wahrscheinlich nie ganz verstehen werde.«

Ich hauchte einen Kuss auf Adams Mund. Dann lächelte ich ihn frech an. »Adam Tremblett, du hast die gesamte Palastwache ausgetrickst, nur um an ein Eis zu kommen. Wenn das keine Willensstärke ist, weiß ich auch nicht.«

Adams Mundwinkel zuckte. Er zog mich näher an sich, als könnte er mich nur mit seinen beiden Armen vom Rest der Welt beschützen. »Denkst du, du kannst deiner Mutter je verzeihen, dass sie dich im Waisenhaus zurückgelassen hat?«

»Wahrscheinlich werde ich ihre Beweggründe nie ganz verstehen«, erwiderte ich gedehnt. »Aber das habe ich schon vor einer Weile akzeptiert.«

Er nickte, dann atmete er leise aus. »Ich dachte, wenn alles vorbei ist … wenn wir meine Mutter von ihrem Vorhaben abgebracht haben, dann … werde ich meinen Vater besuchen. Keine Ahnung, ob es Sinn macht. Wir haben schon seit Jahren keinen Kontakt mehr, aber … ich denke, Pris würde ihn gerne wiedersehen. Und ich auch.«

»Das klingt nach einer ziemlich guten Idee«, sagte ich. »Ihr könntet ja Eis essen gehen.«

Adam schnaubte, und die leichte Auf-und-Ab-Bewegung seiner Brust an meinem Kopf ließ mich lächeln. »Das wirst du mich nie wieder vergessen lassen, oder?«

»Niemals.« Ich küsste mich von seinem Kinn hoch zu seinem Mund. Unsere Lippen trafen sich, und es war die Art von Kuss, die mich Sterne sehen ließ, obwohl meine Augen sich reflexartig geschlossen hatten.

Adam hielt meinen Kopf in beiden Händen, und ich grub meine Fingernägel in seine breiten Schultern und kämpfte gleichzeitig mit den Tränen, denn dies könnte das letzte Mal sein.

Jedes Mal könnte das letzte Mal sein.

Nicht daran denken, mahnte ich mich, aber Adam musste gespürt haben, wie ich mich in seinen Armen versteifte. Er musterte mich und strich mir dabei eine Strähne, die mir ins Gesicht gefallen war, hinters Ohr.

»Woran denkst du gerade?«, fragte er. »Invictus?«

Es war das erste Mal, dass einer von uns das Wort heute Abend laut ausgesprochen hatte. Bislang hatten wir sehr bewusst die Themen umschifft, die an den Wänden unseres kleinen Refugiums kratzten und unsere gemeinsamen Stunden stören konnten. Doch nun schaute ich unweigerlich auf das goldene Drachenarmband herab. Ignis' Wärme strömte von meinem Unterarm durch meinen gesamten Körper. Der Gedanke, dieses Gefühl zu verlieren, erschien mir heute unvorstellbar ... Und das, obwohl ich es vor nicht allzu langer Zeit noch herbeigesehnt hatte.

»Wir werden sehr schnell eine Entscheidung treffen müssen«, sagte ich leise. »Lassen wir es schmieden oder nicht? Ich weiß nicht, was ich denken soll. Es könnte unsere Rettung sein. Oder unser Untergang. Und wer soll es tragen?«

Adam legte eine Hand an meine Wange. »Ist das nicht offensichtlich?«

»Vielleicht *kann* ich es überhaupt nicht tragen«, wandte ich leise ein. »Mein Blut war schließlich mit Ignis verbunden.«

»Invictus *ist* Ignis – und mehr.«

»Dann könntest du es dir auch anlegen lassen.«

Adam seufzte und wollte sich zurückziehen, aber ich ließ ihn nicht.

»Was?« Mein Tonfall wanderte eine Oktave nach oben. »Invictus *ist* Alius und Etas. Und mehr! Vielleicht akzeptiert dein Körper diese Magie ja wieder. Weil sie *deine* Magie ist, aber auch eine *neue* Magie. Etwas wie das hier wurde noch niemals gewagt. Keiner von uns kennt die Regeln. Du könntest es zumindest –«

»Nein.« Adam schüttelte den Kopf. »Selbst wenn ... ich will es nicht.«

»Aber …«

Nun löste er sich doch vollständig aus meinem Griff und setzte sich auf. Die Decke rutschte bis zu seiner Hüfte, während er sich mit beiden Händen durch die Haare fuhr.

»Angenommen, ich könnte es tragen … Hast du die Prädiktion vergessen? ›Ein Tremblett mit fehlgeleitetem Herzen wird das Ende des Mirrors herbeiführen. Mit dem Sigil, das verlorenging, werden beide Welten in Dunkelheit getaucht.‹« Er atmete tief ein. »Wir dachten, dabei geht es um die Athame. Aber offenbar war Invictus damit gemeint. Und jetzt willst du dieses Sigil, das potenziell den Untergang des Mirrors einläutet, ausgerechnet mir anlegen?«

Nun setzte ich mich ebenfalls auf und berührte Adams Schulter. »Wieso hast du solche Zweifel an dir selbst? Du bist *nicht* wie deine Mutter. Du hast nie etwas getan, das Prime oder dem Mirror schaden könnte.«

Adam schaute wieder zu mir, und in seinen Augen spiegelte sich eine Schuld wider, die ich nicht begreifen konnte. Ein alter Schmerz – irgendetwas, das er bislang nicht mit mir geteilt hatte.

»Glaub mir, ich habe schon Entscheidungen getroffen, die sehr vielen Menschen Leid zugefügt haben. Ich habe über das Leben anderer bestimmt, ohne ihnen je ins Gesicht geschaut zu haben. Ein Teil von mir ist genauso kalt und berechnend wie sie.«

Ich wusste nicht, wovon er redete. Ich kannte die Geschichte dahinter nicht – er würde sie mir erzählen, irgendwann, wenn er dazu bereit war. Langsam setzte ich mich zu ihm, und die nächsten Worte drängten sich so federleicht an die Oberfläche meines Bewusstseins, als hätte ein Schmetterling sie zu mir getragen. »Das mag alles stimmen …«, sagte ich. »Aber du vergisst etwas.« Ich küsste ihn flüchtig. »Du bereust, was du getan hast. Du möchtest es besser machen. Weil *du* ein gutes Herz hast. Und keine Magie, kein Sigil und nicht mal das Blut in deinen Adern können etwas daran ändern.«

Ich sah Adam an, wie die Gedanken in seinem Kopf umherwirbelten, während sich sein Brustkorb angestrengt hob und senkte. Er wollte etwas antworten, aber hielt auf einmal inne.

Von irgendwo ertönte ein leises Summen. Ich erkannte das Geräusch sofort – es kam von einem Spectum-Sigil. Adam seufzte und griff nach seiner Hose. Das Spectum gab ein winterblaues Leuchten von sich, und Adam hielt es vor sein Gesicht, bevor er hineinschaute.

»Wir müssen zurück, hm?«, fragte ich, und Adam nickte und küsste meine Stirn.

»Danke, dass du mir diesen Ort gezeigt hast«, sagte ich, nachdem wir uns wieder angezogen und alles zusammengesammelt hatten. Wir standen vor dem Magiekorridor, und ich schaute noch einen Moment auf die fliegenden Inseln, die goldenen Wasserfälle und das Meer an Blumen. Dann folgte ich Adam durch den Korridor zurück nach Septem. Die blaue Magie führte uns mit ihren zarten Linien bis nach London, und es dauerte nur wenige Sekunden, bis wir in dem schlichten Raum mit dem Gateway wieder herauskamen.

Doch etwas stimmte nicht. Ich spürte es sofort, und auch Adams Schultern spannten sich an. Eine seiner Hände legte sich um meinen Arm, und sein Blick zuckte zur Seite.

Ein Diener stand in der Mitte des Raums, nur wenige Meter vom Gateway entfernt. Er trug dieselbe beigefarbene Uniform wie alle Diener in Septem. Ich kannte den Mann nicht, aber das war in der Sekunde auch egal. Er hatte einen kahl rasierten Schädel, und von dem eintätowierten Siebeneck, das er auf seiner Stirn trug, tropfte Blut herab.

Jemand hatte eine Krone in das Heptagon geritzt. Direkt auf seine Haut.

Ich wusste sofort, wo ich dieses Symbol schon einmal gesehen hatte.

Auf der Brosche von Barnabas Pelham.

»Für den Mirror«, sagte der Diener, und mit einem unheilvollen Klappern ließ er zwei Sigils in der Form von Granaten zu Boden fallen.

21

Adams Hand schloss sich wie eine Schraubzwinge um meinen Arm, und er zerrte mich einige Meter zurück. Die Sigils strahlten erst winterblau auf, dann verströmten sie schlagartig so viel Rauch, dass ich von jetzt auf gleich nichts mehr sehen konnte. Um uns herum tobte ein Tornado aus bläulichen in den Augen brennenden Magieströmen.

Der Diener rannte in die andere Richtung. Vor ihm tauchten weitere Gestalten auf, die die Tür zum Raum hinter sich zuzogen. Ein Klacken ertönte. Ich musste nicht groß nachdenken, um zu verstehen: Sie hatten uns hier eingeschlossen.

»Nicht einatmen!«, rief Adam, seine Stimme fortgetragen vom fauchenden Zischen der Granaten.

Ich tat, was er sagte, und hielt die Luft an. Der Rauch verdichtete sich immer weiter, trieb mir Tränen in die Augen. Druck pulsierte über meine Haut, und ein kaltes Kribbeln raste meine Arme entlang, ließ mein Herz panisch klopfen.

Adam schleifte mich durch den Raum. Auch er konnte unmöglich sehen, wo wir hinliefen, aber nach wenigen Schritten presste seine Hand gegen eine Glasscheibe.

Schon hatte ich meinen Arm mit Ignis gehoben, bereit, einen Magiestoß gegen das Fenster zu schleudern, aber Adam zog mich weiter nach links, und da verstand ich –

Der Balkon! Natürlich!

Erleichterung rauschte durch meine Adern. Auch ich versuchte, mich an den Fensterscheiben zu orientieren, während das Kribbeln in meinem Körper immer stärker wurde. Meine Ohren pochten, meine Lungen krampften, und ein Schwindelgefühl machte sich in mir breit.

Ich musste einatmen. Ich musste unbedingt einatmen.

Wo war diese verdammte Tür?

Kaum hatte ich den Gedanken gefasst, bekam ich einen metallenen Griff in die Finger, aber er ließ sich nicht öffnen.

Jetzt zögerten wir nicht länger. Gleichzeitig richteten wir unsere Hände nach vorne und ließen Magiestöße auf das Glas los. Es zersprang sofort, und Adam drehte mich in letzter Sekunde zur Seite, so dass die Scherben an mir vorbeiflogen.

Gierig sog ich die Luft ein, kaum dass wir auf den Balkon hinausstolperten. Aus der Ferne drang ein schriller Lärm zu uns – eine Alarmsirene. Das musste bedeuten, dass die Magiehäscher bereits von dem Anschlag auf uns wussten.

»Alles okay?«, keuchte Adam. Er zog mich noch etwas weiter zur Seite, weil der Rauch von drinnen hinaus in die Nacht strömte.

»Ja, ich …« Ich hustete. »Was sollte das?«

Der Diener und seine Komplizen mussten von Pelham zu dem Angriff angestiftet worden sein. Aber hatten sie ernsthaft geglaubt, dass sie uns auf diesem Wege etwas anhaben konnten?

Adam antwortete nicht. Er drückte mich nur an sich, den Blick in den Raum hinter dem Glas gerichtet, als würde er damit rechnen, dass jeden Moment neue Angreifer aus dem Dunst hervorschießen würden. Doch nichts geschah. Ich hörte nur die Sirene und das stete Brummen der Evakuierungs-Shuttles.

Ich überlegte, ob wir lieber hier warten oder zurück in das Plateau gehen sollten. Der Diener war nicht allein gewesen, andere hatten ihm geholfen. Wie viele Leute hatte Pelham noch auf seine Seite ziehen können?

Da legte Adam einen Arm um meine Schulter. »Lass uns reingehen, drinnen ist es si…«

Das letzte Wort wurde von einem herannahenden Zischen übertönt. Mein Blick zuckte automatisch zurück in den Raum, aber das Geräusch kam nicht von dort. Es kam von –

Adam und ich drehten uns gleichzeitig um und suchten den Himmel rund um das Plateau nach der Ursache für das Zischen ab.

Da stolperte Adam auf einmal nach hinten. Seine Augen weiteten sich. Ungläubig schaute er an sich hinab, ich folgte seinem Blick und erstarrte.

Ein hauchdünner Pfeil hatte sich in Adams Brustkorb gebohrt.

Direkt über seinem Herzen.

»Was …?«, stieß ich hervor, denn nichts von alldem ergab Sinn. Blut weichte den grauen Stoff von Adams Hemd auf, und sein Gesicht wurde fahl. Ich war wie erstarrt. Meine Gedanken drehten sich im Kreis. *Adam war getroffen worden, er war getroffen worden, sie hatten ihn getroffen!*

Erneut ertönte das Zischgeräusch. Da griff Adam an meine Schultern und zog mich mit sich zu Boden. Über uns schlugen drei weitere Pfeile in die Außenhülle des Plateaus ein. Und es folgten noch mehr, wir standen unter Dauerbeschuss.

»Bleib unten«, presste Adam hervor, und jedes Mal wenn ich den Kopf heben wollte, um nach seiner Wunde zu sehen, zog er mich zurück. »Bleib in Deckung, verdammt! Es geht mir gut.«

Es ging ihm nicht gut. Ich hörte es an seiner kraftlosen Stimme. Ich fühlte es an der Hitze seines Blutes, das langsam meine eigene Kleidung tränkte. Panik rauschte durch meinen Körper, und ich umklammerte Adams Hand, so fest ich konnte.

Halte durch. Bitte.

Wieder prasselten die Geschosse nur wenige Zentimeter über uns in die Wand. Dann plötzlich herrschte Stille. Gefolgt vom Geräusch von Sigil-Antrieben.

Ich sah Shuttles über den Himmel fliegen und wusste sofort, wir waren gerettet. Wo auch immer unsere Angreifer gewesen waren, die Schüsse hörten abrupt auf.

Schnell kniete ich mich hin und fuhr über Adams Oberkörper. Der Pfeil, so dünn er auch war, steckte tief in seiner Brust. Ich wollte ihn aus seinem Körper ziehen. Es bräuchte nur einen kräftigen Ruck. Aber ich verstand genug von Erster Hilfe, um zu wissen, dass ich die Hände davon lassen musste.

Wie ernst war es? Der Pfeil musste sein Herz verfehlt haben, sonst würde er nicht mehr atmen, nur konnte ich mir unmöglich sicher sein, ich –

»Hey«, presste Adam hervor und versuchte erst mühsam, sich aufzusetzen, bevor er sich mit einem Stöhnen wieder auf den Rücken sinken ließ. »Ist nur eine … Fleischwunde. Damit … kennst du dich doch aus.«

»Das ist wirklich nicht der richtige Moment, mir das vorzuhalten«, erwiderte ich krächzend und umklammerte seine Hände. »Bleib einfach liegen. Hilfe ist gleich da.«

Wenn die Häscher die Angreifer in den Shuttles abgefangen hatten, mussten sie uns auf dem Balkon gesehen haben. Es konnte nicht mehr lange dauern, bis die Kavallerie ankam.

»Rayne.« Adams Blick suchte meinen, dann würgte er,

und … Blut lief über seine Lippen. O Gott, es lief hinab über sein Kinn, seinen Hals entlang, über den Kragen seines Hemdes. Seine Augen weiteten sich, als wäre er selbst überrascht, und plötzlich sah ich eine schreckliche Erkenntnis in seinem Blick auflodern. »Es ist … ist …«

Da ertönten Schritte. Im Augenwinkel bemerkte ich, wie Zorya und eine Gruppe Magiehäscher durch den Raum auf uns zugestürmt kamen. Doch sie verschwanden innerhalb eines Wimpernschlags aus meinem Bewusstsein. Sie wurden nebensächlich, bedeutungslos. Denn die einzigen Dinge, die noch Bedeutung hatten, waren …

Adams Hände, die ihren Griff um meine Finger verloren und schwer an seinen Seiten hinabfielen.

Adams Stimme, die noch einmal meinen Namen sagte, auch wenn es kaum mehr als ein Flüstern war.

Und Adams Blick, der in der einen Sekunde auf mir haftete und in der nächsten ohne Ziel in die Ferne glitt.

Noch vor wenigen Minuten hatte er gelacht. Noch vor wenigen Minuten hatte er mich in seinen Armen gehalten. Doch jetzt sackte Adam in sich zusammen und blieb vollkommen reglos auf dem steinernen Boden liegen.

22

Ich drehte das silberne Armband umher.
Einmal.

Zweimal.

Dreimal.

Dann in die andere Richtung.

Einmal.

Zweimal.

Dreimal.

Meine Finger fühlten sich inzwischen taub an, aber ich hörte nicht auf. Ich spürte das Gewicht des Armbands, als läge es direkt auf meinem Herzen, doch ich weigerte mich, es loszulassen. Dieses Sigil – ein Standard-Offensiv-Sigil, wie es jeder Häscher trug – war das Einzige, was die Weißkittel mir von Adam gelassen hatten, bevor sie ihn mit sich genommen hatten.

Ich befand mich im Sanatorium Septems, einem Gebäude etwas abseits der Palastgärten, das bei dem Angriff des Auges damals erhalten geblieben war. Eine Glasscheibe trennte das Vorzimmer, in dem ich saß, vom *Observationsraum*. Und hinter dieser Scheibe lag er, umgeben von einigen Frauen und Männern in Uniformen.

Ich hatte von den Sanatorien im Mirror bereits gehört. Bei

meiner Ankunft damals hätte Celine mich am liebsten sofort samt meiner Chaosmagie-Infektion auf Nimmerwiedersehen dorthin abgeschoben. Und ich wusste, dass Adams Schwester einen Großteil ihres Lebens in einer Einrichtung wie dieser verbracht hatte, so wie alle Oberen, die an einer magiebedingten Krankheit litten. Aber ich war selbst noch nie hier gewesen.

Bis heute.

Im Gegensatz zu den Krankenhäusern Primes waren die Räume nicht nur mit Maschinen und allerlei Technik vollgestellt, sondern auch mit jeder Menge Sigil-Apparaturen, die die Patienten wie ein Kokon umhüllten und von Kopf bis Fuß durchleuchteten.

Inzwischen hatte ich jegliches Gefühl dafür verloren, wie lange Adam bereits dort lag, aber es musste mehr als eine Stunde vergangen sein. Die Weißkittel kamen und gingen, aber selbst wenn der Raum leer war, hatten sie mir verboten hineinzugehen.

Es würde die *Auswertung* verzerren.

Was sie auswerteten, wusste ich nicht. Was passiert war, wusste ich nicht. Was es bedeutete ... wusste ich nicht.

Ich sah nur immer wieder vor mir, wie Adam in sich zusammengesunken war. Wie sein Körper sich unter meinem versteift hatte. Wie seine Augen leer geworden waren – trübe Seen ohne jeglichen Lebensfunken. Und wie er auf keinen Ruf, kein Rütteln, kein Flehen von mir reagiert hatte.

Den Pfeil hatten sie inzwischen aus seinem Körper operiert, die Wunde war längst versorgt. Trotzdem dauerte die Untersuchung an, was mich vermuten ließ, dass der Pfeil selbst nicht das Problem war.

Während ich das Sigil-Armband umherdrehte, starrte

ich Adam die ganze Zeit durch das Glas an. Die Weißkittel hatten seine Kleider entfernt; sein Körper wurde nur von einem Tuch über seiner Mitte bedeckt. Die Narben, die er in den letzten Monaten davongetragen hatte, stachen im grellen Licht hervor, und ich wollte ihn davor beschützen, dass diese fremden Menschen seine Verletzungen sehen konnten, aber …

Aber.

Matt, Cedric, Nikki und Dina waren bis vor kurzem noch hier gewesen und hatten sich schließlich zusammen mit einigen Häschern auf die Suche nach Barnabas Pelham und seinen Unterstützern gemacht. Ich beneidete sie. Zu gerne hätte ich mich in die Wut gestürzt, die ich gegenüber Pelham fühlte, aber ich konnte unmöglich hier weg. Nicht, bevor ich nicht wusste, was genau mit Adam geschehen war.

Seither war ich allein. Zorya stand auf dem Flur, und ich spürte, wie sie mit sich selbst haderte. Es war immer ihre Aufgabe gewesen, auf Adam aufzupassen – und seit kurzem auf mich. Diesmal hatte sie nicht für uns beide da sein können, und sie machte sich womöglich größere Vorwürfe als ich.

Nur Echo leistete mir noch Gesellschaft. Er lag zu meinen Füßen, den Kopf an mein rechtes Bein gedrückt. Ab und an rieb er mit seinem Gesicht an meinen Unterschenkel, aber die meiste Zeit hörte ich nur sein regelmäßiges Ein- und Ausatmen sowie das stetige leise Schnurren.

Ich bemerkte nicht, dass ich eingeschlafen war, bis sich jemand auf den Sitz neben mir fallen ließ.

Verwirrt schreckte ich auf und blinzelte Lily an. Durch meinen verschlafenen Blick bemerkte ich, dass sie saubere Klamotten, eine Flasche Wasser und ein eingewickeltes Sandwich für mich dabeihatte.

»Gibt es schon etwas Neues?«, fragte sie, aber ich schüttelte den Kopf.

»Nein. Sie untersuchen ihn noch.«

Lily umschloss vorsichtig eine meiner Hände mit ihrer, und ich war dankbar dafür, dass sie einfach da war und mir die Unterstützung gab, von der ich nicht gewusst hatte, dass ich sie brauchte. Meine Augen brannten noch von dem Rauch. Ich wollte weinen, aber konnte es nicht.

Lily hielt meine Hand fest und schaute stumm durch die Scheibe auf Adam und die Leute, die um ihn herumliefen. Sie fuhr beruhigend mit ihrem Daumen über meinen Handrücken und lehnte sich schließlich an meine Schulter.

»Der Pfeil war für mich bestimmt«, flüsterte ich, und der Satz zitterte in der Luft wie gesponnene Seide. Ich biss mir auf die Lippe, mein Herzschlag beschleunigte sich. »Es war eine Falle. Pelham wollte *mich* umbringen lassen. Weil ich ihn vor den Kopf gestoßen habe.«

Seit ich hier im Sanatorium saß, konnte ich an nichts anderes mehr denken. Wieso hatte ich Pelham nicht einfach hingehalten? Es wäre taktisch so viel klüger gewesen, ihn noch eine Weile in dem Glauben zu lassen, dass die Schicksalswürfel ihm gehören würden. Aber wie immer war ich, ohne es auch nur eine Sekunde zu hinterfragen, meinem Bauchgefühl gefolgt. Ich hatte den direkten Weg gewählt, und das war unsagbar *dumm* gewesen.

Ich hätte ihn nicht in die Ecke drängen müssen.

Ich hätte ihn nicht zu meinem Feind machen müssen.

Aber ich hatte es getan.

Und wie so oft war nicht ich diejenige, die den Preis dafür zahlen musste, sondern die Menschen, die an meiner Seite standen.

Der Mensch, der mir einfach *alles* bedeutete.

»Es war richtig, den Magistraten die Stirn zu bieten«, sagte Lily zu mir. »Sie hätten nur immer und immer mehr gefordert und den Mirror weiter gegen dich und die Sieben aufgehetzt. Das hättest du nicht verhindern können.«

Sie streichelte über meinen Unterarm, dann verhakte sie unsere Finger miteinander. Eine Weile schwiegen wir, und weil die Geräusche im Observationsraum von der Glasscheibe komplett verschluckt wurden, hörte man hier drin nur meine unruhigen Atemzüge.

»Ich habe mich in Adam getäuscht«, sagte Lily schließlich leise. Auf meinen fragenden Blick hin seufzte sie tief und hob dann entschuldigend die Schultern. »Weißt du, ich dachte, er … Ich dachte, er wäre einer dieser Menschen, die sich mit allen Mitteln an ihre Machtposition krallen. Jemand, der nach außen hin vielleicht so tut, als würde er sich für die Belange der *kleinen Leute* interessieren, aber in Wahrheit kümmert er sich nur darum, dass sein eigenes Leben besser und besser wird.« Sie seufzte. »Ich dachte, er wäre ein bisschen, wie Lazarus gewesen ist, aber …« Lily verzog die Lippen. »… als ich gehört habe, dass er abgedankt hat – *für dich* –, da …« Ein Schnauben. »Ich hätte ihm damals in Nova eine Chance geben sollen, so wie du es gesagt hast. Ich war einfach nur so wütend, weißt du? Und vielleicht … war ich auch ein bisschen eifersüchtig.«

»Auf Adam?«, fragte ich verwirrt.

»Auf das, was ihr habt. Und auf die Zeit, die er mit dir verbringt. Ich … hab mich wie das fünfte Rad am Wagen gefühlt, und … die Sache mit Dorian hat dann ihr Übriges getan.«

»Es tut mir so leid, dass er …« Ich wusste nicht recht, wie ich den Satz beenden sollte. *Dass er nicht so fühlt wie du?* Aber es war auch nicht nötig, Lily verstand mich ohne Worte.

»Man kann nicht alles haben.« Sie löste ihre Hand aus meiner, und zuerst dachte ich, sie wollte sich wieder zurückziehen, aber ich täuschte mich. Lily streckte mir einen abgespreizten kleinen Finger entgegen. Ich lächelte und hakte meinen eigenen Finger unter, so, wie wir es immer schon getan hatten.

»Tja, was sagen wir jetzt?«, fragte Lily neckend. »*Untere und stolz darauf* ist wahrscheinlich ein bisschen überholt, nachdem du dir ja unbedingt eine Krone aufsetzen lassen musstest. Und ich weigere mich, *Obere und stolz darauf* zu sagen, egal, wie himmlisch die Betten im Mirror auch sind.«

Mein Lächeln wurde breiter. Es war ziemlich offensichtlich, dass Lily mich nur von meiner Angst um Adam ablenken wollte, aber ich ließ es trotzdem zu.

»Ist *Freundinnen und stolz darauf* zu kitschig?«

»O Gott, ja!« Lily verzog den Mund, als hätte sie einen absolut widerlichen Geschmack auf der Zunge, doch gleichzeitig lehnte sie sich näher an mich. Ihr kleiner Finger drückte an meinen. »Vielleicht brauchen wir das auch gar nicht mehr. Wir sind einfach, wer wir sind. Obere, Untere – wie auch immer. Du und ich und … Wir halten zusammen. Egal, was kommt.«

»Das klingt gut«, flüsterte ich leise und ließ meinen Kopf wieder gegen Lilys sinken. Es war wirklich genau so, wie man sagte. Man wusste nicht, wie sehr man etwas vermissen würde, bis es weg war. Aber jetzt hatte ich Lily wieder. Und ich schwor mir, dass nichts mehr je einen Keil zwischen uns treiben konnte.

Es war Gift.

Es hatte eine weitere Stunde gedauert, bis die Weißkittel den Observationsraum verließen und mir ihre Ergebnisse mitteilten.

Die Pfeile, die man auf uns abgefeuert hatte, waren mit Gift getränkt gewesen. Der Schuss selbst hätte mit ein paar Med-Sigils leicht geheilt werden können, aber mit dem Gift in der Pfeilspitze sah es anders aus.

Sie nannten es *Acabado,* was auf Spanisch so viel wie *Beenden* hieß. Das Gift war schon seit Jahrzehnten im Mirror verboten. Aber offenbar hatte Pelhams Familie ein paar Phiolen davon zurückbehalten.

Falls mal jemand unbemerkt aus dem Weg geräumt werden musste.

Der Pfeil, der Adam getroffen hatte, war damit getränkt gewesen. Und allein die Berührung mit seinem Körper hatte ausgereicht, damit das Gift sich in kürzester Zeit überall in ihm ausbreitete.

»Die Wirkung entfaltet sich langsam, aber beständig«, hatte eine Ärztin zu mir gesagt.

»Was heißt ›langsam‹?«, hatte Lily für mich gefragt, nachdem ich keinen Laut über die Lippen gebracht hatte.

»Einige Tage.« In der Stimme der Ärztin hatte ehrliches Bedauern mitgeschwungen. »Die Chancen stehen gut, dass er noch einmal aufwacht. Womöglich wird er die ersten Tage auch bei Bewusstsein bleiben, aber … es wird ihm immer schlechter gehen. Es tut mir sehr leid.«

Obwohl die Ärztin sehr deutlich gesprochen hatte, drangen die Worte nicht zu mir durch. Ich bekam vage mit, wie Lily noch mehr Fragen stellte, aber auch ihre Stimme hörte ich nur wie aus weiter Ferne. Es fühlte sich an, als würde die Zeit aus den Fugen geraten. Minuten dehnten sich aus wie Stunden, und die Sekunden zogen wie zähe Kaugummifäden dahin.

Blinzelnd schaute ich auf. »Es gibt kein Gegenmittel?«

Lily und die Ärztin verstummten. Die Frau schüttelte den Kopf. »Nein, Mylady. Dieses Gift ist unheilbar, weil es sich in jedem Körper individuell entfaltet. Dadurch ist es unmöglich, in so kurzer Zeit ein Heilmittel zu entwickeln.« Sie schaute durch die Scheibe zu Adam. »In der Regel haben die Betroffenen nur wenige Tage, bis es alle lebenswichtigen Organe befallen hat. Wir werden natürlich versuchen, seine Schmerzen, so gut es geht, zu lindern, indem wir …«

Während die Ärztin weiterredete, zog sich mein Herz zusammen. Es stockte und pochte, und es schmerzte so sehr, dass ich darum kämpfen musste, bei Bewusstsein zu bleiben.

Er würde sterben.

Adam würde sterben.

»Bitte lasst mich allein.«

Meine Worte waren kaum ein Flüstern gewesen, trotzdem unterbrach die Ärztin sofort ihre Ausführungen.

»Ray …«, setzte Lily vorsichtig an. »Soll ich nicht lieber bleiben?«

Ich hielt inne, aber nur für einen Moment. Meine Finger krümmten sich zu Fäusten, und bevor ich entscheiden konnte, was ich damit tun sollte, krallte ich sie in meinen eigenen Mantel. »Nein. Ich … ich möchte mit ihm allein sein.«

Lily zögerte, doch schließlich nickte sie. »Ich informiere die anderen und … bin direkt vor der Tür, wenn du mich brauchst.«

Meine Sicht verschwamm, während ich in Adams Zimmer

hineinlief. Das Letzte, was ich hörte, bevor die Tür hinter mir ins Schloss fiel, war Lilys zitternde Stimme.

»Es tut mir so unendlich leid.«

Stunden später saß ich noch immer am Rand von Adams Bett und betrachtete seinen totenbleichen Körper. Mein Inneres fühlte sich an, als hätte es jemand mit Blei gefüllt, und mein Atem kam in kurzen, unregelmäßigen Zügen, die mir die Kehle verengten.

Meine Finger glitten durch Adams silbriges Haar. Die Weißkittel mussten ihn zwischendurch gewaschen haben, kein Blutfleck war mehr auf seinem Gesicht zu erkennen.

Irgendwann legte ich meine Stirn an Adams und stellte mir vor, wie ich ihn durch die Verbindung, die wir geteilt hatten, in meine Erinnerungen ziehen würde. Ich wollte ihm all das zeigen, wofür es sich zu leben lohnte. Erinnerungen, die so intensiv waren, dass es sich anfühlte, als würde ich sie noch einmal neu durchlaufen. Der Tag im Heptadome, als unsere Blicke sich zum ersten Mal getroffen hatten. Mein erster Gang in den Mirror, während Adam mich in den Armen hielt. Ein schattenweicher Glanz, sanft und silbern, der über den Gärten Septems gelegen hatte, damals, in der Nacht, in der ich angefangen hatte, mich in ihn zu verlieben.

Als Tränen in mir hochstiegen, schloss ich meine Augen fest und drückte meinen Kopf auf Adams Brust. Für einige Minuten versuchte ich, alles außer seinem schwachen Herzschlag auszublenden, aber es gelang mir nicht.

Es war nicht fair. Es war einfach nicht *fair.*

Als ich mich aufrichtete, flatterten Adams Augenlider, nur ganz schwach. Ich hielt den Atem an, wartete darauf, dass es noch einmal passierte.

»Komm schon, wach auf«, flüsterte ich eindringlich. »Öffne die Augen, *bitte.*«

Adam gab ein Geräusch von sich, ein raues Luftholen in seiner Kehle. Seine Augenlider flackerten wieder und gaben einen Schimmer des vertrauten Hellgrau preis. Danach zuckten seine Finger, bevor er wieder still wurde.

Ich umgriff Adams Kopf mit beiden Händen. Aber noch ehe ich etwas zu ihm sagen konnte, öffnete sich die Tür hinter mir.

Jemand kam herein, aber es war mir egal. Ich beugte mich über das Bett, legte eine Handfläche an Adams Kiefer und streichelte mit dem Daumen über seine Wangenknochen. Mit der anderen kämmte ich durch seine weißblonden Haare und schob sie ihm aus der Stirn.

»Adam?«

Ein weiteres Geräusch, fast ein Husten, und dann öffneten sich Adams Augen wirklich, nur ganz kurz, aber ich hatte es trotzdem gesehen. Ein Husten. Eine von Adams Händen bewegte sich, hob sich unsicher von dem Tuch, das auf seinem Körper lag, bevor sie wieder zurückfiel. Er blinzelte langsam, und ich verspürte eine schreckliche Panik, dass sich seine Augen nicht erneut öffnen würden, aber sie taten es. Schwer und trüb und nicht ganz da. Adam runzelte die Stirn, dann versuchte er, seinen Blick auf mein Gesicht zu fokussieren.

»Hey«, flüsterte ich, während sich zwei Weißkittel auf die andere Seite von Adams Bett stellten, um seine Vitalwerte zu prüfen. Ich wollte sie am liebsten wegscheuchen und allein mit ihm sein, aber hielt mich zurück.

»Mister Tremblett, können Sie uns hören?«, fragte dieselbe Ärztin, die mich vorhin über das Gift aufgeklärt hatte. Sie beugte sich über das Bett, hob Adams Augenlider weiter an und überprüfte seine Reaktionen mit einer kleinen Lampe. Ich beobachtete, wie seine Pupillen sich hektisch hin und her bewegten – und ich sah die vielen roten Äderchen dort, wo seine Augen eigentlich weiß sein sollten.

»Reaktionen sind in Ordnung«, sagte die Ärztin. »Sir, können Sie mich hören?«

Adam hob etwas ungeschickt eine Hand, um das Licht von sich wegzuschieben. »Hören schon«, murmelte er mit belegter Stimme, »nur … sehen kann ich gleich nichts mehr.«

Die Ärztin lächelte, schaltete die Taschenlampe aus und nickte zufrieden.

»Ich komme gleich noch einmal vorbei«, erklärte sie, bevor sie den Raum verließ.

»Hey«, murmelte Adam. Er blinzelte mich an. »Geht es dir gut?«

Meine Kehle wurde wieder eng. »Ja«, flüsterte ich. »Weil du dir einen verdammten Giftpfeil für mich eingefangen hast.«

Adam atmete schwer durch die Nase aus. »Pelham?«

»Wir suchen ihn noch.«

Ein langsames Nicken. »Das … war kein sehr schönes Ende für unser Date. Es tut mir leid.«

Ich lachte kurz, aber spürte gleichzeitig, wie mir Tränen in die Augen traten. »Na ja. Immerhin war es nicht langweilig. Das ist doch schon mal was.«

Adam lächelte leicht, aber wenige Sekunden später schlossen seine Augen sich wieder. Er hustete, erst nur leicht, dann heftiger. Doch bevor ich nach den Weißkitteln rufen konnte, reichte mir jemand von der Seite ein Glas Wasser.

Ich schaute auf. Von allen Menschen, mit denen ich gerechnet hatte, wäre er wohl an letzter Stelle gekommen.

»Er muss langsam trinken«, sagte Dorian, und ich nickte

und legte eine Hand auf Adams Hinterkopf, bevor ich das Glas an seine Lippen führte. Adams Augenlider flatterten, und er beugte sich nach vorne, gerade genug, um ein paar Schlucke zu trinken, bevor er aufs Kissen zurückfiel. Dann runzelte er erneut die Stirn und schaute mich an, als würde er mich zum ersten Mal sehen.

»Rayne«, krächzte er, und mein Magen verkrampfte sich, als sein verschwommener Blick mich traf. Ich spürte, wie er versuchte, den Griff um meine Hand zu festigen, aber es gelang ihm nicht ganz. »Geht es dir gut?«

Mein Herz zog sich zusammen. Wahrscheinlich war es eine Nebenwirkung des Giftes, dass er sich nicht erinnern konnte. Er wusste nicht, dass er mir diese Frage gerade schon gestellt hatte.

»Ja, es geht mir gut«, sagte ich und ließ es zu, als Adam seine Finger ungelenk in den Stoff meines Oberteils krümmte und mich mit schwankender Kraft zu sich zog. Ich rückte näher an ihn heran und legte einen Arm um seinen Hals. Er vergrub sein Gesicht an der Stelle zwischen meinem Nacken und meiner Schulter und atmete schwer aus. Dann spürte ich, wie er langsam wieder einschlief.

Zwar versuchte ich, mich vor Dorian zusammenzureißen, aber es half nichts. Auf meinen Wangen liefen weitere Tränen hinab. Einmal angefangen, konnte ich nicht aufhören zu weinen.

Als ich es schließlich doch wagte, zu Dorian zu schauen, bohrte sich sein Blick tief in mein Innerstes. Bedauern lag darin, aber auch Verständnis. Als ob er in genau diesem Moment realisiert hätte, dass zwischen uns niemals etwas passieren würde.

»Du hattest recht, weißt du?« Seine Stimme war tonlos. »Als du gesagt hast, es wäre nicht alles nur schwarz und weiß und dass nicht jeder Mensch im Mirror unser Feind ist. Ich … ich denke, ich verstehe es jetzt.« Er seufzte, schaute erst auf den Boden und dann wieder zu mir. »Kann das Auge irgendetwas tun?«

Ich löste mich von Adam und richtete mich langsam auf. »Ja«, krächzte ich. »Versammle deine Leute. Rebellen, Rekruten, jeden, der eine Waffe oder ein Sigil führen kann.«

»Jeden?« Dorian hob eine Braue. »Auch Sebastian Lacroix?«

Ich nickte. »Auch Sebastian.«

»Und was sollen wir dann tun?«

Ich nahm einen tiefen Atemzug und spürte, wie die Entscheidung, die ich getroffen hatte, schwer auf meine Schultern drückte. Doch ich wusste auch, dass wir nicht ewig nur den Geschehnissen hinterherlaufen konnten, das hatte Barnabas Pelham mir mehr als klargemacht. Leanore war uns weit voraus, wir hatten ihr nichts entgegenzusetzen.

Bis jetzt.

Heilung oder Verderben.

Heilung oder Verderben.

Ich konnte nur hoffen, dass mein Bauchgefühl dieses Mal richtiglag.

»Helft den Häschern dabei, sämtliche Schmiede ausfindig zu machen, die El-Masri für seine Arbeit benötigt. Im Mirror und in Prime. Und wenn ihr sie gefunden habt, bringt sie nach Nova zur Magiequelle.«

Dorians Augen weiteten sich. »Heißt das …?«

Meine linke Hand umklammerte Ignis. Seine Wärme hatte noch nie eine solche Wehmut in mir ausgelöst. Dann nickte ich.

»Ja. Wir schmieden Invictus.«

TEIL 3
INVICTUS

23

Funken stoben wie Sterne durch die Dunkelheit, als ich mit Dina, Matt, Lily und Nikki die große Schmiedehalle betrat.

»Kneif mich«, hörte ich Matt murmeln, was Dina sofort in die Tat umsetzte. Matt warf ihr einen schneidenden Blick zu und rieb sich den Oberarm, doch dann schaute er, genau wie wir alle, wieder ungläubig auf das, was direkt vor uns lag.

Ich erinnerte mich, als wäre es gestern gewesen, wie vollkommen verlassen dieser Ort ausgesehen hatte. Niemand – nicht einmal die Hüter, die seit Jahrhunderten hier lebten – hatte gewusst, dass die Schmiede noch existierte. Genau hier, tief unter der Erde, waren vor so langer Zeit die Dark Sigils hergestellt worden. Sie lag am Eingang des weitläufigen Höhlensystems Novas, wo wir die Schattenathame gefunden hatten. Als wir die Schmiede damals auf unserem Weg passiert hatten, hatte sie völlig verwaist ausgesehen, ein verfallenes Monument einer lange zurückliegenden Vergangenheit.

Heute jedoch war dieser Ort, eingerahmt von den hohen Felswänden, zum Mittelpunkt von Nova geworden.

Von überallher ertönte das Geräusch von Hämmern, die auf Metall schlugen, und als Echo, der bislang auf meiner Schulter gesessen hatte, in die Höhle hineinflog, folgte ich ihm mit dem Blick.

Neue Maschinen, Tische und Werkbänke waren aufgestellt worden. An allen Ecken und Enden lagen kunstvoll gefertigte Hämmer, Zangen und anderes Werkzeug, das ich nicht benennen konnte. Das Feuer in den Schmiedeöfen loderte heiß und grell, und die Luft flirrte. Der Geruch von geschmolzenem Metall war allgegenwärtig. Mitten in der Halle schwebten mehrere Projektionen in der Luft – Studien von Invictus, soweit ich es erkennen konnte.

Überall liefen Menschen umher. Einige Hüter, einige Rebellen, aber vor allem die zwölf Schmiede – Frauen und Männer in schwerer Arbeitskleidung –, die El-Masri für die Herstellung von Invictus herbeigerufen hatte. Ihre Gesichter waren schon jetzt von Ruß und Schweiß gezeichnet. Doch ihre Augen funkelten, und darin stand die Gewissheit, dass sie bei der Schöpfung eines Dark Sigils mitwirken würden.

»Da ist Dorian«, sagte Lily zu mir und deutete in Richtung des Ambosses, der in der Mitte der Schmiede thronte.

Dorian stand dort neben El-Masri, beide hatten die Köpfe zusammengesteckt, und selbst als wir bereits direkt vor ihnen zum Stehen kamen, dauerte es einen Moment, bis sie uns bemerkten.

»Mylady!« El-Masri ging in eine tiefe Verbeugung. »Ich wusste nicht, dass Ihr inzwischen in der Stadt seid.«

Inzwischen? Für einen Moment verwirrte mich das Wort. Nachdem ich beschlossen hatte, Invictus schmieden zu lassen, war kaum ein Tag vergangen, bis wir hier angekommen waren. Allerdings waren El-Masri und die meisten Schmiede schon gleich nach meinem Aufruf nach Nova aufgebrochen. Und hier in der Stadt wurde die Zeit dank der Magiebarriere, die sie umschloss, bis ins Unendliche gedehnt. Wahrscheinlich waren für Dorian und ihn mehrere Tage oder sogar Wochen vergangen.

»Wir konnten bereits große Fortschritte erzielen«, erzählte El-Masri eifrig, und ich nickte bloß, während er zu einem Bericht über die letzten Tage ausholte.

Er endete mit der Nachricht, dass die Gussformen bereits gefertigt waren. Und Dorian war es, der sie uns zeigte.

»Hier drüben«, sagte er und lotste Lily und mich an einer der Werkzeugbänke vorbei. Ich hatte Metallformen erwartet, aber Dorian deutete auf einige ausgehöhlte Steinplatten. Obwohl in den unterschiedlichen Mulden wohl verschiedene Einzelteile von Invictus hergestellt werden würden, konnte ich die Form gedanklich zusammensetzen. Die Konturen von zwei ineinander verschlungenen Drachen waren deutlich erkennbar. Ihre Flügel waren zu den Seiten ausgebreitet, als würden sie sich jeden Moment in die Luft schwingen.

»Es sieht fast aus wie Ignis«, hörte ich Lily murmeln.

El-Masri, der uns gefolgt war, nickte. »Ja. Invictus hatte eine gewisse Ähnlichkeit mit Ignis. Die Legierung ist allerdings aus Weißgold, und die beiden Drachen werden von einem Panzer umhüllt sein, maßgeblich geschmiedet aus den Überresten der Schicksalswürfel.«

Aus den *Überresten.*

Mein Herz zog sich bei den Worten zusammen, aber ich versuchte, mir nichts anmerken zu lassen.

»Wir brauchen leider noch ein paar Tage«, sagte da Dorian an mich gerichtet, ein entschuldigender Ausdruck lag auf seinem Gesicht. »Wir müssen absolut sichergehen, dass das Gefäß die Magiekerne akzeptieren wird. Dann können wir anfangen.«

Ein paar Tage.

Ich ballte die Hände zu Fäusten. In jeder anderen Situation hätten ein paar Tage mehr oder weniger kaum eine Rolle gespielt – vor allem nicht hier in Nova, wo Zeit keine Bedeutung hatte.

Doch es war nicht *jede andere Situation*. Denn an jedem weiteren Tag, der verstrich, war Adam vollständig dem Gift in seinem Körper ausgeliefert. An jedem weiteren Tag litt er Qualen, die niemand von uns lindern konnte.

Er würde nicht sterben. Nicht hier. Nova konservierte alles innerhalb seiner Grenzen. Die Häuser. Die Pflanzen. Die Menschen.

Und auch Adams Leben.

Es war genau wie damals bei der Magiehäscherin, die bei unserem ersten Besuch in der Stadt schwer verletzt worden war. Ihre Wunde war tödlich gewesen, aber innerhalb von Novas Mauern hätte sie trotzdem weitergelebt, weil die Zeit an diesem Ort so langsam fortschritt, dass der Körper der Verletzung nicht erliegen würde.

Doch ihre Schmerzen wären für immer geblieben. Genau wie bei Adam.

»Tut, was ihr könnt, um den Prozess zu beschleunigen«, sagte ich zu Dorian.

Er neigte den Kopf, sein Gesichtsausdruck war voller Mitgefühl. »Das werden wir.«

Ich schaute zurück zu den steinernen Gussformen. Es war so leicht, sich vorzustellen, wie dieser neue Drache langsam Form annahm. Wie daraus ein Sigil wurde, von dem niemand von uns sagen konnte, welche Macht es mit sich brachte. Aber was dann passieren würde – das war eine Zukunft, die für mich völlig im Dunkeln lag.

Mein Blick schweifte wie von selbst zu dem Sockel, etwas weiter weg, wo die Glasglocke mit Alius und Etas platziert worden war. Ich lief näher und schaute für einen Moment auf die beiden Würfel hinab.

Es stieg kaum noch Chaosmagie aus ihnen hervor. Sie flogen nur umeinander herum wie ein Mond, der seinen Planeten umkreiste. Ihre Bewegungen waren ganz ruhig, beinahe träge.

So, als ob sie längst wüssten, dass ihre Zerstörung kurz bevorstand.

Obwohl mir vom Verstand her klar war, dass die Zeit hier in Nova fast außer Kraft gesetzt war, empfand ich sie doch als unerträglich. Und das Nichtstun begann in den nächsten Tagen, an meinem Geist zu zehren.

Wie schon beim letzten Mal behielten wir unseren üblichen Tag- und Nachtrhythmus bei, und ich war froh um jeden Moment, der irgendwie an Normalität erinnerte, doch … jeden Morgen erwachte ich mit einer Schwere im Herzen, wissend, dass sich ein weiterer Tag genau wie der vorherige entfalten würde.

So verging fast eine ganze Woche. Ich hielt mich die meiste Zeit im Ewigen Tempel auf, dem Zentrum von Nova, wo Adam untergebracht worden war. Zorya, die immer wieder zwischen Nova und der normalen Welt pendelte, hielt mich über die Evakuierung des Mirrors auf dem Laufenden. Die meisten Städte hatten sich laut Agrona inzwischen merklich geleert. Ansonsten versuchten Lily, Dina, Matt und die anderen, mich abzulenken. Sie hatten es sich offenbar zur Aufgabe gemacht, dass immer jemand an meiner Seite war, wenn ich an Adams Bett saß. Alle, die mir wichtig waren, waren da. Sie arbeiteten zusammen, Hand in Hand, zum ersten Mal. Und doch fühlte ich mich, als würde ich ganz allein am Rand eines Abgrunds stehen, und mich trennte nur noch ein Schritt davon, hineinzustürzen.

Fast immer lag Adam still vor mir. Nur das stete Heben und Senken seines Brustkorbs ließ mich wissen, dass er noch hier war. Die Weißkittel, die uns aus Septem begleitet hatten, versuchten, seine Schmerzen zu lindern, so gut es ging. Die meiste Zeit schlief er, ruhiggestellt von einem Berg an Medikamenten, die ihm verabreicht wurden. Doch wann immer Adam wach war, konnte er die Qualen kaum verbergen.

Ich studierte sein Gesicht und versuchte, den aschfahlen Ton seiner Haut auszublenden. Er sah viel jünger aus im Schlaf. Und so … ruhig. Ganz im Gegensatz zu mir. Wann immer ich die Augen schloss, sah ich Adam vor mir und den Schwall von Blut, der ihm über das Kinn gelaufen war. Der Anblick hatte sich tief in mein Bewusstsein hineingebrannt, und ich musste meine Hand auf Adams Brust legen, musste seinen Herzschlag spüren, um wieder Luft zu bekommen.

Halte nur noch ein bisschen durch, sagte ich ihm stumm. Cedric schlug sich Tag und Nacht um die Ohren, um ein Gegenmittel für das Gift zu finden. Und wann immer ich zu ihm ging, konnte er die Hoffnungslosigkeit in seinem Gesicht kaum verbergen.

Sie hatten gesagt, es gäbe kein Heilmittel.

Offenbar behielten sie damit recht.

Mit einem tiefen Atemzug stand ich auf und lief zu den hohen Fenstern des Zimmers. Der Tempel, in dem wir uns befanden, lag so hoch, dass Nova sich in aller Schönheit vor mir ausbreitete. Die altertümlichen weißen Gebäude, die strahlend blauen Wasserkanäle, die vielen Palmen und exotischen Pflanzen – auf den ersten Blick sah es aus, als hätte sich nichts an der Stadt geändert. Sie existierte seit Urzeiten, und tief unter dem Tempel lag die Quelle aller Magie. Die Quelle, die es überhaupt möglich gemacht hatte, Dark Sigils herzustellen.

Doch dieser Eindruck täuschte.

Statt der wenigen Hüter, die in Nova lebten und die für gewöhnlich in weißen Tuniken durch die Straßen liefen, wimmelte es nun überall vor Menschen in militärischen Uniformen. Dorian war meinen Anweisungen gefolgt und hatte jeden, der noch im Stützpunkt des Auges gewesen war, mit sich nach Nova gebracht. Auch Sebastian.

Ich hatte ihn vor einigen Tagen zum ersten Mal wiedergesehen. Dorian hatte ihn nahe der Schmiedehalle unterbringen lassen, gefesselt, aber nicht mehr eingesperrt. Er sah trotzdem schrecklich aus. Noch dünner als bei unserer letzten Begegnung. Nur sein Blick war etwas wacher gewesen, als könnte er sich dem Treiben um sich herum nicht entziehen, selbst wenn er es wollte.

Außerdem bevölkerte der Großteil der Magiehäscherarmee die Stadt. Zorya hatte die meisten zur Bewachung der Schmiede abgestellt, wo El-Masri und die anderen tagein, tagaus an Invictus arbeiteten. Einige andere jedoch hatten sich um den Outpost versammelt, einem neuen Gebäude, das direkt an der Magiebarriere Novas errichtet worden war. Es war eine Art Hochsicherheitsfestung und unser neuer Zugang zur Stadt. Darin befand sich eine Tür – die einzige Tür, die es in Nova gab. Wir hatten den Outpost bauen lassen, um die Stadt schneller zu erreichen, obwohl wir wussten, dass es ein gewisses Risiko barg. Der Outpost war deshalb dauerhaft überwacht und sogar mit Sigils versehen, die das ganze Gebäude sofort in die Luft jagen konnten, sollte sich jemand unbefugt Zutritt verschaffen wollen.

»Rayne?«

Adams Stimme ließ mich aufschrecken. Ich wandte mich von der Stadt unter mir ab und schaute zu dem Bett hinüber. Adam hatte die Augen geöffnet und sah mich verwirrt an.

»Wo … wo sind wir?«

Vorsichtig setzte ich mich auf den Stuhl neben dem Bett und griff nach Adams Hand. Beim Anblick der roten Äderchen in seinen Augen, die inzwischen das Weiß vollständig überlagerten, wurde mir schwindlig, aber ich versuchte, es mir nicht anmerken zu lassen.

»Immer noch in Nova«, antwortete ich und drückte Adam sanft wieder nach unten, als er versuchte, sich aufzusetzen. »Bleib liegen. Du musst dich ausruhen.«

Ich sah Adam an, wie er versuchte, seine Gedanken zu sortieren. Wann immer er längere Zeit geschlafen hatte, brauchte er eine Weile, um sich zurechtzufinden. Schließlich schaute er mich fragend an. »Wie lange sind wir schon hier?«

»Einige Tage. El-Masri und die anderen arbeiten an Invictus, erinnerst du dich?«

Adams Mund verzog sich zu einer schmalen Linie. »Richtig.« Für einen Moment sah er aus, als wollte er noch einmal versuchen, sich aufzurichten, aber dann sank er nur kraftlos in die Kissen. »Ich … denke, es ist die richtige Entscheidung.«

Ich schnaubte. »Ja, das sagst du jedes Mal. Berühmte letzte Worte, wenn du mich fragst.«

Ein Lächeln legte sich auf seine Lippen. »Warst du nicht immer die Optimistin von uns beiden?«

»Du liegst im Sterben. Bitte entschuldige, wenn mein Optimismus gerade nicht ganz auf der Höhe ist.«

Adam wollte etwas erwidern, aber da ging ein Zittern durch seinen Körper. Er schnitt eine Grimasse, in dem vergeblichen

Versuch, die Schmerzenslaute zu unterdrücken. Seine Haut war schweißnass, und als ich eine Hand auf seine Stirn legte, spürte ich, wie er glühte. Hatte er Fieber? Das war neu. Dabei dürfte es ihm hier in Nova eigentlich nicht noch schlechter gehen. Ich wollte sofort aufstehen und nach den Weißkitteln rufen, aber Adam hielt mich mit einer Hand am Unterarm fest.

»Lass mich jemanden holen«, drängte ich. »Du brauchst neue Medikamente und –«

»Nein. Bleib.«

»Adam …«

»Bleib«, sagte er, seine Stimme schwerfällig, aber bestimmt. Er atmete einige Male tief ein und aus, bevor er seine ganze Aufmerksamkeit wieder auf mich richtete. »Ich kann nicht ewig hierbleiben und es hinauszögern. Und … ich will es auch nicht. Das weißt du, oder?«

»Cedric stellt Nachforschungen zu einem Gegenmittel an«, erwiderte ich, und meine Stimme klang dabei schrecklich ausdruckslos. Es kam mir vor, als würde ich mich mehr und mehr von mir selbst ablösen. »Du kennst Cedric … Er wird ganz sicher etwas finden.«

»Rayne.«

»Wir brauchen einfach nur Zeit!«, presste ich hervor. »Wir brauchen Zeit, um herauszufinden, wie wir dich retten können.«

Die Wahrheit war, dass ich Adam nicht nur wegen der Suche nach dem Gegenmittel nach Nova gebracht hatte. Ein Gedanke, der sich mir auf der Reise hierher aufgedrängt hatte, lag mir seit Tagen auf den Lippen, aber ich wusste nicht, ob es klug war, ihn laut auszusprechen. Allerdings konnte ich ihn auch nicht ewig für mich behalten.

Ich legte meine Hände fest um Adams. »Ich habe nachgedacht und ... wenn El-Masri und seine Schmiede bereit sind, dann ... musst du dir Invictus anlegen lassen. Und nicht ich.«

Adams Gesichtsausdruck verhärtete sich augenblicklich, also redete ich schnell weiter.

»Die Dark Sigils heilen Krankheiten. Ich meine – schau dir Cedric an. Es ging ihm zuletzt so schlecht und ... jetzt ist er nicht nur vollkommen gesund, er ist so stark wie nie zuvor. Mein Tremor ist im Grunde kaum noch spürbar, und das *trotz* der Chaosmagie in meinem Blut. Ein so mächtiges Dark Sigil wie Invictus ... Seine Magie würde das Gift sofort aus deinem Körper herausbrennen. Und ich bin davon überzeugt, dass es dich akzeptieren würde. Es ist *deine* Magie. Nur eben eine neue Form davon. Wir müssen es zumindest versuchen.«

Eine schier unendliche Anzahl an Herzschlägen verstrich, bevor Adam seine Hand in meinem Griff drehte, um unsere Finger miteinander zu verschränken.

»Kann ich dich etwas fragen?«

Ich seufzte. Eine Gegenfrage also, keine Antwort. Es sollte mich nicht wundern.

»Natürlich.«

»Zögerst du, weil du kein Dark Sigil mehr tragen möchtest? Bei Ignis hattest du damals keine Wahl. Und ...«, ein angestrengter Atemzug, »... es gab eine Zeit, da wolltest du es mit allen Mitteln wieder loswerden. Ich dachte, dass sich das geändert hat. Dass du die Magie in dir nicht mehr ablehnst. Aber ... wir haben nie wirklich darüber gesprochen.«

»Ignis ist ein Teil von mir«, antwortete ich – denn so war es. »Es hat gedauert, bis ich das wirklich verstanden habe. Nicht nur, weil es meinem Vater gehört hat und all unseren

Vorfahren, sondern … seine Magie spiegelt mich. Es passt zu mir. Aber wir alle müssen diese Magie irgendwann loslassen, und ich denke, das ist gut so. Die Zeit ist vielleicht früher gekommen, als ich es dachte, aber …« Ich zog die Schultern nach oben. Dann rieb ich mit meinem Daumen zärtlich über Adams Handrücken. »Wenn ich mich zwischen meiner Magie – zwischen *jeder* Magie – und *dir* entscheiden muss, dann hoffe ich wirklich, dass dir klar ist, wie diese Entscheidung ausfallen wird.«

Adam hielt meinen Blick, während er meine Hand fest umgriff. »Du würdest auch den Thron verlieren.«

»Adam.« Mein Mundwinkel zuckte. »Seit meiner Krönung sind kaum drei Wochen vergangen, und bald wohnt kein Mensch mehr im Mirror. Würde ich ein Arbeitszeugnis bekommen, stünde wohl darin, dass ich stets bemüht war.«

»Du bist eine fantastische Mirrorlady«, entgegnete er, ohne zu zögern. »Du bist stark, aber nicht kalt. Und du bringst die Menschen dazu, sich der Welt zu öffnen. Du inspirierst andere. Genau wie ich es vermutet hatte.«

»Du bist einfach nur nicht objektiv.«

Ein schmerzverzerrtes Lächeln, während sein Daumen über meinen Handrücken strich. »Nein. Das bin ich definitiv nicht.«

Er atmete ein und wieder aus. Es klang rasselnd und angestrengt. »Ich fürchte, dass Invictus sich nicht anfühlen wird wie Ignis. Wenn das, was El-Masri sagt, stimmt, dann wird die Macht dieses Sigils überwältigend sein. *Sehr* überwältigend. Es ist deine Entscheidung, Rayne. *Nur deine.* Ich werde dich nicht überreden, es zu tragen. Aber was mich angeht …« Er schluckte schwer. »Vergiftung hin oder her, Invictus darf nicht mit der Tremblett-Linie verbunden werden. Wenn es mein Blut erst akzeptiert hat, dann wäre es ein Leichtes für meine Mutter, es an sich zu nehmen.«

Ich ließ mich gegen die Stuhllehne sinken und versuchte, die Angst und die Enttäuschung hinunterzuschlucken. Ohne Erfolg. Ich konnte die Überzeugung in Adams blutunterlaufenen Augen sehen und wusste, ich musste seine Entscheidung akzeptieren – auch wenn es mich alles kostete.

Denn das bedeutete: Sobald El-Masri verkündete, dass sie mit dem Schmieden begannen, war es ganz egal, wer Invictus tragen würde – ich oder jemand anderes.

Ich könnte Adam damit nicht retten.

24

Die Zeit verstrich zwar unendlich langsam, aber am Ende kam es mir doch viel zu schnell vor, als wir uns alle in der Halle am Labyrintheingang versammelten. Dorian hatte uns im Tempel zusammengerufen und erklärt, dass sie mit ihren Vorbereitungen fertig waren. Es gab nichts mehr zu tun – bis auf den Schmiedeprozess selbst, für den wir nur einen Versuch hatten.

Der ohrenbetäubende Lärm in der Schmiedehalle war verstummt, das geschäftige Treiben verebbt. Die Flammen der Schmiedefeuer warfen ihr Licht gegen die steinernen Wände, diesmal nicht grell und lodernd, sondern ganz ruhig, fast wie in Erwartung dessen, was passieren würde. Sie beleuchteten die ernsten Gesichter der zwölf Schmiedinnen und Schmiede, die einen Kreis um El-Masri gebildet hatten.

Zu meiner Linken standen Matt, Dina, Cedric, hinter mir Nikki und Lily. Adam saß rechts auf einer schmalen Steinbank. Zorya wich ihm nicht von der Seite, nachdem Adam darauf bestanden hatte, mit uns zu kommen. Er hielt sich aufrecht, und nur die angespannten Muskelstränge in seinem Nacken und die zusammengepressten Kieferknochen ließen erahnen, welche Schmerzen er gerade aushielt.

»Mylady, wir sind so weit.«

El-Masri hob die Hände über die Glocke, in der Alius und Etas verwahrt wurden.

Es brauchte nur ein Nicken. Eine kleine Bewegung, nicht mehr. Dann wäre das Warten vorbei – und ein Zurück gäbe es nicht mehr.

Ich holte tief Luft, dann senkte ich meinen Kopf.

El-Masri zögerte nicht. Die Hüllen von Alius und Etas schimmerten silbrig, als er sie vor uns in die Höhe hielt – und dann in das Feuer der Schmiede sinken ließ.

Ich starrte in die Flammen und erinnerte mich an den Moment, als ich Alius und Etas zum ersten Mal gesehen hatte. Wir hatten im Thronsaal Septems gestanden. Gerade erst hatte ich erfahren, wer Adam war – das Oberhaupt des Mirrors. Er hatte mich zu der Säule geführt, in der Ignis seit Jahren unter einer Glasglocke aufbewahrt worden war, und sowohl mein Sigil als auch die Chaosmagie, die aus ihm herausströmte, hatten sofort auf mich reagiert.

Adam hatte erst das Abby vernichtet, das mich angegriffen hatte, und dann nach meiner Hand gefasst. Die Schicksalswürfel waren von seiner Hand leicht emporgeschwebt, und ich hatte für den Bruchteil einer Sekunde ihre Schönheit bewundert, bevor ihre Magie die Welt um mich herum eingefroren und dann einfach rückwärtsgedreht hatte, als wäre es nichts.

Meine erste Begegnung mit Alius und Etas spiegelte all die Momente, in denen mein Leben damals auf den Kopf gestellt worden war.

Der Moment, als ich begriffen hatte, woher meine Familie kam.

Der Moment, als mir gesagt wurde, ich wäre ein Teil der Sieben.

Der Moment, in dem ich zum ersten Mal in meinem Leben wahre Magie erfahren hatte – *Adams Magie.* Und das hatte etwas in mir wachgerüttelt, das ich erst heute wirklich verstehen konnte.

Denn seine Magie war meine Magie gewesen. Schon immer. Und deshalb fühlte ich auch in meinem Inneren etwas zerbrechen, als die beiden Würfel vom Feuer erfasst wurden und ihre silbrigen Hüllen anfingen, langsam zu schmelzen. Sie wurden so lange von den züngelnden Flammen umhüllt, bis sie schließlich ihre Form verloren. Die vielen feinen Gravuren darauf lösten sich auf, und die Schicksalswürfel zerflossen vor meinen Augen zu einer kleinen silbrigen Pfütze.

Es war ein Anblick, den ich noch vor wenigen Tagen für unmöglich gehalten hätte.

Jetzt war es die Realität.

Wir tun das Richtige, sagte ich mir immer wieder, während wütende weiße Funken aufstoben, so als würden Alius und Etas sich noch im allerletzten Moment gegen die Zerstörung ihrer Gefäße wehren. Mit einer Hand umklammerte ich Ignis. Schon seit ich zwischen Matt, Dina und Cedric in die Schmiede gelaufen war, spürte ich, wie unruhig die Magie in meinem Blut war. Wie würde es sich anfühlen, sie zu verlieren? Und würde sich je wieder etwas so *richtig* anfühlen wie meine Verbindung zu Ignis?

»Jetzt ganz vorsichtig«, vernahm ich El-Masris Stimme, während er mit einer Zange die zwei weißen Magiekerne nacheinander aus der geschmolzenen Masse zog. Kaum größer als mein Daumennagel, erstrahlten sie in hellem Licht – wie winzige Sterne, die vom Himmel gefallen waren.

Um El-Masri herum standen die Schmiede bereit, sieben Frauen und fünf Männer, alle mit hochkonzentriertem Blick.

Sie hatten offenbar jeden einzelnen Handgriff abgesprochen, jedenfalls verloren sie keine Zeit. Eine Schmiedin platzierte behutsam einen der weißen Magiekerne in eine Halterung, während eine andere den zweiten Kern zuerst in ein Gefäß mit Magie tauchte und ihn anschließend in den bereits geöffneten Griff der Schattenathame einsetzte, die Dorian hielt.

Ich schaute zu Adam. Während Alius und Etas eingeschmolzen worden waren, hatte er seinen Blick kein einziges Mal von der Schmiede abgewandt. Die silbrig schimmernde Flüssigkeit darin warf Blasen und köchelte vor sich hin. Ich konnte nur erahnen, was in ihm vor sich ging. Die Schicksalswürfel hatten sein gesamtes Leben bestimmt, er hatte schon von Kindheit an gewusst, dass er sich ihnen unterordnen, ihnen sein Leben widmen musste.

Und jetzt waren sie zerstört.

Wir tun das Richtige.

Wir tun das Richtige.

Wir tun das Richtige.

Wenn ich es mir nur immer und immer wieder sagte, würde ich es vielleicht auch glauben können.

»Vorsichtig!«, rief El-Masri da auf einmal. Der weiße Magiekern in der Schattenathame glühte grell auf, und auch der schwarze Kern, der bereits in den Dolchgriff eingefasst gewesen war, sandte ein seltsames schummriges Licht in die Höhle. Die Athame wurde von einem winterblauen Glühen umfasst, das immer heller wurde, bevor es nach wenigen Sekunden plötzlich verschwand.

»Außergewöhnlich.« El-Masri näherte sich der Athame so voller Ehrfurcht, als stünde der Heilige Gral höchstpersönlich vor ihm. Er nickte Dorian zu. Mit einem Werkzeug – ich hatte keine Ahnung, was es war – schloss der den Griff, so dass die beiden Magiekerne dahinter verschwanden. Dann warteten sie, fast als würden sie damit rechnen, dass das Ding gleich in die Luft gehen könnte.

Schließlich entließ El-Masri einen tiefen Atemzug und schaute zu mir auf. »Sie ist wieder in ihrem ursprünglichen Zustand.«

Eine Gänsehaut legte sich über meinen gesamten Körper, vom Haaransatz bis in die Zehenspitzen.

El-Masri konnte unmöglich verstehen, was seine Worte bedeuteten. Doch ein Blick zu Cedric, Matt und Dina, und ich wusste, sie dachten genau dasselbe wie ich. Die Schattenathame verkörperte nun all das, was ich mir damals von ihr erhofft hatte: die Möglichkeit, dass jeder von uns über unser Leben bestimmen konnte. Dass wir unsere Sigils frei weitergeben konnten, wann und an wen wir es für richtig erachteten.

Doch der Moment der Erleichterung war schnell vorbei. Denn ich wusste ganz genau, was nun auf mich zukam.

Sie würden mir Ignis abnehmen.

»Mylady?«

El-Masris Stimme war fast sanft. Er streckte mir den Dolch mit dem Griff zuerst entgegen. Seine Geste war nicht drängend, aber ihre Bedeutung glasklar. Die Zeit war gekommen: Ich konnte die Athame nun nehmen und Ignis von mir lösen.

Mein Blick fixierte einen Punkt oberhalb von El-Masris Kopf, irgendwo auf der Höhlenwand in der Ferne, und ich ließ meine Sicht bewusst verschwimmen.

Ich würde es tun.

Aber ich wollte es nicht sehen.

»In Ordnung«, flüsterte ich und streckte meine Hand nach vorne, um die Athame an mich zu nehmen.

»Warte.« Das war Adams Stimme. Er richtete sich mit sichtlicher Anstrengung etwas auf und schaute dabei zu El-Masri. »Wie sicher sind Sie sich?«

»Dass kein Opfer für die Trennung mehr vonnöten ist?« El-Masri klang nun doch etwas nervös. »Das Gefäß hat den Kern akzeptiert, wir wüssten, wenn es nicht so wäre. Und die Magie, die bei einer Trennung entzogen wird, wird nun durch den neuen Magiekern gereinigt und wieder abgegeben. Es ist ganz –«

El-Masri hielt mitten im Satz inne, und als ich zu ihm schaute, wanderte sein Blick von Adam zur Athame und dann zu mir. Seine Augen weiteten sich, bevor er den Dolch wieder von mir weg und an seinen eigenen Körper zog.

»Oh! Ich verstehe. Natürlich bin ich bereit, den Schnitt selbst durchzuführen. Eure Sorge ist nachvollziehbar, und ich möchte keinesfalls Euer Leben gefährden, Mylady. Die Führung der Athame werde ich persönlich übernehmen.«

»Auf keinen Fall.« Dorian stellte sich neben uns. »Falls etwas passiert, können wir Invictus ohne Sie nicht fertig schmieden.«

»Ich führe den Schnitt aus«, sagte Adam, und ich wollte ihn am liebsten anschreien. *Natürlich bietet er sich sofort als Opferlamm an! Was auch sonst?*

Wütend starrte ich Adam an. »Nein.«

Er atmete tief durch, schaute mir in die Augen. »Ich sterbe, Rayne. Ich denke, es ist wohl kaum jemand besser geeignet.«

»Nein!«, wiederholte ich nur und wusste genau, wie furchtbar es war, was ich hier tat. Aber gerade war es mir egal, ob ich meine Position ausnutzte – oder ob ich ihn damit vor den

Kopf stieß. Auf keinen Fall würde er diesen Dolch führen, nicht nach allem, was mit Celine geschehen war.

»Wir sollten keine Zeit verlieren«, wandte El-Masri mit sanfter Stimme ein, und noch während ich mich hilflos fragte, wie irgendjemand von uns entscheiden sollte, welches Leben am ehesten geopfert werden konnte, näherten sich Schritte.

»Euer Rumgeheule ist echt nicht auszuhalten.«

Mit einer fließenden Bewegung nahm Sebastian El-Masri die Schattenathame aus der Hand. Und das, obwohl seine Hände noch immer gefesselt waren. Ein Ruck ging durch uns alle hindurch, aber Sebastian schnaubte nur belustigt.

»Was? Habt ihr vergessen, dass ich noch hier bin?« Er hob die Athame vor sich. »Seien wir ehrlich: Keiner von euch würde auch nur eine Träne vergießen, wenn ich gleich Dornröschen Nummer zwei spiele. Und es wäre wohl auch irgendwie gerecht. Lasst es mich machen, dann können wir uns alle die gegenseitigen Liebesbekundungen und Tränen sparen. Einverstanden?«

Mein erster Impuls war zu protestieren. Nur weil ich Sebastian aus tiefster Seele verabscheute, war sein Leben nicht wertlos. Ich wollte nicht wie er sein und über Leichen gehen, um unser Ziel zu erreichen. Aber …

Aber.

Irgendjemand musste die Athame führen.

Ich hörte Adam tief ausatmen. Er rieb sich über die Stirn, sagte aber nichts. Gleichzeitig unternahm er keine Anstalten, Sebastian den Dolch wieder abzunehmen.

»Danke, Sebastian«, flötete Sebastian, während er sich von Dorian die Fesseln lösen ließ. *»Wir sind auf ewig in deiner Schuld, Sebastian. Dein Heldenmut ist unübertroffen, Sebastian.«*

»Übertreib es nicht«, warnte Dorian und packte Sebastians Arm, als der die Dolchspitze an mich heranführen wollte. »Und denk nicht mal dran, irgendetwas zu versuchen.«

Sebastian schenkte Dorian bloß einen abschätzigen Blick, dann schaute er mich an. »Als ob ich etwas gegen sie ausrichten könnte. Jeder weiß doch, dass Drachen Engel zum Frühstück verspeisen.« Ein Lächeln legte sich auf seine Lippen, es wirkte beinahe so frech und unbekümmert wie damals, als wir uns in der Bella Septe in Rom das erste Mal begegnet waren. »Bist du bereit?«, fragte er mich.

Adam hatte mich damals, am Tag meines Verbindungsrituals, genau dasselbe gefragt. Und heute, selbst nach allem, was seitdem geschehen war, fühlte ich mich kein Stück besser gewappnet für das, was kommen würde.

Nein, ich war nicht bereit. Und Scham überkam mich, als ich spürte, wie Tränen in meine Augen stachen. Alle Blicke lagen auf mir, von den Schmieden, von einigen Hütern, die das Geschehen aus der Ferne beobachteten, und auch von Matt, Dina, Nikki, Cedric … und Adam.

»Rayne …« Ich spürte seine Hand an meinem Rücken und ahnte, was er sagen wollte.

Noch können wir aufhören.

Noch können wir Ignis erhalten. Die Athame ist wiederhergestellt, wir haben nur ein *Dark Sigil geopfert für ein anderes.*

Aber es würde nicht ausreichen, wenn Leanore den Mirror wirklich mit aller Macht angriff.

Ignis würde nicht ausreichen.

Die Wahrheit dieses Gedankens schnürte mir die Luft ab. »Tu es«, flüsterte ich, und als ich wieder zu Sebastian aufsah, war das Lächeln von seinen Lippen gewichen. Zum ersten Mal, seit wir uns kannten, schaute er mich mit so etwas wie

Verständnis an. Denn in dieser Sache, so unterschiedlich wir sonst auch waren, glichen wir Träger einander wohl alle.

Unsere Magie war ein Teil von uns. Ein Teil unseres Blutes. Ein Teil unserer Seele.

Und dieser Teil wurde mir nun herausgeschnitten.

»Ich beeile mich.« Sebastians Worte waren kaum ein Flüstern.

Ich spürte, wie Lily sich zu mir stellte und wie Echo sich in seiner Raubkatzengestalt an mein Bein drückte, als das *Band* sichtbar wurde. Ich hatte es schon zweimal gesehen. Einmal, als Leanore mir damals im Shuttle erklärt hatte, sie würde mir Ignis bei der erstbesten Gelegenheit abschneiden, und das zweite Mal … das zweite Mal, als Celine Adam die Schicksalswürfel abgetrennt hatte und dabei vor meinen Augen gestorben war.

Feine rötlich schimmernde Magielinien tauchten rund um Ignis auf. Sie nahmen die Form von Flammen an und verbanden das Drachenarmband mit meinem Körper wie ein endloser Knoten. Das Band vibrierte immer stärker, als die Spitze der Athame sich näherte. Und ich konnte die einzelne Träne einfach nicht zurückhalten, als Sebastian den Dolch ruckartig nach vorne bewegte und das Band mit einem Schnitt durchtrennte.

Was danach geschah, spürte ich kaum. Ich nahm vage wahr, wie sie Ignis von meinem Arm herunterzogen, fühlte, wie sie mich auf den Boden legten, aber mein Bewusstsein kam und ging in Wellen.

Die Welt wirkte mit einem Mal so unwirklich.

So *falsch*.

Ich war dankbar, dass ich nicht mit ansehen musste, wie

das goldene Drachenarmband dem Feuer übergeben wurde. Doch als ich die ersten Hammerschläge hörte, wusste ich, dass es längst geschehen war.

Ignis existierte nicht mehr.

Ich fühlte den Verlust, als würde er mich wie ein tonnenschweres Gewicht nach unten drücken. Es war nicht nur die Magie, die mit einem Schnitt aus mir herausgerissen worden war, auch die Seelen all der Menschen, die mein Sigil vor mir getragen hatten, waren verstummt.

»Alles wird gut«, hörte ich Adam leise an mein Ohr sagen.

Er hatte mich zu sich auf die Steinbank gezogen und hielt mich in den Armen, so fest sein Zustand es zuließ. Seine Lippen streiften ab und an über meine Schläfe, seine Hände streichelten über meinen Rücken. Er war mein Anker, während jede einzelne Zelle in mir sich anfühlte, als wäre sie nicht mehr am richtigen Platz. Auch er musste sich so gefühlt haben – vielleicht tat er das sogar heute noch, und ich griff nach einer seiner Hände und umklammerte sie.

Da drang auf einmal ein Grollen an mein Ohr. Auch die anderen hörten es. Echo gab ein Knurren von sich, während er um Adam und mich herumlief. Zunächst war das Grollen noch leise, doch von Sekunde zu Sekunde wurde es immer lauter, immer drängender. Es schien sich wie ein umgedrehtes Erdbeben von oben bis tief in die Höhle zu ziehen, in der wir uns befanden.

Aus dem Tunnel, der zu der Schmiedehalle führte, konnte ich eine Gruppe Magiehäscher auf uns zulaufen sehen. Sie hielten bei Zorya, sagten etwas zu ihr.

»Was ist los?«, hörte ich Lily fragen. Ich konnte die gehetzten Worte der Magiehäscher nicht verstehen, aber Zoryas Gesicht versteinerte förmlich. Sie drehte sich zu uns, eine Hand an ihr Sigil-Armband gelegt.

»Es ist Leanore«, sagte sie. »Sie greift die Barriere von Nova an. Mit einer Armee von Abbys.«

25

Woher weiß sie, dass wir hier sind?«

»Jemand muss sie gewarnt haben.«

»Ja. Und wer war das wohl?«

Die Rufe gingen wild umher. Echo knurrte. Schließlich stürmte Matt auf Sebastian zu. Mit beiden Händen griff er in dessen Oberteil und schmetterte ihn gegen eine der Schmiedevorrichtungen. »Warst du es?«

Sebastian lachte. »Natürlich. Wer soll es auch sonst gewesen sein?«

Matt packte ihn an der Kehle und drückte zu. »Das ist kein Scherz!«

»Aaaa…ch w-wa…as.« Obwohl Sebastian würgte, schaffte er es trotzdem noch zu grinsen. »D-dabei i-ist a-alles ssso *l-lustig.*«

Er stemmte beide Hände gegen Matts Brust. Doch seine Kraft reichte offenbar nicht aus. Matt musste zwar einen Schritt nach hinten machen, hielt Sebastian aber weiterhin gegen die Wand gepresst. »Hast du Leanore kontaktiert?«

»Habe ich nicht«, krächzte Sebastian wieder deutlicher, jetzt, da der Druck an seiner Kehle weg war. »Ich bin fertig mit ihr. Und ich schätze, das hier ist Beweis genug, dass sie auch fertig mit mir ist.« Er tippte sich gegen den Verband an seinem Kopf, an die Stelle, wo sein zweites Auge gewesen war.

Matt starrte Sebastian noch einen Moment an, dann stieß er ihn erneut heftig gegen die Wand, ließ ihn aber mit einem frustrierten Laut los.

»Jemand muss ihr gesagt haben, dass wir unsere Armee nach Nova verlagern, bevor wir überhaupt aufgebrochen sind.« Adam schaute von seinem Platz zu mir, jedes Wort kam ihm nur mit Mühe über die Lippen. »Sonst ... sonst hätte sie unmöglich rechtzeitig hier ankommen können.«

Er hatte recht. Es gab keinen unbefugten Durchgang im Outpost. Und in der Welt draußen konnten seit unserer Ankunft nur wenige Stunden vergangen sein. Leanore musste also schon in der Nähe auf uns gewartet haben.

»Glaubt ihr, sie weiß von Invictus?«, presste Lily hervor.

»Ich hoffe nicht.« Dinas Blick wanderte durch den Höhlenraum, von Person zu Person. »Aber Adam hat recht. Irgendwer *muss* sie informiert haben. Und nur diejenigen, die hier in diesem Raum stehen, wussten, was wir vorhaben.«

Das stimmte. Irgendjemand musste mit Leanore in Kontakt stehen. Unweigerlich wanderte mein Blick zu Haroun El-Masri. Er hatte früher mit Leanore zusammengearbeitet – ihr geholfen. Aber er und auch alle anderen Schmiede wirkten so voller Panik, dass ich es mir nur schwer vorstellen konnte.

»Wir haben keine Zeit, jetzt nach dem Verräter zu suchen«, sagte ich. »Wir müssen weitermachen und Leanore davon abhalten, in die Stadt zu kommen.«

Damit versuchte ich aufzustehen. Doch der Schnitt der Athame hatte mir deutlich zugesetzt. Neben meiner Magie hatte er mir anscheinend auch sämtliche Kraft geraubt. Prompt legte sich eine Hand auf meine Schulter – es war die von Zorya.

»Du bleibst hier, Flämmchen. Lass dir dein neues Sigil anlegen und überlass die Verteidigung von Nova uns.«

Wieder ertönte ein Grollen. Einige Sekunden passierte nichts, dann landete Staub auf meinen Armen und Händen. Er musste von der weit entfernten Decke herabgerieselt sein.

Ich hatte ein *ganz* mieses Gefühl bei der Sache.

Meine Hand wanderte in Echos Fell, ich hielt ihn fest bei mir, während Zorya einige Magiehäscher anwies, den Eingang zu bewachen, und in Richtung Ausgang loslief. Alles in mir schrie danach, sie zu begleiten, vor allem als Dina, Lily, Nikki, Matt und Cedric sich zum Gehen bereit machten. Aber ich wusste, dass ich ihnen keinerlei Hilfe wäre.

Ich hatte keine Magie mehr.

»Na dann.« Sebastian wollte ebenfalls zum Ausgang gehen, aber Matt packte ihn am Arm.

»Was glaubst du, wohin du gehst?«

Der Humor von eben war Sebastian nun vollkommen aus dem Gesicht gewichen. »Muss ich dich etwa um Erlaubnis bitten, euch zu helfen? Ich glaube nicht. Du bist genauso sehr ein Träger wie ich. Ich stehe *nicht* unter dir. Also geh mir aus dem Weg!«

Matt starrte Sebastian von oben herab an. »Wir hätten dich in den Nachtturm sperren sollen, als wir noch die Möglichkeit dazu hatten. Dich und all deine Intrigen.«

Sebastian lachte, auch wenn es nicht halb so hämisch klang, wie er vielleicht wollte. »Das hättet ihr wahrscheinlich tun sollen, ja. Aber wir wissen beide, dass du zu sehr in mich verliebt warst, um so weit zu gehen.«

»*Warst* – ganz genau.« Matts Augen blitzten. »Wenn du

mit uns kämpfen willst, meinetwegen. Aber solltest du uns doch verraten, schwöre ich dir, dass du dir wünschen wirst, im Nachtturm gelandet zu sein.«

Sebastians Blick wanderte über Matts Gesicht, und ich sah ihm an, dass er die Drohung ernstnahm. »Wieso sollte ich euch verraten? Es ist sowieso alles am Arsch. Dann kann ich genauso gut ...« Sebastians Blick zuckte kurz zu mir. »... das *Richtige* tun.«

Obwohl ich Matt ansah, dass er Sebastian am liebsten grün und blau geprügelt hätte, ließ er ihn los. Niemand von uns sagte etwas, als Sebastian Divinus an seinem Gürtel zurechtrückte.

»Einer von euch muss bei uns bleiben«, sagte da Adam mit belegter Stimme. Er sah von Minute zu Minute schwächer aus, doch sein Blick war klar. Er schaute zwischen Dina, Cedric und Matt umher. »Einer muss das Verbindungsritual mit Invictus durchführen und die Magie darin aktivieren.«

Dina, die die Schattenathame gerade wieder an ihrem Gürtel befestigt hatte, trat nach vorne. »Ich bleibe«, sagte sie, aber Matt schüttelte den Kopf.

»Du bist im Kampf gegen die Abbys zu wichtig, da kann ich mit meinen Illusionen nicht helfen.« Er schaute zu Cedric. »Und du mit deinem Schild auch. Ich werde das Ritual durchführen.«

Cedric zögerte sichtlich. Er legte eine Hand an Matts Schulter, und sein Gesicht spiegelte all die ungesagten Dinge wider, die offenbar noch immer zwischen den beiden standen. »Matthew, ich ...«

»Ist schon gut.« Matt lächelte zaghaft. »Wir sehen uns gleich wieder. Geht schon. Rettet die Stadt. Und ... Ceddy – bitte bleib am Leben, ja?«

Ich sah, wie Cedrics Hand sich auf Matts Schulter verkrampfte. Er wollte ganz offenbar noch mehr sagen. Aber als erneut ein Grollen ertönte, atmete er nur tief durch, nickte knapp und folgte Dina, Nikki und den verbliebenen Magiehäschern zum Höhlenausgang.

»Seid vorsichtig«, sagte ich zu Lily und umarmte sie. Über ihre Schulter hinweg warf ich Dorian ein dankbares Lächeln zu. Ich wusste, die beiden würden da oben aufeinander aufpassen. Auch Echo schloss sich ihnen an. Er drückte seinen Kopf noch einmal an meine Beine, und ich strich über seinen Sternenfleck hinweg. *Danke, kleiner Freund,* dachte ich. Dann verließen alle, die nicht zwingend notwendig für den Schmiedeprozess waren, die Höhle.

Zurück blieben El-Masri, seine Gehilfen, Matt, Adam und ich.

Ich versuchte, die Geräusche, so gut es ging, auszublenden. Der Staub, der ständig von der Decke rieselte, das Ächzen der Stadt über uns und – weit entfernt – Schreie. Sie hallten gedämpft zu uns herunter und wurden vermengt mit dem Klirren der Schmiedehämmer, die unablässig arbeiteten. Der Geruch von verbranntem Metall durchzog die Luft, und die Hitze des Feuers trieb Schweiß auf mein Gesicht. El-Masri und die anderen arbeiteten mit Hochdruck.

Wir alle wussten, dass wir Invictus unbedingt fertigstellen und das Verbindungsritual durchführen mussten, bevor Leanore mit ihren Abbys die Barriere durchbrechen konnte. Sonst wäre die gesamte Arbeit umsonst gewesen.

Allerdings hatten wir keine Ahnung, wie viel Zeit uns dafür noch blieb.

Matt stierte seit einer halben Ewigkeit konzentriert auf

die Gravur von Invictus. Ein kleiner Ritualdolch lag bereits in seiner Hand – er würde mir die Linien in die Haut einritzen, so, wie er es zuletzt bei Cedric getan hatte. Ursprünglich hatten wir gehofft, dass Agrona es rechtzeitig hierherschaffen würde, um das Verbindungsritual durchzuführen, aber das war nun undenkbar. Und das nicht nur, weil die Evakuierung des Mirrors noch immer andauerte.

»Was passiert, wenn die Barriere fällt?«, hörte ich mich selbst fragen, und Adam schaute von seinem Platz neben mir auf.

»Was meinst du?«

»Mit Nova. Was passiert dann mit Nova?«

Die Stadt lag schließlich seit Jahrhunderten – seit *Jahrtausenden* – unter dem Zeitzauber. Würde er zerbrechen, wenn die Barriere zerstört wurde? So wie auch die Schwerkraft im Mirror kurzerhand außer Kraft gesetzt worden war? Und was wäre dann mit den Hütern? Ihr Leben war an die Magie von Nova gekoppelt, oder nicht?

Adams Blick wanderte nach oben, so als könnte er durch die Höhlendecke hinauf in die Oase schauen. »Ich weiß es nicht.«

»Das Gift in deinem Körper wird sich schlagartig ausbreiten, wenn Nova dich nicht mehr davor schützt.«

Er blickte zu mir, mit seinen roten Augen, mit der fahlen Haut, und ich spürte, wie bei dem Anblick meine Sicht verschwamm.

»Willst du so unbedingt sterben?«, fragte ich ihn, als er nicht antwortete.

»Nein, das will ich nicht. Aber …«

Was auch immer er sagen wollte, er wurde unterbrochen, als auf einmal ein seltsamer Ruck durch den Raum ging. Ich konnte es schwer beschreiben – es war keine Druckwelle und auch kein Beben. Es war, als wäre für einen Moment die gesamte Luft aus der Höhle gezogen und dann in einem Schwall wieder zurückgeschickt worden.

Das Hämmern an der Schmiede verstummte. El-Masri stand mit dem Rücken zu uns. Dann drehte er sich langsam um.

»Es ist fertig.«

Matt und ich halfen Adam dabei, aufzustehen, damit auch er es ansehen konnte. El-Masri und die anderen machten Platz für uns, und ich holte tief Luft, bevor ich meinen Blick langsam über das weißgoldene Armband schweifen ließ.

Statt einem Drachen wie bei Ignis waren nun zwei Drachen zu sehen. Sie hielten ihre Köpfe nah beieinander, und durch ihre seitliche Positionierung richteten sie jeweils einen Flügel zur Seite. Dadurch wirkte es, als teilten sie Körper, Schwingen und auch die beiden Magiekerne – einen roten und einen weißen –, die sie zwischen ihren Krallen in der Mitte festhielten. Anders als bei Ignis wirkten die Flügel nun wie gepanzert, und ihre Schuppen waren scharfkantig wie Messerspitzen.

Ich erinnerte mich unweigerlich an meine erste Begegnung mit Ignis. An das Gefühl von damals, als ich meine Hand auf die Glasglocke gelegt hatte, um dem Armband so nahe wie möglich zu kommen. Es war wie eine Explosion in meinem Inneren gewesen. Als wäre ein Stern mitten in meinem Herzen in seine Einzelteile zersprungen.

Da bist du. Endlich.

Es hatte sich angefühlt, als hätte sich Ignis zu mir ausgedehnt, mich an sich ziehen wollen. Wie ein sanfter, warmer Sog, der mich umhüllte. So als wäre mein gesamtes Leben von Anfang an nur auf diesen einen Moment zugesteuert.

Invictus dagegen … Seine Macht wirkte auf mich schier endlos. Ein schwarzes Loch, das mich bei einem einzigen unvorsichtigen Schritt in sich hineinreißen konnte.

»Was ist los?«, fragte mich Matt.

Ich atmete tief durch. Die kleinen Härchen auf meinen Armen hatten sich aufgestellt. Die Luft fühlte sich an wie elektrisiert.

»Es ist unfassbar mächtig.«

Überrascht schaute ich zu Adam. Er war es gewesen, der auf Matts Frage geantwortet hatte. Sein ungläubiger Blick lag auf Invictus. Dann sah er langsam zu mir. »Ich denke, du hattest recht mit deiner Vermutung. Die Magie … Ich kann Invictus spüren. Es ist so … viel.«

Also stimmte es. Unsere Körper mochten die Magie verlieren können, aber unsere Seelen erinnerten sich. Sie verankerten sich mit den Magiekernen, dem Herz. Es war das, was von den Trägern zurückblieb, wenn wir starben. Ein kleiner Teil von uns, der in den Dark Sigils überdauerte.

»Und du bist dir wirklich sicher, dass ich dir das anlegen soll, Ray?« Matt schaute skeptisch zu mir. »Nicht dass ich dir zutraue, eine vierte große Katastrophe heraufzubeschwören, aber … der letzte Träger hat all diese Macht nicht sonderlich gut vertragen, oder? Mir ist die Sache echt nicht geheuer.«

Ich atmete leise aus. Nicht geheuer war die Untertreibung des Jahrtausends. In diesem Fall sogar *wortwörtlich*. Aber es war zu spät für Zweifel. Irgendjemand musste Invictus tragen. Und wir hatten nicht gerade eine Schlange an Leuten, die sich dafür anboten.

Außerdem hatten wir verdammt nochmal keine Zeit.

Ich starrte hinab auf das Armband. Es war das schönste Sigil, das ich je gesehen hatte. Aber was würde aus mir werden, wenn ich es trug? Würde dann genau das passieren, vor dem Adam sich so fürchtete? Würde ich mich selbst in den unzähligen Möglichkeiten und der schieren Macht verlieren?

Das hier war einst das erste Sigil gewesen, das je geschmiedet worden war. Es hatte zum Krieg zwischen Menschen geführt, die zuvor eine Einheit gewesen waren. Und wer auch immer es geschmiedet hatte, damals, vor so langer Zeit … Er hatte Invictus angesehen und verstanden, dass alle Sigils, die er danach schuf, in ihrer Macht beschränkt werden mussten.

Mein Innerstes lag in Knoten. Hatten wir einen riesigen Fehler begangen?

»Rayne.« Adam wandte sich zu mir. »Lass es mich tragen.«

»Du hast gesagt, die Gefahr wäre zu groß. Leanore …«

Er nickte. »Ich weiß. Aber ich kann es mit mir verbinden, ich spüre es. Und dafür sorgen, dass sie es nicht bekommt.«

Ich schloss die Augen. Wie oft hatte ich in den letzten Tagen diese Worte herbeigesehnt. Aber jetzt, da das Sigil vor uns lag und ich begriff, welche Bürde es bedeutete, zögerte ich. Ja, vielleicht konnten wir Invictus' Macht nutzen, um Prime und den Mirror zu retten. Aber danach …?

Ich wusste es, tief in meinem Herzen, dass Invictus seinen Träger zerstören würde. Vielleicht nicht sofort, vielleicht nicht in einem Jahr, aber irgendwann, irgendwann würde jeder von uns seiner Macht erliegen. Und dann würde ich auch Adam verlieren, nur auf eine andere Art und Weise.

Ich öffnete die Augen wieder und schaute auf Invictus hinab. Auf die beiden ineinander verschlungenen Drachen, die sich in ihrer Farbe nur durch eine Nuance unterschieden. Einer war etwas dunkler, einer heller. Beide hielten die Magiekerne zwischen sich fest.

Da kamen mir die Worte meines Vaters aus meinem Traum wieder in den Sinn.

Zwei Seelen, eine Magie.

Invictus ... Es wurde geschmiedet aus Ignis und Alius und Etas. Es besaß zwei Magiekerne. Und in jedem von ihnen schlummerte ein Teil von Adam und mir.

O Gott. Wieso hatte ich es nicht früher gesehen?

»Wir müssen es zusammen tragen.«

Adams Augenbrauen schossen nach oben. »Zusammen?«

Adrenalin pumpte durch meine Adern. »Ja. Es war damals zu mächtig für eine Person. Wir müssen die Magie aufteilen.«

»Uhm.« Matt deutete auf Invictus. »Das ist kein Partnerarmband. Wie stellst du dir das vor?«

Ich wandte mich an Adam. »Hör zu, ich ... ich weiß, das klingt verrückt, aber: Ich hatte eine Vision. Oder einen Traum, aber ... es fühlte sich eher wie eine Vision an. Es war mein Vater. Wir sind uns am Ort unserer Magiequelle begegnet, und er sagte mir, dass es zwei Seelen braucht. Zwei Seelen, eine Magie. Ich glaube, er meinte damit die Magie von Invictus. Und ich denke, er wollte mir sagen, dass es zwei Seelen braucht, um diese Macht zu ertragen.« Ich starrte Adam an, wollte, dass er mir glaubte. »Invictus ist zu mächtig für einen einzelnen Menschen. Es war zu mächtig, deshalb wurde es zerstört. Wir könnten die Magie zwischen uns teilen. So wie früher.«

Für einen Moment schien sich Adams Blick nach innen zu wenden. Er sagte nichts.

»Ich habe ein ›phänomenales Bauchgefühl‹«, fuhr ich fort. »Deine Worte. Aber das hier ist mehr als nur ein Gefühl. Ich *weiß*, dass es richtig ist. Spürst du es nicht? Spürst du nicht, wie die Magie an dir zieht?«

Adam schaute wieder zu Invictus, und ja, er spürte es. Ich sah es in seinen Augen. Genau so, wie ich den Moment sah, als er sich entschloss, ein einziges Mal in seinem Leben einen Sprung ins Ungewisse zu machen.

»Okay.«

Okay.

Mein Herz klopfte mir bis zum Hals, während ich das Gefühl hatte, dass sich mit einem Mal Dutzende zerbrochene Teile in mir wieder zu einem Ganzen zusammenfügten.

»Das ist ja alles sehr romantisch, Leute, wirklich, aber ...« Matt wirkte wenig überzeugt. »Aber es ist nur *ein* Sigil. Wir können es schlecht in der Mitte zerbrechen.«

»Beide werden damit verbunden«, sagte ich. »Einer trägt es.«

Matt schnaubte, dann schaute er zweifelnd zu Adam. »Hochexperimentelle Sigil-Magie kurz vorm Weltuntergang ... Ganz ehrlich? Ich misch mich da nicht ein, das ist eure Entscheidung.«

Der Lärm über unseren Köpfen wuchs an, und ich richtete den Blick besorgt nach oben. Weit entfernt in der Höhle krachten Gesteinsbrocken zu Boden. El-Masri und die anderen Schmiede schreckten zusammen. Einige von ihnen machten ein paar Schritte in Richtung der Plattform, die nach oben führte.

»Gehen Sie«, sagte Adam zu ihnen. El-Masri blieb eisern stehen. Sicherlich wollte er den Moment des Verbindungsrituals nicht verpassen. Doch als erneut ein Krachen durch das Innere der Höhle schallte, setzte er sich doch mit den anderen in Bewegung.

Adam schaute wieder zu mir. Sein Blick wanderte zu dem Ritualdolch in Matts Hand. »Versuchen wir es.«

Matt wirkte nicht überzeugt, doch als wieder ein Rumpeln in der Ferne ertönte und ich ihm eilig meinen Arm hinstreckte, setzte er den Ritualdolch an.

»Tu es«, sagte ich.

Matt zögerte noch immer. »Seid ihr euch wirklich sicher?«

»Tu es.«

Sein Daumen wanderte über die Gravur an meinem rechten Unterarm. Die Stelle, wo Ignis monatelang gesessen hatte, war weicher als der Rest meiner Haut. Das Zeichen, das Adam mir damals beim Verbindungsritual in die Haut eingeritzt hatte, war immer noch da. Die Schattenathame hatte es bei ihrem Schnitt nicht zerstört, wie es bei Adam und Nikki der Fall gewesen war. Die Magie darin war zwar verschwunden, aber die Linien hatten sich nicht verändert.

Ich sah Matt an, wie viel Angst er hatte, etwas falsch zu machen. Er atmete tief ein, dann setzte er die Dolchspitze auf meiner Haut an und begann, vorsichtig das Zeichen darauf zu vervollständigen, bis es Invictus ergeben würde. Der Schmerz, der dabei durch meinen Körper blitzte, war nichts im Vergleich zu der inneren Anspannung, die ich fühlte. Matt arbeitete stumm, seine Pupillen wanderten von Strich zu Strich, von Punkt zu Punkt. Ich konnte unmöglich sagen, wie lange es dauerte, bis er schließlich innehielt und mich anschaute.

»Fertig.«

Meine Haut war gerötet, Blutstropfen perlten aus der Wunde hervor, aber das Zeichen darauf war *perfekt.*

Danach nahm sich Matt Adams Zeichen vor. Er fasste an seinen Arm, dort, wo die zerstörte Gravur von Alius und Etas noch in seiner Haut zu sehen war, und fügte dieses Mal den Teil der Gravur hinzu, der Ignis verkörperte.

»Es fühlt sich an, als würde ich euch vermählen oder so

was«, schnaubte Matt, ohne aufzusehen. Und als er schließlich den Ritualdolch absetzte, warf er uns einen düsteren Blick zu. »Hiermit erkläre ich euch zu Mister und Misses Durchgeknallt. Ich bin fertig. Und jetzt? Einer von euch muss es zuerst tragen, oder?«

»Du«, sagte ich sofort zu Adam. »Wenn wir uns irren und wenn Nova fällt, will ich nicht, dass du stirbst.«

Adam hielt inne, doch als erneut ein Rumpeln durch die Höhlenkammer ging, nickte er schließlich nur. Diesmal zögerte Matt nicht. Er griff mit einer Hand an Adams Schulter, um ihn zu stabilisieren. Mit der anderen schob er Invictus über Adams Unterarm. In der Sekunde, in der das Drachenarmband direkt über dem Invictus-Zeichen saß, drang ein dermaßen ohrenbetäubender Lärm von oben herab, dass wir alle innehielten.

»Bei allen Sieben«, keuchte Matt. Und schon in der nächsten Sekunde brachen mehrere Felsbrocken aus der Decke und rauschten direkt auf uns zu.

26

Die Höhle stürzte ein, und mein erster Gedanke war: *Jetzt sind wir erledigt.*

Adam stand an Matt gelehnt, die Augen geschlossen. Ich erinnerte mich an das überwältigende Gefühl, als Ignis mit mir verbunden worden war, und ich wollte ihm alle Zeit der Welt geben, aber die hatten wir nicht.

»Wir müssen hier raus«, sagte ich. Adam schüttelte mehrfach den Kopf, aber als er mich anblickte, war seine Haut nicht mehr grau … und die roten Äderchen in seinen Augen schienen vollkommen verschwunden. Stattdessen hatte sich ein winterblaues Magieschimmern darin ausgebreitet.

Ich starrte ihn an.

Invictus akzeptierte ihn.

Und das bedeutete: Adam würde leben!

»Los!« Matt griff an Adams Arm, um ihn zu stützen. Ich nickte und tat es ihm gleich. Dann rannten wir zusammen los. Weg von der Schmiede und hinein in den Tunneldurchgang, der uns zum Eingang des Labyrinths führen würde, zum Brunnenschacht. Von dort ging es nach draußen.

Wenn der Weg überhaupt noch passierbar war.

Alles bebte, und es war dunkel. Nur ein paar Sigil-Käfer, die an den Decken herumschwirrten, warfen spärliches Licht auf den steinernen Boden und die Wände. Überall waren Risse zu sehen, hinter uns hörten wir es immer wieder laut krachen. Doch der Weg vor uns war, Himmel sei Dank, nicht versperrt. Die Treppe, die spiralförmig nach oben führte, bebte zwar unter jedem meiner Schritte, aber die Stufen hielten.

Heißer Wind schlug uns entgegen, als wir schließlich aus dem Brunnen heraustraten. Das Kampfgeschrei war jetzt so laut, dass wir einander kaum noch verstehen konnten, doch auf dem Platz, mitten in Nova, war niemand zu sehen. Die weißen Steinhäuser lagen leer und verlassen um uns herum, und wir begegneten auch sonst niemandem, bis wir uns schließlich der westlichen Stadtgrenze – und damit auch der Frontlinie – näherten.

Mit einem Schlag wurde mir das ganze Ausmaß der Kämpfe bewusst.

Häscher, Rebellen, Hüter, sie alle hatten sich hinter der letzten Häuserreihe in Position gebracht. In der Barriere zwischen Nova und der endlosen Wüste, unter der die Stadt lag, waren Löcher entstanden, durch die Massen an Abbys in die Stadt drängten. Mit Magiestößen und anderen Gesten hielten die Häscher und Rebellen dagegen. Auf einer Erhöhung, etwas weiter hinten, erkannte ich Zorya und Dorian, die von ihrer Position aus die Truppen befehligten. Und an vorderster Front standen Dina, Lily, Nikki, Cedric und Sebastian. Während Cedric und Lily die anderen mit Magieschilden schützten, wirbelten Dina, Nikki und Sebastian um die Abbys herum und ließen eins nach dem anderen zu Chaosmagie-Partikeln zerfallen. Echo flog über ihren Köpfen hinweg, er schien beinahe im Sekundentakt die Gestalt zu wechseln, mal Vogel, mal Raubkatze, um die Abbys unvorbereitet anzugreifen. Die Hüter hatten sich dagegen auf der Straße zum Tempel versammelt, jederzeit bereit, die Magiequelle in der Mitte der Oase zu beschützen.

Das Feuer, das in einigen Häusern ausgebrochen war, verlieh der ganzen Umgebung etwas Unruhiges, Zitterndes. Vielleicht nahm ich es aber auch nur so wahr, weil ich selbst so stark zitterte.

Es dauerte, bis wir von den anderen im Chaos bemerkt wurden. Zorya kam auf uns zu, Dorian folgte ihr.

»Schön, dass ihr es auch noch einrichten konntet!«, rief er, bevor er sich duckte, als ein Abby sich von einem Loch hoch oben in der Barriere auf ihn stürzen wollte.

»Wir sind so schnell gekommen, wie wir konnten!«

Kaum dass die Worte aus meinem Mund waren, zerrte mich jemand zur Seite, als dasselbe Abby mich attackieren wollte. Es war Zorya, die es mit einem gezielten Magiestoß vernichtete.

Verdammt. Ohne Zweifel hatten die Abbys noch immer den Befehl, mich zu Leanore zu bringen. Wie hatte Adam mich genannt? Ihr Ziel Nummer eins.

»Und?« Dorian schaute zu mir. »Konntet ihr Invictus …?«

»Ja. Wir haben es verbunden.«

Dorians Blick wanderte zu meinem Arm – meinem *sehr leeren Arm.* Und es dauerte nur Sekunden, bis er eins und eins zusammenzählte und stattdessen zu Adam schaute.

»*Er* trägt es?«

Ich hatte geahnt, dass er davon nicht begeistert sein würde. »Wir tragen es beide«, erklärte ich und neigte meinen Arm so, dass das gerötete Invictus-Zeichen zum Vorschein kam. »Sobald es vollständig mit Adam verbunden ist, lege ich es auch an.«

Große Verwirrung legte sich über Dorians Gesicht. Doch

es gab nicht viel Gelegenheit, ihm die Sache mit der geteilten Magie zu erklären, denn noch mehr Abbys strömten von allen Ecken und Enden in die Stadt hinein.

Es war surreal, weil wir nicht sehen konnten, wie viele von ihnen auf der anderen Seite noch darauf warteten, in die Stadt zu drängen. Die Barriere schirmte die Stadt vor der Außenwelt ab – und das galt für beide Richtungen. Nur durch die wenigen Löcher und Risse erkannte ich Massen an schattenhaften Kreaturen.

Wie sollten wir dem standhalten?

»Kannst du Invictus schon benutzen?«, brüllte Dorian über das Rauschen der umhersurrenden Magieangriffe hinweg, den Blick auf Adam gerichtet.

Der hatte die rechte Hand zur Faust geballt. Seine Augen schwammen nach wie vor in Magie, das winterblaue Leuchten war so intensiv, wie ich es noch nie gesehen hatte. Doch Adam schüttelte den Kopf. »Die Verbindung muss sich erst festigen. Wie bei jedem anderen Dark Sigil auch.«

Dorian fluchte.

»Wir können nicht mehr lange standhalten«, sagte Zorya zu uns. »Wir haben schon zu viele Einheiten verloren, und die Barriere ist stark beschädigt.« Ihr Blick wurde ernst. »Wir müssen uns zum Tempel zurückziehen!«

Mit geweiteten Augen schaute ich mich um. Es stimmte. Die Abbys donnerten mit ungeheurer Kraft gegen die Barriere. Jeder Schlag schickte Schockwellen durch die Luft und ließ die Löcher immer größer werden.

Es war ein Wettlauf gegen die Zeit.

Und wir waren ganz offensichtlich nicht schnell genug.

Ein gewaltiger, ohrenbetäubender Knall durchdrang die Luft. Einer der Risse weitete sich zu allen Seiten aus wie Sonnenstrahlen, und mit einem Mal zerfaserte die Magie. Die Barriere, die diese Stadt seit Tausenden von Jahren geschützt hatte, brach zusammen und offenbarte die Welt um Nova herum. Endloser Wüstensand, unzählige Abbys, und dort, in ihrer Mitte … erhob sich dasselbe Ungetüm, dem ich das letzte Mal an genau diesem Ort, nur tief unter der Erde, gegenübergestanden hatte.

Das Abby aus den Höhlen unter Nova. Die *Abnormalität.* Sie war um ein Vielfaches größer als alle anderen. Mit riesigen Klauen und weiß glühenden Augen, die erst suchend über die Menge an Rebellen und Häschern hinwegglitten und schließlich auf mir haften blieben.

Dann stieß es einen markerschütternden Schrei aus.

Panik brach aus in den Straßen von Nova. Es war, als würden alle gleichzeitig realisieren, dass der Schutz gefallen war – und nun versuchten sie, irgendwie ihr eigenes Leben zu retten.

Die Abnormalität brach als Erstes durch die Überreste der Barriere. In der Straße davor versuchten einige noch zu entkommen, aber nicht allen gelang es. Ich konnte bloß mit ansehen, wie eine Flut aus Chaosmagie über sie hinwegschwappte.

Irgendwo in der weglaufenden Menge entdeckte ich Cedric. Er war dem Einbruch der Abbys entkommen und verschwand inmitten der Häscher und Rebellen in den Gassen. Aber wo waren Lily und die anderen? Ich konnte sie nicht sehen, nirgendwo!

»Wir brauchen Invictus!«, brüllte Dorian Adam an. »Und zwar sofort!«

»Es ist noch nicht bereit!«

»Es muss aber bereit sein! Wir werden überrannt!«

»Ich kann es nicht erzwingen, Whitlock!« Ich sah, wie

Adam seinen Arm, an dem Invictus saß, anspannte. Für einen Moment hatte ich das Gefühl, die beiden Magiekerne – den weißen und den roten – ganz leicht aufflackern zu sehen, aber ich konnte mich auch getäuscht haben.

Bis auf das leicht schmerzhafte Pochen von meiner Wunde spürte ich nichts von Invictus' Magie. Aber selbst wenn letztendlich nur Adam es würde lenken können – er trug es erst wenige Minuten. Es würde uns in diesem Kampf nicht helfen können.

»Wir müssen die Magiequelle beschützen.« Adam deutete über seine Schulter zum Hügel im Zentrum der Stadt. »Sagt euren Leuten, sie sollen sich am Tempel sammeln. Wir dürfen die Quelle auf keinen Fall verlieren.«

Zorya nickte und stürmte sofort in Richtung ihrer Häscher davon. Dorian stellte das Kommando nicht in Frage und folgte ihr.

»Was ist mit den anderen?«, rief Matt Adam zu. »Ceddy, Nikki und Dina sind noch irgendwo da unten.«

Und Lily. Und auch Sebastian.

»Sie werden sich zum Tempel durchschlagen.« Adam umklammerte meine Hand. »Wir können hier nicht warten.«

Nein, das konnten wir nicht. Er hatte recht. Wir setzten uns in Bewegung und bahnten uns einen Weg durch die Gassen Novas, Matt lief dicht hinter Adam und mir. Der Tempel thronte dabei stets über uns, und ich versuchte, meinen Blick eisern auf ihn gerichtet zu halten, aber es gelang mir nicht. Überall sah ich leblose Körper auf der Erde. Links von mir lag eine Hüterin, die von einem Abby förmlich geschreddert worden war, und ein Rebell, der vor einem Haus am Boden lehnte und den blutigen Stumpf seines Beins betrachtete, als fragte er sich, wo um alles in der Welt sein Fuß abgeblieben war.

»Schaut nicht hin. Lauft weiter.« Adam zog mich an sich und führte mich einen schmalen Weg hinter einem Haus entlang. Und dort, an der Kreuzung, entdeckte ich Cedric wieder. Er sah mitgenommen aus, aber er *lebte*.

»Ceddy!«, rief Matt. Die beiden liefen aufeinander zu, und Matt zog Cedric fest in seine Arme.

»Wo sind die anderen?«, fragte ich ihn. »Sie waren doch gerade noch bei dir. Hast du sie gesehen?«

»Nein.« Eine Blutspur lief Cedric an der Schläfe hinab, aber er schien es gar nicht zu bemerken. »Ich hab sie verloren.«

Auf einmal strömten hinter uns unzählige Rebellen und Häscher durch die Gasse. Verfolgt von Abbys. *Hunderten von Abbys.* Alles geschah so schnell, dass es in einem Moment stattzufinden schien – das Beben des Bodens, die Schreie um uns herum. Unzählige Leute rannten kopflos durch die Straße, während hinter einem Haus ein Schatten emporkroch.

Es war die riesige Abnormalität. Es schlug sich durch die Gebäude, als würden sie nur aus Pappe bestehen. Und es kam genau auf uns zu.

Alle, die in der Gasse auf den Tempel zurannten, wurden von Panik erfasst. Ich wurde zur Seite gestoßen, und im Gerangel löste sich Adams Hand aus meiner. Ich sah ihn zwei Häscher von sich schieben, im Versuch, zu mir zu gelangen, aber dann ging ein weiterer Ruck durch die Menge, und Adam verschwand aus meinem Sichtfeld.

Ich schrie seinen Namen und wollte ihm hinterher, doch ich fand keinen Weg. Da griff jemand nach mir. Es war Matt. Er zog mich hinein in eine Seitengasse. Sie war von der Hauptstraße kaum einsehbar, und Matt führte mich immer weiter, noch einmal um die Ecke und von da auf eine Erhöhung zwischen den Wasserkanälen. Cedric kauerte dort auf dem Boden. Er starrte auf den Punkt, wo die Silhouette der riesigen Abnormalität sich näherte. »Bei allen Sieben, das Ding wird Nova zermalmen. Und die Quelle auch.«

»Nein. Wir können die Stadt halten«, hörte ich Matt sagen, aber ich kannte ihn gut genug, um zu wissen, wann er wirklich an etwas glaubte und wann er etwas nur sagte, weil er die Alternative nicht wahrhaben wollte.

Was konnten wir jetzt noch tun? Von unserer erhöhten Position aus sah ich, dass die Magiehäscher eine neue Verteidigungslinie zwischen dem Tempel und dem Rest der Stadt gebildet hatten, aber es würde nicht lange dauern, bis sie mit dem Rücken an den Tempelmauern standen.

Ich versuchte, einen weißblonden Schopf in der Masse zu erkennen, doch Adam war nirgends zu sehen. Aus der Stadt stieg Rauch aus, Häuser standen in Brand. Und in der Ferne …

Die Barriere war mittlerweile so beschädigt, dass ich die Wüste rings um Nova und sogar den Outpost ausmachen konnte.

Moment.

Der Outpost.

Natürlich!

Ich griff nach Matts Hand und drückte sie. »Was, wenn wir sie in die Luft jagen?«

Langsam drehten sie sich zu mir. »Bitte was?«, fragte Matt.

»Die Abbys!« Mein Herz klopfte wie verrückt. »Der Outpost ist doch mit Sigils versehen, die das Gebäude sprengen können. Was, wenn wir sie alle dahin locken? Oder vielmehr … ich?«

Matt starrte mich an, und es dauerte genau drei Sekunden, bis er wusste, worauf ich hinauswollte. »Du willst den Lockvogel spielen? Bist du verrückt geworden?«

»Ich bin ihr Ziel Nummer eins. Leanore hat die Abbys auf mich abgerichtet. Wenn wir sie auf mich aufmerksam machen, werden sie uns folgen, bis zum Outpost. Wir müssen nur Zorya Bescheid sagen, dass sie das Gebäude auf unseren Befehl hin sprengt.«

Matt schnaubte. »Großartig. Und wie sollen wir sie bitte schön informieren?«

»Such sie. Sag es ihr.«

Matt wollte protestieren, aber Cedric war schneller. »Ich gehe mit Ray. Wir können durch die Tür im Outpost verschwinden. Wir kommen dann zwar nicht mehr zurück zu euch, aber – wir wären in Sicherheit.«

Matt starrte erst Cedric fassungslos an und dann mich. »Ihr wollt Huckepack spielen? Mit einer Armee von Abbys? *Schon wieder?*«

»Hast du eine Alternative?«

Matt öffnete den Mund, schloss ihn. »Nein. Habe ich nicht.«

Ich drückte Matt mein Comm in die Hand und deutete dann zum Tempel. »Finde Zorya. Sag ihr, was wir vorhaben.«

»Sie wird mich *umbringen*!« Matt stöhnte, nickte aber gleichzeitig. Er wollte sich schon umdrehen und davonlaufen, doch da ergriff Cedric plötzlich seine Hand und zog ihn zurück.

»Warte«, keuchte er und stellte sich dicht vor Matt. »Ich … ich weiß, der Zeitpunkt ist schrecklich, aber … « Er schluckte, für einen Moment unsicher, aber dann hob er entschlossen das Kinn. »Ich liebe dich. Ich liebe dich, schon solange ich denken kann. Und … es ist völlig in Ordnung, wenn du nicht so empfindest wie ich, aber … ich … ich will keine Angst mehr davor haben. Ich will es dir endlich sagen können.«

Mitten im Chaos legte sich ein Lächeln auf Matts Gesicht. Kaum dass Cedric zu Ende gesprochen hatte, zog Matt ihn zu sich und drückte ihm einen schnellen, harten Kuss auf die Lippen. »Wir beide – wir werden großartig sein«, hörte ich ihn leise sagen. »Und wenn du denkst, ich fühle nicht wie du, dann … bist du vielleicht doch gar nicht so clever, wie ich immer dachte.« Matt lächelte Cedric warm an, fuhr ihm noch einmal über die Wange, dann schaute er zu mir.

»Wenn ihr am Outpost ankommt, gebt ihr uns das Signal. Aber erst, *nachdem* ihr durch die Tür verschwunden seid; verstanden? Zorya wird das Gebäude erst hochjagen, wenn wir sicher sind, dass ihr es verlassen habt.«

»Verstanden«, erwiderte ich.

Noch einmal drückte Matt dem sichtlich überwältigten Cedric einen Kuss auf die Lippen. Dann nickte er uns beiden zu, und wir rannten in entgegengesetzte Richtungen davon.

Wahrscheinlich sollte ich stolz darauf sein, wie gut mein irrsinniger Plan aufging. Aber ich war viel zu sehr damit beschäftigt, nicht schon nach wenigen Metern draufzugehen.

»Vorsicht!«, keuchte ich und umklammerte Cedrics Hand mit aller Kraft, als hinter uns eines der Häuser in sich zusammenstürzte.

Wir rannten so schnell durch die zertrümmerten Straßen Novas, wie wir konnten. Echo hatte uns auf halber Strecke gefunden, er flog wenige Flügelschläge von meinem Kopf entfernt neben uns her. Erst waren es nur einzelne Abbys gewesen, die Cedrics Magiestöße in der Luft bemerkt hatten, aber das Schwarmwissen der Abbys leistete ganze Arbeit. Jetzt kam es mir vor, als wäre uns ihre gesamte Armee direkt auf den Fersen.

Gut so.

Wie sehr wünschte ich mir in diesem Moment Ignis herbei. Zwar bezweifelte ich, dass ich gegen derart viele Abbys wirklich etwas hätte ausrichten können, nicht wenn sie uns von allen Seiten umzingelten. Aber ich hätte zumindest irgendeine Form von Verteidigung gehabt.

Als Cedric und ich schließlich am Outpost ankamen, hechteten wir durch den offenen Zugang ins Innere. Wir folgten Echos blau schimmerndem Licht über den abgedunkelten Flur. Dort ging es um eine Kurve und eine lange Treppe nach unten. Die einzige Tür, die es hier drin gab, lag im Untergeschoss. Eigentlich wurde sie stets von mehreren Magiehäschern bewacht, aber ich konnte keinen sehen. Waren sie zu den Truppen in der Stadt gestoßen?

Cedric hielt den Saphirschlüssel längst in der Hand, wir mussten jetzt nur noch durch den Magiekorridor verschwinden, kurz bevor Zorya den Outpost sprengte, und dann wären wir einen Großteil von Leanores Abby-Armee für immer los. Das Adrenalin pumpte durch meine Adern. Von draußen ertönte das Kreischen der Abbys und das schleifende Geräusch ihrer Körper, als sie uns in den Outpost folgten. Mein Herz fühlte sich an, als würde es aus meinem Körper fahren wollen, so heftig schlug es. Wir sprangen die letzten Stufen nach unten, rannten um die Ecke und … erstarrten.

Echo hatte sich in seine Raubkatzengestalt verwandelt. Er stand in Angriffsposition vor uns, den Rücken gerundet, und er knurrte. Einige Meter vor ihm lagen zwei tote Magiehäscher im Korridor. Hinter ihnen – mehrere Abbys. Sie hatten sich vor der Tür positioniert, die weiß glühenden Augen auf uns gerichtet.

»Wollt ihr etwa schon gehen?«

Es war Leanore.

Sie stand inmitten der Abbys, als wäre es nichts. Neben ihr erkannte ich vier hochgewachsene Soldaten, die eindeutig Cyphers waren.

Wie zum Teufel hatte sie es gewusst? Wieso war sie uns *immer* einen Schritt voraus?

Echos Knurren mischte sich mit dem schleifenden Geräusch der sich nähernden Abbys. Wahrscheinlich waren sie längst im Treppenhaus angekommen.

»Das hier muss nicht in Gewalt enden«, sagte Leanore. »Ihr könnt einfach mit mir kommen. Draußen wartet ein Shuttle.«

Ich spürte, wie das Spectum in meiner Manteltasche aufleuchtete. Das musste Zorya sein. Oder Adam, der hoffentlich in Sicherheit war. Bestimmt hatte Matt den Tempel inzwischen erreicht. Und sie sahen aus der Ferne, dass die Abbys den Outpost längst umzingelten – und nun innehielten, weil Leanore es ihnen befohlen hatte. Aber ich konnte den Handspiegel nicht öffnen. Ich konnte Adam nicht sagen, was vor sich ging.

Neben mir hatte Cedric den Saphirschlüssel wieder an sich gezogen. An seinen Händen flackerten Magieschilde auf, doch er blieb an Ort und Stelle.

Mein Verstand suchte verzweifelt nach einem Ausweg, aber ich fand keinen. Ich hatte kein funktionierendes Sigil, mit dem ich die Abbys angreifen konnte. Die anderen waren mit der Verteidigung des Tempels beschäftigt. Der Outpost war umzingelt von Abbys.

Verdammt.

Neben mir fing Echo an zu fauchen. Er hatte sich etwas auf seine Vorderbeine sinken lassen, als wollte er jeden Moment einen Satz nach vorne machen.

»Wie wäre es damit«, sagte Leanore. Ich konnte sie hinter den schattenhaften Körpern der Abbys kaum sehen, aber ihre Stimme drang klar und deutlich zu uns. »Du, lieber Cedric, kannst durch die Tür da verschwinden, den anderen ihr Signal geben, und ihr könnt euren Plan zu Ende führen. Ich brauche die Abbys sowieso nicht mehr.«

Bot sie mir gerade an, ihre gesamte Streitkraft in die Luft sprengen zu lassen? War das ihr Ernst?

Es war ein Bluff. Sie musste bluffen. Die Abbys waren ihre größte Trumpfkarte gegen uns. So abgebrüht konnte sie doch unmöglich sein!

»Auf keinen Fall«, sagte Cedric und griff an meinen Arm, als wollte er sicherstellen, dass ich bei ihm blieb.

»In Ordnung.«

Das war alles, was Leanore sagte. Dann rauschten die Abbys auf uns zu.

Wir hatten keine Chance. Nicht die geringste. Meine Hände führten intuitiv Gesten aus, aber keinerlei Magie sammelte sich an meinen Fingern. Cedric schaffte es, mehrere Abbys mit Magiestößen zu treffen, aber schon nach wenigen Minuten standen wir mit dem Rücken zur Wand, umhüllt von einem Magieschild, das bedrohlich flackerte. Die Tür lag nur drei oder vier Meter entfernt, doch wir würden es niemals dorthin schaffen. Die Klaue eines Abbys brach durch den Schild, packte meinen Arm. Ich schrie. Cedric versuchte mir zu helfen, aber kaum dass er seine Verteidigung aufgab, um das Abby anzugreifen, wurde er ebenfalls umklammert. Die Abbys zerrten an seinen Armen, ich hörte Cedric vor Schmerzen aufkeuchen.

»Halt!«, rief ich und suchte im Chaos Leanores Silhouette. »Halt, ich komme mit dir! Wenn du ihn gehen lässt!«

Sie zögerte nicht. Mir war klar gewesen, dass es ihr nie um Cedric, sondern nur um mich gegangen war. Und ich behielt recht. Die Abbys warfen Cedric vor die Tür, und mich zerrten sie in Leanores Richtung.

»Gute Entscheidung«, sagte sie zu mir. Ich hörte Cedric meinen Namen rufen, aber schon packten die Cyphers, die Leanore eskortierten, meine Arme und schleiften mich davon. Ich brüllte Cedric zu, dass er verschwinden solle – er musste unbedingt hier raus und die anderen informieren. Aber ich sah nicht mehr, ob es ihm gelang, einen Magiekorridor zu öffnen. Die Cyphers führten mich durch ein anderes Treppenhaus wieder nach oben, bis mir heiße Wüstenluft ins Gesicht schlug.

Ich wehrte mich, aber nur halbherzig. Dann wurde ich mit voller Wucht in ein Shuttle geworfen, und ich blieb stöhnend auf dem Boden liegen. Leanore beugte sich zu mir, griff in meine Manteltasche und nahm mein Spectum-Sigil an sich. Während die Cyphers mich auf einen der freien Sitze pressten und dort festschnallten, tippte sie auf den Spiegel.

Und da begriff ich, warum es ihr nur recht war, den Outpost hochgehen zu lassen. Es war die Tür. Leanore wollte verhindern, dass uns jemand folgte. Zorya glaubte, den Befehl von mir zu bekommen, und sie würde nicht zögern, ihn zu befolgen.

Ich starrte nach draußen, während Nova unter uns immer kleiner wurde. Die Abbys hatten sich wie ein tödlicher schwarzer Teppich um den Outpost versammelt, und wir schwebten schon viele dutzend Meter im Himmel, als plötzlich eine enorme Explosion die Welt unter uns zerriss. Der Outpost wurde von einer Feuerwolke umgeben, die sämtliche Abbys unter sich begrub.

»Ich denke, es wird Zeit, dass wir uns in aller Ruhe unterhalten«, sagte Leanore, dann fasste sie an das schwarze Drachenarmband, das sie trug. Es dauerte keine Sekunde, da packte mich einer der Cyphers am Kragen meines Mantels. Er schlug meinen Kopf gegen die Scheibe, und die Welt um mich herum verblasste.

27

Ich war es gewohnt, schnell aufzuwachen.

Damals, im Waisenhaus, konnten am Morgen fünf Minuten mehr oder weniger darüber entscheiden, ob man einen miesen Job oder einen *richtig miesen Job* für die Nightserpents zugewiesen bekam. Lily und ich waren deshalb oft schon weit vor allen anderen wach gewesen. So etwas wie *Nur noch mal kurz die Augen zumachen* kannten wir nicht. Jetzt aber … musste ich kämpfen, um zu Bewusstsein zu kommen. Die Dunkelheit war wie ein schwerer Vorhang über mich gefallen, und die Müdigkeit zerrte an mir, als wollte sie mich nie mehr loslassen.

Okay. Eins nach dem anderen.

Ich spürte in meinen Körper hinein. Da waren keine Schmerzen, bis auf ein dumpfes Pochen an meinem Hinterkopf. Meine Hand- und Fußgelenke waren festgebunden, ich trug mein Shirt und Hosen, aber keinen Mantel mehr. Und ich lag auf … irgendeiner schräg gestellten Oberfläche, mit den Füßen nach unten zeigend.

Als ich es endlich schaffte, die Augenlider zu öffnen, war nicht viel zu sehen. Der Raum, in dem ich mich befand, war abgedunkelt, und es gab nur ein schmales Fenster mit diagonalen Metallstreben, durch das kaum Licht hineinfiel. Die

Luft roch steril, unnatürlich, und ein beklemmendes Gefühl legte sich um meinen Hals wie ein eiserner Ring.

Die Erinnerungen sickerten langsam in mein Bewusstsein zurück. Nova war angegriffen worden, und … Cedric und ich hatten die Abbys zum Outpost gelockt. Wir hatten sie dort in die Luft jagen wollen. Alle. Der Plan hatte auch funktioniert, zumindest bis Leanore aufgetaucht war, und Cedric …

Cedric.

O Gott, ich konnte nur hoffen, dass er noch rechtzeitig aus dem Outpost entkommen war.

Ich atmete langsam ein und aus und versuchte dann, mich zu bewegen. Doch ich wurde von den eisernen Ketten, die an der Schrägfläche unter mir verschraubt waren, sofort gestoppt. Ich konnte mich nur wenige Millimeter rühren. Mein Herz fing an, schneller zu schlagen. Unter den metallenen Fesseln sammelte sich Schweiß. *Dreh jetzt nicht durch,* befahl ich mir, aber sogar die Stimme in meinem Kopf klang ängstlich.

Meine Augen gewöhnten sich langsam an die Dunkelheit. Gegenüber dem Gestell, auf dem ich festgebunden war, gab es eine Tür, und als ich den Kopf neigte, sah ich, dass im Boden – direkt unter meinen Füßen – ein Abflussgitter eingelassen war. Gänsehaut breitete sich über meinem gesamten Körper aus, denn ich wusste, wofür das war. Auch wenn ich hoffte, dass ich mit meiner Vermutung falschlag.

Ich ließ meinen Blick weiterschweifen. Ein paar Meter entfernt standen zwei Stühle an der Wand, daneben ein schmaler Abstelltisch. Irgendetwas stand darauf. Ein pyramidenförmiges *Ding*. Ich versuchte, trotz der Dunkelheit zu erkennen, was es war, doch da ertönte auf einmal ein Surren. Die Tür schob sich zur Seite, und das Geräusch von Absätzen auf hartem Boden drang an meine Ohren. Mehrere Leute kamen herein – dann surrte wieder etwas, und die Tür schloss sich.

Jemand näherte sich mir. Erst sah ich nur einen Umriss, doch dann wurde der gesamte Raum in ein furchtbar grelles Licht getaucht. Flecken tanzten vor meinen Augen, flirrten umher und setzten sich langsam zu Silhouetten von drei Menschen zusammen. Eine gehörte zu Leanore, die zwei anderen zu den hochgewachsenen Männern, denen ich, wenn ich mich recht erinnerte, bereits im Outpost gegenübergestanden hatte. Ihre leeren Gesichter ließen keinen Zweifel daran, dass sie nach wie vor unter Leanores Kontrolle standen.

Leanore hatte ihre silbrigweißen Haare zu einem strengen Knoten nach hinten gebunden. Sie trug keinen Mantel, nur eine graue Hose und ein schwarzes Hemd – und natürlich das falsche Drachenarmband. Es lag fest um ihren rechten Unterarm und sah aus wie ein unheilvolles Mal auf ihrer bleichen Haut. Ich musste mich zwingen, den Blick davon abzuwenden, als Leanore sich direkt vor mich stellte.

Sie sah … nicht gut aus. Im Outpost hatte ich kaum einen Blick auf sie werfen können, aber jetzt, da sie so nah vor mir stand …

Leanores Augen waren von dunklen Schatten umgeben, als ob sie lange Zeit nicht geschlafen hätte. Sie war dünner als bei unserer letzten Begegnung, regelrecht ausgezehrt.

In mir gab es keinen Zweifel, dass es an all der Magie lag, die sie mit ihrem Geist steuerte – jeden Tag, jede Sekunde. Wahrscheinlich war seit dem Tag auf dem Plateau kein Moment vergangen, in dem sie nicht irgendwem Befehle erteilt hatte.

»Wo … bin … ich?«, fragte ich sie. Mein Mund fühlte sich so trocken an wie die Wüste, in der ich noch vor wenigen Stunden gewesen war.

Stunden? Waren es überhaupt Stunden? Oder war sogar noch mehr Zeit vergangen?

Leanore zog einen der beiden Stühle zu mir. Langsam ließ sie sich darauf sinken und schlug die Beine übereinander. »Würde es etwas ändern, wenn ich es dir sage?«

Nein. Das würde es wohl nicht. Ich könnte in England oder Amerika oder im abgelegensten Fleck von China sein. Hier, in diesem kleinen Raum, spielte es keine Rolle.

»Nova …?«, fragte ich. Nur das, nichts weiter. Sie wusste auch so, was ich meinte.

»Du wirst erleichtert sein zu hören, dass ich nie die Absicht hatte, die Magiequelle zu zerstören. Die Barriere von Nova ist Geschichte, aber ich habe den Angriff in der Sekunde abgebrochen, als wir im Shuttle waren. Deine Freunde haben alle überlebt. Ein Großteil eurer Fußsoldaten nicht, aber ich schätze, ihre Tode kannst du verkraften.«

Tränen stiegen mir in die Augen. »Fahren Sie zur Hölle.«

Ein schmallippiges Lächeln. Leanores stechender Blick stand im Kontrast zu ihrem makellos glatten, von weißblondem Haar umrahmten Gesicht. »Das werde ich eines Tages, ganz sicher. Aber noch ist es zu früh. Dafür gibt es zu viel zu tun.«

Damit hob Leanore ihre linke Hand und schnippte mit den Fingern. Einer der beiden Cyphers setzte sich sofort in Bewegung. Er nahm den Abstelltisch in die Hände, und als er ihn zwischen Leanore und mir positionierte, sah ich endlich, was genau darauf stand.

O nein.

Bitte nicht.

Es war ein Sigil. Eines, das ich bereits kannte. Äußerlich ähnelte es einem Metronom, das Musiker benutzten, um sich einen Takt vorgeben zu lassen. Ein pyramidenförmiger schmaler Kasten, an dessen Oberseite sich ein beweglicher Pendelarm befand, der hin und her schwang. Doch dieses Ding hatte nichts mit Musik zu tun. Rein gar nichts.

Stattdessen zwang es einen dazu, die Wahrheit zu sagen.

Es war schon einmal bei mir angewendet worden, damals, als Celine, Matt und Adam mich nach Septem mitgenommen hatten. Celine hatte mich damit verhört – und innerhalb weniger Minuten mühelos all meine Geheimnisse aus mir herausgezwungen.

Leanore musste die Panik in meinen Augen sehen, denn dieses Mal wirkte das Lächeln in ihrem Gesicht äußerst zufrieden.

»Ich werde Ihnen gar nichts erzählen«, sagte ich und wiederholte es im Stillen noch mehrere Male, als könnte ich so einen Schutzpanzer um meinen Verstand legen.

Leanore griff an den Kasten, und schon begann das Pendel, das dort in der Mitte angebracht war, hin und her zu schwingen. So schnell ich konnte, wandte ich den Blick ab. Ich presste die Augenlider zusammen und redete mir ein, wenn ich das Sigil nicht sähe, hätte es auch keinen Einfluss auf mich.

»Das wird dir nichts nützen«, sagte Leanore, und ihre Stimme drang dabei nicht mehr nur an meine Ohren, sondern direkt in meinen Kopf hinein. Sie hallte in meinen Gedanken wider, gleichzeitig erfüllte das stetige Klicken des Pendels meinen Geist. Es schwang hin und her und hin und her.

Verzweifelt zerrte ich an meinen Fesseln, schüttelte den Kopf.

Ich werde ihr nichts erzählen.

Ich werde ihr nichts erzählen!

»Wieso wart ihr in Nova?«, fragte Leanore, ihr Tonfall ruhig, beinahe gelassen.

»Städtetrip«, presste ich hervor. »Der Rest von Prime ist gerade nicht zum Urlaubmachen geeignet, und wir brauchten dringend mal eine Auszeit, um –«

»Wieso wart ihr in Nova?«

Auf Leanores vehemente Nachfrage hin schien die Magie des Sigils förmlich in meinen Verstand hineinzusickern. Es war, als würde es wie ein böser Geist durch meine Gedanken schweben und nach und nach diejenigen hervorziehen, die es für wahr befand. Es ließ mir keine Wahl. Ich konnte nicht mehr lügen.

Aber noch konnte ich steuern, *welche Wahrheit* ich ihr sagte.

»Wir brauchten Zeit. Adam wurde vergiftet. Ich wollte das Gift in Nova einfrieren und nach einem Gegenmittel suchen.«

Ich sah Leanores Reaktion nicht und ließ mich auch nicht dazu verleiten, die Augen zu öffnen. Nur anhand ihres Zögerns wusste ich, dass sie mit dieser Information nicht gerechnet hatte. Für einige Sekunden war nur das stete Klicken des Pendels zu hören. Es schwang nach links – *klick* –, dann nach rechts – *klick* – und wieder zurück.

Für einen Moment rechnete ich damit, dass sie nun fragen würde, ob wir fündig geworden waren. Ob es ihrem Sohn wieder gut ging. Ob er überleben würde.

Ich sollte es inzwischen besser wissen.

»War das der einzige Grund, warum ihr in Nova wart?«

Ja. Sag einfach ja.

»N-nein.« Mein Körper würgte das Wort gegen meinen Willen hervor, und ich stemmte mich gegen die Fesseln in dem verzweifelten Versuch, mich vor ihrer nächsten Frage zu wappnen. Ich *durfte* ihr nichts von Invictus erzählen. Es wäre alles verloren, wenn sie es erfuhr.

»Was war der zweite Grund?«

»Wir wollten unsere Streitkräfte zusammenziehen. Häscher, Rebellen, Hüter. Sie sind alle –«

Eine Hand umklammerte mein Kinn, und lange Fingernägel bohrten sich dabei schmerzhaft in meine Haut. Leanore zog meinen Kopf zurück in eine gerade Position. Ich konnte ihren Atem auf meinem Gesicht spüren, hielt meine Augen aber fest geschlossen.

»Du kannst mir glauben, wenn ich dir sage, dass du dir selbst einen Gefallen tust, wenn du einfach kooperierst.«

»Niemals.«

»Also gut.« Die Hand löste sich von meinem Kinn, ein Schaben auf dem Boden sagte mir, dass sie den Stuhl zurückgeschoben hatte. Aber es dauerte nur wenige Sekunden, da griff jemand erneut an meinen Kopf. Raue, schwielige Finger – es musste einer der Cyphers sein. Er stand offenbar hinter mir und legte eine Hand links und eine rechts an meinen Kopf. Ich zuckte heftig zusammen, als er an meine Augen griff und die Lider gewaltsam aufzog.

Ich wand mich hin und her, konnte aber nicht verhindern, was dann geschah. Der zweite Cypher stand vor mir – und er hielt das Sigil, mitsamt dem hin und her schwingenden Pendel, direkt vor mein Gesicht.

Meine Pupillen verfolgten die Bewegung. Einmal gefangen, ließ es mich nicht mehr los. Das Pendel schwang nach links, nach rechts, nach links, nach rechts. Mein Verstand wurde wattig.

»Noch einmal von vorne.« Leanore saß nicht mehr auf dem Stuhl, sondern lief nun langsam durch den Raum, den Blick aufmerksam auf mich gerichtet. »Wieso trägst du Ignis nicht mehr?«

Sag die Wahrheit.

»Wir haben es mit der Athame von mir abgeschnitten.«

Leanore blieb stehen. »Wer hat den Schnitt ausgeführt?«

Sag die Wahrheit.

»Sebastian.«

Leanore schnaubte. »Ich nehme an, sein Tod war für euch ebenfalls zu verkraften.«

Sebastian war nicht tot. Die Athame brauchte keine Lebensenergie mehr. Aber Leanore hatte es nicht als Frage formuliert, also konnte ich verhindern, dass die Worte über meine Lippen kamen.

Der Cypher vor mir hielt das Pendel-Sigil weiterhin vor mein Gesicht, nutzte eine Hand aber dazu, den rechten Ärmel meines Mantels zurückzuschieben. Die Gravur von Invictus kam zum Vorschein. Meine Haut war dort, wo Matt in meine Haut geschnitten hatte, kaum noch gerötet, die Narbe verheilte bereits.

»Was ist das für ein Zeichen?«

Sag die Wahrheit.

Mein vernebelter Verstand stieß auf eine Weggabelung. Zwei Antworten lagen vor mir. Beide waren wahr, aber nur eine würde uns nicht zum Verhängnis werden.

»Es ist ein Sigil-Symbol. Es verkörpert die Magie eines Sigils und dient, wenn es direkt in die Haut geritzt wird, als Verbindungsanker zwischen dem Sigil und dem eigenen Körper.«

Leanore lachte. Ein trockenes, tonloses Lachen. »Deine Sturheit ist wirklich bemerkenswert«, sagte sie. »Es ist dieselbe Sturheit, die dein Vater auch hatte. Und die ihn am Ende das Leben gekostet hat.«

Ihr Tonfall blieb kühl. Aber da war diese kaum wahrnehmbare Veränderung in ihrer Stimme, eine Weichheit, die mir sagte, dass Melvin Harwood ihr auch Jahrzehnte nach seinem Tod nicht gleichgültig war.

Ich blinzelte und spürte, wie das Pendel mich für einen Moment, in dem es keine neue Frage gab, wieder etwas aus seiner Gewalt entließ.

»Sie haben ihn ermordet, oder?«, fragte ich Leanore. Es war ein Gedanke, der schon seit langer Zeit in meinem Unterbewusstsein lauerte. Ich hatte ihn bislang nicht zugelassen, weil ich wusste, dass mir diese Frage niemand beantworten konnte außer der Frau, die gerade vor mir stand. Keiner wusste, wie mein Vater gestorben war. Es war nur sein Sigil von ihm übrig geblieben – eine Leiche hatte es nie gegeben.

Es war die logische Schlussfolgerung. Leanore hatte Violet Greenwater getötet, weil sie dachte, mein Vater hätte sich in sie verliebt. Aber das hatte ihr nicht gereicht. Melvin hatte Leanore damals davon abgehalten, die Athame an sich zu nehmen, und er hatte auch danach noch alles darangesetzt, ihr Steine in den Weg zu legen.

Sie hatte ihn geliebt.

Und er hatte diese Liebe zurückgewiesen.

Wie hätte ihre Geschichte sonst ausgehen sollen?

»Ich habe dabei zugesehen, wie er starb«, sagte Leanore. »Und ich habe es nicht verhindert. Nenn es wie du willst.«

»Wie … wie ist er gestorben?«

Die anderen hatten damals zu mir gesagt, man hätte Ignis in London gefunden. Man vermutete, dass mein Vater dort sein Leben gelassen hatte. Aber sicher wusste es niemand.

Leanores Gesicht verhärtete sich. »Du stellst hier nicht die Fragen.«

Sofort hielt der Cypher wieder das Sigil samt dem noch immer umherschwingenden Pendel vor mich. Mein Blick blieb erneut daran haften, ich versuchte, es nicht an mich heranzulassen, aber egal, wie sehr ich mich wehrte, es nützte nichts. Ich ballte die Hände zu Fäusten. Hätte ich Ignis noch an meinem Arm, hätten sich die Lichtmale über meinem Körper ausgebreitet. Doch nun tat sich nichts.

»Gehört das Symbol auf deinem Arm zu einem Dark Sigil?«

Sag die Wahrheit.

Ich presste die Lippen aufeinander, aber das Wort wurde förmlich aus mir herausgerissen.

»Ja.«

»Wie lautet der Name dieses Sigils?«

Nein.

Nein, nein, nein.

Ich würde es ihr nicht geben. Ich *durfte* nicht. Jedes Opfer, das wir gebracht hatten, wäre womöglich umsonst gewesen. Mein Mund öffnete sich, und ich fühlte mich, als würde ich ersticken, so sehr versuchte ich, das Wort in mir zu behalten.

»Wie lautet der Name dieses Sigils?«, wiederholte Leanore und stieß den Cypher zur Seite, um mein Kinn zu packen und mir geradewegs ins Gesicht zu schreien.

»Sag die Wahrheit!«

Ich versuchte, das Wort in mir zu halten. Ich versuchte es wirklich. Tränen liefen über meine Wangen, und meine Fäuste zitterten, so sehr ballte ich sie zusammen.

Doch es nützte nichts.

Ich hatte keine Wahl.

»In… *Invictus.*«

Kaum dass sich der Name in meinen Gedanken geformt

und schließlich über meine Lippen gekommen war, spürte ich Hitze in der Wunde an meinem Arm pulsieren. Sie strömte über das spiralförmige Ignis-Zeichen hinein in die Flügellinien von Alius und Etas. Ein Kribbeln strömte von meinem rechten Unterarm hinein in meine Fingerspitzen. Es war, als würde für einen Augenblick jemand anderes meinen Körper steuern, und bevor ich wusste, wie mir geschah, explodierte das Sigil in der Hand des Cyphers.

Holzsplitter flogen mir entgegen, das Pendel landete scheppernd auf dem Boden. Und die blaue Magie, die eben noch im Gehäuse des Sigils gewirkt hatte, zerstäubte in Millionen winziger Partikel.

Ich atmete schwer ein und aus.

Was … was war da gerade passiert?

Die Wunde an meinem Arm glühte silbrig. Ich starrte darauf hinab, genau wie Leanore. Sofort packte sie meinen Arm, schaute auf das Symbol, mehrere Sekunden lang. Ich sah eine Art Erkenntnis in ihren Augen – ohne Zweifel erfasste sie Ignis und auch Alius und Etas in der Zeichnung. Aber sie konnte unmöglich die richtigen Schlüsse daraus ziehen.

»Das ist deine letzte Chance, bevor wir zu *traditionelleren Methoden* übergehen«, sagte Leanore zu mir. »Erzähl mir, was in Nova passiert ist.«

Sie will bloß, dass du Angst hast.

Ich presste die Lippen aufeinander und schüttelte den Kopf.

Leanore straffte ihre Schultern. »Also gut. Ich hätte es gerne vermieden. Ungeachtet dessen, was du vielleicht glaubst, macht es mir keine Freude, anderen Schmerzen zuzufügen. Aber ich werde bekommen, was ich von dir brauche.«

Meine Muskeln spannten sich an. Aber statt Magie auf mich zu richten, drehte Leanore sich von mir weg und lief zur Tür.

Zurück blieben nur die beiden Cyphers. Der linke legte ein Grain Magie in das Sigil-Armband, das er trug. Der andere steckte sich erst mehrere Ringe an die Finger und zog dann ebenfalls eine Reihe Grains hervor.

»Du kannst deine Meinung jederzeit ändern.«

Damit verschwand Leanore aus dem Raum. Der Cypher mit dem Medaillon machte einen Schritt in meine Richtung. Er beschwor knisternde Magie zwischen seinen Fingern herauf. Dann ertrank ich in einem Meer aus Schmerzen.

28

Die meisten meiner Sinne waren verschwunden. Wie ausgelöscht.

Da war ein ständiges Piepsen in meinen Ohren, das jedes andere Geräusch überlagerte. Meine Augen waren geschwollen, und alles, was ich noch schmecken konnte, war der Kupfergeschmack von Blut.

Der Schmerz war überall. Er war in den letzten Stunden so sehr zu einem Teil von mir geworden, dass er sämtliche Gedanken an Adam und die anderen verdrängt hatte. Ich konnte nicht mehr sagen, wo ich aufhörte und der Schmerz begann.

Die beiden Cyphers hinterfragten nicht, was Leanore ihnen befahl. Sie zögerten nicht. Sie zweifelten nicht. Sie führten einfach nur aus. Leanore stellte mir Fragen zu Nova und dem Grund, weshalb wir Haroun El-Masri gebraucht hatten. Leanore fragte, und ich weigerte mich zu antworten, und so ging es immer weiter.

Von dort, wo die Fesseln längst meine Haut an Armen und Beinen aufgerieben hatten, tropfte Blut hinab. Es sammelte sich am Boden in einer roten Pfütze und verschwand dann nach und nach in dem Abflussgitter unter mir.

Ich zog mich so tief wie möglich in meinen Geist zurück

und erschuf einen Kokon um ihn herum, einen, der hart war wie Stahl, hart wie ein Diamant.

Ich. Werde. Nicht. Brechen.

Einer der Cypher beschwor neue Magie herauf. Er formte sie zu einer zuckenden Kugel und drückte sie so lange gegen meine Haut, dass sie Blasen warf. Ich biss die Zähne zusammen und presste meinen Kopf nach hinten. Kein Geräusch kam über meine Lippen, ich kniff nur die Augen zusammen und wartete, dass das unerträgliche Brennen nachließ. Doch das tat es nicht, der Schmerz wuchs. Ein Licht erschien vor meinen Augen, blendend hell. Der andere Cypher hatte eine Illusion heraufbeschworen. Keine Bilder – nur Schmerz. Er ließ mich glauben, dass mein Körper Stück für Stück verbrannte, von den Zehen bis zu meinem Kopf. Ich hielt es genau drei Sekunden aus, dann wurde mein Diamant-Kokon in tausend Stücke zerschmettert. Ich konnte nicht mehr anders und schrie.

»Wie lange soll das noch weitergehen?«, fragte Leanore. »Willst du unbedingt sterben?«

Ich schwieg. Es kostete mich alles, und Tränen rollten dabei über meine Wangen, aber ich schwieg.

»Also gut. Wenn dir dein eigenes Leben so wenig wert ist, müssen wir eben zu anderen Mitteln greifen.«

Die beiden Cyphers ließen von mir ab, und ich gestattete mir einen kurzen Moment der Erleichterung, obwohl Leanores Worte keinen Zweifel daran ließen, dass es von hier an nicht besser, sondern nur schlimmer werden würde.

Doch statt die Männer anzuweisen, mir mit ihren Sigils noch größere Schmerzen hinzuzufügen, schickte Leanore die beiden aus dem Raum und folgte ihnen. Die Tür schloss sich hinter ihr, das grelle Licht schien weiter auf mich herab, aber es kehrte Stille ein.

Ich atmete ein und wieder aus. Ein Teil von mir wollte sich einfach nur der Ohnmacht hingeben, die schon seit langem am Rand meines Bewusstseins auf mich wartete. Aber Leanore schien bislang genau gewusst zu haben, wie viel ich ertragen konnte – und sie hatte diesen Punkt nie überschritten. Ich versuchte, in meinen Körper hineinzufühlen. Nicht in den Schmerz, sondern in das, was dahinter lag.

Das Invictus-Symbol, das Matt mir in den Arm geritzt hatte, war seltsam warm. Das silbrige Glühen war längst verschwunden, aber *etwas* arbeitete in mir. Wann immer ich meine Finger jedoch krümmte und versuchte, dieses *Etwas* zu kanalisieren – es in Magie zu formen –, passierte nichts.

Bitte, flehte ich innerlich. *Bitte hilf mir.*

Bei Ignis hatte ich oft das Gefühl gehabt, das Sigil könnte meine Gedanken lesen. Doch jetzt … keine Reaktion. Auch nicht in den Minuten danach. Also schloss ich meine Augen und ließ meinen Geist davondriften. Ich schlief nicht, aber ich spürte, wie mich die Erschöpfung hinabzog. Erst als die Tür sich erneut öffnete, zwang ich mich dazu, meine Sinne zu schärfen. Ich wappnete mich, aber es war nicht Leanore, und es waren auch nicht die beiden Cyphers. Es dauerte einen Moment, bis mein Sichtfeld sich so weit schärfte, dass ich sie erkannte. Und selbst dann konnte ich es kaum glauben.

Es war Pris.

Adams kleine Schwester.

»Meine Mutter hat mir gesagt, ich soll deine Wunden heilen«, erklärte sie leise, und mein Herz schlug augenblicklich schneller.

Es war Monate her, dass ich Pris zuletzt gesehen hatte. Seit der Nacht auf dem Plateau, als Leanore ihr Nikkis Dark Sigil angelegt hatte, hatten wir sie *überall* gesucht. Und auf einmal stand sie einfach vor mir.

Rein körperlich wirkte sie für ihre vierzehn Jahre sehr kindlich, aber in ihrem Blick lag eine Reife, die wohl nur jemand besaß, der sein ganzes Leben lang mit dem Tod gerungen hatte.

Ich schaute sie mir genauer an. Pris' Wangen hatten einen weitaus rosigeren Schimmer als bei unserer letzten Begegnung. Und ihre silbrigen Haare hingen seidig glatt über ihren Schultern, wo sie unmittelbar in das weiße Kleid, das sie trug, übergingen.

Sie sah … *gesund* aus.

Solis lag um ihren Hals, die goldglitzernde Kugel hing an demselben Band, das auch Nikki getragen hatte. Hatte die Magie des Dark Sigils Pris tatsächlich geheilt? Hatten wir uns umsonst Sorgen gemacht, dass es ihr schaden würde?

Pris kam näher und hob ihre Hände vor mich. Erst da registrierte ich, was sie eben gesagt hatte. Sie sollte meine Wunden heilen? Aber wieso?

»Es dauert nicht lange«, sagte sie und legte ihre Hände auf meine Arme, auf jede Stelle, wo wütende rot-blau gefleckte Wunden blühten. Ihre Fingerspitzen strichen federleicht darüber, und ich starrte auf Pris hinab, als sich warme orangegoldene Lichtmale über ihre Haut ausbreiteten. Solis leuchtete hell auf, und ich atmete schwer ein und aus, als die Schmerzen in meinem Körper nach und nach verblassten, bis ich mich schließlich so wohlfühlte, als wären die letzten Stunden überhaupt nicht passiert.

»Priscilla?« Ich versuchte, Pris' Blick auf mich zu lenken, aber sie konzentrierte sich weiter auf die letzten, noch verbliebenen Wunden und schaute nicht zu mir. Ich war mir sicher, Leanore hatte ihr befohlen, nicht mit mir zu sprechen. Und obwohl ich inzwischen nur allzu gut wusste, dass es aus diesen Fesseln kein Entkommen gab, versuchte ich, eine Hand nach Pris auszustrecken. Natürlich ohne Erfolg. »Pris, wir … haben nach dir gesucht, wusstest du das?«

Keine Reaktion. Wahrscheinlich erinnerte sie sich gar nicht an mich. In der Nacht auf dem Plateau war sie kaum bei Sinnen gewesen.

»Pris?«, versuchte ich es weiter. »Dein Bruder … *Adam* … Er sorgt sich schrecklich um dich.«

Ihre Augen weiteten sich. Sie hob den Blick zu mir und wirkte dabei nicht nur verwirrt, sondern auch, als würde sie etwas ganz und gar Verbotenes tun. »Adam sorgt sich um mich?«

Mein Herz verkrampfte sich bei der Unsicherheit in ihrer Stimme. Was hatte Leanore ihr nur erzählt, dass sie so an Adams Liebe zu ihr zweifelte?

»Ja. Sehr sogar. Er hat in den letzten Monaten nichts anderes gemacht, als nach dir zu suchen und –«

Ein Surren unterbrach mich. Die Tür öffnete sich, und Leanore kam herein, die beiden Cyphers hinter ihr. Ich versteifte mich automatisch – hatten sie Pris mich nur heilen lassen, um wieder von vorne anzufangen?

Nein. Die Cyphers kamen sie zu mir gelaufen und öffneten mit einem Klicken die Fesseln. Ich fiel beinahe vornüber, kaum dass meine Beine und Arme frei waren. Die beiden Männer zogen mich wieder nach oben und von dort auf die Beine.

»Was –?«

»Wir haben einen Gast«, sagte Leanore knapp und ohne jegliche weitere Erklärung. Sie kam in den Raum und umfasste Pris' Arm in der wahrscheinlich zärtlichsten Berührung, die ich von Leanore Tremblett je gesehen hatte. Pris schaute mich unsicher an, ihre Augen schwammen förmlich vor Verwirrung. Aber als Leanore ihren Namen sagte, nickte sie bloß und ließ sich von ihr auf den Korridor hinausführen.

Nach den vielen Stunden auf der Schrägfläche war so viel Blut in meine Füße gelaufen, dass ich sie kaum noch benutzen konnte. Die Cyphers schleiften mich mehr an den Armen durch den Flur, als dass ich selbst lief, und ich schaute suchend umher, in der Hoffnung, irgendeinen Hinweis darauf zu finden, wo auf der Welt ich mich befand.

Die Flure waren von alten Steinmauern umgeben. Fenster mit Metallgittern ließen nur wenig Licht herein. Alles roch irgendwie modrig – als ob wir uns im Keller einer alten Burg befänden. An einer Kreuzung stand die Statue eines Engels, er trug eine Kette mit einem Heptagon-Anhänger um den Hals.

Ich ließ mich in den Griff der Cyphers sinken. Nichts von alldem kam mir bekannt vor. Ich könnte in jedem Land, auf jedem Kontinent sein, ich würde es nicht wissen.

Leanore und Pris liefen vor uns. Leanore hatte einen Arm um die schmalen Schultern ihrer Tochter gelegt, und ich beobachtete, wie sie ihr etwas ins Ohr flüsterte. Ich verstand nicht, was sie sagte, und sah nur, wie Pris langsam nickte. Ihre Schritte wirkten kraftlos, immer wieder drohte eines ihrer Beine wegzuknicken. Ich war mir sicher: Pris blieb nur aufrecht, weil ihre Mutter mit ihrem Griff dafür sorgte.

Die Cyphers brachten mich in einen weiteren Raum, kaum vier oder fünf Türen entfernt, und ich schnappte nach Luft, als ich begriff, wer dort in der Mitte stand.

O nein.

Lily.

Sie war nicht gefesselt. Sie stand einfach nur da, ihre Arme hingen an ihrem Körper hinab, und sie schaute geradeaus ins Leere. Der Ausdruck in ihrem Gesicht war leer, gleichgültig, wartend.

Wie bei den anderen Cyphers.

Im Raum schwebten einige schwarze Magieschwaden umher. Sie kreisten um Lilys Kopf wie ein düsterer Heiligenschein.

»Sie ist dir zum Outpost gefolgt.«

Leanore ließ Pris am Eingang bei einem der Cyphers. Sie lief an mir vorbei auf Lily zu und legte eine Hand auf deren Schulter. »Ein sehr mutiges Mädchen. Sie hätte zum Tempel weiterlaufen können, dann wäre sie bei den anderen in Sicherheit gewesen. Aber sie muss gesehen haben, dass du die Abbys zu dem Außenposten lockst, und da hat sie versucht, sich zu dir durchzuschlagen. Ihr beiden kennt euch schon sehr lange, oder, Rayne?«

Ein eisiges Gefühl kroch meine Wirbelsäule hinauf.

»Lass die Finger von ihr.«

»Das kommt ganz auf dich an, fürchte ich.«

Ich spürte, wie meine Sicht verschwamm. »Lass sie gehen«, sagte ich und starrte Leanore dabei an. »Das ist eine Sache zwischen dir und mir. Du hasst mich wegen meines Vaters. Ich … ich verstehe das sogar. Du kannst mit mir machen, was du willst, aber *Lily* … Sie hat nichts damit –«

»Sei still«, unterbrach Leanore mich. »Ich habe keine Zeit und keine Geduld, noch weiter deinen Antworten hinterherzujagen.« Sie packte grob meinen rechten Arm, um ihn zu sich nach oben zu ziehen. Das Invictus-Symbol lag jetzt unmittelbar zwischen uns. »Du sagst mir, was es bedeutet.

Du erzählst mir alles, oder …« Sie beugte sich zu mir, und die nächsten Worte flüsterte sie kaum hörbar an mein Ohr. »Oder ich schneide die Kleine vor deinen Augen in Stücke.«

Ein unbarmherziger Druck legte sich an meine Kehle. »Nein – *bitte*. Sie –«

»Dann rede!«

Das konnte ich nicht. Ich konnte Leanore nicht sagen, wozu Invictus imstande war. Welche Macht es hatte. Was ihm prophezeit worden war. Es wäre unser aller Untergang.

Leanore atmete tief aus. »Begleite meine Tochter zu ihrem Zimmer, und pass dort auf sie auf«, sagte sie zu dem Cypher-Soldaten am Eingang. Der Mann nickte und fasste vorsichtig an Pris' Arm.

»Mutter, kann ich nicht …?«

»Jetzt nicht. Ruh dich aus, wir reden später.«

Pris zögerte, aber nickte schließlich. Ich sah noch, wie sie einen flüchtigen Blick auf mich zurückwarf, aber dann hatte der Cypher sie schon um die Ecke geführt, und sie war verschwunden.

Als wir wieder allein waren, wandte sich Leanore an einen anderen Cypher. »Gib dem Mädchen dein Messer.«

Keinerlei Zögern. Es war wie in den letzten Stunden auch. Die Cyphers hatten nie auch nur den Hauch einer Sekunde verstreichen lassen, bevor sie Leanores Befehle ausführten. Der Cypher griff an seinen Gürtel und zog ein langes Jagdmesser aus einer Scheide. Dann hielt er es Lily entgegen. Auch sie zögerte nicht und umfasste die Halterung. Und bevor ich auch nur verstehen konnte, was vor sich ging, setzte Lily die Dolchspitze an ihrem Unterarm an und … schnitt. Sie schnitt *tief*. Blut quoll hervor und fiel in dicken roten Tropfen zu Boden.

Ich schrie und warf mich mit aller Kraft, die ich hatte, nach vorne. Aber es half nichts. Der zweite Cypher zerrte mich mit unüberwindbarer Gewalt nach hinten. Ich kämpfte um jeden Zentimeter, aber kam nicht vorwärts. Also tat ich, was ich mir in den letzten Stunden so vehement verboten hatte.

Ich *bettelte*.

»Hör auf!«, schrie ich Leanore entgegen. »Sag ihr, dass sie aufhören soll, bitte! Lily, hör auf! Bitte, bitte, hör auf!«

»Was ist Invictus?«, fragte Leanore bloß. Die Kälte ihrer Stimme hatte sich kein bisschen verändert, diese Frau war wirklich wie die Antarktis.

»Ich …«

Ich durfte nicht. Ich durfte nicht. Ich durfte nicht!

Da setzte Lily zu einem weiteren Schnitt an. Diesmal auf ihrem Oberarm. Blut lief wie ein Sturzbach hinab. Inzwischen hatte sich eine rote Pfütze an Lilys Schuhen gebildet. Doch kein Wimmern, kein noch so leiser Schmerzenslaut kam über Lilys Lippen. Die Chaosmagie verbot es ihr.

Ich wollte mich übergeben – mir war totschlecht. Und als Lily den Dolch zum dritten Mal hob, wusste ich, ich hatte verloren. Ich sank in die Arme des Cyphers, weinend, besiegt.

»Es war das erste Dark Sigil, das je geschmiedet wurde!«

Kaum dass die Worte meinen Mund verlassen hatten, stoppte Lily in ihrer Bewegung, aber die Dolchspitze drückte weiterhin gefährlich fest gegen ihren Arm. Ihre Haut, sonst ein tiefes, warmes Braun, war vom Blutverlust schon ganz grau geworden.

Ich schluchzte. »Verarzte sie. Dann erzähle ich dir alles.«

Leanore zögerte nicht. Sie neigte nur den Kopf, und keine fünf Sekunden später kamen zwei weitere Cyphers in den

Raum, die Lily auf den Boden legten und ihre Wunden mit roboterartigen Bewegungen säuberten und verbanden.

»Also?«, fragte Leanore, den Blick erwartungsvoll auf mich gesenkt.

Ich wusste, ich musste ihr alles geben.

Sie würde Lily umbringen, wenn ich es nicht tat.

»Das erste Dark Sigil, das je geschmiedet wurde, war eine … Einheit aus Ignis und den Schicksalswürfeln. Es hieß Invictus. Aber es war den damaligen Trägern zu mächtig, also zerstörten sie es. Wir haben es wieder zusammengesetzt. Unten in der Schmiede von Nova. Deswegen … deswegen trage ich Ignis nicht. Es existiert nicht mehr.«

Leanore starrte mich an, und wenn es je einen Zweifel daran gegeben hatte, dass sie nichts von Invictus gewusst hatte, war er jetzt verschwunden. »Heißt das … ihr habt auch Alius und Etas *eingeschmolzen*?«

Ich nickte. »Ihre Magiekerne sitzen jetzt in Invictus …«

Und in der Schattenathame.

Aber das – zumindest das – musste sie nicht erfahren.

Leanore fasste mit abwesendem Blick an ihren rechten Unterarm, dort, wo das schwarze Drachenarmband saß. Und wo – ganz sicher – einst das Zeichen von Alius und Etas in ihre Haut eingeritzt worden war. Ich fragte mich, ob sie zumindest zu einer Gefühlsregung imstande war, was den Verlust ihres eigenen Dark Sigils anging. Aber im Grunde war es mir egal.

»Und was ist Invictus' Fähigkeit?«, fragte sie mich.

»Das wissen wir nicht.«

Sie schlug mir, ohne mit der Wimper zu zucken, mitten ins Gesicht. Der Cypher ließ mich los, und ich landete stöhnend auf dem Boden, die Lache von Lilys Blut unmittelbar vor mir.

Auch das Jagdmesser konnte ich sehen, aber es lag direkt neben Lily und zu weit entfernt, als dass ich danach hätte greifen können.

Leanore kniete sich neben mich, packte mein Kinn und zog meinen Kopf zu sich nach oben. »Wag es nie wieder, mich anzulügen!«, zischte sie. »Wieso hättet ihr es schmieden lassen sollen, wenn ihr nicht wisst, was ihr davon erwarten könnt. *Was kann es?*«

»Magie kontrollieren«, schluchzte ich. »Sämtliche Magie auf der gesamten Welt. Zur gleichen Zeit. Aber niemand weiß, wie tief diese Macht geht, wir haben es noch nicht ausprobieren können.«

»Wenn du es nicht selbst trägst … wer dann?«

»Adam.« Ich starrte sie direkt an. »Und er wird es dir niemals geben – nicht ohne dir alles entgegenzustellen, was er hat.«

Ein Lächeln trat auf Leanores Lippen, doch ich konnte die Emotionen dahinter nicht deuten. Es wirkte schwermütig, aber gleichzeitig ohne jegliches Bedauern. »Damit magst du recht haben. Aber er wird Zeit brauchen, um die Magie des Sigils steuern zu können. Und in der Zwischenzeit …«

Leanore ließ mein Kinn los, richtete sich auf. Sie schaute an sich hinab und zog ein Spectum-Sigil aus ihrer Manteltasche, öffnete es. Irgendjemand musste Kontakt zu ihr aufgenommen haben, jedenfalls leuchtete das Spectum bläulich auf. Ihr schmales Lächeln wurde intensiver, als sie das überflog, was auch immer auf dem Spiegel zu sehen war. »Wie es aussieht, haben wir beide eine wichtige Verabredung.«

Eine *Verabredung*?

Doch Leanore erklärte nichts weiter. Stattdessen legte sich ihr Blick auf Lily, und ich folgte ihm. Lilys Wunden waren inzwischen verbunden, sie saß an die Wand gelehnt, ihre Haut aschfahl. Sie war offenbar nicht bei vollem Bewusstsein, dafür tanzten weiterhin die Chaosmagieschwaden um ihren Kopf herum.

»Was dich angeht …«, wandte sich Leanore direkt an Lily. Sie neigte den Kopf, und ich bemerkte, wie sie die Hand mit dem falschen Drachenarmband zur Faust ballte. »Ich denke, wir brauchen dich nicht mehr.«

Wir … brauchen dich nicht mehr?

Ich verstand nicht.

Da ergriff Lily das Jagdmesser, hob es vom Boden auf. Für einen Moment schien sich mein Herzschlag zu einer Ewigkeit auszudehnen. Ich rutschte auf den Knien nach vorne, streckte meine Hand nach Lily aus, aber ich war zu spät. Lily setzte das Messer an ihrem Brustkorb an und bohrte es keine Sekunde später mit einer einzigen Bewegung hinein.

»Nein«, flüsterte ich. Ich war wie vor den Kopf gestoßen. »Nein!«, wiederholte ich mit lauter Stimme. »NEIN!«

Lily stöhnte. Die Magieschwaden um ihren Kopf lösten sich auf, und ein überraschter Ausdruck huschte über ihr Gesicht. Sie griff sich an die Brust, fasste an das Messer, das darin steckte, so als würde sie nicht verstehen, wie es dorthin gekommen war. Als sie die Hand wieder sinken ließ, waren ihre Finger rot und feucht. Dann kippte sie zur Seite.

Ich kroch über den Boden. Es war egal, dass sie alle auf mich herabsahen, während ich über Lily kauerte. Ich beugte mich beschützend über sie, über ihren Körper, der bebte wie der eines kleinen verwundeten Vogels.

»Ray?«, fragte sie. Sie schaute mich an und sah aus wie ein Kind, das sich nachts verirrt und nun Angst vor der Dunkelheit hatte.

Meine Hände fuhren über Lilys krause Locken, über ihr wunderschönes Gesicht. Ich zog ihre Hand mit der Rebellentätowierung an meinen Mund und küsste sie.

»Alles wird gut«, versprach ich und dachte an Adam, der von einem Pfeil durchbohrt worden war und noch lebte. Ich würde auch Lily retten konnen, irgendwie, ich brauchte nur etwas Zeit, um nachzudenken und um –

»Liebe …« Lily schnappte angestrengt nach Luft. »Liebe … dich …«

»Ich liebe dich auch«, flüsterte ich und wimmerte, als Blutbläschen aus Lilys Mund hervorquollen. Ihr Körper versteifte sich unter meinem, dann richtete sich ihr Blick auf einen Punkt hinter mir, und jeglicher Lebensfunke wich aus ihren Augen.

Verzweiflung überkam mich, so heftig wie ein Schlag in die Magengrube. »Lily. *LILY!*« Ich packte und schüttelte sie, kniff sie, um ihr irgendetwas zu entlocken, und wenn es nur ein zorniges Kreischen war. Aber Lily blieb schlaff, regungslos.

Sie war tot.

Mein Bewusstsein war ausgefüllt von unendlichem Grauen, weil es einfach … nicht sein durfte. Ich konnte nicht verstehen, wie es dazu gekommen war, wieso ich es nicht hatte verhindern können. Ein erstickter Laut kam über meine Lippen, und ich geriet in eine Spirale, aus der es kein Entkommen mehr gab. Ich konnte nicht mehr aufhören zu weinen, zu wimmern, zu schreien. Und mein Herz fühlte sich an, als würde es jemand mit bloßer Hand zerquetschen.

»Wieso?«, brachte ich schluchzend hervor, den Blick starr auf meine blutbeschmierten Hände gerichtet.

»Weil die Welt ein grausamer Ort ist«, erwiderte Leanore

nach einem Moment der Stille. »Und sie schenkt einem kein glückliches Ende. Ganz egal, wie sehr man auch glaubt, es verdient zu haben.«

TEIL 4

DIE PRÄDIKTION

29

Die Welt drehte sich weiter.

Ich verstand nicht, wie es möglich war. *Wieso* das Leben weiterging. Ein Verlust wie dieser sollte alles zum Stoppen bringen. Ganz sicher gab es eine Art Schmerz, die ein Mensch einfach nicht verkraften *konnte*. Und dennoch …

Strömte Luft in meine Lungen.

Zogen Bilder an meinen Augen vorbei.

Schlug mein Herz gegen meine Rippen.

Und ich lebte.

Was mit mir geschah, nachdem die Cyphers mich aus dem Raum mit Lilys totem Körper getragen hatten, zog wie ein Stummfilm an mir vorbei. Zwei Frauen mit leeren Gesichtern wuschen mich, zogen mir neue Kleider und meinen roten Mantel an. Sie zwangen mich, etwas zu essen und zu trinken, und ich ließ es geschehen, wehrte mich nicht, kooperierte. Natürlich wusste ich, dass ich nicht aufgeben durfte, dass ich kämpfen sollte – *Lily hätte es so gewollt.* Aber alles in mir fühlte sich leer an. Taub. Es kam mir vor, als läge ich am Grund eines dunklen Brunnens. Das Licht schien irgendwo über mir, und ich war mir sicher … wenn ich mich nur genug anstrengte, dann würde ich aus dem Brunnen hinausklettern können. Doch meine Beine wollten sich nicht bewegen.

Meine Arme hingen schlaff und nutzlos an meinen Seiten herab.

Und das Licht blieb in unerreichbarer Ferne.

Erst als Leanore mit Pris zurückkam und direkt vor mir einen Schlüssel, der offenbar eine Clavis-Replik war, in ein Türschloss führte, erwachte ein Funke in mir zum Leben.

»Wohin gehen wir?«

Leanore schaute in den sich öffnenden Magiekorridor und dann auf den Schlüssel in ihrer rechten Hand. Er gab ein flackerndes Leuchten von sich, dann schien ihn die Magie von innen heraus zu verformen. Die Repliken des Saphirschlüssels waren fragil, ich hatte es schon oft gesehen. Mehr als eine Nutzung war nicht drin, aber Leanore schien es nicht zu kümmern.

»Nach Mirror-Rom«, sagte sie und ließ die Überreste des Schlüssels achtlos zu Boden fallen. »Ein letzter Magiekorridor für einen letzten Abschiedsbesuch.«

Unter uns lag eine Geisterstadt.

Ich schaute durch das Fenster hinab auf die unzähligen goldenen Dächer, über die das Shuttle hinwegflog. Auf die Gebäude, die hoch in der Luft schwebten und an denen wir mit nur wenigen Metern Abstand vorbeisteuerten. Auf die riesigen Sigils in Form von Sonnen, die künstliches Tageslicht auf die leeren Straßen hinabwarfen. Es fühlte sich wie eine Ewigkeit an, seit ich Mirror-Rom zum letzten Mal betreten hatte, dabei waren wir erst vor einigen Wochen, kurz vor meiner Krönung, hier gewesen. Ich war damals so nervös gewesen, so unsicher, was die Oberen über mich denken würden. Jetzt allerdings kam mir das alles so bedeutungslos … so *klein* vor. Wen kümmerte es noch, ob ich Rayne Harwood – eine

Obere – oder Rayne Sandford – eine Untere – war? Keine von ihnen hatte es geschafft, diese Welt zu einem besseren Ort zu machen.

Leanore hatte mich im hinteren, abgetrennten Bereich des Shuttles an den Sitz ketten lassen. Ich wusste nicht, warum sie mich so hatte herrichten lassen. Oder wohin sie mich brachte. Oder was mich dort erwarten würde. Ich wusste nur, dass ein Teil von mir sich wünschte, ich könnte durch das Fenster des Shuttles springen, könnte mich hinabstürzen, bis der Mirror mich verschluckte und nichts mehr von mir übrig blieb.

In meinen Gedanken spielte sich dieselbe Szene immer und immer wieder ab. Ich hörte Lilys schwache Stimme meinen Namen sagen, fühlte ihre Hand ein letztes Mal in meiner zucken, sah, wie ihr Blick in die Ferne rückte, zu einem Ort, an den ich ihr nicht folgen konnte.

Es war wie in jenem Traum gewesen, den ich vor unserer Abreise nach Nova gehabt hatte. Der Traum, in dem Leanore mir ein Messer ins Herz gebohrt hatte. Nur dass sie nicht mich tötete … sondern Lily. Und dieses Mal gab es keine Hoffnung auf ein Wiedersehen. Ihr Herz hatte aufgehört zu schlagen. Sie war wirklich tot, an meinen Fingern gab es noch immer Spuren von ihrem Blut.

Meine Augen fielen zu, und ich wehrte mich nicht gegen die Tränen, die meine Wangen hinabliefen. Es spielte jetzt keine Rolle mehr, ob Leanore mich für schwach hielt oder nicht.

»Wieso bist du traurig?«, drang eine sanfte Stimme zu mir. Es war Pris. Sie musste sich irgendwie aus dem vorderen Abteil nach hinten geschlichen haben, jedenfalls schaute sie kurz über ihre Schulter, während die Schiebetür sich hinter ihr schloss.

Ihre silbrig blonden Haare fielen halb über ihr Gesicht, als wollte sie sich dahinter verstecken. Aber ihr Blick lag trotzdem aufmerksam auf mir. Sie hatte dieselben hellgrauen Augen wie Adam – und auch Leanore. Aber ihr Gesicht war weich, unschuldig. Keinerlei Härte lag in ihrem Blick.

»Ich habe eine Freundin verloren«, flüsterte ich.

»Das tut mir leid«, erwiderte Pris. Sie presste ihre blassen Lippen aufeinander und knetete dabei ihre Finger. »War sie auch krank?«

Die Worte verätzten mein Inneres wie Säure. *Nein, das war sie nicht,* wollte ich sagen, aber behielt es in mir. Pris musste nicht von mir hören, was ihre Mutter getan hatte. Sie würde es nicht verstehen, und ich wollte sie in ihrem labilen Zustand nicht noch mehr verunsichern.

»Etwas in der Art.«

Pris nickte langsam. Nach kurzem Zögern kam sie näher und ließ sich auf den freien Sitz neben mir sinken, den Oberkörper zu mir gedreht. »Du bist mit meinem Bruder befreundet, oder?«

Ich nickte bloß.

Wieder knetete Pris ihre Finger. »Ich … vermisse ihn«, sagte sie leise, so als wäre es ein gefährliches Geheimnis. »Adam hat mich sonst immer jeden Tag besucht, aber … jetzt nicht mehr.« Sie schaute auf ihren Schoß hinab. Ihre Unterlippe bebte. »Ich dachte, er wäre böse auf mich.«

Instinktiv hob ich eine Hand zu ihr, doch kam dank der Fesseln nicht weit.

»Nein.« Ich schüttelte vehement den Kopf. »Adam wollte zu dir kommen. Er hat dich *überall* gesucht. Jeden Tag.«

Sogar hinter dem silbrigen Haarvorhang konnte ich die Hoffnung in Pris' Augen sehen. Aber auch die einzelne Träne, die über ihre Wange rollte. »Meine Mutter hat gesagt, er wollte nichts mehr mit uns zu tun haben. Er war einfach weg. Sonst war er *immer* da.«

»Er wäre bei dir gewesen, wenn er es gekonnt hätte, das versichere ich dir. Adam liebt dich. Und er vermisst dich sehr.«

Ich wollte mehr sagen – so viel mehr –, aber da flatterten Pris' Augen auf einmal. Ihre blassen Wimpern zitterten. Sie umgriff die golden leuchtende Kugel an ihrem Hals. »Ich bin immer so müde«, verriet sie mir, und zu meinem Schrecken lief dabei eine dünne Blutspur aus ihrer Nase. Dann sackte sie bewusstlos in den Sitz.

»Pris?«, fragte ich und wollte wieder nach ihr greifen, aber die Fesseln hielten mich von ihr fern. Ich starrte Adams Schwester an, und da fiel mein Blick auf ihren Nacken. Dort, wo die Lichtmale sich vorhin noch golden glitzernd über ihren Körper ausgebreitet hatten, wirkte ihre Haut nun, als wäre sie verbrannt worden.

Mein Herz sank. Solis hatte Pris womöglich von ihrer Krankheit geheilt, aber gleichzeitig wurde ihr Körper von seiner Magie vergiftet. Es war nicht *fair*.

Ich rief Pris' Namen noch einmal, aber als sie erneut nicht reagierte, wusste ich, dass ich keine Wahl hatte.

»Leanore!«

Ich schrie so laut, wie ich konnte. Es dauerte nur eine Sekunde, schon öffnete sich die Schiebetür. Zwei Cyphers kamen hereingelaufen. Im Hintergrund konnte ich Leanore erkennen, aber sie kam nicht näher, sondern schaute bloß in unsere Richtung. Einer der Cypher zog Pris behutsam in seine Arme. Er trug sie wieder nach vorne und legte sie auf den Sitz neben Leanore ab. Der zweite blieb als Wache direkt vor mir stehen.

»Sie stirbt!«, rief ich, und das so laut, dass Leanore mich auch noch hören musste, nachdem die Tür zum vorderen Abteil sich bereits wieder geschlossen hatte. »Das weißt du, oder?«

Von der anderen Seite drang nur Stille zu mir. Ich bekam keine Antwort, aber fuhr trotzdem fort. Meine Sturheit war, wie es aussah, zumindest noch intakt. Oder ich war einfach nur lebensmüde.

»Du willst es nicht wahrhaben, aber sie kann diese Magie nicht auf Dauer in sich behalten. Sie hat dein Blut. *Tremblett-Blut!* Und das wurde mit Alius und Etas verbunden. Leanore … wenn du uns Pris nicht helfen lässt, tötest du deine eigene Tochter!«

»Ein weiteres Wort von dir«, sagte da auf einmal der Cypher vor mir, »und ich schneide dir die Zunge heraus.«

Ohne Zweifel kam die Drohung direkt von Leanore. Und es war garantiert keine leere Versprechung. Also presste ich die Lippen aufeinander und verkniff mir jedes weitere Wort.

Ich wusste nicht, wie viel Zeit vergangen war, während das Shuttle durch das golden-warme Licht glitt, das sich auf den Dächern der langgezogenen Häuser widerspiegelte. Erst als wir bereits direkt darauf zuflogen, erkannte ich in der Ferne die hoch aufragende Bella Septe.

Es war der Sitz der Höchsten Magistratin, auch wenn Agrona kaum Zeit dort verbrachte. Ich selbst war nur einmal hier gewesen, vor vielen Monaten, und hatte den Anblick der riesigen Residenz mit den goldenen Runddächern völlig vergessen.

Einen Moment lang erlaubte ich es mir, in die Erinnerung zu flüchten, wie Adam mich dort das erste Mal geküsst hatte.

Wie wir das erste Mal miteinander geschlafen hatten. Wie er den Panzer, der sein Herz sonst so rigoros umschlossen hielt, Stück für Stück für mich geöffnet hatte.

Mit ihm an meiner Seite hatte ich etwas gefühlt, das ich noch nie je gefühlt hatte: dass meine Existenz sich nicht nur darum drehte, in dieser grausamen Welt zu überleben. Sondern dass ich darin *leben* wollte.

Dass ich, ein Waisenmädchen, zu *mehr* bestimmt sein könnte.

Zum ersten Mal, seit ich mir damals eingestanden hatte, dass ich mich in Adam verliebt hatte, wusste ich nicht, ob ich ihn je wiedersehen würde. Ich hatte Leanore nichts mehr entgegenzusetzen. Ich war keine Trägerin mehr, kein Teil der Sieben. Was da in dem Verhörraum geschehen war – was auch immer das Pendel-Sigil zerstört hatte –, das Zeichen von Invictus auf meinem Arm war seither völlig still. Ich spürte seine Magie nicht, keine noch so winzige Regung. Und ich wusste nicht, ob es daran lag, dass Invictus eben doch nur *einen* Träger akzeptierte … oder ob wir womöglich beim Verbindungsritual etwas falsch gemacht hatten.

Am Ende des Tages spielte es keine Rolle. Ich hatte nichts, um mich zu verteidigen, nichts, um Leanore die Stirn zu bieten. Und deshalb würde ich, sobald das Shuttle zur Landung ansetzte, mit hoher Wahrscheinlichkeit sterben.

Es tut mir leid, dachte ich in die Stille meines Geistes hinein. Und während ich auf Mirror-Rom hinabschaute – und dann hinauf in das echte Rom –, stellte ich mir vor, wie ich meine Gedanken durch die Welt schickte, durch die Barriere, die den Mirror und Prime voneinander trennte, dorthin, wo Adam war.

Es tut mir leid, dass ich nicht stärker war.

Es tut mir leid, dass du noch mehr Verluste ertragen musst.

Und dann, weil ich ahnte, dass ich es ihm niemals wieder sagen konnte.

Ich liebe dich. Und ganz egal, wie das hier endet … ich bin unendlich froh, dass du ein Teil meines Lebens warst.

Die Handfesseln schnitten schmerzhaft in meine Haut, während zwei Cyphers mich über den weitläufigen Platz vor der Bella Septe schleiften. Ihre Schritte hallten in der Stille der Geisterstadt wider – immer wieder wandte ich mich umher, aber konnte keine Menschenseele mehr sehen.

Bei unserer Ankunft an der Septe hatten sich die Cyphers aufgeteilt. Einige von ihnen waren an der Mauer entlanggelaufen, die das Gebäude vom Rest von Mirror-Rom abschirmte. Ich sah, wie sie sich an den zahlreichen Ausgängen des Gebäudes positionierten. Nur vier Cyphers begleiteten uns die Treppe nach oben, auf dem Weg zu der riesigen Eingangspforte. Leanore lief einige Meter vor mir. Ihr weißblondes Haar fiel in eleganten Wellen über ihre Schultern. Sie trug einen langen schwarzen Mantel, der ihre helle Haut noch stärker hervorhob. Pris folgte ihr mit furchtbar wackligen Schritten – ich hatte das Gefühl, sie würde jeden Moment erneut in sich zusammenklappen, aber Leanore führte sie entschlossen weiter.

Das letzte Mal, als ich die Treppe zur Bella Septe nach oben gelaufen war, hatten jubelnde Menschenmengen um uns herumgestanden. Es war kurz vor der Feier des dreihundertfünfundsiebzigsten Jahrestags des Mirrors gewesen, und die Oberen hatten mich – die neue Ignis-Trägerin – gefeiert, als hätten sie ein Leben lang auf meine Ankunft gewartet.

Damals hatte es sich wie ein seltsamer Traum angefühlt, von

dem ich nicht wusste, was ich davon halten sollte. Heute … heute war es definitiv ein Albtraum.

Die Cyphers schoben mich durch die Eingangspforte hinein in die Septe. Darin war es gespenstisch still, ich sah keine Menschenseele.

Ich verstand es einfach nicht. Was wollte Leanore hier? Der Mirror war evakuiert worden, und nach allem, was Agrona mir zuletzt durch Zorya in Nova hatte ausrichten lassen, war auch Mirror-Rom inzwischen nahezu verwaist.

Erst als wir bereits tiefer in das Gebäude vorgedrungen waren, erkannte ich eine Gestalt, die auf uns zu warten schien. Sie stand an einem der Ausgänge, die in den Außenbereich der Bella Septe führten – und sie trug einen längeren Brokatmantel, dessen Farbe sich mit jedem Schritt mehr von Schattenschwarz zu einem tiefen Lila wandelte.

Verwirrung machte sich in mir breit, als ich schließlich das Gesicht der Gestalt ausmachen konnte. Es war Tynan Coldwell … Matts Vater.

Ich begriff gar nichts mehr. Tynan war mein persönlicher Berater. Sollte er nicht bei Agrona auf dem Plateau sein und die Evakuierung organisieren? Was machte er hier?

Er verneigte sich, aber nicht vor mir. Sondern vor Leanore.

»Mylady«, sagte er, ohne mich dabei anzusehen. Ein schweres Gewicht drückte auf meine Schultern. Zwar war mein Geist gerade nicht im allerbesten Zustand, aber ich war scharfsinnig genug, um zu verstehen, was hier vor sich ging.

Tynan hatte die Seiten gewechselt.

»Sind sie noch bei ihrer Besprechung?«, fragte Leanore, und Tynan nickte.

»Ja. Sie haben eben erst begonnen.«

Er presste die Lippen zusammen, und schließlich schien er es nicht länger aushalten zu können und blickte flüchtig zu mir. Seine Augen – genauso bernsteinfarben wie die von Matt – schwammen förmlich in Schuldgefühlen. Und da begriff ich: Tynan war derjenige, der uns verraten hatte. *Er* hatte Leanore von unseren Plänen in Nova erzählt. Es musste so sein.

»Wieso?«, hauchte ich.

Tynan hob leicht seinen Kopf. »Weil ich meinen Sohn liebe. Und weil er leben soll. Lea, sie … sie hat mir ein Versprechen gegeben.«

Also hatte er aufgegeben. Er hatte nicht geglaubt, dass wir Leanore etwas entgegensetzen konnten. Er hatte *mir* nicht geglaubt. Und deswegen war er einen Deal mit Leanore eingegangen.

Um Matt zu schützen.

Ich hatte es nicht mal ansatzweise kommen sehen. Tynan war einfach immer da gewesen, im Hintergrund, unauffällig. Die meiste Zeit über hatte ich nur mit Agrona gesprochen, kaum mit ihm. Aber es passte natürlich … Tynan und Leanore kamen aus derselben Generation von Sieben. Matts Mutter war zur gleichen Zeit wie sie Trägerin gewesen. Sie kannten sich also. Und wahrscheinlich musste ich noch dankbar sein, dass Tynan Leanore zumindest nichts von Invictus erzählt hatte. Auch wenn das inzwischen kaum noch eine Rolle spielte.

»Ich möchte, dass du meine Tochter mit dir nimmst«, sagte da Leanore zu Tynan. Sie hielt Pris noch immer mit festem Griff auf den Beinen, aber ich sah deutlich, dass deren Kräfte nachließen. »Nehmt eins der Shuttle, Begleitschutz wartet bereits. Wenn ihr ankommt, wird man sich um sie kümmern.«

Tynans Blick wanderte zu der Tür, vor der wir standen. Dann schaute er zu mir. Ich sah Zweifel und Sorge über sein

Gesicht flackern, aber schließlich nickte er. Tynan nahm Pris an sich, wollte sie behutsam zurück durch die Septe lotsen, doch Pris versuchte, sich von ihm zu lösen. »Ich will nicht gehen!«

Leanore seufzte. »Priscilla, tu, was ich dir sage.«

In Pris' hellgrauen Augen schwammen Tränen. Sie blickte zu mir, dann zurück zu ihrer Mutter. »Bitte tu ihr nichts! Sie ist eine Freundin von Adam. Mutter, *bitte*!«

Leanores Kiefermuskeln spannten sich an, doch sie antwortete nicht.

Weil sie ihre Tochter nicht anlügen wollte.

Stattdessen nickte sie Tynan zu. Er verstärkte seinen Griff um Pris und führte sie weiter, bis ich sie nicht mehr sehen konnte.

Die Cyphers, die meine Arme umklammert hielten, setzten sich wieder in Bewegung. Wir traten nach draußen, und ich schaute mich verwirrt um, während sie mich durch die gepflegten Gärten der Bella Septe schleiften. Rosenbüsche, kerzengerade geschnittene Hecken – ich verstand immer weniger, was ich hier sollte. Erst als wir auf eine Reihe von Bäumen zuliefen, hinter denen ein seltsames helles Licht zu uns drang, hörte ich auf einmal Stimmen. Sie klangen irgendwie … verzerrt.

Die Frage musste mir ins Gesicht geschrieben sein, denn Leanores Augen richteten sich auf mich. »Die Magistrate halten gerade ein Treffen ab«, sagte sie. »Sie beraten darüber, wie sie die Kontrolle über den Mirror zurückgewinnen und dich gleichzeitig von deiner Rolle als Mirrorlady befreien können.«

Ich presste die Lippen zusammen. Es wunderte mich nicht, dass die Magistrate dem Aufruf zur Evakuierung nicht nachgekommen waren. Und ebenso wenig, dass sie gegen mich intrigierten. Die Machtspiele waren so tief in ihrer DNA verhaftet, wahrscheinlich konnten sie gar nicht anders.

Meinetwegen können sie mit dem Thron machen, was sie wollen, lag es mir auf den Lippen, aber da drang eine unangenehme Vorahnung durch meine Gedanken nach oben. Es war kein Geheimnis, wie sehr Leanore die Magistrate verachtete. Das war spätestens klargeworden, als sie Kornelius Pelham, ohne zu zögern, in den Tod geschickt hatte.

»Was … was hast du mit ihnen vor?«, flüsterte ich und dachte an die Cypher-Armee, die sich an den Mauern rund um die Bella Septe positioniert hatte. Sie wollte verhindern, dass die Magistrate sich in Sicherheit brachten!

Leanores Blick war wie eine Messerspitze. »Den restlichen Oberen hätte ich die Wahl gelassen, ob sie in der alten Welt sterben oder in der neuen leben wollen. Aber dank dir müssen sie diese Entscheidung nun nicht mehr treffen. Die Evakuierung war ein kluger Schachzug, das muss ich dir lassen. Aber *sie* …«, Leanore neigte den Kopf in Richtung der Arena, »… sie verdienen es nicht, gerettet zu werden.«

Oh mein Gott.

»Du kannst doch nicht –«

»Ich *kann*. Und ich werde.« Leanores Kinn schwenkte nach oben, als wollte sie den folgenden Worten mehr Ausdruck verleihen. Es war eine Geste, die ich nur zu gut von Adam kannte. Aber er hatte dabei niemals so *hasserfüllt* ausgesehen.

»Mir ist bewusst, du hältst mich für wahnsinnig«, sagte Leanore. »Es kümmert mich nicht – auch nicht, was man in den Geschichtsbüchern über mich sagen wird. Der Mirror ist und war schon immer ein Konstrukt aus Lügen. Unsere Vorfahren logen, als sie behaupteten, sie wollten mit einer gespiegelten Welt die ursprüngliche Welt schützen. In Wahrheit wurde der

Mirror nur erschaffen, weil die Sieben nicht imstande waren, ihre Magie zu beherrschen. Sie waren schwach. Und es war ihre Schwäche, wegen der unzählige Generationen von Trägern in einem Gefängnis leben mussten. Ihnen wurden Paläste gebaut, und man sagte ihnen, sie seien die mächtigsten Menschen auf dem Planeten. Man bejubelte sie dafür, weil sie sich aufopferten, damit die Welt nicht aus den Fugen geriet. Und das System war clever. Die Macht in den Dark Sigils – man konnte sie nur bekommen, wenn man mitspielte. Doch die wahre Macht lag längst nicht mehr bei den Sieben. Wir haben uns selbst entmündigt. Bis heute.«

Leanore schaute an den Bäumen vorbei, dorthin, wo das helle Licht zu sehen war und wo die Magistrate ihr Treffen abhielten. Und zum ersten Mal, seit ich ihr in der Höhle unter Nova gegenübergestanden hatte, glaubte ich, ihre Beweggründe zu verstehen.

Sie war gezwungen worden, sich zu fügen, ihr gesamtes Leben lang. Sie hatte rebelliert, hatte auszubrechen versucht und darauf vertraut, dass mein Vater diesen Weg mit ihr gehen würde. Und dann, als er ihr den Rücken zugewandt hatte, war sie in eine Abwärtsspirale geraten.

»Die Magistrate sind wie Parasiten«, sagte Leanore. »Und wir die bereitwilligen Wirte, von deren Macht sie zehren, so lange, bis ein Leben verbraucht ist und bereits ein neues für sie bereitsteht.« Sie griff an ihren rechten Arm, ihr Daumen fuhr über das schwarze Drachenarmband. »Wenn die Ordnung erkennt, dass ihr Chaos droht, tut sie alles, um die Fassade, solange es geht, aufrechtzuerhalten. So ist es auch mit den Magistraten. Sie sind alte, mitleiderregende Heuchler, die wissen, dass sie in Prime längst jede Bedeutung verloren hätten. Sie wollen sie alles dafür geben, um an ihrer Macht hier im Mirror festzuhalten. Ich nehme sie also nur beim Wort.«

Damit lief sie weiter. Und die Cyphers schleiften mich hinter ihr her.

»Ich *werde* den Käfig aufbrechen. Und dann werden nur noch diejenigen Macht haben, denen die stärkste Magie gehört. Und das sind nicht – und waren *nie* – die Magistrate.«

30

Wir liefen an den Bäumen vorbei und steuerten auf eine Art Arena zu. Ringsum erstreckten sich Zuschauerränge. Es war ein siebeneckiges Amphitheater mit steinernen Sitzreihen. Darauf saßen überall Menschen. Es war unmöglich, mit Gewissheit zu sagen, wie viele es waren, aber ich hatte keinen Zweifel daran, dass ein Großteil der siebenundsiebzig Magistrate des Mirrors anwesend sein musste.

Schwebekameras – solche, wie ich sie bereits von dem Tag der Krönung her kannte – flogen über den Zuschauerrängen umher. An den Steinmauern, die an der Vorderseite einen Teil der Arena begrenzten, wurden Bilder derjenigen Magistrate an die Wände projiziert, die gerade sprachen. Ihre Stimmen wurden von fliegenden Lautsprecher-Sigils übertragen.

Die Magistrate waren offenbar tief in ihre Diskussion versunken. Erst als wir bereits in der Mitte der Arena angekommen waren, bemerkten sie uns.

Auf der Wandprojektion konnte ich den exakten Moment sehen, in dem Barnabas Pelham zu uns blickte. Er saß im Zentrum der Zuschauerränge, neben ihm Esha Rao und Ivon Tarrenbone. Verwirrung und Argwohn lagen auf seinen sonst so strengen Zügen, sein Blick zuckte von Leanore zu den Cyphers und schließlich zu mir.

»Mylady«, sagte er, und seine Stimme hallte aus den Lautsprechern des Amphitheaters. »Was hat es hiermit auf sich?«

Mein eigenes Gesicht tauchte auf den Projektionsflächen auf. Eines der Sigils musste sich auf mich gerichtet haben. Doch es schwenkte sogleich zu Leanore, als sie an meiner Stelle antwortete.

»Da sie das Hauptthema dieser Versammlung ist, dachten wir, sie sollte auch daran teilnehmen.«

Barnabas schaute Leanore voller Verachtung an. »Wir waren der Auffassung, dass die Mirrorlady voll und ganz mit den Evakuierungsmaßnahmen beschäftigt sei.«

Leanore lachte. Leise nur, doch dank der Mikrophone übertrug es sich als waberndes Echo in die gesamte siebeneckige Arena.

»Verzeiht«, sagte sie. »Es ist nur … so absurd.« Sie schaute über die Zuschauerränge hinweg. »Ihr seid so klein. *So klein.* Euer verzweifelter Hunger nach Anerkennung, euer irrsinniger Glaube, von Bedeutung zu sein. Und wie ihr hier steht, in eurer sterbenden Welt, und denkt, ihr könntet Entscheidungen treffen. Ihr seid so *armselig*.«

Ihre Worte durchdrangen die Luft wie eisiger Wind. Die Magistrate schienen in ihren Sitzen zu erstarren. Einige wirkten fassungslos, andere zornig, doch niemand – auch nicht diejenigen, die nur als Projektionen zugeschaltet waren – konnte den Blick von ihr abwenden.

Selbst das Gesicht von Barnabas Pelham war kreideweiß geworden. Er war dabei zu begreifen, dass Leanore nicht zum Plaudern hergekommen war – und nach dem Tod seines Urgroßvaters musste ihm mehr als klar sein, wie ruchlos Leanore war.

Ich sah ihn geradewegs an: den Mann, der mich hatte ermorden wollen – den Mann, der Adam um ein Haar umgebracht hätte. Mein Abscheu für ihn war unermesslich, trotzdem öffnete ich den Mund und sagte laut und deutlich: »Lauft weg!«

Noch während meine Worte in das gesamte Amphitheater übertragen wurden, begann der Boden der Arena zu beben. Zwischen den Sandkörnern quollen dunkle Schwaden hervor und umkreisten meine Füße wie ein dichter Nebel. Er blähte sich auf, immer weiter, und ich konnte meinen Blick unmöglich abwenden.

Die Abnormalität war in Nova nicht zerstört worden.

Nein, sie existierte noch immer. Und sie war größer und schrecklicher als je zuvor. Sie wuchs zu einem Körper heran, der bis hinauf zu den höchsten Stufen der Zuschauerränge reichte. Es bildeten sich Klauen und ein Kopf mit Augen, die wie weiß glimmende Kohlen leuchteten.

Ein Ruck schien durch das Amphitheater zu gehen. Schreie erklangen. Tarrenbone, Rao und all die anderen Magistrate wichen jäh zurück, nur Pelham blieb stehen, wo er war.

Die Abnormalität kreischte. Die Chaosmagie, aus der sie bestand, bäumte sich an den Rändern auf, als würde der Körper zerfasern. Vielleicht hatte die Explosion das Ding verwundet? Oder hatte es die Überreste der anderen Abbys in sich aufgesogen? Ich hatte keine Ahnung. Nur eines war sicher: Es war definitiv nicht weniger gefährlich geworden. Eher das Gegenteil schien der Fall zu sein.

»Eure Ära geht heute zu Ende«, rief Leanore, eine Hand an das schwarze Drachen-Sigil an ihrem Arm gelegt. Ihr kühler Blick zuckte dorthin, wo die ersten Magistrate versuchten, in die Residenzgärten zu fliehen.

»Die Zeit eurer Herrschaft ist abgelaufen. Die neue Welt wird ohne euch bestehen. Seid dankbar für euer langes Leben – und sterbt in Würde.«

Wieder kreischte die Abnormalität, und der Ton war so laut und schrill, dass es in meinen Ohren schmerzte. Es streckte die Klauen von sich. Dann flossen Dutzende Magieschwaden aus der Kreatur heraus. Sie wuchsen wie Ranken einer Pflanze zu allen Seiten.

Panik ergriff die Magistrate. Sie versuchten, sich mit ihren Sigils, die sie stets am Körper trugen, zu verteidigen, einige kauerten vor den steinernen Stufen, aber nichts davon hatte Erfolg. Ich konnte nur zusehen, wie die Ranken der Chaosmagie die ersten erreichten und ihre Körper umschlangen. Sie hüllten die Magistrate ein und flossen in ihre Ohren und Münder, bis ihre Schreie erstickt waren und nur noch ihre steifen Körper zurückblieben.

Ich taumelte zurück und prallte gegen Leanore. Doch sie stand nur da, keine Regung in ihrem Gesicht.

»Stoppt es!«, schrie Pelham zu uns hinab, seine Hände um das Geländer vor sich geklammert. »Das ist Wahnsinn! Ihr seid wahnsinnig! Ihr könnt doch nicht –«

»Spar dir den Atem«, sagte Leanore. »Du wirst ihn brauchen.«

Schon schoss eine Schwade auf Pelham zu. Sie umgriff ihn an der Taille, hob ihn wie eine Puppe nach oben und drang wie bei den anderen in seinen Mund ein. Weitere Chaosmagie umfloss ihn wie ein wogender Nebel, und sie breitete sich immer weiter aus. Pelham wurde voll und ganz davon ergriffen, und seine panischen Schreie vermischten sich mit dem tosenden Klang der Magie, während sein Körper sich verformte und … selbst zu einem Abby wurde.

Ich hatte es noch nie gesehen, aber ich wusste, dass es möglich war. Nach und nach wurden immer mehr Magistrate von der Chaosmagie verschlungen und richteten sich als schattenhafte Wesen wieder auf.

Fassungslos schaute ich mich um. Ich musste etwas tun, *irgendetwas.* Aber was?

Leanores Blick fiel auf mich. Triumph funkelte in ihren Augen.

»Du wirst ihr Schicksal teilen«, sagte sie. »Wenn der Mirror erst zerstört ist, gibt es auch keine Mirrorlords und Mirrorladys mehr. Und es wird Zeit, dass die Harwood-Linie ausstirbt. Dieses Mal wirklich.«

Damit stieß sie mich in Richtung der riesigen Abnormalität. Ich taumelte und fiel dann im Sand auf die Knie. Die Sigil-Kameras richteten sich automatisch auf mich. Mein Gesicht wurde sogleich auf die Projektionsflächen übertragen und jede meiner Bewegungen von den Linsen erfasst, als ich mitten in der Arena kauerte und die Abnormalität sich langsam zu mir umdrehte.

Ich ballte meine gefesselten Hände zu Fäusten.

Wenn ich heute sterbe, dann nicht kampflos, sagte ich mir und hievte mich mühsam wieder auf die Beine.

Die Abnormalität kam auf mich zu. Ich machte Schritt für Schritt nach hinten und bildete mir ein, ein Hitzeflackern an meinem rechten Arm wahrzunehmen – dort, wo das Invictus-Zeichen lag. Aber vielleicht war es auch nur Wunschdenken. In jedem Fall akzeptierte es keine Geste, die ich ausführte, egal, wie oft ich es versuchte.

Ein Kreischen. Die Abnormalität bewegte sich ruckartig nach vorne, beugte seinen massigen, von schwarzer Magie durchzogenen Körper über mich. Als es eine der Klauen nach mir ausstreckte, sprang ich zur Seite, rollte mich ab – so gut es mit zusammengebundenen Armen ging –, aber kaum dass ich mich aufrichtete, war es schon wieder bei mir.

Komm schon, flehte ich und ballte erneut meine Hände zu Fäusten. Ich versuchte, tief in mich hineinzufühlen, so wie ich es bei Ignis auch immer getan hatte. *Denk an das Ergebnis, mach es wahr.* Aber sosehr ich mir auch vorstellte, dass die Magie an meinen Fingerspitzen zu kribbeln begann und die Fesseln sprengte, es passierte einfach nicht. Ein wahres Gefühlschaos loderte in meinem Blut. Angst, Sorge, Wut – und das, obwohl ich mich doch so unbedingt konzentrieren musste!

Wieder holte die Abnormalität aus, wieder schaffte ich es, um Haaresbreite an ihrer Klaue vorbeizuspringen. Doch dafür landete ich hart auf dem Boden, und dieses Mal kam ich nicht schnell genug hoch. Ich versuchte weiterzukrabbeln, aber da bekam mich schon eine der umherzüngelnden Schwaden an meinem linken Fußknöchel zu packen. Sie zerrte mich so heftig nach hinten, dass ich bäuchlings auf dem Sand landete. Ich schaffte es irgendwie, mich auf den Rücken zu drehen. Im Augenwinkel nahm ich wahr, dass sich weitere Abbys von den Zuschauerrängen – dort, wo eben noch die Magistrate gesessen hatten – auf mich zubewegten.

Leanore hingegen konnte ich nirgends mehr sehen. Verdammt! Offenbar hatte sie die Arena längst verlassen.

Die Abnormalität erhob sich über mich, und ich *versuchte* zurückzuweichen, *versuchte*, Abstand zu gewinnen, aber ich hatte keine Chance. Die Chaosmagie berührte meinen Körper, und die Kälte ließ mich augenblicklich erlahmen. Sie strich meine Arme entlang, erreichte mein Gesicht, meinen Mund, meine Ohren. Es war eisig kalt.

Das war's.

So würde ich sterben.

Unerbittlich floss die Chaosmagie durch meine Adern, erfüllte Millimeter um Millimeter in mir. *Es tut mir leid, Adam. Es tut mir so leid.* Meine Augenlider wurden furchtbar schwer, ich konnte nicht mehr anders … Ich musste sie schließen. Doch bevor meine Lider zufielen, nahm ich auf einmal ein vertrautes Flügelschlagen wahr.

Ich blinzelte. Zwang mich, nach oben zu schauen. Aber selbst als ich es direkt vor mir sah, konnte ich es kaum glauben. Ein Vogel schwebte zwischen mir und der Abnormalität in der Luft. Er hatte ein blau schimmerndes Gefieder, von dem winzige Partikel Magie herabperlten. Und auf seiner Stirn prangte ein weißer Sternenfleck.

Echo?

Ich verstand nicht, wie er mich gefunden hatte. Doch das hatte ich noch nie. Spektralwesen blieben nicht lange an einem Ort, hatte Adam einmal zu mir gesagt. Sie reisten rastlos über die Welt. Trotzdem war Echo immer wieder an meiner Seite aufgetaucht … vor allem wenn ich in Schwierigkeiten gesteckt hatte. So wie jetzt.

Mit schnellen, geschmeidigen Bewegungen stürzte er sich auf die Abnormalität. Es sollte absurd aussehen – ein kleiner Vogel gegen die wahrscheinlich größte Chaosmagiekreatur der Welt. Aber das tat es nicht. Echo flog immer wieder auf den Kopf der Abnormalität zu, als wollte er ihm die Augen auskratzen. Tränen verschleierten mein Sichtfeld. Echo versuchte, mich zu verteidigen.

Die Abnormalität holte mit einer Klaue aus, um Echo damit zu treffen. Er konnte ausweichen, und dann flog er auf einmal einen weiten Bogen und …

»Nicht!«, keuchte ich noch, konnte aber nichts tun, um es zu verhindern. Echo flog pfeilschnell auf das riesige Maul des Abbys zu – und direkt hinein in die Chaosmagie. Für einen Moment konnte ich noch seinen Körper sehen, an dem sich die Schwaden festklammerten, dann wurde der kleine Spektralvogel tief in die Dunkelheit gezogen, wo er sich vollständig auflöste.

Die Abnormalität verharrte einen Moment lang, dann brach ein durchdringender Schrei aus ihr heraus, ein Klang, der mich bis ins Innerste erschütterte. Die Chaosmagie zerfaserte noch weiter an ihren Rändern, die Abnormalität wand sich und beugte sich schließlich wieder über mich. Sie drückte mich auf den Boden. Ich konnte nur noch die weiß glühenden leeren Augen sehen, die mich förmlich mit ihrem Blick durchbohrten.

Die Chaosmagie, die die Abnormalität umgab, schien dünner zu werden. War ich dabei, den Verstand zu verlieren? Denn ich glaubte, mit einem Mal Qualen in den Augen der Abnormalität zu sehen. Eine innere Zerrissenheit. Es wirkte beinahe ... menschlich.

Nein, das war nicht möglich. Nur weil die Magistrate sich in Abbys verwandelt hatten, hieß es nicht, dass dieses Ding – *dieses Monster* – früher auch ein Mensch gewesen war.

Und trotzdem schaute es mich an, als würde es mich kennen.

Als würde ich ihm etwas bedeuten.

Ich spürte, wie die Chaosmagie meinen Körper verließ. Die Abnormalität zog sie in sich selbst zurück, bis die Taubheit vollständig aus meinen Gliedern gewichen war. Stattdessen legten sich die Schwaden an meine Schläfen, so als wollten sie in einer beinahe zärtlichen Geste mein Gesicht umrahmen.

Eine Stimme hallte in meinem Geist wider … eine Stimme, die ich in meinen Träumen gehört hatte. Und sie stellte meine gesamte Welt mit nur vier Worten vollständig auf den Kopf.

Unsere Magie ist Wärme.

31

6. März 2025, 19:41 Uhr
In den Tunneln unter Nova
Melvin Harwood ist 20 Jahre alt.

Die Dunkelheit, durch die Melvin lief, schien sich wie eine Schlinge um seinen Hals zu legen. Der Tunnel wurde enger, je weiter er in das Labyrinth unter Nova vordrang. Aber er konnte nicht stehen bleiben.

Violet war tot und Nora nun in Lebensgefahr, auch wenn sie es noch nicht wusste. Und Rayne … Wenn Leanore je von seinem ungeborenen Kind erfuhr, würde alles außer Kontrolle geraten, daran hatte er keinen Zweifel.

Er *musste* weitersuchen und seine Nachforschung abschließen.

In der Außenwelt würden kaum ein paar Stunden vergehen, während er hier war. Und er konnte nicht länger damit warten, also beschleunigte er seine Schritte.

Melvin erinnerte sich noch gut daran, wie sie gemeinsam durch dieses Labyrinth gelaufen waren. Lea und er. Sie war an diesen Tagen voller Hoffnung gewesen, und er hatte sich davon nur zu gerne anstecken lassen. Er war willens gewesen, alles für ihre Liebe und ihre Freiheit zu geben – weil er da noch nicht begriffen hatte, dass er Lea längst verloren hatte.

In vielerlei Hinsicht schien es der Anfang vom Ende gewesen zu sein.

Für sie und ihre Liebe.

Aber auch für alles andere.

Ein Teil von ihm gab sich selbst die Schuld daran. Er hatte sie alleingelassen, war nicht dazwischengegangen, als ihr Vater sie von allen isoliert hatte. Er hatte nicht wahrhaben wollen, wie labil sie danach gewesen war, wie sehr die Zeit, in der sie im Palast eingesperrt gewesen war, sie verändert hatte.

Und jetzt? Nach Violets Tod wusste Melvin endgültig, dass Leanore nicht aufhören würde. Diesen Hass, den sie gegen die Magistrate, den Mirror und das gesamte System hegte – und gegen ihn selbst –, würde sich früher oder später über die Welt ergießen. Und wenn es so weit war, musste Melvin ihr etwas entgegenzusetzen haben.

Seit Monaten kehrte er immer wieder in das Labyrinth zurück, untersuchte die Wände, die Inschriften darauf, glich sie mit sämtlichen Büchern und Aufzeichnungen ab, die er über die ersten Sigils hatte finden können. Er war kurz vorm Ziel, er brauchte nur noch Nessa Greenwater an seiner Seite und dann …

Ignis gab ein warmes Flackern von sich. Es breitete sich in seinem Arm aus, ließ ihn innehalten. Dann nahm er die Schritte wahr.

Als er herumwirbelte, sah er Leanore einige Meter entfernt vor sich stehen. Ein Leuchtkäfer flog hinter ihr, hüllte ihre Silhouette in einen warmen Lichtschein.

»Ich hatte vermutet, dass ich dich hier finde«, sagte sie.

Er fragte nicht, woher sie es gewusst hatte. Sie war die Mirrorlady, der mächtigste Mensch der Welt. Sie hatte ihre Quellen.

»Hattest du nicht gesagt, der Dolch darf nicht gefunden werden?«

»Es bedeutet nicht, dass ich es nicht verstehen möchte.«

»Hm.« Leanore kam vor ihm zum Stehen. Mit einer behandschuhten Fingerspitze fuhr sie über sein Kinn. Das Leder war rau und ihre Berührung fremd.

Er schüttelte den Kopf und wich zurück. »Hör auf damit.«

»Können wir nicht reden?«, fragte Leanore.

Melvin wandte sich ab und ging weiter. Aber schon nach wenigen Schritten drehte er sich wieder zu ihr um, weil er nicht anders konnte. Der sanfte Ausdruck in ihren Augen schaffte es, sämtliche Grausamkeit zu verdecken, die er bei ihrem letzten Treffen im Palast in ihr erkannt hatte. Der Kontrast war so verblüffend, dass er für einen Moment keine Antwort wusste.

Der Moment dauerte jedoch nicht lange.

»Du hast Violet Greenwater ermordet.«

Ihre Augen waren unkonzentriert und starrten in die Ferne. »Sie hatte dir den Kopf verdreht.«

Melvin öffnete den Mund, wollte es verneinen. Violet und er waren nur Freunde gewesen, sie hatte für ihn das Arcanum angefertigt, sie hatten *nie* …

Aber kein Wort kam über seine Lippen. Denn er wusste, was passieren würde, wenn Leanore begriff, dass sie die Falsche umgebracht hatte. Niemals würde er Nora und seine Tochter dieser Gefahr aussetzen.

Es herrschte ein langes Schweigen, dann stellte sich Leanore ihm in den Weg und fragte das Letzte, mit dem er gerechnet hatte.

»Weißt du noch, als du mich das erste Mal geküsst hast?«

»Ja«, sagte er verwirrt. »Natürlich. Warum fragst du?«

»Du hast gesagt, du hast mich schon dein ganzes Leben lang geliebt.« Ihr Blick senkte sich eindringlich auf ihn. »Wir könnten einen Neuanfang machen. Wir könnten entscheiden, was wir damit machen wollen, du müsstest nur …«

»Hör auf«, sagte Melvin und ballte die Hände zu Fäusten. Glaubte sie wirklich, jetzt, da sie seine vermeintliche Geliebte aus dem Weg geräumt hatte, würde er zu ihr zurückkommen?

»Ich weiß, dass ein Teil von dir mich noch liebt«, sagte Leanore und trat wieder auf ihn zu. »Mein Sigil fühlt es – es fühlt *dich*.«

Er überlegte, sie an ihre Ehe zu erinnern. Oder an ihren Sohn. Aber er ahnte, dass beides für Leanore keine große Rolle spielte.

»Was zwischen uns war, ist gestorben«, sagte er stattdessen.

Leanore schlang ihre Arme um ihren Körper. »Ich verstehe.«

Damit wollte er sich an ihr vorbeidrängen, aber auf einmal stieß sie ihn zurück und warf seinen Körper mit einem Magiestoß gegen die Wand hinter ihm. Sein Kopf pochte, als er gegen den Stein knallte, und ihm kam ein Stöhnen über die Lippen vor Schmerz, der sich auf seiner Stirn wie ein Stern entfaltete. Er fühlte ein paar wenige Blutstropfen von der Wunde an seinem Nasenrücken entlangfließen und wischte sie beiseite.

»Lea«, keuchte er und rief Ignis' Magie zu sich. *»Hör auf.«*

»Nein.« Damit wirbelte sie plötzlich herum und erwischte ihn mit einem geschickten Tritt an der Seite. Der Angriff warf ihn zurück, und er fiel auf den Tunnelboden. Statt ihn jedoch erneut anzugreifen, lief sie an ihm vorbei, und er realisierte auch, wohin – in Richtung der goldenen Tür, hinter der die Athame liegen musste.

Mühsam richtete er sich auf und sprintete hinter Leanore her. Er versuchte, sie einzuholen, aber sie war wie ein heller Fleck im Dunkeln und huschte von einem Gang des Labyrinths in den nächsten. Als sie ihm schließlich gegenüberstand, war er nicht auf ihren Angriff vorbereitet. Ohne zu zögern, stürzte sie sich mit ihrer Magiewaffe auf ihn. Es war nur ein Reflex, der verhinderte, dass sein Kopf mit dem weißen Seil, das sich zwischen den Schicksalswürfeln spannte, von den Schultern abgetrennt wurde. Blitzschnell wuchs die rote Magieklinge an seiner Hand, und durch den verschwommenen Schleier aus Licht sah er ihr in die Augen.

Auf ihrem Gesicht gab es keinerlei Regung. Kein Gefühl.

»Hör auf!«, rief er, in dem Wissen, dass er nur eine falsche Bewegung vom sicheren Tod entfernt war. »Lea! Hör auf!«

»Warum?«, fragte sie kühl, und es war ihre Stimme, aber gleichzeitig auch nicht. Es war, als ob ihr ganzes Wesen – alles, was Leanore einmal ausgemacht hatte – in tausend Teile zersplittert war. Wie beim Blick in einen zerbrochenen Spiegel bekam er nur noch ein verzerrtes Abbild von ihr zu sehen.

Sie griff ihn an, ließ Alius und Etas durch die Dunkelheit schnellen, und nur dank seiner Geschicklichkeit und des strengen Trainings konnte er sich rechtzeitig wegducken. Sie war schnell, und die Bewegungen ihres Angriffs waren präzise und tödlich.

Innerhalb weniger Minuten hatte er mehrere Magiestöße und andere Angriffe kassiert. Er war angeschlagen und blutete, aber er war keineswegs besiegt. Die rote Magieklinge waberte an seiner Hand, und als er damit einen hervorgerufenen Schild von ihr durchschlug, ließ die Wucht Leanore in eine weitläufige Halle stolpern, in der einige großen Statuen standen, die auf Thronen saßen. Leanore keuchte, sackte zu Boden und blieb dort liegen.

»Hör endlich auf!«, sagte Melvin zwischen schweren Atemzügen. »Bitte.« Leanore rührte sich nicht, und er schnitt eine Grimasse, bevor er zu ihr lief. »Lea?«

Keine Reaktion. Ihr Gesicht wurde von ihren silbrigblonden Haaren verborgen, also beugte Melvin sich zu ihr hinunter.

Ihre Hand packte sein Handgelenk. Sie drückte einen Fuß in seinen Bauch und stieß ihn damit weit von sich – in die Mitte der Halle, zwischen die steinernen Throne.

»Ich wünschte, du hättest mich nicht dazu gezwungen.«

Als Melvin zu ihr aufsah, kniete Leanore direkt vor ihm. Alius und Etas schwebten über ihrer Hand, und silbrige Zeichen glühten auf ihrem Körper auf. Sie hatte die Zeit manipuliert. Sie führte eine weitere Geste aus, und er wollte gerade Ignis nutzen, um sie davon abzuhalten, aber er war nicht schnell genug.

Die Stase erfasste seinen Körper, lähmte ihn. Er konnte sich keinen Millimeter mehr bewegen. Mit geweiteten Augen schaute er Leanore an, versuchte, noch etwas zu sagen. Aber seine Kehle war gelähmt.

Sie stand über ihm und neigte den Kopf zur Seite. »Keine Sorge«, sagte sie mit belegter Stimme und fuhr dabei mit einer Hand über seine Wange. »Es ist gleich vorbei.«

Damit stand Leanore auf und ließ die Schicksalswürfel über ihrer Hand kreisen. Die weißen Zeichen leuchteten auf ihrer Haut, und im nächsten Moment befand sie sich bereits dort, wo es zurück in die Tunnel ging.

Zuerst verstand Melvin nicht. Doch dann drückte Leanore mit flacher Hand an die Wand, und ein Klacken ertönte.

Eine der Fallen, begriff er sogleich – es wäre nicht die erste, auf die er hier im Labyrinth gestoßen war. Aus den steinernen Mündern der Statuen strömte Chaosmagie auf ihn ein. Sie setzte sich zu Abbys zusammen, und sein ganzes Sein wurde erfüllt von gellendem Kreischen. Magie legte sich um ihn, die Abbys pressten ihre spitzen Klauen gegen seine Haut. Ein Schmerz, wie er ihn noch nie gefühlt hatte, übermannte ihn. Er war so intensiv, dass alles um ihn herum an den Rändern farblos wurde.

Melvin suchte verzweifelt nach Leas Blick, um sich daran festzuhalten.

Doch sie hatte ihm längst den Rücken zugewandt. Ihre Hände zitterten, aber sie schaute nicht zurück.

Die Chaosmagie drang mit aller Macht in ihn ein, verschmolz mit seinem Körper, veränderte ihn. Er dachte an Nora. An Rayne. Er wiederholte ihre Namen immer wieder, während das Leben, das er sich so mühsam aufgebaut hatte, vor seinen Augen zerbrach. Taubheit sickerte in seine Knochen, und seine Umgebung verblasste. Er verlor alles, was ihn zu einem Menschen machte, die Dunkelheit füllte seinen Geist vollständig aus. Wo Hände gewesen waren, waren nun Klauen, aus Mitgefühl wurde blanker Hass. Er wurde zu einem körperlosen Ding, einer Kreatur aus Schatten, die in die steinernen Wände des Labyrinths floss und darin verschwand.

Dann war da Dunkelheit. Und Kälte. Und eine endlose, ewige Stille.

Am Ende war es fast wie Einschlafen.

Sein Bewusstsein kam und ging. Er war immer noch hier, aber es gab Zeiten, da gewann die Chaosmagie in ihm die Oberhand. Zeiten, in denen sich der Hass in seinem Geist verfestigte und nichts mehr von seinem alten Selbst zurückließ. Er hatte schon lange keinen menschlichen Körper mehr, keine Haut, keine Muskeln, kein Herz. Das Einzige, das ihm geblieben war, war Zeit. Sehr viel Zeit, in der sich niemals etwas änderte. Er schwebte wie ein Geist durch die endlosen Korridore des Labyrinths und wartete darauf, dass etwas einen Sinn ergab. Dass die Stimmen in seinem Kopf einen Sinn ergaben.

Er wartete auf etwas, das nie kam.

Irgendwann, ohne Vorwarnung, wurde seine Welt für einen Augenblick von einem seltsamen Gefühl durchzogen. Als ob etwas Neues entstanden wäre, etwas, das untrennbar mit ihm selbst verbunden war.

Ein neues Leben.

Ein Mädchen.

In dem Moment, in dem es seinen ersten Atemzug machte, kräuselte etwas durch seinen zerfaserten Körper hindurch. Es regte sich tief in ihm drin, und er spürte, wie sich ein Teil seines Selbst – *seiner Seele* – aus der Chaosmagie löste. Es war nur ein Funke, aber er befreite sich von dem Hass, der sich wie ein Panzer um sein Bewusstsein gelegt hatte, und flog in Gestalt eines kleinen Vogels davon.

Es war, wie man es ihm immer erzählt hatte: *Alles, was stirbt, steigt am Ende in den Himmel auf und wird zu Magie.*

Von da an war er bei ihr. Er flog dorthin, wo *sie* war. In den flüsternden Stunden der Dämmerung, wenn der Himmel über London in Violett und Gold getaucht wurde, saß er als Schmetterling auf dem Fenstersims und schaute auf ihre Wiege hinab. Als sie ein Kind war, folgte er ihr in Gestalt eines unscheinbaren Käfers in das alte Kraftwerk und verteufelte die Welt dafür, als das Lachen von Tag zu Tag mehr aus ihrem unschuldigen Gesicht wich.

Er war bei ihr, als sie eine Freundin fand, bei ihr, als sie ihren ersten Schaukampf bestritt, aber er zeigte sich ihr nicht, in all den Jahren nicht. Nur nachts, wenn sie tief und fest schlief, saß er manchmal in Gestalt des kleinen Vogels dicht vor ihrem Gesicht und stellte sich vor, wie er ihr sagen könnte, wie sehr sie geliebt wurde.

Jeden einzelnen Tag ihres kostbaren Lebens.

Sie lief allein durch die Palastgärten Septems. Ihr waren die Verwirrung und Unsicherheit ins Gesicht geschrieben, und ihre Hand zuckte immer wieder zu dem goldenen Drachenarmband, das sie nun trug. Er hatte sich fernhalten, hatte sich nicht in ihr Leben einmischen wollen, doch das konnte er nicht länger. Sie war nun ein Teil dieses Spiels, und er wusste, dass sie schon bald in großer Gefahr sein würde. Er beobachtete, wie sie mit dem Tremblett-Jungen sprach, und ahnte, dass die beiden, nun, da sie einmal in den Orbit des anderen geraten waren, ihre vorherbestimmte Bahn nicht mehr würden verlassen können.

Es wiederholt sich, immer wieder.

Mit wenigen Flügelschlägen flog er von dem Baum, in dem die anderen Spektralvögel saßen, in ihre Richtung. Ihr Blick senkte sich auf ihn – wunderschöne grüne Augen, genau, wie er es sich immer vorgestellt hatte. Und als sie eine Hand ausstreckte und ihn berührte, zum allerersten Mal, spürte er, wie sich einige Bruchstücke in seinem Inneren zu einem Ganzen zusammensetzten. Ihre Finger strichen über sein Gefieder, und in dieser zarten Berührung fühlte er all die verlorenen Jahre, all die Augenblicke, die sie verpasst hatten. Er wusste, er würde sie nicht wiederbekommen. Doch er würde sie beschützen – *seine Tochter* –, so lange, bis auch der letzte Funke Magie in seinem Inneren aufgebraucht war.

32

Ich konnte mich nicht bewegen. Konnte nicht atmen. Es fühlte sich an, als wäre eine Tonne Ziegelsteine auf meinen Brustkorb gefallen, und das Gewicht drückte mich zu Boden. Ich wusste nicht, was eben geschehen war. Was ich gesehen hatte. Was mir gezeigt worden war.

Wobei … das stimmte nicht.

Ich wusste es.

Ich konnte es nur nicht glauben.

Nicht möglich. Das ist einfach nicht möglich.

Es war wie in all den Träumen der letzten Monate. Wie mit einem unsichtbaren Seil hatten sie mich bis zu diesem Punkt geleitet. Als ob es da jemanden gäbe, der an meiner Seite war und mir eine Richtung zeigte, wenn ich mich verloren fühlte. Und ich wollte so gerne meine Hand nach der Abnormalität ausstrecken, um das zu bestätigen, was ich längst als Wahrheit erkannte. Doch bevor ich mich aufrappeln konnte, durchzog auf einmal ein seltsames Beben die Chaosmagie. Die Schwaden zitterten, woraufhin die Abnormalität einen Schrei ausstieß und sich vollständig von mir abwandte. Ich richtete mich auf, so gut es ging, um zu sehen, was vor sich ging.

In der Ferne hörte ich Kampfgeräusche, Ich sah, wie eine Gruppe Cyphers erst rückwärts in das Amphitheater gedrängt und dort auf den Boden geworfen wurde. Mehrere Personen liefen an ihnen vorbei, und ich schluchzte laut auf, als ich im aufgewirbelten Sand erkannte, wer es war.

Dina und Nikki. Cedric und Matt. Gefolgt von mehreren Magiehäschern und Rebellen. Zorya, Sebastian, hinter ihnen Dorian …

Mein Blick zuckte suchend umher. Ich konnte Adam nirgends sehen, aber ich *spürte*, dass er hier war, irgendwo.

Da griffen Hände an meinen Rücken. Sie machten sich an meinen Unterarmen zu schaffen, bis sich die Fesseln endlich lösten und schwer auf den Boden fielen.

»Steh auf!«

Okay, das war definitiv nicht Adams Stimme. Jemand berührte meine Schultern, fasste unter meine Achseln und hievte mich auf die Beine. Sobald ich festen Stand unter den Füßen gefunden hatte, wirbelte ich herum und holte instinktiv zum Schlag aus, denn die Stimme, die ich gehört hatte, konnte unmöglich real sein. Mein Gegenüber wich hastig einen Schritt zurück, und ich keuchte erschrocken auf und ließ meine Faust wieder sinken.

Wie gelähmt starrte ich auf das Trugbild vor mir. Es musste ein Trick sein. Eindeutig.

Celine war tot.

Und doch stand sie vor mir. Mit denselben blauen Haaren, blauen Augen und einem grimmigen Gesichtsausdruck, der keinen Widerspruch duldete.

»Oh, bei allen Sieben!«, zischte sie. »Hör auf, mich anzugaffen, Harwood. Komm mit!« Schon umfasste Celines Hand meine. Sie verschränkte unsere Finger ineinander und zerrte mich hinter sich her – weg aus dem Zentrum der Arena.

Ich folgte ihr stolpernd. War ich ohnmächtig? Oder *tot*?

War alles, was ich gerade erlebt hatte, am Ende nur ein seltsamer Traum gewesen? Womöglich war ich ja an Lilys Seite gestorben, womöglich war ich nie in den Mirror zurückgekehrt.

Du weißt selbst, dass das Schwachsinn ist.

Es fühlte sich jedenfalls sehr real an, wie Celine mich praktisch hinter sich herschleifte und wie sie mich dabei anblaffte, weil ich nicht Schritt hielt. Trotzdem begriff ich es nicht. Wie konnte sie hier sein? Wie konnte sie lebendig sein? Sie war tot gewesen. Ich hatte sie sterben sehen.

Wir kamen am Rand des Amphitheaters an, dort wo die Baumreihen das Areal vom Garten abgrenzten. »Bist du verletzt?«, fragte Celine mich, während ihr Blick prüfend über meinen Körper glitt. Doch als sie sich zu mir beugte und an meinen Mantel fassen wollte, wich ich ihr aus.

Ein gekränkter Blick legte sich auf ihr Gesicht. »So wenig begeistert, mich zu sehen, hm?«

»Bist du … echt?«, flüsterte ich. Meine Stimme bebte. Ich hatte solche Angst, dass sie sich nur als Sinnestäuschung entpuppte. Gerade war ich in keinem sehr stabilen Zustand. Was, wenn ich mir das alles doch nur einbildete? Was, wenn –

»Au!«

Celine hatte ihre Hand nach mir ausgestreckt und mich gnadenlos fest in die linke Wange gekniffen. »Ich bin sehr echt. Und ich habe keinerlei Geduld für deinen Weltschmerz gerade, also reiß dich zusammen.«

»Aber …« Meine Sicht verschwamm zusehends. *»Wie?«*

Zum ersten Mal bröckelte Celines Fassade. Ein schmales schiefes Lächeln legte sich auf ihre Lippen. »Ich erzähl's dir später. Du bleibst jetzt hier sitzen und bewegst dich keinen Millimeter, verstanden?«

Ich nickte bloß. Meine Beine waren so schwer, es fühlte sich ohnehin an, als würde ich sie nie wieder benutzen können. Ich verfolgte, wie Celine zurück in die Mitte der Arena rannte. Und erst da nahm ich den Kampf wahr, der nur wenige Dutzend Meter von mir entfernt tobte. Die Abbys, zu denen die Magistrate geworden waren, hatten die erhöhten Sitzreihen verlassen und sich auf die Neuankömmlinge gestürzt. Ich sah, wie die anderen gegen sie kämpften, sah auch, wie sich um die riesige Abnormalität ein Kreis an Soldaten gebildet hatte. Noch wagte keiner, sie tatsächlich anzugreifen, aber es war nur eine Frage der Zeit.

Dort, wo meine Hände auf dem Sandboden lagen, spürte ich mit einem Mal ein Vibrieren. Es schien sich durch das gesamte Amphitheater zu ziehen. Es war dasselbe Beben wie vor wenigen Minuten, und es ließ sämtliche Abbys in der Arena aufkreischen. Ich schaute suchend umher, und dieses Mal fand ich ihn.

Adam stand auf einem der obersten Zuschauerränge. Sein Gesicht tauchte auf der Projektionsfläche darunter auf. Seine Züge schienen bis zum Zerreißen angespannt. Sein Kiefer stand hervor, sein Mund war zu einer Linie zusammengepresst, und sein Blick fokussierte die Abnormalität in der Mitte der Arena.

Zum ersten Mal seit Monaten trug er wieder seinen schwarzen Mantel, und er wehte leicht im Wind, als Adam beide Hände in die Höhe hob. Ich sah, wie Invictus an seinem rechten Arm ein silbriges schneidendes Leuchten von sich gab. Dann erstarrte mit einem Mal sämtliche Chaosmagie in der Arena. Es war, als würde die Zeit stehenbleiben. Die schwarzen Wirbel bewegten sich nicht mehr, und die Abbys verharrten an Ort und Stelle.

Invictus' Magie hatte sich binnen Sekunden vollständig über Adams Körper ausgebreitet. Die silbrigen Zeichen leuchteten auf seiner Haut, von den Fingern bis zum Hals und an seinen Wangen entlang. Seine Arme waren noch immer ausgestreckt, und ich fühlte die Kraftanstrengung, aber Adams Hände waren ganz ruhig.

Er führte weitere Gesten aus. Die Magie, die von Invictus ausging, richtete sich zunächst auf die kleineren Abbys, die noch immer erstarrt in der Arena schwebten. Nur wenige der Magistrate – die paar glücklichen, die noch nicht vollständig von der Chaosmagie verwandelt worden waren – sanken wieder in menschlicher Gestalt zu Boden. Die meisten Abbys jedoch zerfielen augenblicklich in Magiepartikel.

Die schiere Macht, die in diesem Moment von Adam ausging, sollte mir Angst machen, aber das tat sie nicht. Ich fühlte, wie er Invictus' Magie in seinem Körper formte und ihr eine Richtung vorgab, als wäre er dazu geboren worden. Er befehligte die Magie, und die Magie gehorchte. Erst als er sich auf die Abnormalität konzentrierte, die im Zentrum der Arena erstarrt war, und eine Hand nach ihr ausstreckte, gefror etwas in meinem Inneren.

Nicht.

Ich wusste sofort, dass er mich gehört hatte. Und das, obwohl seine Gedanken und Gefühle vor mir verborgen lagen. Adams Hand senkte sich, und er schaute zu mir, abwartend.

Lass die Abnormalität gehen, dachte ich. *Bitte.*

Ich sah Adam an, dass meine Worte ihn verwirrten. Er *konnte* es nicht verstehen – wie auch? Doch dann schaute er zurück zur Abnormalität und unterbrach die Kontrolle über sie mit einer simplen Geste seiner rechten Hand.

Sofort drang ein gellendes Kreischen aus dem Mund der

Kreatur. Die weiß glühenden Augen richteten sich noch einmal auf mich, dann zerfaserte die Chaosmagie, die den monströsen Körper zusammengehalten hatte. Sie sickerte zurück in den Boden, aus dem sie emporgewachsen war. Und dann, allmählich breitete sich Stille über dem Amphitheater aus.

Noch vor wenigen Stunden war ich mir sicher gewesen, dass ich Septem nie wieder betreten würde. Dass ich Agrona nie wiedersehen und Cedric, Matt, Dina und Zorya nie wieder umarmen würde.

Nie wieder Cclines Stimme hören würde.

Doch ich hatte mich geirrt.

Das Plateau war nicht länger im Mirror auf seinem angestammten Platz zwischen den Palastgärten, sondern schwebte inzwischen unmittelbar über Prime-London, sogar tiefer noch als damals beim großen Empfang. Adam trug mich auf seinen Armen durch die leeren Korridore in Richtung des Besprechungsraums. Zu einem anderen Zeitpunkt wäre es mir peinlich gewesen – wie ich mich förmlich auf ihm zusammenrollte –, doch ich war so müde, so bis in die Knochen erschöpft, dass mir jegliches Schamgefühl abhandengekommen war. Ich hatte mein Gesicht an seinem Nacken vergraben und klammerte mich an ihn, so fest ich konnte. Gleichzeitig spürte ich, wie die anderen immer wieder zu mir sahen, ich spürte ihre Sorge … und ihre Trauer.

Schon im Amphitheater der Bella Septe, kurz nachdem der Kampf vorbei gewesen und die Abbys besiegt waren, hatte ein Blick auf Dorian genügt, um zu wissen, dass sie längst von Lilys Tod wussten. Sie hatten mich alle auf dem Arenaboden umarmt, hatten mir ins Ohr geflüstert, wie erleichtert sie waren, dass es mir gut ging, und ich hatte zugelassen, dass ihre

Worte und Berührungen mich wieder zusammenflickten, zumindest ein kleines bisschen.

Erst als auch Celine mich in ihre Arme gezogen hatte, war ich in Tränen ausgebrochen. Wir hatten uns noch nie umarmt, zumindest konnte ich mich nicht daran erinnern. Wie oft hatte ich sie und ihre bissige Art verteufelt? Und wie oft hatte sie sich gewünscht, dass ich wieder aus der Gruppe verschwinden würde?

In diesem Moment war es völlig egal.

Es war die Schattenathame gewesen. In der Sekunde, in der El-Masri den Magiekern, der ursprünglich in dem Dolch gesessen hatte, wieder dort hineingelegt hatte, war die Lebensenergie all derjenigen, die die Athame in sich aufgenommen hatte, wieder zurückgegeben worden.

»Wie bei Schneewittchen«, hatte Matt mit einem schmalen Lächeln gesagt, obwohl auch in seinen Augen Tränen glitzerten. »Außer dass *ich* fast in Ohnmacht gefallen wäre, als sie in ihrem verdammten Sarg aufgewacht ist.«

Ich versuchte, nicht daran zu denken, was gewesen wäre, wenn wir Celines Körper nicht mit uns genommen hätten; was gewesen wäre, wenn sie verbrannt worden wäre – so wie Kornelius Pelham.

Es spielte keine Rolle, nicht mehr. Celine war hier. Sie lebte. Und irgendwann würde ich sie nicht mehr anstarren wie eine Lichtgestalt, ganz sicher. Es wäre wahrscheinlich leichter, wenn sie mich nicht *anlächeln* würde, so wie jetzt gerade. Aber vielleicht konnte ich mich ja daran gewöhnen.

Sofern wir die nächsten Stunden und Tage überlebten.

Denn natürlich … natürlich war es nicht vorbei.

»Wir müssen herausfinden, von wo aus Leanore ihren Angriff starten wird«, hörte ich Dorian zu Adam sagen. Dann schaute er von der Seite zu mir. »Es sind weltweit Bewegungen von Leanores Cypher-Armee festgestellt worden. Agrona hat eine Art Kriegsrat zusammengerufen. Offenbar gibt es über hundert Nexus-Sigils weltweit. Noch scheinen sie nicht einsatzbereit, aber es kann nicht mehr lange dauern. Hat sie irgendetwas zu dir gesagt, wo sie hingeht?«

Er schaute mich erwartungsvoll an. Und auch bei den anderen, obwohl sie sichtlich bemüht waren, mir Raum zu geben, konnte ich die Hoffnung in ihren Gesichtern lesen. Sie waren überzeugt davon, dass ich ihnen weiterhelfen konnte.

Meine Hand verkrampfte sich an Adams Mantelkragen. Ich wusste einfach nicht, wie ich über alles, was ich heute erfahren hatte, sprechen sollte. Über alles, was geschehen war. Über Pris. Lilys Tod. Tynans Verrat. Echos Opfer. Über die Abnormalität, die mein Vater gewesen war. Das Ganze war so überwältigend, dass ich keine Ahnung hatte, wo ich anfangen sollte.

Ich spürte, wie Adam auf einmal tief einatmete und dann abrupt zum Stehen kam. Die anderen taten es ihm gleich, ihre Blicke fragend.

»Geht schon vor«, sagte Adam. »Bringt Agrona auf den neuesten Stand. Rayne muss sich ausruhen.«

Ausruhen?

Sofort schüttelte ich den Kopf und fühlte gleichzeitig, wie Tränen an meinen Wangen hinabliefen. »Wir haben keine Zeit«, flüsterte ich.

Ich musste den anderen alles erzählen. Und dann mussten wir entscheiden, wie es weiterging. Die Welt stand so kurz vor einer riesengroßen Katastrophe. *Wir haben keine Zeit!*

Adam schaute zu mir herab, und sein Gesichtsausdruck wurde weich. »Wir nehmen sie uns.«

Ich verhakte meine Finger erneut in seinem Mantelkragen. »Dorian hat recht.«

Leanore könnte den Mirror jederzeit angreifen. Und wir hatten nicht mehr die Streitkräfte, um weltweit alle Nexus-Sigils außer Kraft zu setzen. Nach Nova war die Armee der Magiehäscher stark ausgedünnt, die Magistrate mit ihrer Befehlsstruktur waren ausgelöscht, und das Auge … vom Auge war nicht mehr allzu viel übrig.

Wir standen kurz davor, diesen Krieg zu verlieren. Und wer von uns wusste schon, was geschehen würde, wenn der Mirror tatsächlich zerstört wurde? Es war eine ganze *Welt*. Siebenundsiebzig Städte am Himmel. Wenn sie fielen – was wurde dann aus Prime? Der Gedanke, dass wir hier unten in Sicherheit waren, erschien mir lächerlich.

Adam schlang seine Arme noch fester um mich und presste einen Kuss auf mein Haar.

»Wenn es so weit ist, brauche ich dich an meiner Seite. Agrona kann die Zügel noch für eine weitere Stunde in der Hand halten. *Eine Stunde,* Rayne. Mehr verlange ich nicht.«

Ich starrte Adam an – die dunklen Ringe unter den Augen, den angespannten Zug um seinen Mund. Ohne Zweifel hatte er seit dem Kampf in Nova nicht mehr geschlafen. Ich konnte die Sorge und Bitterkeit in seinem Blick sehen, wegen allem, was geschehen war. Ich konnte sehen, wie viel Mühe er hatte, nicht in seinen üblichen Selbsthass zurückzufallen. Und da verstand ich, dass auch er einen Moment Ruhe brauchte, um wieder zu sich selbst zu finden. Ich blickte durch tränenverschmierte Wimpern zu ihm auf und berührte sein Gesicht, die kleinen Narben an seinen Wangenknochen und Schläfen.

Eine Stunde.

33

Das Gefühl einer weichen Matratze unter meinem Rücken. Hände, die behutsam meinen Mantel von mir zogen, dann ein Kleidungsstück nach dem anderen.

Adams Blick lag die ganze Zeit auf mir. In einer anderen Situation hätten seine Berührungen ein aufgeregtes Kribbeln über meinen Körper geschickt, aber wir wussten beide, dass es gerade nicht darum ging. Seine Augen waren feucht – hatte ich Adam je weinen sehen? Ich wusste es nicht mehr. Als ich nur noch in Unterwäsche vor ihm lag, zog er sein eigenes Hemd aus, dann seine Hose und legte sich neben mich. Dann breitete er die Decke über uns aus, über unsere Körper und über unsere Köpfe, bis ich nur noch Adam sah.

Seine Finger strichen über meine Beine, dann meine Arme. Er folgte der Bewegung mit dem Blick. »Ich …« Seine Brauen zogen sich zusammen. »Ich habe *gefühlt*, wie sie dir weh getan hat. Wieso …?«

Wieso bist du nicht verletzt? Ich brauchte den Gedanken nicht zu hören, um ihn von seinem Gesicht abzulesen.

»Deine Schwester«, flüsterte ich. »Pris hat mich geheilt.«

Adam atmete leise aus. »Wahrscheinlich sollten wir dich trotzdem ins Sanatorium bringen. Vielleicht hast du innere Verletzungen oder –«

»Es geht mir gut.«

»Es geht dir nicht gut.«

Nein. Das stimmte. Es ging mir nicht gut.

»Ich habe dich die ganze Zeit gefühlt«, sagte er noch einmal. »All deinen Schmerz. Alles, was du ertragen musstest. Ich denke, Invictus hat einen Teil unserer Verbindung wiederhergestellt, aber ich konnte nicht zu dir durchdringen. Und ich konnte nichts tun, um dir zu helfen. Es hat ewig gedauert, bis ich rausgefunden habe, wo sie dich hinbringt. Und noch länger, bis wir es zu dir geschafft haben. Es war ...« Er atmete schwer ein und aus, während eine seiner Hände an meinen Nacken fasste. »Ich werde sie umbringen. Ich werde meine Mutter töten für das, was sie dir angetan hat. Dir und Lily. Es tut mir so leid, dass wir sie nicht retten konnten. Aber ich schwöre dir, Rayne, meine Mutter wird dafür bezahlen.«

Ich drückte meine Stirn gegen Adams nackte Brust. *Das würde ich nie von dir verlangen,* dachte ich und wusste, dass er den Gedanken hören konnte. *Sie ist immer noch deine Familie.*

Adams Hand legte sich an meine Wange, zog mich von sich, um mich anschauen zu können. Sein tiefernster Blick wanderte über mein Gesicht, als wollte er sicherstellen, dass ich seine volle Aufmerksamkeit hatte.

»Sie mag dasselbe Blut in sich tragen. Aber *du* bist meine Familie. Ich habe mir einmal geschworen, dass ich alles dafür geben würde, um die Chaosmagie von der Welt zu tilgen. An diesem Versprechen halte ich fest. Ich bin bereit, jeden Preis zu zahlen – *jeden* –, außer diesem einen. Du bist das Einzige, das ich nicht opfern kann. Und das werde ich auch nicht, ganz egal, was ich dafür tun muss.«

Ein rohes Gefühl durchfuhr mich. Ich wusste nicht, was ich erwidern sollte. Ich wollte nicht, dass Adam diesen Rachegefühlen in sich mehr Raum gab als absolut nötig.

Wir können uns lieben und trotzdem wir selbst bleiben, sagte ich über die Verbindung zu ihm. *Ich weiß, du denkst, dass du ihr ähnlich bist, aber das stimmt nicht. Du bist gut. Du hast dich entschieden, gut zu sein.*

Ein Zittern ging durch Adams Körper. Er lehnte sich zu mir und küsste mich. Seine Arme zogen mich dabei fest an seine Brust, und als er mir in den Nacken griff, wölbte ich ihm meinen Körper entgegen. Ich wollte ihm mehr geben von mir, schmiegte mich an ihn, so als könnten wir miteinander verschmelzen, wenn wir es nur zuließen.

Erst als Adam ein überraschtes Keuchen von sich gab, zog ich mich wieder zurück.

»Was ist?«

Adam lockerte seine Umarmung und griff an Invictus. Die beiden Magiekerne im silbernen Drachenarmband – einer feuerrot, einer schneeweiß – glühten an seinem Unterarm.

»Es ist noch nicht einmal vollständig mit mir verbunden«, sagte er leise, »aber es ist bereits so viel mächtiger als jede Magie, die ich jemals gespürt habe. Es … « Er furchte seine Stirn. »Manchmal glaube ich, es spricht mit mir.«

»Und was sagt es?«

Adam fasste an meinen rechten Arm und fuhr mit dem Daumen über das Invictus-Zeichen, das dort in meine Haut eingeritzt war. »Dass es auf dich wartet.«

Eine Gänsehaut breitete sich bei seinen Worten auf meinem Körper aus. Wir hatten das Ritual in Nova nicht abschließen können. Meine Verbindung zu Invictus war *unfertig*. Ich spürte seine Magie so, wie man einen Windhauch auf der

Haut spürte. Oberflächlich. Flüchtig. Ich konnte mir nur vorstellen, wie es war, sie tatsächlich zu lenken.

»Willst du es noch?«, fragte Adam, während er mich aufmerksam musterte. »Wenn du es endgültig annimmst, gibt es kein Zurück mehr. Du hast mich für immer in deinem Kopf. Es ist nicht gerade … eine normale Beziehung. Wir sind aneinandergebunden. Unwiderruflich. Ich würde verstehen, wenn du … wenn es zu viel ist.«

Die Tatsache, dass er mir einen letzten Ausweg anbot, bedeutete mir viel. Aber gebraucht hatte ich ihn nie.

»Du hast meine Zustimmung längst«, flüsterte ich. »Ich habe schließlich nicht umsonst gelernt, mit deinen ständigen Grübeleien klarzukommen.«

Adam schnaubte. »Ich meine es ernst.«

»Ich auch.«

In Adams Gesicht lag Wärme. Seine Lippen pressten sich gegen meine, küssten mich, und meine Gedanken flogen wie Dutzende kleine Vögel davon.

»Vertraust du mir?«, fragte er gegen meinen Mund, während er nach meiner rechten Hand griff und sie zu sich zog.

Ich nickte sofort.

Mit meinem Leben.

Adam atmete tief ein und wieder aus. Dann strichen seine Finger an meinem Unterarm entlang, und auf seinen Blick hin tat ich bei ihm das Gleiche. Als wir unsere Arme fest aneinanderpressten, dort, wo bei ihm Invictus lag und bei mir das eingeritzte Zeichen auf der Haut, schaute ich wieder zu ihm auf.

»Und jetzt?«

Adams Mundwinkel zuckte. »Sei einmal in deinem Leben geduldig, ja? So etwas wurde noch niemals gemacht. Ich würde es ungern in den Sand setzen.«

So etwas? Ich wusste nicht, was Adam damit meinte. Doch da leuchtete Invictus auf einmal und warf einen sanften Schimmer auf uns beide. Überwältigt beobachtete ich, wie Bewegung in die silbernen Drachen kam. Es sollte nicht möglich sein – ich hatte so etwas noch nie bei einem Sigil gesehen. Sie begannen, sich voneinander zu trennen und sich zu zwei einzelnen Armbändern zu verformen. Jedes von ihnen nahm einen der Magiekerne mit sich. Eine der Drachenhälften – die mit dem weißen Kern – blieb an Adams Unterarm, während die andere in eine spiralförmige Bewegung überging. Sie wanderte von seinem Unterarm zu meinem. Ein Kribbeln durchlief meine Haut, als der Drache mit dem roten Kern genau auf dem Invictus-Zeichen auf meinem Körper verharrte.

»Adam«, keuchte ich. Es fühlte sich an, als würde unsere Vergangenheit und unsere Gegenwart tief in unserem Inneren kollidieren. Dort, wo Zeit keine Rolle mehr spielte und Zweifel nichts als ein Flüstern waren. Eine tobende Macht entfaltete sich zwischen uns.

Es war mehr als nur Magie.

Es war unser Schicksal.

Ich erlaubte mir, das Gefühl zu genießen. Wie sehr hatte ich mich danach gesehnt, meine Magie wieder zu ergreifen, zu spüren, wie die Muskeln in meinen Beinen und Armen brannten, wenn ich ihre Kraft kanalisierte. Es gab kein vergleichbares Gefühl auf der Welt, und zum ersten Mal, seit Lily ihr eigenes Herz durchbohrt hatte, fühlte ich mein eigenes wieder schlagen. Ein gleichmäßiger Rhythmus pochte in meiner Brust. Das Gefühl war ein Lauffeuer, dem ich mich nicht entziehen konnte. Ich wollte all den Schmerz, die Trauer und die Zweifel endlich loslassen. Solange Adam und ich zusammen waren, gab es keine Grenzen mehr.

Ich war lebendig. Ich war wieder lebendig.

Adam legte seine Stirn auf meine. Er zog mich gegen sich, und in seinen Armen baute sich meine Welt, die Leanore in den letzten Stunden und Tagen in Trümmern gehauen hatte, Stück für Stück wieder zusammen. Ich hatte geglaubt, nie wieder ich selbst sein zu können. Nie wieder Glück zu empfinden. Doch Invictus war das pure Gleichgewicht.

Aufbrausend und wütend.

Ruhig und kontrolliert.

Heiß wie Feuer.

Kalt wie Eis.

Und zum ersten Mal seit Monaten – seit dieser furchtbaren Nacht, in der uns alles genommen worden war – hörte ich Adams Stimme wieder in meinem Kopf.

Eine perfekte Mischung aus dir und mir.

Die anderen waren ganz still, während ich ihnen alles erzählte. Wir saßen in Agronas Arbeitszimmer, der Raum stand heute voller Stühle, damit alle Platz fanden.

Dorian, Nikki, Dina und sogar Sebastian waren da. Zorya hatte sich hinter mir positioniert, wie immer. Celine und Matt saßen beide ganz nah bei Cedric, links und rechts von ihm, und ich sah, wie Cedric Matt mit einem Arm etwas fester zu sich zog, als ich von Tynan Coldwell erzählte.

Matt reagierte kaum sichtbar, nur seine Hände ballten sich zu Fäusten, so dass die Knöchel hell hervortraten.

Cedric hatte es ebenfalls bemerkt. Er strich sanft über Matts Finger und suchte seinen Blick. »Du bist nicht für das verantwortlich, was dein Vater tut.«

Matts Stimme war fast tonlos. »Trotzdem. Ich hätte es merken sollen.«

»Was ist mit Pris?«, fragte Dina mich. Ich spürte Adams Hand an meinem Rücken. Er war eine stetige Präsenz an meiner Seite, jetzt mehr denn je. Seit Invictus uns miteinander verbunden hatte, fühlte ich ihn so intensiv wie nie zuvor.

Es gab keine Geheimnisse mehr zwischen uns.

Und es würde nie wieder welche geben.

»Sie stirbt«, sagte ich. »Sehr langsam, aber ... Solis tötet sie.«

Dina zog die Athame hervor, balancierte sie zwischen ihren Händen. »Wir können sie retten. Wir müssen ihr nur das Sigil so schnell wie möglich abnehmen.«

»Dazu müssten wir sie erst mal finden«, warf Celine ein, und ein Teil von mir erwartete immer noch, dass sie sich jeden Moment vor mir in Luft auflöste. Dass ich mir ihre Rückkehr nur eingebildet hatte. Doch dann richtete sie ihren Blick auf mich, eine Augenbraue erwartungsvoll in die Höhe gezogen – was mich zum Lächeln brachte. »Gab es irgendwelche Hinweise, wo sie dich gefangen gehalten hat?«, fragte Celine mich.

Ich schüttelte den Kopf. »Ich bin direkt dort aufgewacht. In den Räumen gab es kaum Fenster. Und Leanore hat eine Clavis-Replik benutzt, um nach Mirror-Rom zu kommen.«

Adam rieb sich die Stirn und schaute zu Agrona. »Wie weit sind wir mit der Evakuierung?«

»Der meisten Oberen sind bereits in Sicherheit«, antwortete sie. »Die letzten Shuttles waren nur noch halb gefüllt.«

Die meisten. »Aber noch nicht alle?«

»Nein.« Agrona verzog den Mund. »Einige glauben nicht daran, dass die Bedrohung real ist. Aber wir arbeiten daran, auch die letzten zu überzeugen.«

Ich stand von meinem Stuhl auf und lief zu den Fenstern

hinüber. Wir schwebten über Prime-London. Von hier aus konnte ich nur die höchsten Gebäudespitzen sehen, die Stadt selbst war am heutigen Tag unter einer Nebeldecke verborgen. Es war unmöglich zu sagen, was auf den Straßen vor sich ging.

Wo hielt sich Leanore bloß auf? Welcher Ort wäre geeignet, um von dort aus die Nexus-Sigils überall auf der Welt zu steuern?

Es gab keinen Hinweis, absolut *nichts*, woran wir anknüpfen konnten.

Da stand auch Dorian auf. Er lief ein paar Schritte, schaute ebenfalls auf die Wolkendecke hinab, dann wandte er sich an Adam.

»Diese ganze Sache ist persönlich für deine Mutter, oder? Ich habe mich lange in ihren Motiven getäuscht: Es geht ihr nicht um Macht oder die Kontrolle der Magie. Es geht ihr um Rache am Mirror. Darum, den Käfig zu zerstören. *Die Feigheit wird enden. Der Käfig wird brechen. Die falsche Welt wird untergehen.* Sie hat Jahre – Jahrzehnte – auf die Zerstörung des Mirrors hingearbeitet. Sie muss also irgendwo in Prime sein, garantiert in einer Großstadt, um das Spektakel mit eigenen Augen zu sehen. Also … wo wäre sie, wenn ihr sehnlichster Wunsch endlich wahr wird? Welchen Ort würde sie dafür wählen?«

Adams Kiefer hatte sich versteift. Im Augenwinkel sah ich, wie er Invictus berührte, und fühlte gleichzeitig all die Gedanken durch seinen Kopf kreisen. Er schob alte Erinnerungen mit seiner Mutter hin und her. Reisen durch den Mirror, Besuche in Prime, Lektionen um Lektionen, die sie ihm in all den Jahren erteilt hatte. Doch am Ende machte sich nur Frustration in Adam breit.

»Es gibt keinen Ort hier in Prime, der irgendeine Bedeutung für sie hat. Zumindest nicht, dass ich es wüsste.«

»Nova?«, schlug Nikki vor.

Adam schüttelte den Kopf. »Sie hat uns Nova überlassen. Und die Hüter überwachen jeden Meter der Stadt.«

»Was, wenn sie hier in London ist?«, fragte Dorian vom Fenster aus. Sein Blick war nach oben auf die silbrigen Konturen des Mirrors gerichtet. »Septem war ihre Heimat. Und wenn sie diese Heimat brennen sehen will, dann doch ganz sicherlich mit einem Sitz in der ersten Reihe. Wenn sie uns eines bewiesen hat, dann, dass ihre Abscheu gegenüber dem System ihr größter Antrieb ist.«

Ihr größter Antrieb.

Nein, das stimmte nicht. Ich dachte zurück an Mirror-Rom. An die Abnormalität. An das, was sie mir gezeigt hatte.

Die Wahrheit war: Mein Vater war im Labyrinth unter Nova gestorben. Er war von der Chaosmagie dort verschlungen worden. Aber ein Teil von ihm hatte überlebt. Und er war die ganze Zeit bei mir gewesen. Nicht das Monster, sondern ein letzter Rest seiner Seele, der es entgegen allen Widrigkeiten geschafft hatte zu überdauern.

Und Leanore … Sie hatte Melvin geliebt. Deshalb folgte alles, was gerade geschah, nicht aus ihrer Abscheu gegenüber dem System des Mirrors. Sondern in erster Linie aus ihrem gebrochenen Herzen.

Mein Vater hatte sich von ihr abgewandt, nachdem sie ihre gesamte Kindheit und einen Großteil ihres Lebens gemeinsam verbracht hatten. Er hatte ihr den Rücken zugedreht, während sie innerlich immer weiter zerbrochen war.

Er hatte sie verlassen. Und er hatte sich für eine andere entschieden.

Also ja. Dorian hatte recht. Es *war* persönlich. Und wenn der Mirror fiel, würde Leanore dort sein wollen, wo sie mit Melvin glücklich gewesen war.

Mein Herz schlug schneller. Ich dachte zurück an das Fotoalbum, das ich in dem Tresorraum bei Vault Corp. gefunden hatte. Es hatte unzählige Bilder von den beiden gegeben: in Septem und auch in anderen Mirrorstädten. Aber ein Ort war viel häufiger als andere vorgekommen.

Mein Herz schlug schneller.

Was ist los?, fragte Adam mich durch die Verbindung, und ich umklammerte seine Hand.

»Ich glaube, ich weiß, wo sie sein könnte. Ich weiß nur nicht, wo dieser Ort ist.«

Die anderen schauten mich verwirrt an. Allein Adams Blick war ganz klar.

»Zeig ihn mir.«

Ich nickte und rief mir alles in Erinnerung, was ich auf den Fotografien gesehen hatte. Das elegante Wohnzimmer mit dem großen Kamin. Darüber das Heptagon-Symbol.

Das könnte eines der Gebäude in Prime sein, das meine Familie besitzt, überlegte Adam. *Weißt du, wie es von außen aussieht?*

Ja, das tat ich. Ich rief mir das Gebäude vor Augen, so gut ich konnte. Jedes einzelne Element, das ich gesehen hatte: die grau-weißen Fassaden, die hohen Giebel, die Türme, die über den Rest des Gebäudes herausragten, und der breite Kiesweg, der an kunstvollen Hecken vorbei auf den Eingang zulief …

Ein Ziehen. In meinem Inneren.

Es kam von Adam.

Erkennst du es?, fragte ich ihn, und er nickte.

Ja. Es ist …

»O Gott, *das* hat mir wirklich nicht gefehlt«, sagte Dina und warf Adam und mir einen schneidenden Blick zu. »Wollt ihr vielleicht irgendetwas davon mit uns teilen?«

»Es ist ein Anwesen, das mein Großvater in Prime besessen hat«, erklärte Adam. »Es wurde im Zweiten Weltkrieg zerstört, und er kaufte die Ruinen, um es hinter einer Magiebarriere verborgen wiederaufbauen zu lassen.«

Agrona lehnte sich nach vorne, Erkenntnis flackerte über ihr Gesicht. »Du meinst Hatherton Court?« Sie runzelte die Stirn. »Soweit ich weiß, ist es schon seit Jahren nicht mehr in Benutzung.«

»Das dachte ich auch.« Adam schaute wieder zu mir. »Ich war nur einmal mit meiner Mutter dort, als ich noch sehr jung war. Hatherton Court liegt mitten in London, westlich des Hydeparks.«

Ich versetzte mich gedanklich zurück an den Ort, an dem Leanore mich gefangen gehalten hatte. Die alten modrigen Mauern in den Fluren, durch die sie mich hatte schleifen lassen. Die Fenster mit den diagonalen Metallstreben. Und die Engelsstatue, an der wir vorbeigekommen waren.

Konnte es ein und derselbe Ort sein? War ich mitten in London gewesen, die ganze Zeit?

Ich drückte Adams Hand. »Was denkst du?«

Er atmete tief durch. »Einen Versuch ist es wert.«

34

Der Magiekorridor spuckte uns auf einer hell beleuchteten Seitenstraße aus. Der Asphalt unter meinen Schuhen war nass, und ein feiner Nieselregen legte sich auf mein Gesicht, als ich den Blick über die Umgebung schweifen ließen. Obwohl erst früher Abend war, lag Central London wegen der niedrig hängenden Wolken in trübem Zwielicht. Cedric hatte uns nach Kensington gebracht. Ich war früher nicht oft in dem Stadtteil gewesen – hier lebten nur die reichsten Einwohner der Stadt. Trotzdem kannte ich die hohen Wolkenkratzer, die zwischen den viktorianischen Gebäuden in die Höhe ragten – ein wahres Labyrinth aus Glas und Stahl.

Ich drehte mich einmal um die eigene Achse. Die Botschaft, die wir vor einigen Tagen als Projektion auf dem Shard gesehen hatten, tauchte nun auf den Fassaden aller höheren Gebäude der Stadt auf.

Die Feigheit wird enden.

Der Käfig wird brechen.

Die falsche Welt wird untergehen.

Die Worte hatten sich längst in mein Gedächtnis eingebrannt, aber sie nun überall in der Stadt zu sehen, direkt vor mir, ließ mein Herz schneller schlagen. Erst da wurde ich mir der unheimlichen Stille bewusst. Obwohl die Straße, in der wir standen, direkt an die Kensington High Street anschloss, konnte ich keine Menschen sehen und weder Gespräche noch Schritte auf den regennassen Straßen hören. Selbst die omnipräsenten Patrouillen der Cyphers fehlten. Es war, als ob die Welt für einen Moment den Atem anhielt, ohne zu wissen, worauf sie eigentlich wartete.

Wo sind bloß alle?

Da fasste Adam von der Seite an meinen Arm. *Wir sollten weitergehen,* sagte er in Gedanken zu mir, und ich nickte und folgte ihm über die Straße, wo Cedric, Dina, Matt und die anderen bereits auf uns warteten. Der Holland Park grenzte dort direkt an den Gehweg, und mit jedem Schritt, den wir uns den ersten Bäumen näherten, konnte ich die wachsende Anspannung in Adams Körper spüren. Sein Blick ruhte auf der Ferne, als würde er in Gedanken versinken. Die Schattenathame hatte er an seiner Magiehäscheruniform befestigt, und seine Stirn war in Falten gelegt. Ich wusste, er dachte an Pris. Das tat er schon seit Stunden. Und ich wollte ihm sagen, dass wir sie finden würden, dass es noch nicht zu spät für sie war. Aber ich schwieg.

Ich wollte kein Versprechen geben, dass ich womöglich nicht halten konnte.

Die Stille, die über dem Park lag, wurde nur durch das Knacken der Äste durchbrochen, wann immer jemand von uns auf einen trat. Als wir auf einem Hügel ankamen, von wo aus wir die weitläufige Wiese unter uns sehen konnten, gab Zorya Anweisungen an ihre gut drei Dutzend Magiehäscher. Sie befahl ihnen, sich aufzuteilen und nach Spuren im Gras zu suchen – nach Anzeichen dafür, wo sich die magische Barriere befand, die das Anwesen der Trembletts verbarg. Aber bevor sie sich auf den Weg machen konnten, hielt Adam sie zurück.

»Das wird nicht nötig sein.«

Mir war sofort klar, was er meinte, denn ich fühlte es auch. Wir mussten keinen Eingang suchen. Invictus hatte die Magie, die sich im Dämmerlicht des Parks ballte, längst registriert.

Zusammen?, fragte er, und ich nickte.

Zusammen.

Zeitgleich hoben Adam und ich unsere Hände und ließen sie suchend durch die Luft gleiten. Die Verbindung, die er und ich nun teilten, war einerseits neu und ungewohnt und gleichzeitig so vertraut, als wäre sie schon mein gesamtes Leben lang da gewesen.

Wir hatten keine Zeit gehabt herauszufinden, wozu die Magie in unseren Körpern imstande war. Was das *Ausmaß* davon war. Ob es Grenzen gab – und was es bedeutete, wenn wir sie überschritten. Doch was Adam gesagt hatte, stimmte: Es fühlte sich an, als hätte Invictus einen eigenen Willen. Es war weder gut noch böse, aber in jeder Hinsicht überwältigend. Ich war mir nicht sicher, ob ich mich an diese Macht jemals gewöhnen würde.

Oder es *sollte*.

Die Magie floss vom Kern des silbernen Drachenarmbands in meinen Körper hinein. Ich hielt die Hand ganz still, während Regentropfen von meinen Fingern abperlten und auf den Erdboden fielen. Vor uns lagen nur sauber geschnittene Rasenflächen, Kieswege und die ein oder andere Parkbank. Majestätische Eichen und Platanen ragten in den Himmel, ihre Blätter rauschten leise im Wind. Doch auf einmal spürte ich einen Widerstand vor uns, oder, besser gesagt – *Invictus* spürte ihn.

Die Magie in mir gewann von Sekunde zu Sekunde an Kraft. Sie wurde zu einem mächtigen Sturm, der mich fast von den Füßen warf. Auch auf Adams Hand leuchteten silbrige Lichtmale. Ein Vibrieren ging durch die Luft, und als wir die Barriere schließlich zu greifen bekamen, machten einige Magiehäscher einen erschrockenen Schritt zurück. Es war, als ob eine unsichtbare Hand einen Vorhang zur Seite schieben würde. Mit einem Mal verschwanden die leeren Wiesen und machten Platz für …

Hatherton Court.

Dass ich das Anwesen bereits auf den Fotos meines Vaters gesehen hatte, war der einzige Grund, warum mich der Anblick nicht vollends überwältigte. Das Gebäude sah aus wie ein Schloss und erstreckte sich so weit, wie ich sehen konnte. Das Haupthaus wurde von einem westlichen und einem östlichen Flügel ergänzt. Die Fassaden waren aus hellem verwittertem Stein, und es gab hohe Giebel, gotische Bögen und kunstvoll verzierte Fenster. Im Garten davor ragten einige Engelsstatuen in die Höhe, von ihren Flügeln tropfte der Regen.

Meine Aufmerksamkeit wurde jedoch schnell abgelenkt. Denn zwischen den Flügelteilen des Anwesens lag ein Innenhof. Und in diesem waren Hunderte, womöglich *Tausende* Menschen. Eine riesige Masse an Körpern. Sie liefen auch über die Kieswege des Gartens und von dort an den Seitenflügeln vorbei zur Rückseite von Hatherton Court.

Eine Gänsehaut breitete sich auf meinem Körper aus. Kein Wunder, dass es in der Stadt so ruhig gewesen war. Es waren so viele, so unglaublich viele.

Und ich erkannte nicht nur Soldaten und Polizisten unter den Cyphers, es waren auch … ganz gewöhnliche Leute. Ich konnte eine Frau in einem zerrissenen Abendkleid erkennen, hinter ihr ein Junge im Schlafanzug. Und hinter ihm wiederum ein älterer Herr, der sich offenbar nur schwer auf den Beinen halten konnte, aber trotzdem, ohne zu zögern, mit den anderen weitermarschierte.

»Bei allen Sieben«, hörte ich Celine sagen, ihre Stimme voller Schrecken. »Sie hat menschliche Schutzschilde aufgestellt.« Sie wandte ihren Blick von den unzähligen Menschen ab und schaute stattdessen zu Cedric. »Kannst du einen Korridor direkt ins Gebäude öffnen?«

Cedric schaute seine Schwester an und zögerte.

»Mach schon«, sagte Celine, und ein Lächeln legte sich auf ihre blau geschminkten Lippen. »Ist okay.«

Ein tiefer Atemzug, dann zog Cedric Clavis hervor. Er schloss die Augen, öffnete sie jedoch schon nach wenigen Sekunden wieder. Er schüttelte den Kopf. »Ich kann keine intakte Tür da drin wahrnehmen. Leanore muss sie zerstört haben.«

Natürlich hatte sie das.

»Ich sag es ja nur ungern ...« Dorian stellte sich zu uns, sein Blick ebenfalls auf den Innenhof gerichtet. »Aber uns fehlt die Zeit für subtile Lösungen. Wir müssen uns durchkämpfen.«

»Wie denn?«, fragte Dina. »Wenn wir einen von ihnen angreifen, müssen wir uns mit allen anlegen. Unmöglich, ohne sie dabei zu töten.«

»Wir können sie von der Chaosmagie befreien«, sagte ich. Ich spürte sie in allen Menschen vor mir. Es war bereits tief in ihren Körpern verwurzelt, aber für die meisten war es noch nicht zu spät, gerettet zu werden.

Dorian verzog den Mund. »Dafür fehlt uns die Zeit, es könnte jeden Moment losgehen!«

Er hatte recht. Ich hasste es, aber er hatte recht.

Invictus fühlte, dass etwas im Gange war. Es fühlte die

Chaosmagie, die Leanore überall auf dem Planeten angehäuft hatte – es war … *so viel.*

»Ihr beide solltet reingehen«, sagte Dina und legte dabei eine Hand auf meine Schulter. »Und wir halten euch den Rücken frei, so gut es geht.«

Ich schaute auf das Anwesen. Auf den West- und Ostflügel, das breite Hauptgebäude, die Türme, die dazwischen emporragten … Hatherton Court war riesig. Und egal, wie sehr ich versuchte, in mich hineinzuhorchen, um irgendwelche größeren Magiesignaturen auszumachen, die uns sagten, wo Leanore sich aufhielt – Invictus fand keine.

Als wir die letzte Baumreihe erreichten, hörte ich hinter mir bereits Kampfgeräusche – Schüsse und das Zischen von Magie in der Luft. Ich versuchte, die Sorge um die anderen zurückzudrängen, und folgte Adam, Cedric und Matt in den Westflügel.

Die Cyphers hatten, wie erwartet, ihre Positionen sofort aufgegeben, als Dina, Nikki, Dorian und Zorya mit ihren Truppen in ihr Sichtfeld gelaufen waren, um den Weg für uns freizukämpfen.

Nach einigen Anläufen konnten wir schließlich zum Herrenhaus vordringen. Der Regen war inzwischen so stark geworden, dass ich vollkommen durchnässt war, als wir den Garten durchquert hatten. Wir warteten an einer niedrigen Mauer, bis eine der letzten verbliebenen Patrouillen vorbeigezogen war. Dann folgten wir einem der Kieswege dorthin, wo eine Steintreppe in einem Seiteneingang mündete.

Die Flügeltür lag zersplittert auf dem Boden, und wir mussten über sie hinwegsteigen, um ins Innere zu gelangen. Dort lag eine Art Empfangsraum mit hohen Stuckdecken und einem Kronleuchter. An den Wänden hingen jede Menge Gemälde, und ich hatte keine Zweifel, wer die streng dreinblickenden Leute darauf waren: Adams Vorfahren. Die wenigen Möbel, die es gab, waren sorgsam mit weißen Decken verhüllt, doch man sah dem Gebäude seinen Verfall deutlich an. Alles war mit Staub bedeckt, die Luft roch modrig, durch einige zersplitterte Fensterscheiben waren Efeuranken eingedrungen und hatten sich auf den Innenwänden ausgebreitet.

Wir hielten uns nicht auf, sondern liefen weiter zum Hauptgebäude. Die Korridore lagen im Dunkeln und waren vollkommen verwaist. In der Ferne waren noch immer die Kampfgeräusche zu hören, doch hier drin schien die Zeit stillzustehen.

Ich war mir inzwischen sicher, dass das hier tatsächlich das Gebäude war, in dem Leanore mich gefangen gehalten hatte. Es war derselbe Geruch, dieselben Fenster, dieselben uralten Wände. Lily und ich waren hier gewesen, in London, und niemand hatte es ahnen können.

Es kam mir wie eine Ewigkeit vor, bis der Flur schließlich nach rechts abzweigte und wir in den Hauptteil des Anwesens vordrangen. Wir liefen eine Treppe nach oben, und die Einrichtung war hier nicht weniger elegant, aber irgendwie ... persönlicher. So, als hätten hier tatsächlich irgendwann Menschen gelebt und ihre Spuren hinterlassen.

In einem weiteren Korridor standen mehrere leere Vogelkäfige. Große goldene Volieren, in denen früher vielleicht Spektralvögel auf Stangen gesessen hatten. In einem anderen Raum entdeckte ich ein Sofa, bedeckt von einer dicken Staubschicht, und dahinter ...

Der Kamin mit dem Heptagon-Symbol darüber.

Ein Gefühl der Beklemmung überkam mich, als ich begriff,

dass das hier der Raum aus dem Fotoalbum meines Vaters war. Er war hier gewesen, irgendwann, mit Adams Mutter … und das Knarren der Dielenböden und das Wispern des Windes, der durch die Ritzen zog, schienen ihre Geschichte erzählen zu wollen.

»Es ist so ruhig hier drin«, sagte Matt, während er mit einer Hand über den Sofarücken strich. »Was, wenn sie doch nicht hier ist?«

»Dann hätte sie das Anwesen nicht derart stark bewachen lassen.« Cedric deutete zurück in Richtung des Treppenhauses. »Kommt. Wir sollten weiter nach oben g…«

Er brach mitten im Satz ab, als auf einmal ein markerschütterndes Geräusch das Gebäude durchzog. Der Boden unter meinen Füßen bebte, eine der Volieren fiel scheppernd zur Seite, und rechts von uns zersplitterten die wenigen Fenster, die noch intakt gewesen waren. Der Lärm dröhnte in meinen Ohren, dann folgte ein noch lauteres Geräusch, und ich hatte das Gefühl, das Anwesen würde von innen auseinandergerissen werden.

»Was ist das?«, rief Matt über den Lärm hinweg, aber keiner von uns hatte eine Antwort.

Ich stürzte zu einem der Fenster und starrte ungläubig nach draußen. Das Dach eines der Türme fiel in sich zusammen, und Trümmerteile stürzten in die Tiefe. Dann stieß von dort ein gewaltiger Magiestrahl in den Himmel. Und in der Ferne … ein weiterer. Gefolgt von einem dritten.

Die Strahlen schossen aus den Spitzen der Hochhäuser empor. Tiefschwarze Wolken aus Chaosmagie verdunkelten die Umgebung, und mein Herz setzte einen Schlag aus. Mir war sofort klar, was das bedeutete.

Die Nexus-Sigils waren aktiviert worden. Sie griffen die

Mirrorstädte an. Und Invictus ließ mich tief in die Magie hineinfühlen, die von dort in den Himmel strömte. Ich hatte keinen Zweifel daran, dass es nicht nur in London passierte.

Sondern weltweit.

35

Der Boden bebte weiter. Eine meiner Hände klammerte sich an Adams Arm, der mit einem Mal an meiner Seite war; meine Finger fanden Halt in seiner Uniform. Unsere Blicke trafen sich für einen flüchtigen Moment, während die Welt um uns herum drohte, von einem Sturm aus Dunkelheit verschlungen zu werden.

Durch die zerbrochenen Fenster drangen die Kampfgeräusche noch lauter zu uns, und als ich nach draußen blickte, wurde mir übel. Immer mehr Leute strömten aus der Stadt in den Park. Menschen jeden Alters: Kinder, Teenager, Erwachsene, Senioren. Es waren ganz normale Menschen, und doch warfen sie sich in den Kampf mit den Häschern, als hinge ihr Leben davon ab.

Auch vom Treppenhaus, durch das wir hochgestiegen waren, ertönten Schritte. Schwere Stiefel, jedes Geräusch im Gleichtakt. Es war nicht schwer, eins und eins zusammenzuzählen: Die Cyphers drangen ins Gebäude ein.

»Wir kümmern uns um sie!«, sagte Matt zu Adam und mir. »Ihr zwei müsst zum Turm. Zerstört diese verdammte Replik an ihrem Arm, nur so können wir die Leute wieder befreien. Wir halten die Cyphers auf, solange es geht.«

Ich griff instinktiv an Matts Arm. In mir verkrampfte sich

alles bei dem Gedanken, ihn und Cedric hier zurückzulassen. Doch er schaute mich nur mit diesem kleinen schiefen Lächeln an, das ich so an ihm mochte.

»Ein bisschen mehr Vertrauten, Mylady«, sagte er neckend und küsste meine Stirn. »Ceddy und ich schaffen das schon. Haltet Leanore auf, *los*.«

Ich beobachtete noch, wie Cedric und Matt in Kampfstellung gingen. Von der anderen Seite des Saals stürmten bereits die ersten Cyphers herein. Gleichzeitig griff Adam an meine Hand und zog mich weiter.

Noch im Gehen führte ich einige Gesten aus. Invictus schickte die ersten Angreifer schnell zu Boden. Einige blieben mitten im Rennen stehen, als wären sie in der Zeit eingefroren. Ich konzentrierte mich auf die Chaosmagie in ihren Adern, zerstörte so viel davon, wie ich konnte, aber ich wusste, wir konnten nicht bleiben. Und als Adam mich in den nächsten Korridor führte, folgte ich ihm, ohne zurückzublicken.

Immer mehr Staub und Putz regneten von der Decke hinab. Das ganze Gebäude vibrierte unter dem Druck der Chaosmagie, die von hier aus in den Himmel geschossen wurde. Er war so stark, dass die maroden Wände allmählich nachgaben und die ersten Gemälde krachend von den Wänden fielen.

Der Korridor schien sich endlos zu erstrecken, und die Dunkelheit um uns herum wurde immer dichter. Ich hörte weiteres Krachen und Schüsse von dort, wo wir herkamen, aber wir hatten keine Zeit, uns umzudrehen. Ich verdrängte alle Gedanken an das, was um uns herum geschah. Wir *mussten* zu dem Turm gelangen. Also rannten wir durch einen weiteren Flur und dann einen Saal, bis zu einem Treppenaufgang.

Das muss es sein, dachte ich und spürte Adams Zustimmung über die Verbindung.

Doch als wir auf die Treppe zurannten, stießen wir auf eine ... unsichtbare Wand. Irgendetwas verschloss den Zugang. Es lag zwischen uns und den Stufen nach oben.

Ein Barriere-Sigil. Adams Kiefer versteifte sich, aber es brauchte nur eine einzige Geste seiner Hand, und Invictus ließ die Magie, die den Treppenaufgang abschirmte, in sich zusammenfallen. Doch dahinter lag – eine neue Barriere. Und hinter ihr noch eine.

»Gott verdammt«, fluchte ich und ließ sie ebenfalls zerbersten. Uns blieb keine andere Wahl, wir mussten uns da durchkämpfen. Obwohl wir keine Zeit hatten. Obwohl das Gebäude längst bebte und ächzte und uns unter sich begraben könnte.

Verzweiflung machte sich in mir breit. Invictus fühlte, wie die Chaosmagie mit aller Macht gegen die Barriere des Mirrors presste. Jeden Moment könnte sie durchbrechen.

Da drang auf einmal eine helle Stimme zu uns.

»Adam?«

Es war Pris. Sie kam durch einen Durchgang gelaufen, einfach so. In demselben weißen Kleid, das sie schon in Mirror-Rom getragen hatte. Ihre Schritte waren leise, sie war barfuß, und ich hätte sie niemals gehört, wenn sie nicht nach ihrem Bruder gerufen hätte.

Ihr Gesicht war so bleich, dass es wie eine weiße Maske wirkte, und ihre Stirn und die Schläfen waren mit Schweiß bedeckt. Aus ihrer Nase lief Blut, und sie stützte sich auf einem der verdeckten Sessel ab, als könnte sie sich kaum noch auf den Beinen halten.

Das war alles, was es brauchte, damit Adam sich in Bewegung setzte. Er ließ von den Barrieremauern vor uns ab, und ich hörte noch, wie er Pris' Namen hauchte, dann rannte er auf sie zu. Seine Arme schlossen sich um seine Schwester, und er drückte sie an sich, eine Hand liebevoll an ihren Hinterkopf gelegt.

Ich bekam nicht mit, was er in ihr Ohr flüsterte, und ich versuchte auch, seine Gedanken auszublenden. Es gab Dinge, die gehörten mir nicht.

Pris ließ sich kraftlos gegen Adam sinken. An ihren Wangen liefen Tränen hinab. »Mutter hat etwas sehr Schlimmes getan, oder?«, fragte sie, ihre Hände fest in Adams Uniform geklammert.

Adam verzog den Mund. »Ich fürchte, ja, Prissy.«

Langsam lehnte sich Pris zurück. Sie presste die Lippen zusammen, dann wurde ihr Blick entschlossen. »Ich kann euch zeigen, wie man zu ihr kommt«, sagte sie. »Aber wir müssen uns beeilen.«

Adam hielt Pris die gesamte Zeit über fest, während sie uns durch einen verborgenen Gang führte. Er war hinter einem Regal verborgen gewesen, wie in einem Film, aber ich verschwendete keinen Gedanken daran. Der Gang war eng und dunkel, immer wieder gab es Abzweigungen, aber Pris leitete uns ruhig und bestimmt, als wäre sie schon tausendmal hier gewesen.

Schließlich erreichten wir eine schmale Wendeltreppe, die nach oben führte, direkt in den Turm hinein. Und dort, im wahrscheinlich höchst gelegenen Zimmer des Anwesens, schien erstmals Licht. Gleichzeitig war die Zerstörung hier besonders groß. Ein Teil des Daches fehlte, und ich konnte den Nachthimmel sehen. In den Raum fiel kaltes Mondlicht.

Einige Trümmerteile versperrten den Weg, und ich hörte, wie Adam Pris bat, sie solle dahinter warten. Er zog sie noch einmal an sich, drückte ihre einen Kuss auf die Stirn. Dann stiegen wir über die Steinbrocken hinweg.

Sofort drang das Summen eines großen Sigils an meine Ohren. Das war ganz eindeutig ein Nexus – dieselbe Apparatur, mit der Nessa Greenwater damals Septem zerstört hatte. Eine große goldene Kugel war unter dem eingefallenen Dach angebracht. Sie bestand aus verschieden langen Streben und drehte sich konstant.

Ich starrte hinauf. Die Chaosmagie thronte über uns. Zentimeter für Zentimeter fräste sie sich durch die Barriere des Mirrors. Es war nur noch eine Frage von wenigen Augenblicken, bis sie in die Mirrorstädte strömen würde.

Wo ist Leanore?, fragte ich Adam über die Verbindung hinweg. Keine Spur war von ihr zu sehen. Dafür stand eine riesige Apparatur unterhalb des Nexus. Sie bestand zum Teil aus Technik – zwei Monitoren, einer Art Steuerkonsole –, die wiederum mit kompliziert aussehenden Sigils verbunden war. Auf dem linken Monitor leuchtete eine Weltkarte mit verschiedenen Punkten. Auf dem rechten Monitor konnten wir Anzeigen erkennen, die sich immer weiter nach oben skalierten.

Ich verstand nur die Hälfte von dem, was ich sah, aber dass von hier die Nexus-Sigils gesteuert wurden, schien eindeutig. Und die Leistung – so viel konnte ich direkt auf den ersten Blick erkennen – war beinahe bei ihrem Maximum angekommen.

»Wie können wir es stoppen?«, fragte ich Adam, doch er war es nicht, der antwortete.

Es war seine Mutter.

»Das könnt ihr nicht«, sagte sie. Leanore lief durch ein klaffendes Loch in der Wand in den Raum hinein – offenbar lag ein flacher, begehbarer Teil des Daches dahinter. »Es gibt keinen Ausschalter, keinen roten Knopf, kein Sigil, das man deaktivieren könnte. Der Vorgang ist jetzt unaufhaltsam Dem Mirror bleiben nur noch wenige Minuten.«

Ich starrte Leanore an. Sie trug neben der Ignis-Replik auch eine Vielzahl von Kampf-Sigils, mehrere Medaillons, Amulette und Ringe. Ihr Blick wirkte manisch und ihr Körper – wenn das überhaupt möglich war – noch ausgezehrter.

Die Magie zerstörte sie von innen heraus.

Und zum ersten Mal fragte ich mich, ob sie jemals geplant hatte, all das hier zu überleben.

»Ich dachte schon, dass ich noch mit euch rechnen kann«, sagte sie und schaute dabei kurz zu mir. Sie ließ sich jedoch nicht anmerken, ob mein Überleben sie überraschte. Ihr Blick blieb kühl, beherrscht. Dann wandte sie sich an Adam. »Was willst du jetzt tun? Mich töten?«

Adam trat einen Schritt nach vorne. Er hob seine rechte Hand, über der Invictus lag, und führte eine Geste damit aus. Es ging so schnell, dass ich erst nicht begriff, was er machte. Doch schon im nächsten Moment keuchte Leanore, und das schwarze Drachenarmband fiel mit einem dumpfen Laut auf den Boden.

Mit einem Schlag brach es in der Mitte entzwei.

In seinen Überresten lag ein qualmendes Grain Magie.

Leanore starrte auf die zerstörte Replik hinab, dann zu Adam – und zu den silbrigen Lichtmalen, die sich über seine Haut ausbreiteten.

»Das ändert *nichts*!«, zischte sie mit dem Hauch eines Zitterns in ihrer Stimme. »Hast du mir nicht zugehört? Selbst wenn ihr alle Menschen in Prime von der Chaosmagie befreit … Die Nexus-Sigils werden nicht mit der Replik gesteuert. Es *kann* nicht mehr gestoppt werden!«

Adams Kiefer versteifte sich, er lief noch zwei Schritte weiter auf seine Mutter zu. So nah, wie sie jetzt voreinander standen, überragte er sie um mindestens eine Kopflänge. »Wenn das so ist, dann hast du die Welt dem Untergang geweiht.«

»Ich habe dir schon einmal gesagt, dass nur wenige Menschen fähig sind, so schreckliche Entscheidungen wie diese hier zu treffen. Ich bin so ein Mensch, und dafür schäme ich mich nicht. Und die Welt wird es mir danken. Irgendwann.«

»Die Welt wird dich *vergessen*«, erwiderte Adam mit einem zornigen Beben in der Stimme. »Dafür sorge ich.«

Er rief erneut Invictus' Magie zu sich, bevor er allerdings auch nur eine Geste ausführen konnte, drangen auf einmal Schatten in den Raum hinein. Es war Chaosmagie. Sie strömte durch die Risse im Dach, durch die Löcher in den Wänden … und setzte sich nach und nach zu einem riesigen Körper zusammen.

Leanore blickte über ihre Schulter, ein schier besessener Ausdruck in ihrem Gesicht. Hinter ihr entfaltete sich die Abnormalität zu voller Größe, und sie trat einen Schritt zurück, um ihr Platz zu machen. Ich wusste augenblicklich, dass Leanore es seit Mirror-Rom geschafft haben musste, die Abnormalität wieder unter ihre Kontrolle zu bringen. Die weiß glühenden Augen ruhten starr auf mir. Von der Menschlichkeit, die Echo ihr verliehen hatte, war nichts mehr darin zu erkennen. Nur Hass.

»Ihr habt vielleicht mein Sigil zerstört«, sagte Leanore, während sie mit einem Lächeln zu der Abnormalität emporblickte. »Aber das ändert nichts daran, dass sie längst ihren Befehl von mir bekommen hat. Und den wird sie ausführen. Bis zum bitteren Ende.« Leanore schaute zu Adam. »Ich wünschte wirklich, es wäre nicht so weit gekommen.« Dann wandte sie sich zu der Abnormalität. »Tu, was ich dir gesagt habe. *Töte sie beide.*«

36

Die Klaue der Abnormalität krachte mit voller Wucht auf den Boden. Adam und ich sprangen auseinander. Ich rollte mich ab und kam so schnell wieder auf die Beine, wie ich konnte. Ein plötzliches Flackern am Himmel ließ uns aufsehen, gefolgt von einem ohrenbetäubenden Geräusch, das den Raum erschütterte.

Die Barriere des Mirrors war gebrochen.

Ich konnte durch Invictus fühlen, wie die Chaosmagie Mirror-London flutete.

»Du musst es aufhalten«, keuchte ich und griff nach Adams Hand. »Geh schon. Ich komme allein klar.«

Unsicherheit lag in Adams Blick. Ich spürte, dass er mich nicht allein lassen wollte.

Es ist mein Vater, sagte ich ihm. *Vertrau mir, ich kann ihn aufhalten.*

Adam zögerte, sein Blick suchte meinen. Erst als eine weitere Erschütterung die Welt zum Beben brachte, nickte er knapp. Er stieg durch das klaffende Loch hinaus auf das Dach. Nur wenige Schritte, dann sah ich ihn nicht mehr – spürte aber über unsere Verbindung, wie er die Magie von Invictus herbeirief.

Ich musste mich auf mich selbst konzentrieren. Die Abnormalität kam bereits auf mich zu. Sie holte mit einer Klaue aus, und ich sprang zur Seite und wehrte einen weiteren Angriff mit einem Magieschild ab. In den nächsten Minuten war ich zwischen zwei Polen hin- und hergerissen. Zwischen dem Kampf, den ich selbst führte, und dem, was die Verbindung zu Adam mich fühlen ließ.

Invictus versuchte, die Kontrolle über die Chaosmagie zu gewinnen – über *alle Chaosmagie,* auf der gesamten Welt. Es war überwältigend, doch von Adam selbst drang nur sein viel zu schneller Herzschlag zu mir. Ich wollte zu ihm – ich wollte ihm helfen. Aber ich konnte nicht.

Stattdessen sprang ich wieder zur Seite, als eine der riesigen Klauen auf mich zukam. Auch den nächsten Angriff konnte ich abblocken und den danach ebenfalls. Jeder von ihnen war bestenfalls halbherzig.

»Siehst du es nicht?«, keuchte ich. »Er wird mich nicht töten. Ganz egal, wie sehr du versuchst, ihn dazu zwingen!«

Leanore stand direkt hinter der Abnormalität. Sie starrte mich mit einem Ausdruck der Verwirrung an. *»Er?«*

Ich schnaubte. »Du weißt es wirklich nicht, oder? Dabei hast *du* ihn im Labyrinth unter Nova in diese Falle gelockt. *Du* hast zugesehen, wie die Abbys ihn attackiert haben. Ihn förmlich auseinandergerissen haben. Ihn zu diesem Dasein verdammt haben. *Du* hast ihn umgebracht!«

Leanores Augen weiteten sich. Sie schaute hinauf zu der Abnormalität, die inzwischen vollständig in ihren Bewegungen innegehalten hatte, und ein gebrochenes Flüstern entwich ihren Lippen. *»Melvin?«* Sofort schüttelte sie den Kopf. »Nein, du lügst.« Sie starrte die Abnormalität an. »Du hast meinen Befehl akzeptiert. Greif sie an!«

Doch die Abnormalität bewegte sich nicht. Sie schien hin-

und hergerissen, zwischen dem Befehl, der ihr von dem falschen Drachenarmband eingeflößt wurde, und … ihren Gefühlen für mich.

»Du bist mein Vater«, sagte ich mit brüchiger Stimme. »Und ich weiß, wir hatten nie die Chance, uns kennenzulernen, aber das bedeutet etwas. Ich will, dass es etwas bedeutet. *Bitte.*«

Leanore starrte mich an, als wäre ich diejenige, die den Verstand verloren hatte. Dann stürmte sie an der Abnormalität vorbei auf mich zu. Sie beschwor Magie in den vielen Sigils, die sie trug, herauf und drängte damit auf mich ein. Ich hielt dagegen, spürte aber, wie meine eigene Magie schubweise durch Adams Anstrengungen aus mir herausfloss. Invictus war in jeder Hinsicht zwischen uns geteilt. Und es brauchte gerade alle Macht, um die Chaosmagie, die weiterhin in den Mirror strömte, irgendwie zurückzudrängen.

Ich verteidigte mich, so gut es ging. Wut flammte in Leanores Augen auf. »Du verstehst nicht, was ich alles geopfert habe!«, knurrte sie, während sie versuchte, einen Magiestoß auf mich abzufeuern. Es gelang ihr nicht. Sie schwankte – offenbar war ich nicht die Einzige, die am Ende ihrer Kräfte war. »Ich habe nie um etwas davon gebeten. Du hast keine Ahnung!«

Im richtigen Augenblick wirbelte sie herum und schlug mir den Ellenbogen ins Gesicht. Schmerz detonierte in meiner Nase, mein Gleichgewicht war dahin. Die Welt kippte zur Seite, und ich stolperte. Als ich versuchte, mich wieder hochzustemmen, war Leanore bereits zur Stelle. Ihre Faust schlug in mein Gesicht. Blut rann von meiner Stirn hinab und nahm mir die Sicht. Es brannte mir in den Augen, doch ich erinnerte mich an die Position von Leanores Beinen und donnerte meine Schuhsohlen dagegen.

Sie sank mit einem Stöhnen auf den Boden.

Ich streckte meine Hand aus, und Flammen kamen mit ihr. Leanores Augen weiteten sich hinter dem Dunst des flackernden Feuers, als sich der Griff eines Schwertes in meiner Hand materialisierte. Ein neuer Griff, aber das gleiche Schwert.

Mein Schwert.

Eine Träne fiel aus meinem Augenwinkel, als ich es in die Höhe hob. All das hier war nur ihretwegen geschehen. Diese Frau hatte Lily getötet. Sie hatte meinen Vater umgebracht. Ich musste sie aufhalten. Dann wäre ich endlich frei von ihr. Nur ein Schwung, und alles wäre vorbei.

Nein, sagte eine innere Stimme, die erst wie mein Vater klang und dann wie Lily. *Du bist besser als sie.*

Als ich zögerte, holte Leanore plötzlich einen Dolch unter ihrem Mantel hervor. Sie stürzte auf mich zu. Ich konnte mich noch zur Seite drehen, aber sie schnitt an meiner Taille entlang, und der Schmerz ließ mich für einen Moment straucheln.

Ich hievte mich auf die Beine. Als Leanore erneut Magiestöße auf mich warf, blockte ich sie mit einem Schild. Auch ihre Tritte konnte ich parieren, aber solange ich nicht bereit war, sie umzubringen, kämpfte ich einen aussichtslosen Kampf. Invictus' Magie, mit der Adam gerade versuchte, die gesamte *Welt* zu retten, nahm mir jegliche Kraft. Es war, als ob ich immer tiefer in einen Abgrund sinken würde. Und mit einem Keuchen sank ich schließlich zu Boden, unfähig, noch einmal aufzustehen.

Leanore schleppte sich weiter vor, kniete auf mir nieder. Sie umklammerte den Kragen meines Mantels und zog mich in eine sitzende Position. Die Finger, mit denen sie den Dolch umklammert hielt, zitterten. »Ich hätte dich schon viel früher mit eigener Hand töten sollen.«

»W-wieso … h-hast du es dann nicht?«, presste ich hervor.

Der Dolch zitterte stärker. Eine Träne lief an Leanores Wange hinab. »Du hast sein Gesicht«, sagte sie. Nur das, nichts weiter. So als würde es alles erklären.

Und das tat es auch.

Meine Sicht verschwamm ebenfalls. »Ich weiß.«

Mehr konnte ich nicht sagen. Ich würde ihr nicht sagen, dass es mir leidtat, dass mein Vater ihr Herz gebrochen hatte. Oder dass es mich gab – den lebenden Beweis dafür, dass ihre Liebe verblasst war. Nichts davon rechtfertigte, was sie getan hatte. Und ich ahnte, dass Leanore das tief in ihrem Herzen wusste.

Sie setzte die Spitze des Dolchs an meiner Kehle an. Ihr Gesicht verhärtete sich wieder, doch ich sah kaum noch etwas. Vor mir schwebte nur noch das eiskalte Grau von Leanore Trembletts Augen.

»Es gibt keinen Weg zurück«, hörte ich sie sagen. »Ich war schon verloren, als ich geboren wurde.«

Der Druck an meiner Kehle verstärkte sich. Die Haut an meinem Hals wurde von der Spitze des Dolchs durchbrochen, erste Blutstropfen sickerten heraus. Und in genau diesem Moment erwachte die Abnormalität erneut zum Leben. Ihr riesiger schattenhafter Körper warf sich auf Leanore. In einer blitzartigen Bewegung wurde Adams Mutter nach hinten in Richtung des klaffenden Lochs in der Wand gezogen. Ich hörte Leanore vor Entsetzen aufschreien, und ich selbst rief den Namen meines Vaters, aber es war zu spät für sie beide.

Die Abnormalität riss Leanore in den Abgrund, wo sie gemeinsam in die Dunkelheit stürzten … und nicht wieder auftauchten.

Ich lag auf dem Rücken, den Blick durch das klaffende Loch im Dach gerichtet. Alles, was ich am Himmel sehen konnte, war Magie – blau und schwarz, wie sie sich überall auf der Welt verteilte. Es war ein riesiges Wurzelwerk, eine unendliche Verkettung aus schimmernden Linien, die gleichzeitig alles zusammenhielten und auseinanderrissen.

Durch unsere Verbindung rief ich in Gedanken Adams Namen, doch es kam keine Antwort. Eine furchtbare Stille erstreckte sich zwischen uns. Ich fühlte nur noch Invictus. Seine Magie strömte durch Adams Körper hindurch, immer stärker, während Adam selbst immer schwächer wurde.

Die Macht, die er kontrollierte, erdrückte ihn.

Ich presste beide Hände auf den Boden, hievte mich nach oben. Mühsam kroch ich auf den Dachvorsprung zu, Meter für Meter. Ich überlegte fieberhaft, was ich tun konnte, um Adam zu helfen. Aber Invictus war inzwischen so voll und ganz auf ihn fokussiert, dass ich keine Magie mehr kanalisieren konnte. Aus der Wunde an meiner Taille sickerte Blut auf den staubbedeckten Boden, ich spürte, wie die Kraft mich verließ, aber ich kroch weiter, über die Trümmer hinweg. Zu ihm.

Der Wind pfiff in meinen Ohren, als ich schließlich auf dem Dach ankam. Mein Kopf pochte, meine Gliedmaßen fühlten sich steif und gebrechlich an.

Und dann sah ich ihn. Einige Meter über dem Dach schwebte Adam. Sein gesamter Körper war von pulsierender Chaosmagie durchwirkt – sie hatte ihn hoch in die Luft gehoben. Die silbrigen Zeichen auf seiner Haut leuchteten hell, und ich war unfähig, den Blick von ihm abzuwenden.

Seine Arme waren zu den Seiten ausgestreckt, sein Mantel flatterte im Wind der Nacht.

Genau, wie die Prädiktion es uns gezeigt hatte.

Sie ist wahr, hörte ich Adam da auf einmal denken. *Die Prädiktion ist wahr. Ich muss zu Ende bringen, was meine Mutter angefangen hat.*

Ich starrte nach oben. Dort, wo in all den Jahren nur silbrige Konturen den Himmel gesäumt hatten, sah man nun die gesamte Mirrorstadt glasklar vor sich. Die Gärten von Septem, die Themse, die vielen länglichen altertümlichen Gebäude, alles lag direkt über uns. Und die Chaosmagie bahnte sich weiterhin ungehindert ihren Weg hinein.

Adam? Was tust du?

Er schaute über seine Schulter zu mir. Aber es war nicht mehr er selbst. Ich konnte sein Gesicht kaum noch sehen, die dunklen Schwaden hatten ihn längst ganz umhüllt.

Man kann die Chaosmagie nicht mehr zerstören. Es ist zu viel. Ich muss sie in den Mirror führen und sie mit ihm untergehen lassen. Es ist der einzige Weg.

Und da begriff ich, was er vorhatte. Er wollte die Chaosmagie im Mirror einschließen, dort, wo sie Prime nicht schaden würde. Die Chaosmagie würde den Mirror zerstören. Er würde die Spiegelwelt aus ihrer Existenz reißen.

Ich kann es aufhalten, hörte ich ihn denken und wusste gleichzeitig, dass er nicht mit mir sprach, sondern mit sich selbst. *Ich habe diese Macht. Ich kann die Menschen retten. Ich kann die ganze Welt von der Chaosmagie befreien. Wieso würde ich es nicht tun?*

Meine Hände zitterten so heftig, als wäre der Tremor mit voller Wucht zurückgekehrt. Ich konnte nicht mehr auf Invictus zugreifen, die ganze Macht hatte sich in Adam angesammelt und drohte ihn zu verschlingen. Es war zu viel – für ihn und selbst für Invictus. Unsere Chance, die Welt zu retten, drohte gleichzeitig Adam das Leben zu kosten.

Bitte hör auf, dachte ich und hoffte, er nahm mich wahr. *Es ist zu viel Macht. Sie wird dich auseinanderreißen.*

Ich konnte bereits fühlen, wie er sich in der Magie verlor.

Doch Adam hatte sich längst von mir abgewendet. Ich konnte nur noch sein Profil sehen. Von überallher strömten Partikel von Chaosmagie aus der Erde empor. Sie entfernten sich, stiegen in den Himmel auf. Adams Gesichtszüge verkrampften sich, er biss die Zähne zusammen, und ich spürte durch die Verbindung, wie sein Leben Stück für Stück ausgelöscht wurde. Aber er schrie nicht, er zweifelte nicht.

Ich war von Geburt an fremdbestimmt.

Das hier ist nichts anderes.

Adam schob die Chaosmagie immer weiter in den Himmel. Und ich hörte seine Gedanken … glasklar und unmissverständlich.

Was ist schon eine Seele im Vergleich zu all den Milliarden?

Silbrige Zeichen zogen über Adams Körper hinweg, und die Silhouette des Mirrors zitterte an den Rändern, nachdem die Chaosmagie sich vollständig in ihrem Inneren gesammelt hatte. Alles wurde innerhalb ihrer Barriere eingeschlossen. Invictus schirmte den Mirror ab, umhüllte all die Gebäude und Straßen mit seiner Magie. Dann löste sich die Grundfeste des Mirrors auf. Er zersplitterte in winzige Stücke und dann …

… dann verschwand er.

Einfach so.

Direkt vor meinen Augen.

Ich konnte meinen Blick nicht abwenden. Die Magie, die den Mirror über all die Jahrhunderte hinweg zusammengehalten hatte, strömte wie eine Flutwelle auf uns herab und schickte Adam mit voller Wucht auf den Boden.

Mühsam kroch ich auf ihn zu, kniete mich neben ihn. Bei seinem Anblick kam ein gequältes Geräusch über meine Lippen. Er hatte im Alleingang sämtliche Chaosmagie auf dem Planeten zerstört, hatte womöglich Millionen von Leben gerettet – nur nicht sich selbst. Sein Gesicht, sein Hals, *alles* an ihm war voll mit den schwarzen Äderchen. Sein Körper bebte – er wurde von der Chaosmagie übermannt, genau wie die Magistrate, genau wie mein Vater. Ich presste meine Hände auf Adams Brust und versuchte, die Chaosmagie mit Invictus aus ihm herauszuziehen, aber es gelang mir nicht. Die Magiekerne in unseren Armbändern leuchteten nicht auf, Invictus' Magie war erschöpft.

Er darf nicht sterben, dachte ich verzweifelt.

Bitte.

Ein Flügelschlagen. Ich schaute auf und sah einen Spektralvogel auf mich zufliegen. Er verharrte in der Luft vor mir, den Kopf in meine Richtung geneigt. Auf seiner Stirn zeichnete sich ein weißer Sternenfleck ab.

Ich starrte Echo bloß an, unbeweglich. Seine Federn waren von winterblauen Partikeln durchzogen, und es wurden immer mehr davon. Sie schwirrten um den Körper herum, formten sich zu der Gestalt eines Mannes, und ich schluchzte, als Melvin schließlich vor Adam und mir zum Stehen kam.

Auch er war mit einer Aura aus Magie umgeben. Sie perlte von seinen Schultern und Armen ab, so wie es bei Echos Flügeln immer gewesen war. Die Konturen seines Gesichts verschwammen im Mondlicht. Er beugte sich zu mir, legte eine schemenhafte Hand auf meine Wange, und seine Berührung fühlte sich so *echt* an, ich konnte sogar die Wärme seiner Haut spüren.

Ich hätte alles dafür gegeben, dein Vater zu sein. Seine

Stimme, tief in meinem Geist, war erfüllt von bedingungsloser Liebe. *Und du ahnst nicht, wie stolz ich auf dich bin.*

Tränen stachen in meine Augen, während ich stumm zu ihm aufblickte, unfähig, auch nur ein Wort hervorzubringen. Langsam blickte Melvin auf Adam hinab und legte eine Hand auf seine Brust.

Die Chaosmagie kam in Bewegung. Die schwarzen Adern auf Adams Haut verblassten Stück für Stück, bis sie vollständig verschwunden war. Es war, als würde mein Vater all die Dunkelheit in sich aufnehmen … um Adam davon zu heilen.

Schließlich zog Melvin seine Hand zurück, und als ich wieder zu ihm aufschaute, löste sich sein Körper bereits wieder auf. Ein Lächeln lag auf seinen Lippen, es wirkte unendlich erleichtert.

Unsere Magie ist Wärme, hörte ich ihn noch sagen, dann zerstäubte er, und sein Körper vermischte sich mit den Abertausenden Magiepartikeln, die vom Himmel auf Adam und mich herabregneten.

EPILOG

Adam erwachte aus einem Albtraum.

Im Grunde war es nichts Ungewöhnliches. Es gab nach wie vor viel zu viele Momente, in denen er plötzlich aus dem Schlaf gerissen wurde, mit dem Geruch von Chaosmagie und Blut und Tod in der Nase. Es dauerte meistens einige Minuten, während sein Herz gegen das saure, schlammige Gefühl in seiner Brust anschlug. Genau wie heute. Seine Atmung war abgehackt, und er sagte sich dieselben drei Sätze, die er sich seit einem Jahr jedes Mal sagte.

Die Prädiktion ist Vergangenheit.

Die Welt ist nicht untergegangen.

Rayne ist am Leben.

Langsam ließ er sich in den Sitz des Shuttles zurücksinken. Dass er eingenickt war, wunderte ihn nicht, so wenig, wie er in den letzten Tagen geschlafen hatte. Einen langen Moment schaute er durch das Fenster nach draußen in den Nachthimmel. Er konnte sich nicht einmal mehr an den Inhalt des Traums erinnern. Er wusste nur noch, dass seine Schwester und seine Mutter eine Rolle darin gespielt hatten. Und dass die Trauer, die er ihretwegen fühlte, jedes Mal wie eine frische Wunde wieder aufgerissen wurde. Das Gefühl, nicht genug getan zu haben, war eine der Konstanten in seinen Träumen.

Und in seinem Leben.

Langsam erhob Adam sich aus dem Sitz und schaute auf die Zeitanzeige auf einem der Monitore. Es war beinahe Mitternacht. Sie mussten also jeden Moment in Central London ankommen.

Es waren sieben Tage vergangen, seit er abgereist war. Nicht wirklich lange, aber der Zeitpunkt war alles andere als ideal gewesen. Die gesamte Welt war mit den Vorbereitungen für die erste Gedenkfeier beschäftigt. Der Fall des Mirrors. Die Ehrung all der Toten – und all derjenigen, die in den vergangenen Monaten dazu beigetragen hatten, dass die Menschen die Schrecken, die die Chaosmagie mit sich gebracht hatte, nach und nach hinter sich lassen konnten.

Er wünschte, er hätte Rayne mit alldem nicht alleinlassen müssen, aber wann immer neue Chaosmagie auf dem Planeten entstand, taten sie alles, um sie im Keim zu ersticken. Nie wieder würden sie es derart außer Kontrolle geraten lassen, das hatte er sich geschworen.

Als sich die gläserne Tür zum vorderen Teil des Shuttles öffnete, waren Sebastian und Nikki längst von ihren Sitzen aufgestanden. Sie standen nahe der Ausgangstür und schauten über ihre Schultern zu ihm.

»Beehrst du uns also auch noch, Dornröschen«, sagte Sebastian, sein Tonfall neckend und … *beinahe* freundlich.

Adam warf ihm nur einen unbeeindruckten Blick zu. Ein betont lockeres Grinsen lag auf Sebastians Lippen, aber in dem einzelnen Auge, das ihm entgegenschaute, konnte er die Anspannung deutlich sehen. Jedes Mal wenn sie von einer ihrer Chaosmagie-Einsätze zu den anderen zurückkehrten, schien er zu glauben, dass sie ihn doch noch aus der Gruppe ausschließen würden.

Wahrscheinlich würde er nie ganz damit aufhören, an seinem Platz zu zweifeln. Aber daran konnte nur Sebastian selbst etwas ändern.

Adam stellte sich zu den beiden an die Tür. Draußen wurde gerade das Plateau im Nachthimmel über Central London sichtbar. Es schwebte an seinem inzwischen angestammten Platz einige Meter über dem Regierungsbezirk, und auf den beleuchteten Außenplattformen waren Dutzende Shuttles angedockt. Das Summen der Motoren wurde lauter, als sie in den Sinkflug übergingen.

»Anscheinend kommen wir gerade noch rechtzeitig für den großen Abschied.« Nikki deutete durch das Fenster nach unten und – tatsächlich, eines der Shuttles war in Abflugposition. Adam erkannte die Menschen, die sich darum versammelt hatten.

Kaum dass ihr eigenes Shuttle auf dem Landesteg aufgesetzt hatte, öffnete sich die Tür. Kalter Wind schlug Adam entgegen. In der Themse spiegelten sich die vielen Lichter der Stadt – und die Silhouetten der Wolkenkratzer. Über ihnen lag der Sternenhimmel, heute mit einem nahezu vollen Mond, der alles in ein helles Licht tauchte.

Es gab eine Menge Dinge, die er vermisste, seit der Mirror nicht mehr existierte. Aber das ewige Zwielicht gehörte nicht dazu.

Zu dritt liefen sie an der runden Außenfassade des Plateaus entlang, dorthin, wo gedämpftes Lachen und einige vertraute Stimmen zu hören waren. Die Ersten, die er sehen konnte, waren Dina und Celine. Sie hatten beide die Arme um Matt gelegt.

»Sagt bloß, ihr macht dieses Mal keinen Rückzieher?«, fragte Nikki, als Matt und die anderen sie schließlich bemerkt hatten und auf sie zugelaufen kamen. Matt umarmte Nikki, ein breites Grinsen auf den Lippen.

»Nein, heute hauen wir tatsächlich ab. Ich hoffe, ihr seid bereit, in Tränen auszubrechen.«

Adam hörte Sebastian neben sich schnauben. »Das ist mein Stichwort«, raunte er ihm zu. »Sag den Turteltauben alles Gute von mir, ja?«

Damit drehte er sich um und lief in Richtung der Eingänge. Adam schaute ihm noch einen Moment hinterher, dann ließ er sich von Matt ebenfalls in eine Umarmung ziehen.

»Es war ein beschissener Tag«, sagte der mit einer Grimasse, kaum dass er wieder von Adam abließ. »Die Ratssitzungen waren … schwierig. Sie sind sich immer noch uneinig, wie sie den Jahrestag begehen sollen. Denkst du wirklich, wir können gehen? Ich fühle mich schrecklich, euch mit dem Durcheinander alleinzulassen.«

»Ihr geht«, erwiderte Adam bestimmt. »Ihr habt diese Reise schon viel zu lange aufgeschoben. Wir kommen klar.«

Matt starrte trotzdem unschlüssig zum Plateau. »Wenn Ceddy sich nicht weigern würde, Clavis zu benutzen, wären wir viel schneller wieder hier und –«

Da legte sich von der Seite ein Arm über Matts Schulter. »Die *Reise* ist Sinn der ganzen Sache«, sagte Cedric und gab Matt einen Kuss auf die Wange. »Wie oft muss ich das noch sagen?« Er ließ von ihm ab, warf Adam und Nikki ein Lächeln zu und zog dann an Matts Hand. »Komm endlich. Wir haben einen Zeitplan einzuhalten.«

Matt verdrehte die Augen und lehnte sich noch einmal zu Adam. »Niemand würde mir glauben, wie er mich herumkommandiert. Er hat uns mit seiner Schüchternheit hinters Licht geführt, Adam. *Jahrelang.*«

Adam grinste. Sie verabschiedeten sich voneinander, dann schauten sie zu, wie Matt und Cedric in das vollgepackte Shuttle einstiegen und es wenige Minuten später in der Dunkelheit verschwand.

Dina legte jeweils einen Arm um Adam und Celine. »Ich bin zu fünfzig Prozent sauer, dass sie uns alleinlassen, und zu fünfundvierzig Prozent stolz, dass sie es endlich durchgezogen haben.«

Celine hob eine Augenbraue. »Und die restlichen fünf Prozent?«

Dina grinste. »Froh, dass ich ihr ständiges Rumgeknutsche nicht mehr sehen muss. Das war noch schlimmer als all die Jahre des leidvollen Anschmachtens.« Sie seufzte leise und legte ihren Kopf auf Adams Schulter. »Sie fehlen mir jetzt schon.«

Die Räume, die Rayne und er sich auf dem Plateau teilten, waren leer, also lief Adam durch die Korridore zu einem der Gateways. Nur ein paar vereinzelte Menschen waren um diese Uhrzeit noch unterwegs. Sie neigten kurz den Kopf, als sie ihn sahen, aber niemand kam auch nur in Versuchung, sich vor ihm verbeugen zu wollen.

Er hatte es keine Sekunde lang vermisst.

Seit dem Moment, als das Shuttle auf der Landeplattform aufgesetzt hatte, fühlte er bereits etwas Schweres auf seine Schultern pressen. Raynes Gedanken waren in diesen Tagen immer nur durch eine hauchdünne Barriere von ihm abgeschirmt. Er könnte jederzeit hindurchgehen, sie hören und sie hören *lassen*, aber er tat es niemals ungefragt. Sie waren beide ziemlich gut darin geworden, einander Privatsphäre zu geben. Außer wenn sie es beide nicht wollten.

Er hatte allerdings auch ohne die Verbindung längst eine

Ahnung, wo er sie finden würde. Also folgte er seinem Gefühl durch eine der Gateway-Türen und kam in einem mondlichtgefluteten Park wieder heraus. Hatherton Court ragte in der Ferne auf, aber Adam schlug einen anderen Weg ein, zu einem abgesonderten Teil des Parks. Und während er lief, spulten sich die Erinnerungen an das vergangene Jahr vor ihm ab.

Die ersten Monate nach dem Fall des Mirrors waren turbulent gewesen. Die Oberen waren in der unteren Welt gestrandet. Jeder einzelne von ihnen hatte nicht nur die Heimat, sondern auch das Zuhause verloren. Es war ein logistischer Kraftakt gewesen, sie dauerhaft in Prime anzusiedeln. Ein Großteil von ihnen hatte die untere Welt noch nie betreten, und das Wort *Kulturschock* war definitiv zu klein gefasst für das, was sie durchlebten. Es war alles nur umso komplizierter gewesen, weil Prime selbst mit den Nachwirkungen des letzten Jahres zu kämpfen hatte. Mehr als die Hälfte der Regierungsoberhäupter hatte die Infektionen, die sich monatelang in ihnen ausgebreitet hatten, am Ende nicht überlebt. Viele Länder waren ohne Führung gewesen. Und nachdem die Chaosmagie verschwunden war – als der sprichwörtliche Nebel sich lichtete –, hatte es nicht lange gedauert, bis allen klargeworden war, was ihnen angetan worden war.

Doch es wurde besser. Schritt für Schritt wurde die Welt besser. Und das hatte sie – auch wenn es manche Menschen nicht wahrhaben wollten – vor allem einer Person zu verdanken. Und deren Fußspuren führten zu den alten Mauern eines verwilderten Gartens.

An den Sträuchern, an denen er vorbeikam, blühten die unterschiedlichsten Rosen. Einige waren weiß, einige rosafarben, andere tiefrot. Adam beugte sich hinab und pflückte von jeder eine ab.

Als er am Ende des Gartens angekommen war, legte er seinen Kopf in den Nacken und konnte ihre Silhouette ganz oben auf der höchsten Steinmauer ausmachen. Sie war nicht allein, Whitlock saß neben ihr. Was früher ein dumpfes Gefühl von Eifersucht in ihm hätte hochkochen lassen, verursachte heute nur Erleichterung.

Er war dankbar für jeden, der an ihrer Seite stand.

Whitlock war der Erste, der ihn bemerkte – oder zumindest der Erste, der über die Schulter blickte. Er sagte etwas zu Rayne, dann drehte er sich schwungvoll auf der Mauer um, um trotz der Höhe mit einem Satz nach unten zu springen.

»Wurde auch Zeit, dass du auftauchst, Tremblett«, erklärte Whitlock und klopfte ihm auf die Schulter. »Es war ein …«

»… beschissener Tag«, beendete Adam. »Habe ich schon gehört.«

Dorian verzog den Mund zu einem Halblächeln, dann nickte er Adam zu und lief durch den Rosengarten davon.

Als seine Schritte verklungen waren, schaute Adam zu ihr. Rayne saß noch immer mit dem Rücken zu ihm und blickte auf die Skyline der Stadt hinaus – in Richtung der ehemaligen Outskirts, wenn er sich nicht täuschte.

Er hatte diesen Tag kommen sehen. Umso mehr hasste er es, dass er nicht hatte da sein können, um sie nach dem Aufwachen auf andere Gedanken zu bringen. Um sie den Tag über abzulenken, wann immer es ihm möglich war.

Es war nicht das erste Mal, dass die Trauer Rayne überwältigte. Im Schlaf wimmerte sie manchmal Lilys Namen, und auch sonst konnte er oft fühlen, wie sehr sie sich zusammenriss – konnte durch die Verbindung hören, wie sie versuchte, den Schmerz zu unterdrücken.

Er hatte geahnt, dass es ihr am heutigen Tag nicht gelingen würde.

Links der Mauer ragte ein schmaler Turm nach oben. Er ging darauf zu, stieg die Treppe hoch und schaute schließlich, an das Geländer gelehnt, zu ihr herüber.

»Irgendwann wirst du hier runterfallen und dir das Genick brechen.«

Ihre Füße baumelten vom Sims, Nase und Wangen waren von der kalten Nachtluft rosa gepustet. Sie legte den Kopf schief, während sie ihn musterte, und schon drang ihre Stimme in seinen Kopf.

Ich bin nicht derjenige, der sich mit verschränkten Armen an eine alte Steinbrüstung lehnt, die jeden Moment nachgeben könnte.

Er schnaubte, stieß sich aber von dem Geländer ab und lief über die Mauer zu ihr. Nachdem Adam sich neben sie gesetzt hatte, erkannte er, worauf ihr Blick die ganze Zeit gerichtet gewesen war. Es war eine Gruppe Spektralvögel, die in einem Baum in der Nähe ihre leisen melodischen Rufe ausstießen.

Sie zeigte auf die Rosen in seiner Hand. »Und? Was willst du mit denen machen?«

Er hob sie zwischen ihnen hoch. »Eine für Pris«, sagte er leise und deutete erst auf die weiße Blüte, dann auf die rosafarbene, »eine für Lily. Und eine …« Er steckte ihr die rote Rose hinter das linke Ohr. Sie hatte beinahe dieselbe Farbe wie ihr Haar.

Vorsichtig berührte Rayne die Blütenblätter mit den Fingerspitzen. »Danke«, sagte sie leise und lehnte dann ihren Kopf an seine Schulter.

»Willst du darüber sprechen?«, fragte er nach einem Moment der Stille, denn er wusste genau, warum sie hier saß. Es lag nicht an den Ratssitzungen, die sich immer im Kreis zu drehen schienen, oder an den vielen Problemen, die sie noch lösen mussten.

Sie saß hier wegen einem Mädchen, das genau heute vor einem Jahr sein Leben verloren hatte. An diesem Ort, kaum hundert Meter von ihnen entfernt.

Er spürte die Wärme von Raynes Atem durch seinen Mantel hindurch. Sie schwieg einige Minuten, und er nahm wahr, wie sie die Gedanken in ihrem Geist hin und her schob, aber blendete es aus.

»Ich vermisse sie einfach so sehr«, flüsterte sie schließlich. Es klang beinahe wie eine Entschuldigung ... Was völlig absurd war. Jeder Einzelne von ihnen hatte Verluste erlitten. Matt seinen Vater, obwohl Tynan noch lebte. Adam seine Schwester, mit der ihm nur so wenig Zeit geblieben war. Er war Pris in den wenigen Monaten, die sie noch zusammen gehabt hatten, nicht von der Seite gewichen – hatte alles für sie getan, was er hatte tun können. Sie hatten gemeinsam ihren Vater besucht, er hatte ihr so viel von der Welt gezeigt, wie es in ihrem Zustand möglich gewesen war, aber am Ende ... da hatte sie den Kampf gegen ihre Krankheit nicht gewinnen können.

Es war etwas, das Rayne und er nun miteinander teilten. Sie hatten den einen Menschen verloren, der in all den Jahren ihrer Kindheit immer bei ihnen gewesen war.

»Ich frage mich, ob es je besser wird«, flüsterte Rayne mit einem Beben in der Stimme. »Ob ich irgendwann aufhören kann, an sie zu denken.«

Adam legte einen Arm und ihre Taille, zog sie etwas näher. »Würdest du das denn wollen?«

Sie drückte sich an ihn, furchte die Brauen. »Nein. Du hast recht. Das würde ich nicht. Aber ... manchmal, wenn ich die

Augen schließe, bin ich wieder in diesem Keller, wo sie Lily und mich gefangen gehalten hat. Und ich versuche, Lily zu retten, aber ich kann es nicht.« Rayne stieß einen langen, bebenden Seufzer aus. »Ich fühle alles, was ich damals gefühlt habe, aber es ist jetzt anders. Leichter, in mancher Hinsicht. Aber auch schlimmer.« Eine Träne lief ihre Wange hinab. »Lily wollte so gerne leben. Sie war eine Kämpferin, weißt du? Sie hätte niemals aufgegeben. Sie wollte frei sein, genau wie ich. Und es ist einfach nicht … fair.«

Adam nickte. Nein, es war nicht fair. Nichts davon. Er drückte Rayne einen sanften Kuss auf die Schläfe. »Ich weiß, es ist kein Trost, aber … Lily wäre unheimlich stolz darauf, was du im letzten Jahr alles bewegt hast. Für Prime. Für die Welt.«

Rayne rümpfte die Nase, wie immer, wenn er versuchte, ihr ein Kompliment zu machen. »Was *wir* bewegt haben«, korrigierte sie. »Matt und Cedric und Dina und alle anderen … Das waren *wir*.«

Das stimmte natürlich, doch es änderte nichts daran, dass Rayne nach wie vor Mirrorlady war. Zwar wurden sämtliche Entscheidungen inzwischen im Rat gefällt – bestehend aus den Sieben, Whitlock und dem Inneren Kreis, der noch vom Auge übrig geblieben war, sowie gewählten Oberen und Regierungsvertretern aus Prime –, aber Rayne war diejenige, die das Sagen hatte, wenn es um Magie ging.

Es war der letzte verbliebene Anker, der den Oberen inmitten all der Veränderungen Halt gab. Früher oder später, da war sich Adam sicher, würden sie von sich aus ein Teil der Länder werden wollen, in denen sie nun lebten. Sie würden Briten werden wollen, Amerikaner, Schweden, Inder, Brasilianer, Ägypter, Japaner – statt Obere. Aber im Rat war man sich einig gewesen, dass sie es nicht forcieren würden. Die Idee von Septem bestand weiter, solange die Oberen es brauchten, auch wenn er wusste, wie viel es sie alle kostete – wie viel es *Rayne* kostete.

Es gab Momente, an denen sie nicht verschleiern konnte, wie sehr die Rolle an ihr zehrte. Er überredete sie dann sanft, eine Pause einzulegen, während er die Audienzen und Besprechungen übernahm. Es dauerte jedoch stets nur ein paar Tage, bis sie wieder an seiner Seite saß und sich den Kopf darüber zerbrach, wie sie die Welt besser machen konnten.

Es brauchte Geduld. Jahrzehnte voller Machtspiele und Ausbeutung ließen sich nicht in wenigen Monaten rückgängig machen. Aber die Welt bewegte sich in die richtige Richtung. Heute ging es nicht mehr darum, wer sich Magie leisten konnte, sondern wer sie *verdiente*. Und er glaubte fest daran, dass sie eines Tages mit Stolz sagen könnten, dass es ein faires System gab und dass die Magie diese Welt in jedem Aspekt des Lebens besser machte.

Und dann, vielleicht, konnten sie endlich die Bühne verlassen.

Rayne schaute nachdenklich in die Ferne. Ihre Hände lagen ineinander verhakt, die beiden Magiekerne von Invictus schimmerten leicht, wie immer, wenn sie so nah beieinander waren. Es sah wunderschön aus, aber der Anblick war nichts im Vergleich zu Raynes Gesicht, das vom kühlen Mondlicht angestrahlt wurde, als würde sie von innen heraus leuchten.

Sie würde wohl nie wirklich verstehen, wie außergewöhnlich sie war. Oder wie er ihr jeden Tag aufs Neue vollkommen verfiel.

Ein Schnauben. Und als er zur Seite schaute, sah er, wie Rayne versuchte, ein Lächeln zu unterdrücken.

»Belauschst du mich etwa?«, fragte Adam mit gespielter Empörung, obwohl er gleichzeitig wusste, dass er sich keinerlei Mühe gegeben hatte, seine Gedanken vor ihr abzuschirmen.

»Es ist schwer, dich nicht zu belauschen. Wann immer du romantisch wirst, denkst du sehr laut.«

Er lachte leise. »Du wolltest, dass ich nichts mehr vor dir geheim halte. Wenn du das wieder ändern möchtest …«

Sie pikte ihm in die Seite. »Denk nicht mal dran.« Sie hielt inne, schaute, die Augen verdrehend, zu ihm. »Die Vertreter der Oberen haben mich heute schon wieder gefragt, wann ich endlich heirate«, sagte sie und seufzte genervt auf. »Sie machen sich Sorgen um meine Nachfolge, ist das zu glauben? Ich bin neunzehn. *Neunzehn!* Sie tun so, als würde ich morgen sterben und dann die Welt in Chaos versinken. Und gleichzeitig ignorieren sie meine Vorschläge, dass die nächste Mirrorlady oder der nächste Mirrorlord gewählt werden sollte.«

»Und das überrascht dich?«, fragte Adam. »Komm schon. Du hast im Mirror gelebt. Zwar nicht lange, aber du weißt ganz genau, wie viel den Oberen Traditionen bedeuten. Und sie haben nicht mehr allzu viele davon.«

»Eben! Sie haben sich daran gewöhnt, hier unten zu leben. Dann werden sie sich auch daran gewöhnen können, dass ich niemals heiraten werde.«

Adam betrachtete sie von der Seite. Ihre klaren grünen Augen und ihr Gesicht, die spitze Nase und das lange rotbraune Haar. *Ich werde sie lieben,* dachte er. *Bis zu meinem letzten Atemzug.*

Rayne zog die Augenbrauen zusammen, als sie bemerkte, dass er sie anstarrte, und er erwiderte ihren fragenden Blick mit einem kleinen Grinsen und beugte sich zu einem Kuss zu ihr. Sie kam ihm die letzten Millimeter entgegen, und ihr Mund war, wie jedes Mal, warm und weich und perfekt.

»Niemals, hm?«, fragte er, als er sich etwas von ihr zurückzog, um sie anschauen zu können. »Nicht mal in fünf oder zehn Jahren?«

Er konnte die Überraschung in ihren Augen sehen, auch wenn sie es mit einem eigenen Grinsen zu überspielen versuchte.

»Ich weiß nicht«, erwiderte sie gedehnt. »Du würdest doch nur wieder Mirrorlord werden wollen.«

Das entlockte ihm ein Lachen. »Erwischt. Das war von Anfang an mein infernaler Plan. Ich übergebe dir das Zepter, damit ich endlich die ganze Arbeit los bin. Und dann heirate ich dich, um die Annehmlichkeiten meines Titels zurückzubekommen. Zu schade, dass du mir auf die Schliche gekommen bist.«

Rayne lachte ebenfalls. Dann schaute sie ihn aufmerksam an, eine Sekunde, zwei, und räusperte sich leise. »Ich schätze, du könntest mich fragen, in fünf oder zehn Jahren. Aber nur unter einer Bedingung.«

Ein betont leidvolles Seufzen rollte über seine Lippen. »Und die wäre?«

Sie lehnte sich wieder näher zu ihm, bis ihre Stirn an seiner lag, ihre Lippen beinahe seinen Mund berührten und alles, was er noch sehen konnte, nur Rayne war.

»Wir werden es nur für uns tun«, flüsterte sie, als wäre es schon jetzt das größte Geheimnis der Welt. »Einfach, weil wir es wollen.«

Weil wir es wollen.

Dieses Konzept hatte es in seinem Leben nie gegeben. An manchen Tagen hatte er immer noch Probleme damit zu akzeptieren, dass er Dinge haben konnte … aus dem einzigen Grund, dass er sie *wollte*.

Er nickte. »Ich schätze, die Bedingung ist akzeptabel.«

Raynes Lächeln wurde zu einem Strahlen. Unter dem endlosen Sternenhimmel lehnte sie sich zu ihm, eine Hand an seinem Nacken, und zog ihn in einen langen Kuss.

Glücklich, dachte er überwältigt. *So ist es also, glücklich zu sein.*

Wer hätte gedacht, dass ein Tremblett jemals so fühlen konnte?

DANKSAGUNG

»Früher gab es Magie nur in unseren Träumen.« Diesen Satz aus dem Prolog von Band 1 hatte ich schon während der Arbeit an »Vortex« in ein Dokument mit dem Dateinamen »Projekt Magie« getippt. Er kam mir irgendwann, einfach so, wie es mit ersten Ideen meistens ist – und auf diesem Satz baute dann die gesamte Geschichte rund um Rayne, Adam, den Mirror und die Magie auf. Angefangen mit dem Schreiben an »Dark Sigils« hatte ich Anfang 2021 und dass ich jetzt, im Herbst 2023, die letzten Sätze an Band 3 geschrieben habe, macht mich einerseits natürlich traurig (Es ist immer doof, die Figuren wieder loszulassen) und andererseits bin ich auch extrem glücklich und vor allem erleichtert. Von Anfang 2021 bis Mitte 2023 ist so vieles passiert, das mich in meinem Schreibprozess zurückgeworfen hat. Ich war nicht immer sicher, die Reihe in der geplanten Zeit zu Ende erzählen zu können. Aber Rayne war die perfekte Figur, um mich auch an schwierigen Tagen mitzuziehen – mutig, etwas stur, etwas (sehr) temperamentvoll und zu gleichen Teilen verletzlich und stark. Ich danke euch allen dafür, dass ihr meinen »Firecracker« in euer Herz geschlossen und ihre Geschichte bis zu Ende gelesen habt. Danke für eure Unterstützung – das Beste am Autorendasein (neben dem Gefühl, das eigene Buch das erste Mal in den Händen zu halten) ist mit Abstand, zu erleben, was EUCH die Bücher bedeuten. Ob auf Messen, bei Lesungen, auf Social Media oder in euren Briefen – mit euch über meine Geschichten reden zu dürfen, ist für mich ein riesiges Privileg. Danke – von ganzem Herzen – an all meine wundervollen Leser da draußen … ihr seid magisch!

Danke auch an all die Menschen, die mich bei der Arbeit an »Dark Sigils« unterstützt haben: meine Superhelden-Agentin und Lektorin Christiane Düring, meine BWFF (Best Writing Friend Forever) Jana Hoch und das gesamte Fischer-Team rund um Julia Röhlig, Charlotte Hütten, Antonia Thiel, Meike Knops, Jessica Schneider, Lena Kaeding und Steve Mancini. Danke an Max Meinzold für die grandiosen Cover und Danke an Benni Cullen fürs Testlesen und dass du notfalls spontan eine Messelesung für mich moderiert hättest. :-D

Während ich das hier schreibe, arbeite ich längst an einer neuen Reihe (aktuell kürze ich sie mit »Projekt TTAG« ab, aber das kann sich morgen schon wieder ändern). Sobald ich mehr darüber erzählen darf, erfahrt ihr es zuerst auf Instagram und TikTok. Ich freue mich, euch bis dahin dort zu sehen.

Alles Liebe! Eure Anna

DARK
SIGILS

Alius & Etas

Die Schicksalswürfel

Im Besitz der Familie Tremblett
Blutlinie des Ersten Trägers
Zeitmanipulation

Anima

Der Seelenring

Im Besitz der Familie
Coldwell
Illusionsprojektion

Anguis

Das Schlangenband

Im Besitz der Familie Solomon

Lebensabsorption

Clavis

Der Saphirschlüssel

Im Besitz der Familie Attwater

Raummodifikation

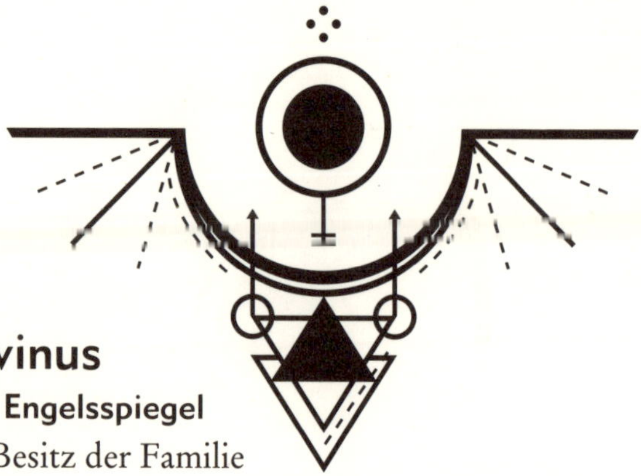

Divinus

Der Engelsspiegel

Im Besitz der Familie
Lacroix

Willensstimulation

Ignis

Das Drachenarmband

Im Besitz der Familie
Harwood

Magieelimination

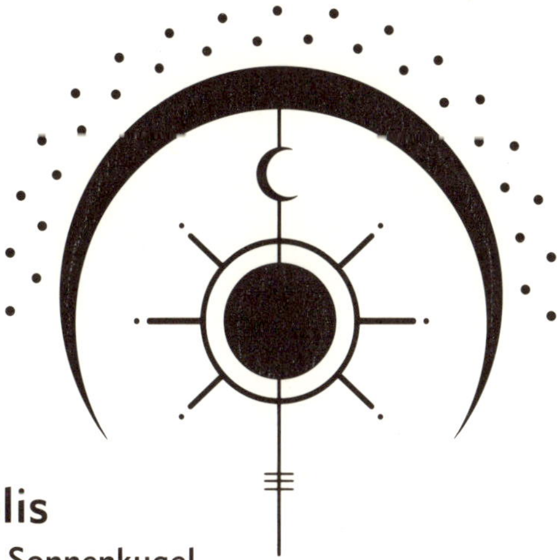

Solis

Die Sonnenkugel

Im Besitz der Familie Fairburn

Lebensregeneration

Umbra

Die Schattenathame

Kein Besitzer

Magieseparation